Sandy Mercier

Der Club des Bösen

AF214705

Der Club des Bösen

Thriller

SANDY MERCIER

Der Club des Bösen

© 2021 Herstellung bookpress
Bestellung und Vertrieb: Nova MD GmbH, Vachendorf.
ISBN: 9783969667545
Der Club des Bösen
1. Auflage
Sandy Mercier, c/o autorenglück.de, Franz-Mehring-Str. 15, 01237 Dresden
Lektorat: Tanja Balg
Korrektorat: Jona Gellert
Buchsatz: Mary Kuniz
© Cover- und Umschlaggestaltung: Laura Newman – design.lauranewman.de

WIDMUNG

Für Michi & Nico
Und für Familie Muhlack
Ohne euch wäre das Buch nicht
entstanden, denn ihr habt mir Platz
zum Schreiben geschenkt
Und natürlich für meine Mama

Prolog

Sie rannte um ihr Leben. Tannenzweige peitschten ihr ins Gesicht. Egal. Sie musste weg. So weit wie nur irgend möglich. Konnte kaum noch denken. Nur an ihr Leben, das sie erhalten wollte. Sie hörte ihr eigenes Keuchen. Es war viel zu laut in dem ansonsten stillen Wald. Ihre Lungen brannten, als hätte sie zu viel Rauch eingeatmet.

Sie hatte längst die Orientierung verloren, war völlig durchgeweicht, strauchelte immer öfter. Der Boden war matschig. Wurzeln erschwerten ihr die Flucht. Doch irgendwie schaffte sie es, trotzdem weiterzurennen. Immer, immer weiter. Sie wusste nicht, ob er noch in ihrer Nähe war. Wusste nicht, ob er sie gerade sehen konnte. Sie traute sich nicht, sich umzudrehen. Immer nach vorn schauen, immer weiterlaufen. Doch ihre Kräfte schwanden.

Sie wusste, sie würde sehr bald einen Ausweg finden müssen. Die Straße finden. Auf andere Menschen treffen. Ein Versteck suchen. Irgendetwas. Und dann passierte es doch. Sie stürzte.

Mit einem lauten Klatschen landete sie im Dreck. War innerhalb von Sekunden von Kopf bis Fuß mit Matsch bedeckt. Für einen kurzen Moment hielt sie inne, schaute sich um. Sie konnte kaum noch die Hand vor Augen sehen, doch auf den ersten Blick sah sie niemanden. Hören konnte sie nur sich selbst. Ihr eigenes

Japsen nach Luft, als hätte man sie zu lange unter Wasser gedrückt. *Und was jetzt?*

Langsam drehte sie ihren Kopf nach links und dann nach rechts. Keine Straße in Sicht seit ... Ewigkeiten? Wie tief konnte man sich im Wald verirren? Hatte er sie längst eingeholt und lauerte irgendwo in der Nähe oder war ihr die Flucht geglückt? Aber wie gut sollte ihr Plan funktioniert haben, wenn sie nun *niemand* mehr finden würde?

Diese Nacht konnte sie jedenfalls nicht noch weiter laufen. Es war zu dunkel. Sie musste sich ein Versteck suchen. Eines, in dem er sie niemals würde finden können.

Hektisch betrachtete sie ihre unmittelbare Umgebung, stieß auf eine Höhle. Sie hatte Angst vor Höhlen, oder besser gesagt vor dem, was sich in ihnen alles verbergen konnte. Sie war noch nie in einer gewesen. Wusste nicht, wie weit es rein ging. *Ich kann doch unmöglich da reinkriechen, oder?* Vielleicht sollte sie lieber auf einen Baum klettern oder sich im Gebüsch verstecken. Doch der Regen, der nach wie vor wie aus Kübeln vom Himmel kam, zeigte ihr, dass alle Optionen, bei denen sie ungeschützt war, nicht infrage kamen. Die Höhle war wahrscheinlich so was wie ein Geschenk des Himmels. Ein Wunder.

Sie musste nur ihre Angst überwinden. *Was soll da drin schon noch Schlimmeres auf mich warten als das, was er mit mir macht, wenn er mich kriegt?*

Sie schüttelte sich vor Kälte. Sie rieb ihr restliches Haar mit Matsch ein, damit man ihre hellblonde Mähne im Dunkeln nicht erkennen konnte, und krabbelte dann auf allen vieren zu der engen Höhle. Sie hatte die Hoffnung, dass man sie so weniger als menschliches Wesen erkennen konnte. Vor dem Höhleneingang angekommen, nahm sie all ihren Mut zusammen und kroch im Schneckentempo hinein. Sie, die erschöpfte Antilope, die in der Höhle des Löwen Schutz suchte.

Im Inneren war es eiskalt, viel kälter als draußen. Doch wenigstens war es hier trocken. Was allerdings viel schlimmer war: Es war stockdunkel. Sie konnte absolut nichts sehen, tastete sich an der Wand entlang, um ihren Weg zu finden. *Hoffentlich fasse ich in nichts Ekliges ...* Sie kroch immer tiefer hinein und hoffte, nicht auf irgendwelche Tiere zu stoßen, die vielleicht ebenfalls Schutz an diesem Ort gesucht hatten. Sie bemühte sich, besonders leise zu sein, um schneller hören zu können, falls etwas da drin lauerte, doch das Blut rauschte viel zu laut in ihren Ohren.

Als sie das Ende der Höhle erreichte, atmete sie auf. Keine Tiere, kein Mörder, nur sie, geschützt vor dem Regen und hoffentlich vor diesem Monster da draußen. *Wieso ich? Was will der von mir?*

Wahrscheinlich hätte sie nun die nasse Kleidung ausziehen sollen, aber sie konnte es einfach nicht – dann hätte sie sich noch ungeschützter gefühlt. Und trocknen würden sie und die Klamotten eh niemals in dieser feuchten, kalten Höhle. Also hieß es warten. Warten, bis sich die ersten Sonnenstrahlen – und diese ihr den Weg – zeigen würden. Und hoffen. Hoffen, dass der Typ besser früher als später das Interesse an ihr verlieren und nicht die ganze Nacht nach ihr suchen würde. Vielleicht hatte er sich ja längst eine andere Beute gesucht? Beute, die leichter zu fangen war als sie? *Hoffentlich.*

Die kalte Wand, gegen die sie sich gelehnt hatte, verstärkte ihr Zittern nur noch. Ihre Zähne klapperten. Sie biss sich auf die Faust, um das Geräusch zu vermeiden, schmeckte Erde. Als nichts passierte, legte sich die Anspannung schließlich. Mit einem Schlag rollte eine Welle der Erschöpfung über sie. Die Augen fielen ihr immer wieder zu. Sie würde diese Nacht nichts mehr ausrichten können, brauchte Kraft, und so legte sie sich hin, zog die Knie an, umklammerte sie mit der freien Hand. Bis ... sie ein Geräusch hörte.

Sie zuckte zusammen. Ihr Puls schoss unvermittelt wieder in die Höhe. Das Zittern hörte prompt auf. Erschrocken hielt sie die Luft an, um keinen Laut von sich zu geben. *War das ein Tier?*

Sie wollte sich aufrichten, doch das Rascheln ihrer Jacke hätte sie verraten, falls nicht. *War das ein Dachs? Oder ein Fuchs?* Dann hörte sie ein Zischen und am Eingang der Höhle flammte ein Streichholz auf.

Er hatte sie gefunden.

Nein! Wie kann das sein?! Hatte er sie die ganze Zeit beobachtet und nichts unternommen, um sie in Sicherheit zu wiegen? Woher hätte er wissen sollen, dass sie ausgerechnet hier landen würde? Das konnte doch gar nicht sein! *Was will der eigentlich?*

Beruhige dich ... vielleicht sucht nur jemand anderes auch einen Unterschlupf, versuchte sie ihre Panik zu stillen. *So wie ich. Vielleicht eine andere Frau, die ebenfalls auf der Flucht ist. Diese Person hier hat nichts mit mir zu tun ... bestimmt.*

Das Licht kam näher. Und was als Nächstes geschah, nahm ihr die letzte Hoffnung.

„Sabiiineee ...“

1. TEIL

29. SEPTEMBER 2020 – DIENSTAG

John

Hallo! Wow, dir tut Emmas Essen offenbar echt gut." Tim grinste breit.

„Wie bitte?!" Sabine funkelte ihn wütend an. „Was willst du denn damit sagen?!"

O Mann, der hat immer noch nichts verstanden.

John, der mit Tanja ebenfalls gerade das Wohnzimmer betrat, schüttelte seine Hand, als hätte er sie sich gerade verbrannt und zog laut Luft ein. „Ich ... geh dann erst mal Emma begrüßen." Mit diesen Worten verschwand er in der Küche, ließ die Tür aber offen, um dem Schlagabtausch noch weiter folgen zu können, ohne gleich hineingezogen zu werden.

„Tim, was bist du nur für ein Vollpfosten ..." Tanja schüttelte ihren Kopf.

„Wieso? Ich mache einer Frau ein Kompliment und bin gleich wieder bescheuert?!"

„Ein Kompliment?! Du hast mir gerade durch die Blume gesagt, dass ich fett bin!" Schmollend zupfte Sabine an ihrer weißen Bluse.

„Dass du fett bist? Willst du mich verarschen?! Du siehst gut aus – nicht mehr so ausgehungert.

Mann, ey ..." Tim strich sich nervös über die Glatze.

Tanja fuchtelte wild mit den Händen. „Ganz genau! Und damit reduzierst du eine Frau auf ihr Gewicht. Raffst du das nicht?"

John wusste, dass Tanja bei diesem Thema keinen Spaß verstand – sie war früher wegen Magersucht lange genug in einer Einrichtung gewesen. Er legte seinen Zeigefinger vor den Mund, um Emma zu signalisieren, dass er dem Gespräch folgte. Als sie endlich die Kamera weglegte, mit der sie das Essen fotografiert hatte, umarmte John sie zur Begrüßung.

„Boah, Mädels, ich sag am besten gar nichts mehr." Tim klang beleidigt.

„Ja, das wäre wohl für alle das Beste!", fauchte Tanja und stemmte die Arme in die Hüften.

Emma schüttelte lächelnd den Kopf. „Ich beende das mal", flüsterte sie John zu und verließ mit dem Wok in den Händen die Küche. John folgte ihr.

„Was wäre das Beste für uns alle?", fragte sie laut.

„Frag nicht", antwortete Tanja, die sie erstaunt betrachtete. „Wow, du siehst ja richtig erholt aus."

„Danke." Emma stellte den Wok auf den Wohnzimmertisch, der schon mit Untersetzern gedeckt war, und drückte sie fest an sich. „Der Urlaub hat wirklich gutgetan. Hätte ich gewusst, wie schön so was ist, hätte ich das vielleicht schon früher gewagt."

„Musste erst ein Vollpfosten um die Ecke kommen und dich dazu überreden ...", knurrte Tanja.

John wusste, dass Tanja etwas eifersüchtig war, denn sie hatte Emma nie zu einem Urlaub überreden können.

„Ja, einer, der übrigens bemerkt hat, dass du ihr gerade gesagt hast, dass sie vorher nicht erholt ausgesehen hat, und du sie darauf reduzierst", versuchte Tim es erneut.

John musste ein Lachen unterdrücken. Um es zu verstecken, strich er über seinen Dreitagebart und beobachtete das Geschehen weiter amüsiert.

„Du könntest mir ruhig mal beistehen!", beschwerte sich Tim, der sich schon wieder nervös über seine Glatze strich.

„Ich glaub, aus der Nummer kommst du so oder so nicht mehr raus." John grinste breit, sodass seine Grübchen zum Vorschein kamen.

Emma mischte sich erneut ein. „Also mit diesem *Vollpfosten* hast *du* mich verkuppelt. Deshalb darfst du dich gar nicht beschweren. Du hast mich schließlich dazu überredet und ihn mir schmackhaft gemacht. Und jetzt kriegt euch mal wieder ein. Wir essen jetzt." Sie drehte sich um und ging zurück in die Küche, doch John konnte ihr heimliches Schmunzeln ganz genau sehen. Beim Zurückkommen setzte sie wieder eine ernste Miene auf und drückte Tim das Geschirr in die Hand, damit er es verteilte. „Ist ja schlimmer als im Kindergarten."

„Du weißt doch gar nicht, was hier los war." Sabine nahm Benny auf den Arm, der vom Essensgeruch angelockt worden war, und strich ihm über den Kopf. Der kleine Rauhaardackel kuschelte sich sofort an sie.

„Nein, aber irgendwas ist doch bei euch immer. Also setzt euch bitte. Wir sollten feiern, dass wir alle gesund zusammen sind, und zusammenhalten, statt uns immer zu streiten." Sie sah Tanja und Sabine mit einem Schmollmund an und klimperte übertrieben mit ihren grünen Augen, sodass die beiden loslachten und sich setzten.

Emma band sich die braunen Haare zusammen, während Tanja alle Teller füllte.

„Heute gibt es Die-Wiedersehens-Pfanne", erklärte Emma.

Sie begannen zu essen und für einen Moment herrschte Schweigen.

„Ist was? Schmeckt's euch nicht?", fragte Emma schließlich nervös.

„Doch, doch!", versicherten alle gleichzeitig.

„Aber irgendwas ist doch?! Ihr guckt so komisch."

„Du hast dich nur mal wieder selbst übertroffen." Tim legte seine Hand auf Emmas Bein und gab ihr einen Kuss auf die Wange.

„O Gott, seid ihr eklig." Sabine gab ein Würgegeräusch von sich und Tanja und John stimmten ein.

Emma lachte. „Ihr seid so doof. Und außerdem kein Stück besser! Wird Zeit, dass ihr wieder arbeiten geht."

„Wann geht's denn los bei euch?" Sabine strich sich durch ihre blonde Mähne und schaute zu Tanja.

John sah an Tanjas Blick, dass sie mit dieser Frage nicht einverstanden war. Als hätte Sabine es wissen müssen. *Hat sie Sabine etwa schon eingeweiht?*

Auch Emma schien den Blick registriert zu haben und schaute Tanja verwirrt an. „Gibt es etwas, das ich wissen sollte?"

Am liebsten wäre John sofort wieder in die Küche gegangen, doch er musste seiner Tanja beistehen. Beschützend legte er einen Arm um sie. Eigentlich hatte Tanja doch erst allein mit Emma reden wollen. Tanja rutschte unruhig auf der Couch hin und her und spießte Gemüse auf ihre Gabel.

„Tanjaaa?!" Emma starrte sie noch immer wartend an.

„Soll ich?", fragte John sie liebevoll. Dann hätten sie es wenigstens hinter sich.

„Was sollst du? Also wenn es etwas zu erzählen gibt, das Sabine anscheinend schon weiß, dann sollte ich das ja wohl von dir persönlich erfahren, oder nicht?" Emma wurde ganz rot im Gesicht.

„Ich wollte es ja eigentlich auch zuerst dir erzählen, aber du warst im Urlaub und ich wollte es dir persönlich sagen. Nicht hier vor allen Leuten, sondern allein. Und dann hast du das Wiedersehensessen vorgeschlagen und ... also ... na ja ...", stammelte sie.

„Na ja, *was?*" Nun legte Emma ihr Besteck auf den Teller und sah sie erwartungsvoll an.

„Wir sind schwanger", ließ John die Bombe platzen und fühlte sich dabei so stolz wie ein kleiner Junge, der gerade sein Seepferdchen gemacht hat.

Emma

Emma brauchte einen Moment, um die Botschaft zu verarbeiten. Sie war ins Badezimmer geflüchtet und lauschte nun, auf dem Klodeckel sitzend, den Glückwunschbekundungen von Tim im Wohnzimmer. Kurz darauf klopfte es leise an der Tür. „Emma? Mach bitte auf."

Sie erhob sich, um die Tür zu öffnen und Tanja reinzulassen.

Diese nahm sie sofort in den Arm.

„Ich freu mich wirklich", beteuerte Emma.

„Ich weiß. Es tut mir leid, dass du nicht die Erste warst, der ich es gesagt habe."

„Das ist es doch nicht."

„Ich weiß."

„Ich bin einfach ... überfordert." Emma sah sich im Spiegel und schämte sich für ihre Reaktion. „Ich gratuliere dir."

„Setzen wir uns. Ich hab etwas Kreislaufprobleme."

„Und musst du auch kotzen?"

„Nein, bisher nicht."

„Wie weit bist du denn?"

„Im dritten Monat. Ich hab erst gar nicht bemerkt, dass meine Tage ausgeblieben sind. Du weißt ja – ich bin nicht gut im Tracken von so was. Aber irgendwann ist es John aufgefallen und dann sind wir zum Arzt gegangen."

„Und hast du keine Angst? Was ist mit dem Schwur?", sprudelte es nun aus Emma heraus.

„Ich habe große Angst, wahnsinnige Angst! Panik! Ich kann dir gar nicht sagen, wie ich erst mal durchgedreht bin vor lauter Panik. Ich wollte es sogar wegmachen lassen im ersten Moment." Sie vergrub ihr Gesicht in den Händen.

„Aber ...?"

„Na ja ... dann kam John. Er war so toll. Er meinte, dass wir das schon schaffen und dass ich eine tolle Mutter sein werde, gerade weil ich eine so schreckliche Kindheit hatte, und dass wir dem Kind tolle Eltern sein würden und er immer für mich und den Krümel da wäre und wir eine Familie sein werden und, und, und. Er hatte nicht einen Zweifel und das hat mich irgendwie ... überzeugt, beruhigt. Und jetzt ... na ja, jetzt freu ich mich sogar irgendwie drauf. Aber ich hab trotzdem jede Minute am Tag Angst."

„Puh, das kann ich mir vorstellen." Emma saß neben Tanja an die Wanne gelehnt.

Beide starrten an die Decke.

„Willst du mir denn nicht sagen, dass ich es schaffen werde?" Tanjas Stimme klang brüchig.

„Ach, tut mir leid. Ja, na klar wirst du das schaffen. Aber ich mach mir trotzdem Sorgen. Was, wenn du irgendwann wieder anfängst, so viel zu trinken? Was, wenn John eines Tages nicht mehr ist? Was, wenn ..." Sie sah Tanja an, der schon wieder Tränen über die Wangen liefen, und verstummte. *Scheiße, das war dumm. Ich darf meine Ängste nicht auf Tanja übertragen. Aber sie will meine Gedanken hören und für die kann ich doch nichts ...* „Tut mir leid. Ich bin keine Hilfe, merk ich gerade. Und genau deshalb überfordert mich das so. Ich hab keine Ahnung von Kindern. Wie soll ich dir denn bitte schön helfen? Ich kann dir keinen Rat geben, ich kann nicht babysitten, ich kann *nichts* tun."

Tanja schnäuzte sich. „Du könntest Babybrei kochen."

„Stimmt, das könnte ich wirklich." Sie lächelte. „Und dann müssten wir uns trotzdem ständig sehen."

„Ist *das* deine Angst? Dass wir uns nicht mehr sehen?"

„So läuft das doch, wenn man Familie hat. Das war ja schon so, als du mit John zusammen-gekommen bist. Wenn dich jetzt auch noch ein Baby zu Hause festhält, wird das sicher nicht besser."

Wieder weiteten sich Tanjas Augen.

Mist. Ich bin echt nicht gut beim Trösten in Schwangerschaften. „Aber weil ich dich so liebe, werde ich dann einfach öfter *meine* Wohnung verlassen und zu dir kommen."

Das schien Tanja etwas zu beruhigen. Sie hielten einander an der Hand und lauschten ei-nen Moment den Lachern, die aus dem Wohn-zimmer kamen.

„Seit wann lachen die zusammen?!" Emma war erstaunt.

„Ich weiß auch nicht. Irgendwas stimmt da nicht. Wir sollten nachschauen gehen."

„Warte!" Sie zog Tanja, die sich gerade hin-stellen wollte, zu sich und sah ihr direkt in die Augen. „Du schaffst das! Wirklich. Und ich werde mein Bestes geben, um dir oder euch zu helfen. Nur darf sich der kleine Knirps nicht so viel von mir abgucken. Dann wird nichts schief gehen."

„Emma ...“

„Ja, was denn? Also, versteh mich nicht falsch! Von mir kann der Knirps ruhig lernen, wie man sich ritzt, Panikattacken bekommt und Menschen hasst, wie man die eigenen vier Wände nicht verlässt, wie man ...“

„Stopp jetzt, Emma! Von dir kann sie lernen, wie man es schafft, gesund zu werden, wie man Panikattacken überwindet und auch alles andere. Von dir kann sie lernen, wie man seiner Leidenschaft nachgeht. Du hast innerhalb kürzester Zeit aus deiner Notlage und deinem Hobby ‚Kochen gegen Angst‘ hochgezogen und hast nun deinen Traumjob. Und das, obwohl du die schlechtesten Voraussetzungen im Leben gehabt hast. Außerdem kannst du ihr später zeigen, wie sie sich selbst verteidigt.“

Emma lachte. „Na ja, das kannst du aber doch auch.“

„Ich zeige ihr Boxen und du Krav Maga. Sie wird eine Kämpferin.“

„Mit uns beiden kann das gar nicht anders.“ Emma drückte sie an sich. „Ähm, warte mal. Hast du gerade *sie* gesagt?“

„Ja, ich glaube, es wird ein Mädchen.“

Doch so sehr sich Emma auch freuen wollte, sie hatte einfach nicht das Gefühl, dass es etwas Gutes war, ein Baby in diese grausame Welt zu setzen. *Wieder ein Kind mehr, das gemobbt und vergewaltigt werden kann.*

30. SEPTEMBER 2020 – MITTWOCH

Sabine

Endlich waren sie wieder allein. Seit Emma nach ihrem einmonatigen Urlaub zurück war, hatte nur Trubel in der Wohnung geherrscht und Benny war die ganze Zeit aufgeregt durch die Bude gesprungen. Sie mochte Tanja und John, aber Tim war ihr immer noch suspekt. Wie hatte sich Emma in so eine Knallerbse verlieben können?! Aber gut, sie hatte ja keinen Vergleich. Beziehungsweise war der einzige Vergleich, den sie gehabt hätte, ein Psychopath gewesen, und neben dem war wohl jeder Kerl schmackhaft. Aber Tim? Ständig diese dämlichen Witze ... Sobald der den Mund aufmachte, wollten die ganzen Anhängerinnen der Feminismusbewegung vorbeikommen und ihn steinigen. Wie konnte ein Mensch nur so wenig Taktgefühl haben?

Wobei sie aber zugeben musste, dass er sich gegenüber Emma schon vorbildlich benahm. Sie lachte in seiner Nähe so oft – eher untypisch für Emma. Es war schön, zu sehen, wie gut er ihr tat, aber mindestens genauso gut war es, dass sie sich nicht so super oft trafen. Emma war zum Glück keine, die ihren Partner jeden Tag bei sich haben musste.

Sabine selbst war da ganz anders. Sobald sie jemanden kennengelernt hatte, war der ihre Nummer eins – vielleicht, weil sie wusste, dass es immer nur auf Zeit war. Bis auf dieses Mal. Dieses Mal war es anders. Sie hatte zwar Angst, dass es wieder so kommen würde, doch ihr Gefühl sagte ihr eigentlich, dass sie jemanden gefunden hatte, bei dem sie ankommen konnte, und genau das wollte sie Emma endlich erzählen. Mit Tanjas Schwangerschaftseröffnung war das am Tag davor leider nicht mehr möglich gewesen, daher hatte sie sich heute mit Emma zum Abendessen verabredet, was schon etwas komisch war, denn sie wohnten zusammen und aßen meistens auch gemeinsam.

„Kann ich dir helfen?", fragte sie Emma, als sie die Küchentür öffnete. Sabine wusste, dass Emma beim Kochen am liebsten allein war, deshalb hatte sie die Zeit bisher genutzt, um sich die Nägel zu lackieren. Die Farbe der Hoffnung schimmerte ihr nun entgegen; ein mattes Dunkelgrün.

„So?" Emma sah auf Sabines Nägel und lachte.

„Der ist in zwei Minuten trocken."

„Nein, ist schon gut. Ich habe es vermisst. Endlich wieder Fotos machen. Gestern habe ich ewig gebraucht, weil ich das Gefühl hatte, aus der Übung zu sein."

„Das haben wir gemerkt."

„Wie jetzt?!" Emma stellte zwei Teller auf den Tisch, auf dem bereits ein weißes Seidentuch drapiert war, damit die Fotos schöner wurden.

„Na ja, es war ...“

„Was war es?“ Emmas Stimme ging in die Höhe.

„Es war ... kalt.“

„Ach komm, so schlimm war es nun auch wieder nicht. Es war immer noch lauwarm.“

„Emma, es war *kalt.*“ Sabine prustete los. „Und das ist nicht nur mir aufgefallen.“

„Habt ihr deswegen so gelacht, als wir im Bad waren?“

Sabine nickte. Benny kam um die Ecke und schaute zu den beiden in die Küche. Dann sprang er an Emmas Bein, um ihr zu signalisieren, dass er mit ihr kuscheln wollte.

„Er hat dich vermisst.“

„Ich ihn auch“, sagte sie und kuschelte ihr Gesicht in sein Fell.

„Und ich dich übrigens auch.“

Emma wurde rot und schaute verlegen zu ihr. „Ja, es war schon komisch, plötzlich so lange ohne dich zu sein. Ich hab mich ganz schön an dich gewöhnt.“

„Wie lief es denn mit Tim?“ Sabine beobachtete Emma, wie sie Fotos vom Essen schoss.

„Ich glaube, gut. Es war schön, aber ich bin auch froh, wieder hier zu sein.“

„Äh, hallo?! Mehr Infos bitte?“, drängelte Sabine. Sie wusste, dass Tanja und Emma immer erst eine Weile brauchten, bis die beiden einander das wirklich Wichtige sagten, aber sie hatte das nie verstanden und wie sie wusste, ging es ja auch so.

Emma seufzte. „Ach, du gibst ja eh keine Ruhe.“

„Richtig. Und nun setz dich. Die Fotos sind super."

„Du hast sie doch gar nicht gesehen?!"

„Ich weiß aber, dass du es kannst. Also?"

Emma gab auf und setzte sich mit ihrem Teller voll Endlich-wieder-kochen-Spaghetti auf den Sessel. „Okay. Es war komisch. Ihn so viel zu sehen und so viele normale Dinge mit ihm zu tun, war einfach nur seltsam. Wir mussten nach zwei Tagen vereinbaren, dass ich meine drei Stunden am Tag für mich bekomme, weil ich unausstehlich wurde, aber dann ging es. Er war von da an immer im Fitnessraum oder beim Wellness. Zum Glück kann er sich gut selbst beschäftigen. Und dann war es auch schön, dass wir Ausflüge machen konnten. Aber ich hab meine Arbeit schon vermisst, zumal ich dort tausend Ideen für neue Rezepte hatte. Bis ich die nachgekocht habe, bin ich alt und grau."

Sabines Handy klingelte und sie nahm es sofort zur Hand, um zu sehen, wer ihr geschrieben hatte. Es war Martin: *„Nur noch 23 Stunden. Ich halte es kaum noch aus ohne dich. Ich will dich atmen."* Ihr Herz machte Saltos. Sie grinste bis über beide Ohren.

„O nein, ein neuer Typ", bemerkte Emma.

„Ja." Sabine lächelte.

„Na das kann ja wieder was werden."

„Nein. Er ist anders als die anderen. Er ist ein richtiger Traummann."

„So was gibt es nicht."

Zukunft

Sabine

Sie schüttelte sich vor Kälte, doch diese Empfindung kam nicht nur von der Temperatur. Keinen Millimeter rührte sie sich, harrte auf dem Boden liegend aus. Ihr Blick stets auf die kleine Flamme gerichtet, die nun immer näher kam. Sie erlosch. Erneut zündete er ein Streichholz an. Sie konnte es riechen. Eigentlich liebte sie diesen Geruch, doch heute verkündete er ihren Tod. Wahrscheinlich war es besser, mit einem geliebten Duft zu sterben, anstatt mit einem Geruch, den sie verabscheute. Oder wäre es dann leichter? Leichter zu ertragen?

„Sabiiineee ...", rief er ihren Namen wieder.

Wieso nur bin ich nicht in Berlin geblieben? Wieso habe ich mir selbst etwas beweisen müssen? Wohin hat es mich geführt? – In eine Höhle mit einem Mörder. Meinem Mörder!

Seine Schritte kamen immer und immer näher. Laut und deutlich hörte sie sie. Je näher das Flackern kam, desto besser konnte sie sein Gesicht erkennen. Sie sah ganz genau hin, konnte nicht wegschauen. Sie wusste, sie sollte kämpfen oder versuchen zu fliehen, doch alles, was sie tat, war ... nichts. Sie konnte sich nicht bewegen. Nur ihr Zittern bewies ihr, dass sie noch am Leben war.

„Ich bin wieder daaa."

Wenn der Säbelzahntiger früher angegriffen hat, dann gab es drei Möglichkeiten: Flucht, Kampf und tot stellen. Für welche sich unser Körper entscheidet, haben wir nicht in der Hand. Darüber entscheiden unsere Instinkte, hatte ihr Krav-Maga-Lehrer einmal gesagt. Sie konnte sich selbst verteidigen. Sie hatte die Theorie gelernt, immer und immer wieder hatte sie mit Emma geübt. Es hatte ihr ein Stück weit mehr Selbstvertrauen geschenkt, ihr die Angst genommen, ein Opfer zu werden, so wie Emma oder wie sie selbst als Kind. Und dennoch lag sie nun reglos in dieser Höhle.

„Hast du dich genug ausgetobt, meine kleine Wilde?" Er stand vor ihr, hockte sich hin und das Licht erlosch erneut. Drei ... zwei ... eins ... und ein neues Streichholz wurde entflammt, zeigte ihm, wo sie lag. Nachdem es erloschen war, hob er sie hoch.

Sie sagte keinen Ton, obwohl sie sich doch eigentlich hätte wehren müssen, um sich schlagen, ihm die Augen auskratzen, doch die Angst lähmte ihren Körper. Sie konnte nichts tun. Wie eine Puppe wurde sie durch die Höhle getragen. Innerlich völlig aufgebracht vor Panik davor, was als Nächstes passieren würde. Sollte sie sich wünschen, dass er sie gleich hier tötete, oder lieber darauf hoffen, dass er das woanders tun würde, sodass sie noch eine Chance hätte? Aber was, wenn ihr woanders noch etwas viel Schlimmeres blühen würde als ein kurzer, schmerzloser Tod? *Was, wenn er einer von diesen Typen war, die ihre Opfer brutal ... Wie bei Emma ...,* schoss es ihr durch den Kopf. Sie wollte den Gedanken gar nicht zu Ende denken, zu groß war die Angst. Er trug sie aus der Höhle und der Regen prasselte ihr wieder ins Gesicht.

„Du musst doch nicht zittern, meine Kleine. Ich bring dich ins Warme", sagte er liebevoll, gab ihr einen feuchten Kuss auf die Stirn, legte sie ab.

Was tut er? Sie blickte ihn verwirrt an und dann sah sie seine Faust näher kommen.

Dunkelheit.

1. OKTOBER 2020 – DONNERSTAG

Sabine

Eine ganze Woche war er nun auf Geschäftsreise gewesen – sie hatten kaum Zeit gehabt, miteinander zu reden –, doch heute würde sie ihn endlich wieder sehen.

Sie fühlte sich regelrecht ausgehungert, lechzte nach seiner Zuwendung. Jedes Mal, wenn ihr Handy eine Nachricht von ihm anzeigte, machten ihr Herz und ihr Magen Luftsprünge. Wie schön es doch war, sich so zu fühlen. Sie hatte schon so viele Partner gehabt, doch wie vierzehn hatte sie sich schon lange nicht mehr gefühlt. Glücklich. Verliebt. Durcheinander. Durcheinandergewirbelt. Ja, Wirbel – das traf es gut. Ganz viel Wirbel war in ihrem Kopf. Sie konnte kaum klar denken und wenn sie es mal schaffte, dann war jeder Gedanke bei ihm. Wenn sie aufwachte, sah sie sofort auf ihr Handy und meistens hatte er ihr dann schon eine zuckersüße Nachricht geschickt. Er zählte die Stunden, bis sie sich endlich wiedersehen konnten, genauso wie sie, und gleich war es endlich wieder so weit.

Sabine zog sich die Lippen nach und prüfte zum gefühlt hundertsten Mal ihr Make-up. Ihr schlanker Körper sah in der grünen Bluse fantastisch aus – so konnte sie sich ihm zeigen. Ein letztes Mal sprühte sie Haarspray über ihre langen hellblonden Locken und zupfte sie über dem Dekolleté zurecht, als eine Nachricht von ihm kam. Aufgeregt griff sie zum Handy und öffnete WhatsApp.

„Meine wunderhübsche Bine. Es tut mir total leid, aber ich muss noch mal ins Büro. Ein Notfall. Wir können uns heute leider nicht sehen. Es tut mir so leid. Ich hasse das, aber es geht nicht anders. Wir sehen uns aber morgen!"

Ihre Hand mit dem Smartphone zitterte. Seine Worte klangen ehrlich und lieb und sie freute sich gewissermaßen, dass auch er litt. *Aber was zur Hölle kann so wichtig sein, dass er kurz vor unserem Treffen absagt?!* Er hatte doch schon die ganze Woche gearbeitet. Und warum konnten sie sich nicht danach sehen? Ob er doch ein Schwindler war? Nicht anders als die anderen? Sie war sich nicht sicher. Noch nie war sie in seiner Wohnung gewesen ... vielleicht hatte er etwas zu verbergen? Vielleicht eine Frau und zwei Kinder? Heutzutage war alles möglich. Und dass ihr Männergeschmack nicht besonders gut war, wusste sie ja, aber er ... er war doch so anders ... ehrlich und liebevoll und noch nie hatte ein Mensch ihr so schöne Worte geschickt. Noch nie hatte sie sich so geliebt gefühlt und das, obwohl sie sich gerade mal ein paar Wochen kannten.

Bisher hatten sie sich immer bei ihr getroffen. Emma war ja nicht da gewesen. Außerdem waren sie an den Wochenenden schon zweimal verreist und hatten je eine Nacht zusammen in einem Hotel verbracht. Und diese Nächte waren toll gewesen. Selten hatte sie einen Mann kennengelernt, dem der Höhepunkt der Frau viel wichtiger war als der eigene, der aber auch gleichzeitig total verkuschelt war. Einer, der sich so um eine Frau kümmerte, wie Martin es tat. Er trug sie förmlich auf Händen, und das in jeder Hinsicht. Sie hätte Emma gestern zu gern davon erzählt, doch nach deren Spruch hatte Sabine keine Lust mehr gehabt, ihr von ihm vorzuschwärmen. Emma, mit ihrer nüchternen Art, hätte nur ein Haar in der Suppe gefunden, das diese völlig verdorben hätte. Sie hatte aber keine Lust, sich das verderben zu lassen. Sie wollte diese Suppe schlürfen, bis sie leer war. Sie wollte diese Gefühle. Es fühlte sich an, als lebte sie endlich, als würde sie endlich jemand wahrnehmen, so wie sie wirklich war, und sie dafür auch noch lieben. Klar, es war komisch, dass sie einander kaum kannten und schon von Liebe sprachen, aber so war es verdammt noch mal eben. *Und warum auch nicht?! Ich habe lang genug auf den Richtigen gewartet, warum soll ich also nicht jetzt, wo er endlich vor der Tür steht, etwas Gas geben?*

„Ich mach es wieder gut", stand in der nächsten Nachricht; unter einem Foto von sich mit Schmollmund. Und wie sexy er aussah ... es war unglaublich. Sie hatte sich da einen einfühlsamen

Mann geangelt, der auch noch einer Modezeitschrift entsprungen sein könnte. Sabine konnte es Emma nicht verübeln, dass sie so dachte. Sie selbst war sich vor Martin schließlich sicher gewesen, dass es keine vernünftigen Männer gab.

Wieder plingte ihr Handy. Diesmal war es nur eine Nachricht von eBay. Jemand hatte Interesse an einem Outfit und fragte nach, ob es noch zu haben sei. Das erinnerte sie daran, dass sie ihr eBay-Geschäft in letzter Zeit sträflich vernachlässigt hatte. Sie sollte die Zeit des freigewordenen Abends nutzen und ihre neusten Klamotten einstellen – sie brauchte dringend Kohle, rechnete jeden Tag mit einem weiteren Brief des Finanzamtes. Hätte es Martin nicht gegeben, hätte sie wohl nachts kein Auge mehr zugetan vor Angst. Sabine atmete tief durch. *Traurig zu sein, nützt ja nichts. Machen wir das Beste draus,* dachte sie und verließ das Badezimmer.

„Juhuuu, das Bad ist frei!", brüllte Emma ihr entgegen. „Ich mach mir gleich in die Hose!"

„Hättest du doch was gesagt ...", brummte Sabine.

„Ich wollte deinen kreativen Flow nicht unterbrechen." Emma grinste sie an. „Woher soll ich wissen, ob du nicht gerade wieder ein Schminklabervideo drehst? Auf *Bei Blondi läuft's* ist ja nicht so viel passiert die letzte Zeit."

Sabine war noch zu deprimiert, um einen dummen Spruch zurückzufeuern.

„Aber du siehst gut aus", sagte Emma versöhnlich. „Ich wünsche dir viel Spaß heute Abend mit deinem *Trauuummmaaann.*" Sie zog das letzte Wort lächerlich lang und ging ins Bad. Dann drehte sie sich noch einmal um und grinste Sabine breit an.

„Deinen Sarkasmus kannst du dir sparen. Mein Traummann hat gerade abgesagt."

Emmas Augen weiteten sich. „Oh ... Das tut mir leid."

Eine Träne rann über Sabines Wange. Ja, es war übertrieben – das wusste sie selbst. Es war nur ein Date abgesagt worden. Kein Grund zur Sorge. Sie wusste, dass sie ihm vertrauen konnte. Aber dennoch meldete sich ein beklemmendes Gefühl in ihrem Brustkorb. Wahrscheinlich waren es nur all die schlechten Erinnerungen und sie wollte sich von ihrer beschissenen Vergangenheit auf keinen Fall das Jetzt kaputt machen lassen, also musste sie es bekämpfen. „Ist schon gut, ich überleb's schon. Hab eh zu tun." Sprach's und ging in ihr Zimmer.

Sie setzte sich einen kurzen Moment aufs Bett und ließ den Tränen freien Lauf. *Was ist nur mit mir los?* So kannte sie sich gar nicht. Ja, sie war enttäuscht, aber steckte da noch mehr dahinter? Musste sie vielleicht erst ihre Vergangenheit aufarbeiten, um bereit für einen guten Mann und eine erwachsene Beziehung zu sein? So viele verschiedene Gefühle, die in ihr tobten – sie konnte irgendwie nicht verstehen, was da in ihr passierte. Sie weinte die Tränen, die raus mussten, starrte ständig auf ihr Handy, in der Hoffnung, dass er sich noch mal melden würde, und schrieb ihm schließlich: *„Kein Problem, dann sehen wir uns halt morgen. Ich vermiss dich. Viel Erfolg."*

In diesem Moment klopfte es an ihrer Tür.

„Komm rein!"

„Ich wollt mal nach dir sehen. Es tut mir wirklich leid", sagte Emma, die in Sabines Tür stehen blieb.

„Ich weiß doch. Keine Ahnung, warum mich das so fertig macht. Wahrscheinlich die Hormone."

„Bist du auch schwanger?!", fragte Emma entsetzt und ihre Stimme war Oktaven höher als sonst.

„Nein, Gott bewahre!" Sabine lachte laut auf.

„Okay, gib mir mal ein paar Minuten. Gegen Hormonchaos hab ich was".

Nachdem Emma wieder gegangen war, wischte sich Sabine mit dem Handrücken die Tränen weg und schnäuzte sich. *Es reicht! Ich bin nicht mehr abhängig von Männern und werde den Abend super nutzen, Spaß haben und Martin dann halt morgen sehen. Hoffentlich.*

„Okay, bist du bereit für Hormonkrisenbekämpfung Teil eins?", hörte sie Emma fragen und blickte auf. Sie hatte zwei große Schalen mit Eis, Sahne, Kirschen und Streuseln in den Händen. „Das, meine Liebe, ist Fickt-euch-ihr-Hormone-Eis."

Sabine lachte. „Das ist doch nicht dein Ernst?! *So* viel? Da muss ich ja morgen früh fünf Stunden joggen gehen."

„Boah, Sabine, du hast einen perfekten Körper. Das bisschen Eis wird dich schon nicht umbringen. Und wenn du wirklich deinen Traummann gefunden hast, dann liebt er dich auch mit ein paar Kilo mehr." Sie zwinkerte ihr zu. „.... Zu früh?"

„Nein, ist schon okay. Mach ruhig deine Witze. Du kannst es ja eh nicht lassen."

Emma hielt ihr die Schale Eis hin. „Also, was gucken wir?"

„Nichts, ich muss dringend eBay machen."

„Dann mach ich die Fotos. Deine Klamotten werden durch meinen Perfektionismus wenigstens nicht kalt."

Sabine lächelte. „Na gut. Dann kannst du den Stapel da abarbeiten." Sie zeigte auf den Drehstuhl. „Ich logge mich schon mal ein – ich muss noch ein paar Anfragen beantworten."

„Aye aye, Girl." Emma hob salutierend die Hand, verschwand einen Moment und kam mit ihrer Kamera wieder. Sie nahm einen großen Löffel von ihrem Eis und sagte mit vollem Mund: „Wie wär's, wenn du die Klamotten anziehst? Sieht das nicht viel besser aus?"

„Eigentlich schon ... Ich bin nur immer zu faul."

„Na komm, mach mir mal eine kleine Modenschau. Dann haben wir auch gleich noch ein paar tolle Fotos, falls mal wieder jemand eins braucht." Emma grinste keck. „Du verkaufst doch immer noch getragene Unterwäsche?"

„Ja, klar. Aber zurzeit sind es nicht so viele Kunden. Könnte echt besser laufen. Ich habe alles etwas schleifen lassen in letzter Zeit und nehme auch nicht mehr jede Anfrage an."

„Wie kommt's?" Emma sah überrascht auf.

„Ich weiß nicht. Manche Sachen möchte ich einfach nicht machen, auch wenn sie noch so viel Kohle bringen. Andererseits sieht es finanziell gerade ganz schön eng aus ... also werde ich mir das vielleicht auch wieder anders überlegen." Und das war die Untertreibung des Jahrhunderts. Sollte sie Emma erzählen, was los war?

„Ich finde es gut, dass du nichts tust, was du nicht willst. Und ich finde es auch gut, dass du nicht mehr von Mann zu Mann ziehst, nur um eine Wohnung zu haben. Es ist schön, dass du da bist." Emma fotografierte ein pinkes Oberteil, das nicht gerade aus viel Stoff bestand.

„Ja, das finde ich auch. Und es macht Dating auf jeden Fall einfacher, wenn man nur auf der Suche nach einem Typen und nicht auch noch auf seine Wohnung aus ist." Sabine lachte und aß gedankenversunken ihr Eis weiter. „Was ist eigentlich mit dir und Tim? Muss ich mir Sorgen machen, dass ihr bald zusammenziehen wollt?"

Emma lachte. „Auf gar keinen Fall. Für mich ist alles gut so, wie es gerade ist. Und er sagte auch, seine Ehen sind meist auseinandergegangen, weil er und die jeweilige Frau zu viel aufeinandergegluckt sind und so was dann ja fast schon automatisch passiert. Wir lassen alles, wie es ist. So hat jeder Zeit für sein Leben und trotzdem ist da Platz für ..." Sie hielt einen Moment inne. „... für Liebe."

Sabine blickte auf. „Habt ihr es euch endlich gesagt?"

Emmas Wangen glühten rot auf und sie versteckte sich hinter ihrer Schale Eis. „Mja ... wär schon möglich."

Wie süß sie war. Manchmal war Emma wirklich wie ein pubertierendes Mädchen. „Das ist doch großartig!" Sabine umarmte ihre Freundin. „Ich weiß, was das für dich bedeutet, und ich freu mich wirklich für euch." Nun konnte sie Emma erst recht nicht davon erzählen, dass sie bei Martin schon nach wenigen Wochen von Liebe sprach.

„Los, zieh dir eins dieser verschärften Teile an. Dann kannst du das Bild gleich deinem ... Wie heißt er eigentlich?"

„Martin."

„Oh, das klingt wirklich mal normal. So bodenständig. Also gut, dann kannst du das Bild gleich deinem Martin schicken, damit er sieht, was er heute verpasst. Und dann stellst du es bei eBay rein."

Gar keine so schlechte Idee, dachte sie und zog sich eine weiße, mit Perlen bestückte Bluse an. Sie sah toll aus. Zum Glück erhielt sie durch ihren YouTube-Kanal *Bei Blondi läuft's* ständig zu Promozwecken Klamotten von Designern und Modelabels. Sie hatte seit etwa zwei Jahren so viel Erfolg damit, dass sie sich nicht mal mehr einen Job suchen musste, seit sie beim letzten gefeuert worden war. Diesen Assistenzjob hatte sie eh gehasst, aber immerhin hatte sie dadurch Emma kennengelernt ... auch wenn sie sich anfangs nur wegen ihrer Wohnung an sie gehalten hatte. Doch dann hatte sie eine richtig echte Freundin in ihr gefunden – keine von diesen oberflächlichen Kolleginnen aus dem Büro, sondern eine Frau, die schwierig und kompliziert war, ihr die Meinung vor die Füße warf und die sie trotz all ihrer Fehler liebte. Sie hätte alles für Emma getan.

„Hier, und den Rock dazu."

„Boah, Emma. Du hast echt keine Ahnung von Mode. Überlass das besser mir und mach einfach nur die Fotos."

Einen letzten Versuch startete Emma noch und Sabine fing schallend an zu lachen. „Das sind Dessous."

„Oh ..." Emma betrachtete das weiße Teil verwundert von allen Seiten. „Wie zieht man das denn bitte an?"

Sabine nahm es und hielt es so, wie es getragen ausgesehen hätte.

„Oh ... Also noch mal oh." Nun prustete auch Emma los und verschluckte sich dabei. „Aber sag mal, warum musst du eigentlich *so dringend* eBay machen?", wagte sich Emma nun doch vor.

Sabine hatte einerseits befürchtet, dass diese Frage kommen würde, es aber andererseits auch gehofft, um mit jemanden über ihre Ängste reden zu können. „Ach ... dank dem Arbeitsamt weiß das Finanzamt jetzt von mir und als du weg warst, wurde ich aufgefordert, umgehend meine Steuererklärung einzureichen." Sabine vergrub ihr Gesicht in Bennys Fell. „Dann bin ich zu einem Steuerberater und der meinte nur, dass er hoffe, ich sei nicht eine von diesen Influencerinnen, die das Geld komplett ausgeben, statt die Hälfte wegzusparen. Diese Anfängerfehler seien ihm zuwider."

Emma sah sie mit großen Augen an. „Die Hälfte wegsparen?"

„Machst du auch nicht, oder?"

„Bisher nicht ... Ach du Scheiße ... Und ich fahr erst mal schön wochenlang in den Urlaub." Sie legte die Kamera zur Seite und sah aus, als würde sie gleich in Tränen ausbrechen.

„Beruhig dich, Emma. Du hast ja noch genug Zeit, um dich darum zu kümmern. Ich hingegen nicht mehr." Ihre Worte klangen scharf wie eine Rasierklinge.

„Sorry. Du hast ja recht." Sie atmete einmal tief durch. „Okay, und deshalb musst du also deine Sachen jetzt dringend bei eBay verkaufen", stellte Emma fest.

Sabine nickte.

„Aber du verdienst doch megaviel. Reicht es denn nicht, wenn du einfach ab jetzt sparst?", fragte sie vorsichtig weiter.

Emma hatte ganz offenbar keine Ahnung, um welche Größenordnung es hier ging, stellte Sabine fest. *Als würde ich mir so ins Hemd scheißen, wenn es mit ein bisschen Sparen erledigt wäre.* Innerlich rollte sie die Augen. „Tja, weißt du, als du nicht da warst, habe ich tatsächlich so einiges gespart, weil ich nicht ständig für dich auf dem Markt eingekauft habe!" *Huch, wo kam das denn her?!* Sabine war selbst überrascht von ihrem Vorwurf, doch sie hatte das Gefühl gehabt, sich verteidigen zu müssen. *Ich bin doch nicht das dumme Blondchen, das ich auf YouTube spiele.*

„Hey! Ich hab dich nie darum gebeten. Du willst mir doch ständig eine Freude machen, also schieb deine Kaufsucht jetzt nicht auf mich. Leb einfach etwas weniger dekadent und dann ist gut."

„Dekadent?!"

„Ja, ich geh zum Beispiel nicht jeden Abend aus. Ich esse zu Hause."

„Ja, nur, weil du nicht darauf klarkommst, rauszugehen. Aber ich bin gesund und normale Menschen gehen nun mal gern aus."

Emma stemmte die Hände in die Hüften. „Du willst mir doch nicht erzählen, dass es normal ist, wenn man nicht allein sein kann?!"

Sabine stiegen Tränen in die Augen. Sie sank auf ihr Sofa und vergrub das Gesicht in Bennys Fell.

Emma setzte sich neben sie. „Tut mir leid. War nicht so gemeint."

„Mir auch", gab Sabine zurück und zusammen schwiegen sie einen Moment, bis Benny unruhig wurde. „Mist, wir müssten mal rausgehen", stellte Sabine fest.

„Soll ich?", bot Emma sich an.

„Nein, lass mal. Ich glaub, die frische Luft wird mir guttun. Komme gleich wieder." Sie nahm noch einen großen Happen von ihrem Eis und öffnete dann das Fenster, damit auch ins Zimmer etwas frische Luft kam.

„Lass doch dein Handy hier, dann kann ich schon mal ein paar Teile einstellen. Ich weiß noch vom letzten Mal, wie es geht. Ich brauch nur die Preise."

„Du bist ein Schatz. Danke." Verlegen gab sie ihr ein Küsschen, schrieb schnell ein paar Preise auf verschiedene Zettel und legte sie auf die dazugehörigen Kleidungsstücke. *Schnell weg …* Sie war froh, ein paar Minuten für sich zu haben, brauchte die frische Luft und einen Moment für ihre Gedanken. Das Schlimmste an diesem Streit war gewesen, dass Emma mit allem recht hatte. Sie hasste es, dass die Leute sie für dumm hielten, doch was Geld anging, war sie es anscheinend wirklich. Diese Einsicht tat weh.

Und tatsächlich – während des Spaziergangs hatten sich ihre Gedanken etwas beruhigt. Doch zurück vor der Haustür kam die Angst zurück. Die Angst vor dem Briefkasten. *Ist noch ein Brief vom Finanzamt gekommen?* Angespannt öffnete sie den Briefkasten und ... atmete erleichtert auf. Kein böser Brief. Stattdessen fand sie einen von der Einrichtung ihrer Granny. *Oje ... was wollen die denn jetzt?!* Sie riss das Kuvert auf und hoffte so sehr, nicht gleich das Wort *verstorben* lesen zu müssen.

„.... haben wir festgestellt, dass sich Ihr Einkommen verändert hat. Dementsprechend hat das Sozialamt die Leistungen eingestellt und wir bitten Sie in diesem Zuge, die Kosten für Frau Holz' Unterbringung umgehend zu begleichen ..."
„What the fuck?!" Der Brief flatterte zu Boden. Benny schnupperte daran. *Was kommt denn noch alles? Wie zur Hölle soll ich das bezahlen?* Ihr war speiübel. Ihre Beine fühlten sich an wie aus Blei und jede Treppenstufe bis zur Wohnung war eine Qual. Schlimmer als nach dem Training. Es war ausweglos. Alle wollten Geld von ihr.
Oben angekommen, fand sie eine schockierte Emma vor. „Was ist?"

„Diese Typen sind ja krank!"

„Wieso, was war denn?", fragte sie kraftlos nach. Sie fühlte sich immer noch wie paralysiert.

„Ich habe gerade deine Stiefel hochgeladen und wurde direkt gefragt, ob der Hodenmeister sie lecken darf."

Sabine lachte bitter auf. „Frag ihn, für wie viel!"

„Wie bitte?! Du lädst dir keinen Typen ein, der deine Stiefel leckt! Und schon gar nicht in meine Wohnung!"

„Frag, wie viel."

„Ist alles okay ...?"

„Er kann die Stiefel doch lecken, ohne dass ich sie anhabe."

„Ach so ... Aber stört es dich nicht, dass du überhaupt solche Gespräche führen musst?"

Sie hob ihre Stimme. „Emma, das hatten wir schon hundert Mal! Es ist mein Job. Wenn die Leute so viel Kohle für ihre Geilheit ausgeben wollen, dann sollen sie das doch tun. Wieso auch nicht, solange ich daran etwas verdiene und nichts machen muss, das ich nicht will."

„Nicht mehr ..."

„Ja, nicht mehr." *Zumindest, solange ich mir diesen Luxus leisten konnte.*

„Iiih!", schrie Emma auf.

„Was jetzt?"

„Er hat mir ein Penisbild geschickt! Unfassbar! Und nun?" Sie hielt Sabine das Display entgegen.

„Wäh, Emma, ich will das nicht sehen! Ich weiß nicht, warum die mir immer ihre Penisse schicken. Als würden wir Frauen denken: Boah, jetzt, wo ich mir das so ansehe, hätte ich mal wieder Lust auf einen Schwanz."

„Immer?!"

„Ist es etwa dein Erstes? Du hast doch selbst Blog und YouTube-Kanal ..."

„Ja, aber anscheinend geilt sich keiner an mir auf. Wie oft bekommst du so was denn?"

„Oft." Und damit war das Thema für Sabine durch. „Lass uns für heute Schluss machen, ich glaub, ich muss ein bisschen schlafen." Sie nahm ihre Eisschale und schlürfte die warm gewordene Eissuppe aus. Dann legte sie sich samt Klamotten ins Bett – zu mehr war sie heute nicht mehr fähig. Sie musste eine Lösung finden.

2. OKTOBER 2020 – FREITAG

Emma

L os! Lauft!" Mit seinen zwei Metern wirkte er nach wie vor einschüchternd, wenn er sie anbrüllte. „Die beste Verteidigung ist, so schnell wegzurennen, wie ihr könnt. Ihr wisst nie, wie stark euer Gegner ist, ihr wisst nie, ob er eine Waffe dabeihat, aber ihr wisst immer, dass er euch nicht kriegen kann, wenn ihr schnell genug wegrennt. Deshalb ist das beste Selbstverteidigungstraining, an euerer Kondition zu arbeiten." Der Trainer stand schwitzend vor ihnen und wedelte hektisch mit seinen muskulösen Armen.

Boah, ich kann es nicht mehr hören! Emma japste nach Luft. Sie gab alles. „Wir müssen morgen echt mit Joggen anfangen", keuchte sie zu Sabine.

Sabine sah in ihrem viel zu kurzem Outfit zwar topfit aus, hatte aber tatsächlich noch weniger Puste und konnte nicht mal mehr antworten. Aber vielleicht war sie es auch einfach nur leid,

Emma immer wieder dasselbe zu versprechen und am nächsten Tag ja doch keinen Schritt laufen zu können, weil jeder Muskel schmerzte.

Es musste doch andere Wege geben, fit zu werden, überlegte Emma. Sie wollte wirklich mehr tun, aber sie brauchte jedes Mal drei Tage, um sich vom Training zu erholen, und dann war die Woche auch schon fast wieder um. Immerhin trainierte sie einmal die Woche – das war doch auch schon viel Wert. Und immerhin machte sie auch noch Yoga, versuchte sie sich selbst zu beruhigen.

„Und auf den Boden mit euch!", brüllte ihr Lehrer.

Sie ließen sich rückwärts auf den Boden fallen. Dass sie einmal lernen würde, wie man richtig fiel, hätte sie sich auch nie erträumt.

„Aua!", hörte sie Sabine jammern und wusste genau, was deren Problem war: Sie war einfach zu dünn für diesen Kurs.

Emma hatte die Verletzungen an ihrem Steißbein gesehen. Überall, wo Sabine dicht unter der Haut liegende Knochen hatte, war mittlerweile die Haut abgeschürft. Sie hatte zwar versucht, die Stellen zu polstern, doch es hatte nichts gebracht, deshalb machte Sabine diese Übungen nur zwei- bis dreimal, im Gegensatz zu allen anderen, die sie teilweise bis zu zwanzigmal wiederholen mussten.

„Eurem Gegner ist es egal, ob ihr Schmerzen und Wehwehchen habt!"

Wie gern hätte Emma etwas getrunken, doch auch das war während des Trainings verboten.

„Wenn ihr vergewaltigt werdet, fragt ihr doch auch nicht: Entschuldige, kannst du kurz warten? Ich habe Durst." Sie keuchte und rang nach Luft. „Sabine, wir müssen echt mehr üben. Ich fühle mich jedes Mal wie ein Vollhorst, wenn ich wieder aufstehen muss."

Sabine nickte angestrengt, war puterrot im Gesicht. Sie hielt sich ihr Steißbein und Emma sah ihr den Schmerz an.

„Und jetzt: freies Spiel! Wendet alle Techniken an, die ihr könnt! Und ... los! Aber heute nur hiermit." Der Trainer, dessen Arme so breit waren, dass er wohl maßgeschneiderte Shirts tragen musste, hielt eine Schwimmnudel hoch.

Emma war erleichtert. Für sie war es einfacher, gegen etwas zu schlagen, das nicht menschlich war, denn so konnte sie dagegen schlagen, ohne sich zu sehr konzentrieren zu müssen. Würde sie getroffen, würde es nicht wehtun ... oder zumindest nicht so krass wie ohne das Ding. Nicht nur einmal hatte sie ordentlich was abbekommen, weil ihre Aufmerksamkeit am Ende eines Trainings gleich null war.

„Stellt euch vor, er greift an, reißt an eurem Shirt und ihr müsst euch verteidigen. Seinen Schlägen ausweichen und zurückschlagen, um euch zu wehren."

Emma hatte Erik vor ihrem inneren Auge. Solche Sätze lösten noch immer etwas in ihr aus. Sie sah seine eisblauen Augen vor sich, erinnerte sich an die brutale Vergewaltigung. Nichts hatte sie tun können. Sie trat nach dem Phantom, schlug nach ihm mit Ellenbogen, Fäusten, flachen

Handkanten, bückte sich, wich der Nudel aus, die Sabine festhielt, und schrie.

„So ist es gut, Emma! Genau so!", lobte sie ihr Trainer, was er selten tat.

Sie wollte sich nicht immer wieder daran zurückerinnern, aber manchmal ging es mit ihr durch. Manchmal kam alles wieder hoch.

Nach dem Training zogen sie und Sabine sich um und gingen nach Hause.

„Geht's dir gut?", fragte Sabine, da Emma seit zehn Minuten kein Wort gesagt hatte.

„Ja."

„Ich fühl mich während des Trainings immer so nutzlos und schwach, aber danach spüre ich die Muskeln in meinem Körper und bin irgendwie stolz." Wahrscheinlich versuchte Sabine, sie abzulenken.

„Geht mir auch so. Aber meinst du wirklich, wir könnten im Ernstfall etwas ausrichten? Ich hätte Erik doch trotzdem nichts tun können. Ich habe das Böse nicht irgendwo auf der Straße getroffen, es lag schon unter meinem Bett ... Ich hätte so oder so nichts tun können."

Sabine schwieg einen Moment. „Weißt du, Emma, wir können uns nicht vor allem schützen, aber gegen manche Irre können wir durch diesen Kurs vielleicht was ausrichten. Es geht darum, dass wir so viel wie möglich tun – nicht alles. Weil ... alles geht einfach nicht. Du hättest vielleicht nicht die schlimme Nacht verhindern können – aber eventuell hättest du es geschafft, ihn am nächsten Tag in deiner Wohnung zu überwältigen. Oder auf der Autobahn. Oder irgendwann früher im Haus."

„Ich habe bei den Raststätten nichts getan. Ich habe sein Spiel mitgespielt. Ich habe ... rein gar nichts getan", gab Emma entmutigt zurück.

„Aber am Ende hast du das sehr wohl. Und du musstest dich retten. Du hast eine Strategie gebraucht, du hast noch keine Technik gekannt und im Endeffekt hat genau das dich überleben lassen."

„Das war mehr Glück als alles andere", konterte Emma trotzig.

„Das war, weil du stärker bist, als du glaubst. Viele hätten an dem Punkt längst aufgegeben. Aber du bist mutig genug gewesen, ihm das Messer in den Rücken zu rammen."

„Viel zu spät. Und ohne Tanja und John ..."

„Nein, Emma. Du hast es geschafft, sie zu informieren, sonst hätten sie dich doch gar nicht gefunden. Das war mutig. Hättest du dich ihm früher entgegengestellt, wärst du jetzt vielleicht tot."

5. OKTOBER 2020 – MONTAG

John

„B ist du aufgeregt?" Tanja legte ihre Hand auf Johns, die auf dem Schaltknüppel lag.

„Geht", lautete seine knappe Antwort. Er wollte sich nicht zu sehr verrücktmachen, indem er darüber sprach, war einfach nur froh, seinen Job endlich wieder ausüben zu können. Er liebte ihn und fühlte sich, seit er Polizist war, endlich nützlich. Vielleicht nicht jeden Tag, weil man oft wie Abschaum behandelt wurde, aber meistens. Er wusste, er machte die Welt zu einem besseren Ort und konnte gegen das Böse etwas ausrichten. Es war zwar nie genug, aber immerhin etwas. „Und du?", fragte er, obwohl er die Antwort bereits kannte. Sie hatten das Thema zwar wochenlang gemieden, dennoch war er aufmerksam genug, um zu bemerken, dass Tanja nachts wieder schlechter schlief. Und dann stand sie morgens um fünf auf, um joggen zu gehen. Das konnte unmöglich nur an der Schwangerschaft liegen.

Von Tag zu Tag wurde es schlimmer. Doch er wusste auch, er musste warten. Sie würde von allein auf ihn zukommen, wenn sie reden wollte, denn eine Tanja fragte man nicht einfach, was los war. Sie brauchte ihre Zeit. Aber hatten sie die jetzt? Ein paar Minuten, bevor sie das Revier das erste Mal nach über einem Jahr wieder betraten?

Sie kratzte an ihren bereits roten Händen und starrte aus dem Fenster. „Ich habe echt Scheiße gebaut und dich dann auch noch mit reingezogen."

„Pff, ich bin doch selbst schuld, wenn ich auf dich höre. Was ich entscheide, hast du nicht zu verantworten." Er selbst konnte sich noch immer nicht vergeben, dass er im Jahr davor seine Freundin, Emma und sich selbst in enorme Gefahr gebracht hatte, einfach, weil er nicht hatte auf seinen Polizeiverstand hören wollen. Aber Tanja gab er daran keine Schuld. „Du hast dir Sorgen um deine beste Freundin gemacht. Wenn es um die eigenen Liebsten geht, dann handelt man nun mal anders, und genau das ist der Grund, warum man nicht in eigener Sache ermitteln darf", betete er herunter, was er sich schon so oft vorgeworfen hatte.

„Wir hatten verdammt großes Glück. Ich hätte Emma und dich fast verloren, weil ich so ... dumm gewesen bin!"

John sah, wie ihr eine Träne über die Wange kullerte. „Schatz ... Hey." Er hielt am Straßenrand und drehte sich zu ihr. „Schau mich an, Schatz!", forderte er sie auf. „Dass du jetzt alles so schlimm empfindest, sind die Hormone, hat uns die Frauenärztin doch gesagt."

Ihre Augen verengten sich. Er musste vorsichtig mit seinen Worten sein. Jetzt noch mehr als sonst.

„Ich meinte damit nicht ..." Er atmete tief aus und überlegte sich einen neuen Satzanfang. „Ich meine Folgendes: Erstens ist es bereits passiert und wir können nichts mehr daran ändern. Sich Vorwürfe zu machen, bringt gar nichts, und das weißt du." Er wünschte sich, er könnte sich selbst daran halten. „Und zweitens haben wir alle überlebt. Auch, weil wir zusammengearbeitet haben und dadurch schnell genug bei Emma gewesen sind. Wir hätten nicht ermitteln dürfen und haben es trotzdem getan. *Das* hat Emma gerettet. Hätte er sich dich nicht geschnappt, wäre er in der Zeit mit Emma vielleicht schon über alle Berge gewesen – sieh es doch mal so. Drittens bist du eine tolle Polizistin. In dem Fall hast du halt nur deine beste Freundin gesehen. Wir haben daher Fehler gemacht, aber das heißt nicht, dass wir aus dem Grund schlechte Polizisten sind. Jeder macht Fehler und diese werden uns sicher nie wieder passieren. Und viertens ... dass du das gerade so schlimm empfindest, hat wirklich etwas mit den Hormonen zu tun, und damit will ich nicht sagen, dass du übertreibst. Ich nehme dich ernst und ich verstehe deine Angst und deine Selbstvorwürfe. Aber wir müssen nach vorn schauen. Okay?" Er drückte fest ihre Hände und wischte ihr ab und an die Tränen weg.

„Du bist so ein Lügner."

„Was?!"

„Ich weiß, dass du auch nicht schlafen kannst, dass du dir auch Vorwürfe machst, und jetzt tust du so, als würde ich übertreiben und leierst diese Therapeutensprüche runter."

„Ja, das tue ich. Aber ich *muss* sie runterleiern – dir gegenüber sowie mir, weil wir gleich unseren scheiß ersten Arbeitstag haben und ich da nicht wie ein riesiges Schuldgefühl aufschlagen will. Weil ich weitermachen muss. Die lange Auszeit hat mir deutlich gezeigt, wie sehr ich meinen Job brauche und vermisse. Und wenn wir bald wieder Bösewichte fassen, geht's mir auch besser und ich kann mir leichter verzeihen – dessen bin ich mir sicher."

„Aber wie oft wollen wir noch Mist bauen und hoffen, dass wir es wieder ausgleichen können? Vielleicht sind wir einfach nicht dafür gemacht?" Tanja schniefte in ihr Taschentuch.

„Wir? Zieh *mich* da nicht mit rein!"

„Erinnere dich doch mal an die Todesküsserin. Auch da haben wir im Alleingang gehandelt und wären fast draufgegangen. Zwei solche Aktionen in zwei Jahren. Soll das jetzt immer so weitergehen? Was, wenn es irgendwann schiefläuft? Dann sitzt unser Kind zu Hause, hat keine Eltern mehr und kommt ins Heim. Und dann? Vielleicht bekommt es Adoptiveltern und die kümmern sich einen Dreck um den Krümel und sie muss dasselbe ertragen wie wir in unserer Kindheit." Tanja war so laut geworden, dass ein Passant neugierig durchs Fenster lugte.

„Ach, *darum* geht's ...", murmelte er und schluckte seine Wut hinunter.

Sie hatte gerade das Schlimmste gesagt, das man ihm sagen konnte: dass er ein schlechter Polizist war. Seine größte Angst. Doch er verstand sie jetzt endlich. Nur warum musste sie *ihn* da mit reinziehen? Er wollte nicht noch mehr Vorwürfe mit sich herumschleppen, konnte sich nicht als Versager sehen. Er hielt sich all die guten Fälle vor Augen, bei denen sie gegen das Böse gesiegt hatten. Er hatte es so oft durchgekaut. Ja, sie hatten Fehler gemacht, aber ohne diese wären die Täter vielleicht gar nicht erst gefasst geworden. Die Kugel, die er sich dafür eingefangen hatte, hatte sich gelohnt. John mahlte die Zähne aufeinander – eine Handlung, die er sich angewöhnt hatte, um seine Wut zu kompensieren. Er wurde Vater, verdammt! Er musste ein gutes Vorbild abgeben, das war er seiner Tochter schuldig. Und dazu gehörte nicht nur, ein guter Polizist zu sein, sondern auch, seiner Frau beizustehen und ihr durch ihre Krisen zu helfen. Auch wenn er sich keinen schlechteren Zeitpunkt dafür hätte vorstellen können.

Tanja hatte über ein Jahr Zeit gehabt, um mit ihm darüber zu reden, und ausgerechnet jetzt, wenige Minuten vor ihrem ersten Arbeitstag, kam sie damit um die Ecke. Er hatte sich so gefreut und hatte so viele Selbstgespräche führen müssen, um mit erhobenem Haupt zurückkommen zu können, und dann so was. Zu gern hätte er alles auf ihre Hormone geschoben, aber er wusste, dass es nicht nur die Schwangerschaft war, die zu dieser Aktion hier geführt hatte. Das war einfach Tanja, wie sie leibte und lebte. John riss sich zusammen und nahm ihre Hand. „Schatz. Wir haben aus unseren Fehlern gelernt. Wir werden gute Eltern sein und auch gute Polizisten. Fehler werden wir immer wieder machen und dennoch werden wir nie so beschissene Eltern, wie unsere es waren. Das verspreche ich dir."

„Und wenn ich ganz doll überfordert bin und alles an der Maus auslasse? Oder es nicht schaffe, mich um sie so zu kümmern, wie sie es braucht?" Tanja konnte ihm nicht mal in die Augen schauen.

Er hob ihr Kinn mit seinem Zeigefinger, damit sie ihn anschauen musste. „Dann suchen wir uns Hilfe und du musst deine Therapiephobie überwinden." Er grinste sie an.

Tanja warf sich in seine Arme und weinte hemmungslos. „Na gut, vielleicht sind es ja doch ein bisschen die Hormone."

„Ein bisschen", sagte er und war in diesem Moment froh, für sie da sein zu können. Wie gern hätte auch er jemanden gehabt, der ihn und seine Angst auffangen hätte können. Genauso gern, wie er sich an einen Vater gewandt hätte, der ihm auch mal motivierend auf die Schulter klopfte und ihm erklärte, wie man all das machte. Ein guter Mann sein, ein guter Polizist sein, ein guter Vater werden.

„Schatz?", flüsterte er.

„Ja?"

„Um gute Polizisten zu sein, müssen wir jetzt weiterfahren. Sonst kommen wir an unserem ersten Tag zu spät."

„Okay. Tut mir leid."

„Kein Tut-mir-Leid, bitte. Ich bin froh, dass du mit mir darüber gesprochen hast. Und heute Abend können wir gern noch mal in Ruhe über alles reden."

Tanja schnäuzte sich, während er weiterfuhr. Einen Moment später hielt er auch schon vor dem Revier. Hoffentlich würde dieser Tag gut werden.

„Bereit?" Er schaute sie aufmunternd an.

Sie zuckte mit den Schultern. „Ich glaube, ich will keine Polizistin mehr sein."

Zukunft

Sabine

Ihr Schädel schmerzte, als wäre in der Nacht davor ein Elefant darüber gelaufen ... nein, als würde er *immer noch* darauf stehen und alles zu Pudding quetschen. *Poch, poch, poch,* hämmerte es unentwegt. *Habe ich einen Kater?* Sie wollte sich bewegen, doch ihr fehlte die Kraft – noch nicht einmal die Lider konnte sie anheben. *Was habe ich gestern nur getrieben?* *War ich mit Martin aus?*

Martin ..., fiel es ihr wieder ein und ihr Herz zog sich schmerzhaft zusammen. Sie war Wandern gegangen. Wandern – sie, Sabine. Allein. Und dann hatte sie ihn getroffen. *Ihn ...!* Sie riss die Augen auf, als die Erinnerung zurückkam. *Wo zur Hölle bin ich?*

Sie lag in einem Bett. Neben ihr stand ein Tisch mit einer Tasse Tee und einem Strauß schwarzer Rosen darauf. Es war kalt. Draußen regnete es noch immer in Strömen – das sagte ihr das Prasseln am Fenster. Sie lag völlig frei, war nicht gefesselt oder so. *Hat mich jemand gerettet? Oder bin ich schon tot?*

Es knarrte hinter ihr. Sabines Herz raste, sie konnte kaum atmen vor Angst. Langsam drehte sie sich um, als wäre es dann weniger schwer zu ertragen, was ihr blühte. Und dann blickte sie in die glasigen Augen einer älteren Frau.

„Hallo, Liebes." Die Dame hielt ein Tablett in der zitternden Hand. Aus einer darauf stehenden Schale dampfte es. „Wie schön, dass du endlich wach bist."

Sabine verzog keine Miene. Sie war sich nicht sicher, was hier geschah. Nur ihr Kopf bewegte sich, da sie jeden Schritt der Alten verfolgte.

Die stellte das Tablett ab und setzte sich zu Sabine aufs Bett.

„Liebes, dir ist Schlimmes passiert. Das tut mir leid. Auch, dass er dir so wehgetan hat. Das war keine Absicht. Du siehst ja schlimm aus ... grün und blau leuchtet dein hübsches Gesicht. Das geht so nicht. Glaub mir, er hat seine Strafe erhalten."

Angespannt saß Sabine da und ließ sich von der Frau die Hände tätscheln. Was redete die für komisches Zeug?!

„Ich habe dir eine Suppe gekocht und ein Stück Schokolade habe ich dir auch besorgt. Du musst ja erst mal wieder zu Kräften kommen." Sie lächelte Sabine freundlich an. „Ach, ich Dummerchen – ich bin übrigens Martha. Ich bin die gute Seele des Hauses. Ich werde mich um dich kümmern, meine Kleine."

„Ich will nach Hause."

„Dafür bist du noch zu schwach, Liebes. Komm erst mal zu dir und erhol dich."

„Aber ich muss zumindest zu Hause Bescheid geben."

Martha nickte ihr zu und erhob sich vom Bett. „Ich bring dir ein Handy, dann kannst du überall anrufen, wo du willst. Doch nun iss erst mal deine Suppe und ruh dich etwas aus." Sie klang wie eine Lehrerin, die Sabines Bestes wollte und erwartete, dass man ihr nicht widersprach. Ein letztes Mal tätschelte Martha ihr die Schulter und dann verließ sie den Raum.

Was soll das?

5. OKTOBER 2020 – MONTAG

Sabine

Ich liebe dich bis in alle Ewigkeit!" Er küsste sie so leidenschaftlich, als hinge sein Leben davon ab.

In Sabine kribbelte alles – von den Fußspitzen bis zum Herzen. In ihr tobte ein Sturm aus Erregung, Aufregung und vor allem Verliebtheit. Wie konnte ein Mann nur so toll sein? Und wie konnte so ein Mann sie auch noch derart stark lieben? Und wie konnte sie selbst nur so lieben?

Er strich ihr behutsam übers Haar. „Mit dir an meiner Seite werde ich alles schaffen."

Sie blickte in seine braunen Augen und verlor sich darin. Das Braun strahlte Sicherheit und Stärke aus, wie es sonst nur Erde und Bäume vermittelten. Gleichzeitig löste sein Blick einen Wirbelsturm in ihrem Herzen aus.

„Ernsthaft ... dafür hat sich all der Mist in meinem Leben gelohnt. Als hätte ich nur hart genug kämpfen müssen, um am Ende endlich die Belohnung zu bekommen. Du bist meine Belohnung für all das Leid, das hinter mir liegt."

Sie horchte auf. Sabine wusste, dass er eine schwere Kindheit gehabt hatte, und auch seine Exfreundinnen hatten ihm wohl übel mitgespielt, doch sehr viel erzählt hatte er bisher nicht. Vielleicht würde sie ja heute endlich mehr erfahren.

„Bine, ich möchte, dass du die Mutter meiner Kinder wirst, und eines Tages werde ich dich heiraten. Aber noch geht das leider nicht. Wenn wir heiraten, soll es eine Traumhochzeit werden und dafür muss ich erst meine Schulden abzahlen. Wenn dieser blöde Spast mich nicht so abgezogen und meine Firma ruiniert hätte ..."

Sie sah, wie Wut in ihm hochstieg. Sein Körper verspannte sich von jetzt auf gleich, als hätte ihn jemand in eiskaltes Wasser gestoßen.

„Du hast Schulden?" *Wenn du wüsstest, wie gut ich es kenne, finanzielle Probleme zu haben ... Vielleicht ist es ja sogar unsere Bestimmung, unsere Probleme gemeinsam anzugehen. Vielleicht haben wir uns genau deshalb zu genau diesem Zeitpunkt kennengelernt, damit wir nicht allein durch die Schuldenhölle müssen. Irgendwie ist das romantisch ...*

„Ja, und ich schäme mich dafür." Er sah ihr nicht mehr in die Augen. „Ich wäre so gern perfekt für dich, aber blöderweise habe ich meinem Geschäftspartner zu sehr vertraut und nun habe ich irre viel abzuzahlen. Das wird noch ein paar Jahre dauern."

„Babe, das ist doch nicht schlimm. Ich liebe dich doch nicht des Geldes wegen. Wir schaffen alles, was wir wollen – das sagst du doch immer. Und ein paar Schulden sind doch ein Klacks; vor allem bei deinem Job. Du verdienst mehr als jeder andere, den ich kenne. Das sollte doch schnell vom Tisch sein. Vielleicht finden wir ja zusammen noch ein paar Möglichkeiten, dass du schneller davon runterkommst. Wir könnten zusammen zu einer Beratungsstelle gehen oder einen Schuldenkurs machen, was meinst du? Und wir müssen auch nicht in diese teuren Hotels fahren, um uns zu sehen."

„Ach, das ist es mir wert. Und den Kurs ... ja, irgendwann mal können wir das machen. Aber zurzeit bin ich zu fertig, um mich damit zu befassen. Es würde nur alles wieder aufwirbeln und ich möchte mich lieber auf die guten Dinge in meinem Leben konzentrieren – dich."

Sie gab ihm einen Kuss auf die Wange und legte sich wieder in seinen Arm. „Willst du davon erzählen? Wie das alles passiert ist?", wagte sie sich vorsichtig vor. Vielleicht konnte er auch besser reden, wenn man ihn dabei nicht anschaute. Also sah sie auf seine behaarte Brust und strich dort mit ihren Fingern entlang.

„Eigentlich gibt es da nicht viel zu erzählen. Wir hatten zusammen eine Marketingfirma aufgebaut – mein bester Freund und ich – und dann hat er mich hintergangen. Er hat das Finanzielle geregelt und immer so getan, als wäre alles in bester Ordnung. Hat die teuersten Sachen angeschafft, und ich habe gedacht, alles wäre gut. Aber wie sich herausgestellt hat, ist er nur ein Schnacker. Hat viel geredet, aber eigentlich nie den Arsch hochbekommen. Tja, und dann stand plötzlich der Gerichtsvollzieher vor der Tür. Anscheinend hatte er damit gerechnet, denn er war an diesem Tag nicht da ... und auch danach nie wieder. Keine Entschuldigung. Kein ... nichts. Und all die Schulden liegen bei mir, denn ich habe den Kredit damals allein aufgenommen, weil er nicht kreditwürdig gewesen ist." Er lacht freudlos auf. „Das hätte ich vielleicht mal hinterfragen sollen. Wir waren wirklich beste Freunde bis zu diesem Tag. Als ich mir dann einen Überblick verschafft habe, hab ich in der Korrespondenz Beschwerden, Mahnungen und Gerichtsschreiben gefunden. Er hat mir nie etwas davon erzählt. Und das Beste: Er ist mit dem Geschäftsauto, das er ja unbedingt hat anschaffen müssen, auf und davon." Während des Erzählens strich er immer wieder über ihre blonden Haare. Seine Berührungen wurden von Satz zu Satz härter, sodass Sabine schließlich Angst hatte, dass er ihr Haare ausreißen könnte.

Sie wechselte unauffällig die Position, um ihre Mähne zu retten, stützte ihren Kopf auf ihre Hand und sah ihm direkt in die Augen. „Das ist ja schrecklich. Es tut mir so leid, mein Tiger." Sie strich ihm über den Kopf, zärtlich und sanft.

Sofort veränderte sich sein Blick und die Falten auf seiner Stirn verschwanden. Sein Gesichtsausdruck wurde wieder lebendig. „Keine Sorge. Er hat seine Strafe bekommen." Er lächelte und zog Sabine auf sich, seine Hände an ihrem Po.

„Wie meinst du das?" Ihr wurde mulmig zumute.

„Na, böse Jungs werden bestraft – genauso wie böse Mädchen. Warst du auch ein böses Mädchen?" Er lächelte verschmitzt und gab ihr einen Klaps auf den Po. „Ich fürchte schon ... Und deshalb muss ich dich jetzt wohl bestrafen."

Emma

Eigentlich hatte sich Emma wirklich auf heute gefreut – den ganzen Abend sturmfrei, nur Benny und sie. Tim hatte ihr zwar angeboten, vorbeizukommen, doch sie hatten in den letzten Wochen so viel Zeit zusammen verbracht, dass sie froh war, einfach mal mit niemandem reden zu müssen. Und damit sie keine Angst bekam, hatte sie ja Benny bei sich ... zumindest hatte sie das Tim so gesagt. Tanja hatte vorbeikommen wollen, aber auch sie hatte Emma vertröstet. Es tat ihr zwar leid, weil es bestimmt emotional aufwirbelnd gewesen sein musste, nach einem Jahr wieder auf dem Revier anzutreten, doch sie musste einfach mal an sich denken.

Emma saß im Wohnzimmer und las den neusten Thriller von Andrea Reinhardt. Es war mittlerweile neun Uhr und sie hatte den Abend bisher mit Kochen und der Aufnahme eines YouTube Videos verbracht. Benny lag auf ihren Füßen, die sie auf der Couch ausgestreckt hatte. Nun konnte sie endlich zur Ruhe kommen.

Doch jetzt, wo Sabine weg war und es draußen dunkel wurde, kam doch ein mulmiges Gefühl in ihr auf, das ihr so vertraut war, wie sie es verabscheute ... Es war wie der Vorbote einer schlechten Nachricht.

Manno, die Welt könnte so schön sein, wenn diese miese Angst nicht wäre. Lange hatte sie die nicht mehr gefühlt, aber nun war es, als würde eine dunkle Wolke aus Panik ganz langsam in ihren Körper ziehen. Erst begannen sich die Schultern zu versteifen, dann verengte sich ihr Brustkorb. Ihr Atem wurde schwerer – so wie sich nun ihr ganzer Körper anfühlte. Ein Geräusch ließ sie zusammenfahren. Benny erschrak und schaute Emma vorwurfsvoll an. Er wollte in Ruhe schlafen und das konnte sie verstehen. Sie wollte schließlich auch nur in Ruhe lesen.

Sie scannte Decke und Wände. *Sind hier irgendwo Kameras? Werde ich wieder beobachtet?* Bilder von Erik schossen an ihrem inneren Auge vorbei. Seine eisblauen Augen, die ihr eine Gänsehaut bereiteten. Manchmal kamen die Erinnerungen und sie konnte den Schmerz förmlich noch einmal spüren. Dann tat es so weh wie damals. Letztes Jahr. Sie zuckte zusammen.

Benny zog entnervt ab und ließ sie allein im Wohnzimmer.

Na danke ... von wegen Beschützen. Emma zog die Beine an und umschlang ihre Knie. Sie zitterte inzwischen und sah sich permanent gehetzt um. *Mir kann nichts passieren,* flüsterte sie stumm. *Ich bin in Sicherheit. Der Spuk ist vorbei,* sagte sie sich immer wieder. *Erik ist im*

Gefängnis, verdammt noch mal. Er kann mir nichts mehr tun.

„Nein, verdammt!" Mit einer ruckartigen Bewegung löste sie sich aus ihrer Schockstarre, stand auf und warf das Buch in die Ecke. „Nein!", schrie sie erneut und legte all ihre Wut darein. Benny kam bellend zurück, um zu sehen, was los war. „Nein", wiederholte sie mit weniger Kraft, diesmal lag Trauer darin. Sie stand vor dem Sofa und Tränen stiegen ihr in die Augen. „Nein ...", formten ihre Lippen fast tonlos.

Ich habe es so satt, Angst zu haben. Sie hatte diesen Teil von sich schon fast vergessen. Den Teil, der sie nächtelang starr unter der Bettdecke liegen ließ, weil sie solche Angst hatte. Klar, sie hatte immer noch Albträume und oft kamen Erinnerungen an Erik hoch, aber so schlimm war es schon lange nicht mehr gewesen. Dieser Zustand kotzte sie so an. *Ich will endlich ein ganz normaler Mensch sein, der seinen sturmfreien Abend genießen kann!* Sie hatte sich wirklich darauf gefreut, einfach mal nur ein Buch zu lesen. Und nun? Nun machte sie sich bei jedem Geräusch fast in die Hosen. Ihre Arme fühlten sich vor Kribbeln an wie Ameisenhaufen – Angst zeigte sich bei ihr immer erst in den Armen, ehe sie von da aus durch den ganzen Körper zog, sich ausbreitete wie die Pest. *Es* ist *die Pest!* War vielleicht sogar noch schlimmer. *Die Pest tötete einen wenigstens.* Diese scheiß Angst war pure Folter.

Sie wusste, sie hätte nach Erik dringend eine Therapie machen müssen, doch Emma hatte sich geschworen, nach den Erlebnissen mit der Todesküsserin nie wieder einen Therapeuten aufzusuchen. Sie wollte endlich normal sein und sich nicht mehr ständig mit ihrer Vergangenheit befassen müssen. Sie wollte nicht mehr ständig über ihre Ängste reden müssen, ritzte sich nicht mehr, hatte keine Panikattacken mehr – sie hatte doch wirklich genug gelernt, um mit all dem endlich allein klarzukommen. Auch wenn ihr die Polizei damals mehrfach Traumatherapie angeraten hatte ... Nein, sie würde so etwas nie wieder machen!

Aber irgendetwas würde sie tun müssen. Sie spürte, dass da in ihr wieder so viele Gefühle brodelten. Manchmal konnte sie die Wut, die noch in ihr steckte, für einen kleinen Moment fühlen. Sie spürte das besonders nachts, wenn die Albträume kamen, wobei das weniger schlimm war, denn schlecht geträumt hatte sie schon immer. Doch in ihrem mittlerweile normalen und auch schönen Alltag gab es keinen Raum mehr, die Wut loszulassen. Solang sie sich nicht wieder wehtat, war das okay. Leider war der Drang gerade jetzt nur schwer zu ignorieren. Aber es war wie eine Sucht und schon aus dem Grund durfte sie dem nie mehr nachgehen! Sie war besser als ihr Vater, der vom Alkohol bis zum letzten Tag nicht losgekommen war. *Ich bin jetzt jemand, der sein Hobby zum Beruf gemacht hat. Jemand, der sich traut, vor der Kamera zu stehen, obwohl das vorher nie denkbar gewesen wäre. Ich lebe davon und muss mich nicht mehr mit doofen Chefs und Kollegen rumärgern. Mit Sabines Hund gehe ich sogar regelmäßig raus und ich habe eine Mitbewohnerin. Das alles geht jetzt, obwohl ich immer noch Emma Burg bin. Und ich mag meine Mitbewohnerin sogar. Zum ersten Mal in meinem Leben habe ich nicht nur Tanja an meiner Seite. Und dann habe ich sogar einen Freund und ein wenig Sex und das nach Erik, wo ich mir sicher war, nie wieder jemanden an mich ran lassen zu können. Ich führe ein scheiß normales Leben und das ist wunderschön. Ich gehe sogar zu einem Selbstverteidigungskurs. Ich kann mich wehren. Und ich werde mich wehren.*

Und genau das gab ihr in dem Moment Kraft; der Gedanke daran, dass sie kein Opfer mehr war und nie wieder sein würde. Sie hob die Fäuste vors Gesicht, trat in die Luft und gab einen Kampfschrei von sich. Dann trat sie wieder vor sich und schlug mit den Fäusten hinterher. Sie übte alle möglichen Schlag- und Trittkombinationen, die sie gelernt hatte, und stellte sich dabei vor, Erik zu vermöbeln. Machte sich bewusst, dass ihr niemand mehr etwas tun konnte, und es tat gut. Sie legte all ihre Wut hinein, schrie laut auf. Benny hatte sich längst wieder verzogen. *Scheiß drauf, was die Nachbarn sagen.* Es tat *so* gut, war, als würde sie ihre eigene Wut verprügeln.

Nach einer halben Stunde sank sie erschöpft auf dem Boden zusammen und weinte. Emma wusste nicht mal genau, warum, aber es waren gute Tränen. Sie hatte ihre Angst besiegt, sie war das Panikkribbeln in den Armen losgeworden. Sie hatte den Kreislauf durchbrochen. Sie war von ihrer so oft erlebten Schockstarre in die Handlung gegangen und es war ein gutes Gefühl. Sie betrauerte ihre Vergangenheit und beglückwünschte sich zu ihrem neuen Leben. Sie war nicht mehr die alte Emma. Sie war stärker geworden und ließ sich von nichts und niemandem mehr Angst machen.

In diesem Moment knurrte Benny im Flur, als würde er eine Bedrohung wittern. Emma versteifte sich.

John

Hey, John, schön, dass du wieder da bist!" Casy drückte ihren Kollegen fest an sich.

„Casy." John war erleichtert. Erst jetzt wurde ihm klar, wie sehr er das alles vermisst hatte. „Ich hab dich heut gar nicht auf dem Revier gesehen. Du bist doch wieder arbeiten, oder?", flüsterte er. Niemand hier sollte wissen, dass sie Polizisten waren.

„Ja, keine Sorge. Ich hatte heute nur frei. Morgen bin ich wieder am Start. Ich war ja schließlich lange genug weg. Echt, ich bin sooo froh, dass du wieder da bist. Gute Polizisten sind ja irgendwie Mangelware." Sie zwinkerte ihm zu und John konnte das breite Grinsen nicht unterdrücken. Es war gut, das an so einem Tag zu hören.

Sie hakte sich bei ihm ein und zog ihn zum Tisch mit der Verpflegung neben der Eingangstür. „Hast du den schlechten Kaffee hier vermisst?"

„Und wie!" John lachte. Er nahm sich einen Becher und beobachtete Casy, die ihren eigenen Kaffee-to-go-Becher dabeihatte und ihn befüllte. Sie zitterte. *Gut scheint es ihr aber auch nicht zu gehen.* In den letzten anderthalb Jahren hatte er sich von allem, was mit seinem normalen Alltag zu tun gehabt hatte, ferngehalten – vom Revier, von Kollegen, von den Meetings und somit auch von ihr. Er hatte sich zu sehr geschämt. War stattdessen damit beschäftigt gewesen, gesund zu werden und seine Beziehung mit Tanja zu genießen. Sie waren sogar zusammengezogen.

„Hey, John! Wie schön, dass du uns auch mal wieder beehrst", begrüßte ihn ein Mann mit grauen langen Haaren.

„Oh, welch hoher Besuch hier!" Ein Mann in blauem Holzfällerhemd und mit Schnurrbart stieß ihm gegen die Schulter.

Und so vergingen die nächsten Minuten mit freudigen Wiedersehensworten, bis der Mann mit den längeren grauen Haaren sich setzte und den anderen ein Zeichen gab, es ihm gleichzutun.

Sie saßen auf Holzstühlen im Kreis, jeder einen Kaffee in der Hand. Schweigen legte sich über die Gruppe.

„Hallo, in die Runde. Wie schön, dass ihr da seid."

„Hey, Herbert!", antworteten die anderen.

„Wir haben heute zwei Neue unter uns und auch einen alten Hasen endlich wieder hier. Über ein Jahr lang war er weg und hat seine Auszeit hoffentlich genossen."

John nickte. Er hätte nie gedacht, mal wieder so nervös bei einem Meeting zu sein. Es fühlte sich fast so an, als wäre es sein erstes Treffen, deshalb verstand er, dass die beiden jungen Frauen – die Neuzugänge – unentwegt mit den Füßen wippten.

„Wir beginnen diese Runde damit, dass wir uns alle kurz vorstellen. Ganz entspannt – ihr sagt einfach das, wozu ihr bereit seid. Ob eure Geschichte oder nur der Name, den könnt ihr euch natürlich auch ausdenken, wenn ihr wollt. Alles, was wir hier besprechen, bleibt unter uns. Nach der Vorstellungsrunde darf erzählt werden, was euch auf dem Herzen liegt. Bei manchen Sitzungen hören wir nur zu, bei anderen geben wir Input ... heute hören wir nur zu. Es ist wichtig, dass wir unsere Geschichte erzählen, damit wir sie uns eingestehen, nicht länger leugnen und auch endlich mal zu Wort kommen. Wenn man mit Alkoholikern zusammenlebt oder aufgewachsen ist, bleibt da kein Raum für die eigenen Bedürfnisse und deshalb ist hier unsere Zeit. Wir dürfen sagen, was wir wollen, völlig unzensiert und mit allen Emotionen, die wir haben. Schimpfwörter ausdrücklich erlaubt." Er lächelte aufmunternd.

Das blonde neue Mädchen wischte sich eine Träne weg. John konnte sich noch genau erinnern, wie heilsam er diese Ansprache beim ersten Mal empfunden hatte. Auch heute trösteten ihn die Worte mehr als erwartet. Casy drückte ihn am Arm. Sie hatte es wohl bemerkt.

„Habt ihr Fragen?" Herbert strich sich durch sein graues, fast gelblich schimmerndes Haar.

Die Neue mit den roten Haaren meldete sich.

„Ihr müsst euch nicht melden. Redet einfach drauf los – das ist hier nicht so förmlich."

„Okay", flüsterte sie.

Alle starrten sie an und John bemerkte, wie sich ihr Hautton ihrer Haarfarbe annäherte.

„Sind wir nur hier nur, um uns auszukotzen, oder wird einem hier auch geholfen?", presste sie hervor.

„Nun ja, wie ich schon sagte, ist es Teil der Heilung, gehört zu werden. Der zweite Teil besteht aber darin, sich auszutauschen und zusammen zu überlegen, wie man sein Leben, seine Vergangenheit oder seine Zukunft bewältigen kann. Wir sind hier bei Al-Anon ein bunter Haufen. Die einen sind in alkoholkranken Familien aufgewachsen, andere leben mit Partnern zusammen, die immer noch sehr krank sind und Hilfe brauchen, wieder andere haben es da rausgeschafft und erzählen, wie sie es getan haben." Er hielt kurz inne und dann sah er die beiden an. „Wie heißt du?"

Die Rothaarige antwortete: „Freddy."

„Okay, Freddy. Willkommen. Ob dir hier auch geholfen werden kann, liegt vor allem an dir – was du brauchst und was du aus all dem hier machst."

„Es geht gar nicht um mich. Ich komm klar!", feuerte sie ihm entgegen. „Es geht um meine Schwester. Sie leidet sehr und ich will ihr helfen."

„Das ist löblich. Dann schlage ich vor, ihr lasst euch einfach mal darauf ein und entscheidet nach der Sitzung, wie es euch damit geht und ob es sich gut für euch anfühlt. Und solltet ihr nur mit mir oder mit den Menschen hier nicht harmonieren, gibt es in Berlin noch genügend andere Gruppen. Sucht euch einfach die, die zu euch passt, und gebt dem Ganzen eine Chance."

Beide nickten. John hätte die Blonde am liebsten in den Arm genommen und ihr gesagt, dass alles gut werden würde. Sie sah aus, als würde sie jeden Moment zerbrechen. Und Freddy hatte so unendlich viel Wut in sich, dass er damit rechnete, dass die Bombe in ihr jederzeit platzen konnte. Beide Mädchen zusammengenommen waren seine Tanja. Mit einem Mal vermisste er sie. Zu gern hätte er sie mal hierher mitgenommen, denn er war sich sicher, es hätte ihr gutgetan. Doch über ihre Kindheit zu reden, war tabu. Auf so etwas wie hier hätte sie sich nicht mal unter Folter eingelassen. Er hatte einmal eine kurze Zusammenfassung ihrer Geschichte erhalten, mit dem Hinweis, dass sie nie wieder darauf eingehen, geschweige denn mehr erzählen würde. Für sie war das Thema damit abgehakt und das machte es wiederum für ihn schwer, über seine eigene Vergangenheit und seine Sorgen zu reden. Einerseits war er da jetzt auch nicht unbedingt der Typ für, aber andererseits wollte er es wenigstens *können,* wenn alte Wunden aufgerissen wurden – wie jetzt, wo er verdammt noch mal Vater wurde und keine Ahnung hatte, wie seine neue Rolle funktionierte.

„John", unterbrach Herbert seine Gedanken. „Möchtest du anfangen?"

Zukunft

Sabine

Kann ich es wirklich wagen und die Suppe essen? Nicht, dass da Schlafmittel drin ist. *Wie damals in Emmas Wasser.* Sie hatte wirklich tierischen Hunger und zu Kräften zu kommen, erschien ihr sinnvoll. *Und irgendwelche Medikamente oder Drogen hätten sie mir ja auch anders verabreichen können. Hm ... das ist sowieso einfach nur komisch. Die alte Frau scheint ja ganz nett zu sein. Bin ich jetzt eine Gefangene oder wurde ich gerettet? Und was heißt, dass er seine Strafe bekommen hat?*

Die Suppe dampfte vor ihrer Nase und verströmte einen köstlichen Duft. Es roch wie früher bei Granny. Wie oft hatte sie dort in der Sitzecke der Küche gesessen, mit einer Puppe gespielt und ihre Oma dabei beobachtet, wie sie das Essen zubereitete. Es gab fast täglich Suppe oder Eintopf – weil es satt machte, billig und lecker war, wie sie immer sagte. Und es hatte sooo gut geschmeckt. Selbst Emmas Essen hätte sie für die Suppe ihrer Granny stehen gelassen. *Komisch, dass ich mich ausgerechnet jetzt an sie erinnere ... Na gut, einen Löffel kann ich ja mal probieren. Davon werde ich schon nicht gleich umfallen.*

Vorsichtig führte sie den Löffel an ihre Lippen. Der Geschmack breitete sich in ihrem Mundraum aus. Sie schloss die Augen, schluckte und hätte heulen können, so gut tat die warme Flüssigkeit in ihrem Magen. Aber wahrscheinlich hätte ihr jetzt alles so gut geschmeckt. Wie lange hatte sie nichts mehr gegessen? Einen Tag oder länger? Ihre Lippen waren ganz rissig, sie fühlte sich ausgetrocknet – innen wie außen. Ihre Haut fühlte sich an, als würde sie eine ganze Tube Lotion brauchen.

Todesmutig löffelte Sabine die Suppe, mit ihren Gedanken ganz in der Vergangenheit. Wenn sie ausgehungert von ihrer Mum zu Granny gekommen war, hatte diese sie ermahnt, langsam zu essen, damit sie keine Bauchschmerzen bekam. Granny wusste schließlich, dass es bei ihr zu Hause meist nichts zu essen gegeben hatte und wenn, dann nur Junkfood. Sie hatte Emma nie erzählt, wie ähnlich manche Sachen in ihrer beiden Leben gelaufen waren. Sie war, so oft sie konnte, zu ihrer Oma gegangen ... bis sie eben irgendwann gar nicht mehr nach Hause gegangen war. Wenn sie sich vorstellte, dass Emma nicht mal das gehabt hatte ...

Ist das jetzt die Strafe, dass ich nicht für die Frau da war, die mich immer aufgefangen hat?

Völlig in Gedanken vertieft, bekam sie nicht einmal mit, dass sie den Teller leer löffelte, bemerkte es erst, als es zu spät war. *Mist, das wollte ich gar nicht.* Aber es hatte so gutgetan und sie fühlte sich bisher nicht sonderlich anders. Zumindest nicht müder als vorher. Der Geschmack hatte sie sogar für einen kurzen Moment von ihren hämmernden Kopfschmerzen abgebracht, die nun aber gleich doppelt so schlimm zurückkamen, sodass sie sich wieder hinlegen musste. Sie hatte Angst, ihr Schädel könnte jeden Moment explodieren. Ob sie eine Gehirnerschütterung hatte? Aber war einem dann nicht auch schlecht? *Ach, was weiß ich ...*

Für einen kurzen Moment schloss Sabine die Augen und stöhnte vor Schmerz. Das Knarren der Tür schreckte sie auf, sodass das Dröhnen kurzzeitig noch schlimmer wurde.

„Liebes, ich bin's bloß. Nicht erschrecken." Martha kam wieder an ihr Bett. „Schön, dass du die Suppe gegessen hast. Sie macht dich wieder fit. Wirst schon sehen."

Sabine stöhnte und hielt sich den Kopf.

„So schlimm? Nimm am besten noch eine Schmerztablette. Die wird helfen." Martha schälte eine Tablette aus der Packung und hielt sie ihr in der offenen Hand hin. In der anderen hielt sie ein Wasserglas. „Da, nimm."

Sabine befolgte die Anweisung, ohne zu Murren. *Was hab ich schon zu verlieren? Wenn sie mich vergiften wollte, hätte sie es längst tun können.*

„Schließ ein wenig die Augen. Oft hilft nur Schlafen, um eine schlimme Zeit zu überstehen."

Wie früher zu Hause, dachte Sabine und gab sich der Müdigkeit hin. *Ich hoffe nur, das ist kein Fehler.*

5. OKTOBER 2020 – MONTAG

Sabine

Was machst du denn schon hier?!", wurde sie von Emma begrüßt. Die starrte sie an, als wäre sie der Teufel höchstpersönlich.

„Ähm ... Ich dachte, ich wohne hier?" Sabine nahm Benny hoch und gab ihm einen Schmatzer.

„Das ist nicht lustig!"

„Wer sind Sie? Und haben Sie zufällig meine mitfühlende Freundin Emma gesehen?" Sabine sah, wie Emmas Anspannung abebbte, denn ihre Schultern sackten gefühlte zwei Zentimeter ab.

„Sorry ..."

„Und was hältst du da in der Hand?" Sabine hängte ihre Jacke weg, stellte die Schuhe an die Seite und schielte immer wieder zu Emmas Faust.

„Pfefferspray."

„Mein Gott, Emma!"

„Ja, was denn?! Du wolltest doch erst morgen wiederkommen!" Sie steckte das Spray zurück in ihre Tasche und drehte sich weg.

„Hast du geweint? Du bist total rot im Gesicht."

„Nein, ich habe trainiert!", gab Emma patzig zurück.

„Was? Wieso das denn? Ich dachte, du wolltest dein Sturmfrei nutzen und endlich mal wieder lesen?" Sie sah Emma skeptisch an.

„Hab ich ja auch. Und dann habe ich eben trainiert." Emma ging ins Wohnzimmer. „Und warum bist du jetzt schon zurück?", fragte sie, als Sabine ihr nachkam.

„Martin musste leider spontan zur Arbeit. Irgendwas Dringendes konnte nicht warten."

„Scheint ja ein ziemlich wichtiger Job zu sein. Ist er Arzt oder so?"

„Nein, er macht was mit Marketing. Seine Chefin ist eine ziemliche Idiotin und er muss ihr immer den Arsch retten. Tut mir total leid, dass er ständig nach ihrer Pfeife tanzen muss. Dabei war es gerade *so* schön. Wir sind uns nähergekommen. Er hat mir endlich ein bisschen was von seiner Vergangenheit erzählt", schwärmte sie und folgte Emma in die Küche.

„Der Arme." Emmas Worte trieften vor Sarkasmus, während sie zum Wasserkocher griff, um Tee zu kochen.

„Mann, Emma. Was hast du denn?! Du kennst ihn doch gar nicht."

„Nein, sorry. Ich seh nur, dass er dich ständig sitzen lässt, und ich weiß, wie traurig dich das macht. Und da ich ihn nicht kenne, muss ich mit ihm auch kein Mitleid haben."

„*Willst* du ihn denn kennenlernen?"

Emma glitt der Teebeutel aus der Hand. „So war das jetzt auch nicht gemeint."

„Nein. Aber du hast ja recht. Vielleicht solltet ihr euch kennenlernen. Ich glaube, dann verstehst du mich besser. Er ist wirklich ein wichtiger Teil von mir geworden und falls du ihn magst, kann er ja vielleicht auch mal hier schlafen oder so."

„Weil er dich immer noch nicht in seine Wohnung lässt?"

„Die renoviert er gerade", verteidigte sie sich.

„Ich denke, er arbeitet immer? Wann soll er das denn auch noch machen?" Sie goss das kochende Wasser in die Tassen.

„Eben. Deswegen kommt er ja nicht voran."

„Na, dann hilf ihm doch."

„Hab ich auch schon vorgeschlagen, aber das will er nicht." Sabine nahm sich eine Tomate und biss hinein.

„Wir haben auch noch Lasagne da."

„Schon gut. Ich hab nicht so großen Hunger." Der Saft der Tomate rann ihren Arm hinunter und ein Tropfen der roten Flüssigkeit landete auf dem Boden. „Also. Was meinst du? Willst du ihn kennenlernen?" Ihr Handy kündigte eine Nachricht an und sie las: *„Hey Babe, Frau meiner Träume. Es war wunderschön und ich freu mich schon auf unser Wiedersehen. Du bist der Wahnsinn."*

„Boah, Sabine ... Dieses Strahlen ist ja schon fast eklig. Also gut – bring ihn zum Essen mit. Aber lass die anderen auch dabei sein, dann wirkt es nicht so verkrampft, als wenn ich und du allein mit ihm Smalltalk halten sollen."

„Deal!", bestätigte Sabine und hatte Angst vor seiner Reaktion. Irgendwie hatte sie das Gefühl, dass er von diesem Treffen nicht begeistert sein würde. Oder war es ihre eigene Angst, dass sie in ihm nicht sehen würden, was sie sah? Schließlich waren bis auf Emma alle bei der Polizei. Sie war nicht bereit, etwas Schlechtes über Martin zu hören – dafür war er ihr einfach zu wichtig.

6. OKTOBER 2020 – DIENSTAG

John

„Es verschwinden schon wieder Frauen." Mit diesen Worten begrüßte Tim ihn in der Küche des Reviers.

„Ist ja ganz was Neues ..." John goss sich Kaffee ein und brühte für Tanja einen Tee auf.

„Ich wollt dich nur vorwarnen. Gleich startet das Meeting mit der Chefin und ich weiß ja nicht, wie belastbar Tanja aktuell ist. Du weißt schon ..."

„Herrgott, sie ist schwanger und nicht unfähig!", herrschte John ihn an.

„Ich weiß, deshalb ja ... Pass auf, meine erste Frau war auch schwanger. Wir haben das Kind leider bei der Geburt verloren." Tim senkte den Blick.

„O Scheiße. Das tut mir leid." John stand unbeholfen da und wusste nicht, wie er mit dem eben Gehörten umgehen sollte. Die Vorstellung, seinen kleinen Krümel zu verlieren, war die Hölle.

„Ist schon okay – ist lange her. Ich wollte damit auch kein Mitleid, sondern dir nur sagen, dass ich weiß, wie Frauen da sein können. Meine war quasi fast neun Monate lang eine tickende Heulbombe – nicht böse gemeint, aber sie hat sogar geweint, wenn sie in der Werbung Katzenbabys gesehen hat. Sie konnte ab dem Tag keine Thriller mehr lesen. Es war furchtbar anstrengend, mit ihr zu reden, weil sie alles auf die Goldwaage gelegt hat, und deshalb dachte ich, vielleicht fühlst du bei Tanja erst mal vor. Damit sie im Meeting mit der Chefin nicht völlig überrollt wird. Sind ja nicht alle Schwangeren so extrem drauf, aber man weiß es eben nicht."

„Na gut, das stimmt schon. Ist eigentlich eine gute Idee." John sah ihn dankbar an.

„Ich weiß zwar nicht, wie es ist, Vater zu sein, aber ich weiß, was es heißt, eine schwangere Frau zu Hause zu haben. Also falls du mal reden willst ..." Tim klopfte ihm auf die Schulter und verschwand. „Ich schick Tanja zu dir."

„Äh, was?! Tim!", rief John ihm hinterher.

Er drehte sich um und antwortete: „Gern geschehen. Macht fünfzig Euro!"

Da war er wieder – der Idiot, der immer einen dummen Spruch parat hatte. Und dennoch hatte John gerade zum ersten Mal verstanden, warum Emma mit ihm zusammen war. Nicht, dass er es so nötig hatte, um sich zum Reden mit Tim allein zu treffen – was wusste der schon? Drei Scheidungen waren jetzt nicht gerade eine Auszeichnung zum Expertentum im Umgang mit Ehefrauen. Aber es war trotzdem nett.

Und wie sollte er Tanja jetzt vorwarnen? *Hey Schatz, da werden Frauen entführt – eigentlich unser täglich Brot, aber ich wollte mal sehen, ob du gleich losheulst? O shit ...*

„Schatz? Tim sagt, ich solle in die Küche kommen."

7. OKTOBER 2020 - MITTWOCH

Emma

Mann, Sabine, du siehst gut aus! Jetzt zappel doch nicht so rum!", schimpfte Emma halb genervt, halb belustigt.

Schon den ganzen Tag lief Sabine rum wie Falschgeld, schaute ständig in den Spiegel, zupfte an sich und ihren Haaren herum. Es war schlimm genug, dass Emma selbst nervös war. Ein fremder Mann in ihrer Wohnung, Kennenlerngespräche ... das war jetzt nicht gerade ihre Vorstellung eines entspannten Abends. Aber wenn Sabine ihr den Typen unbedingt zeigen wollte, dann sollte sie – ein bisschen neugierig war sie ja auch.

„Scheiße, es klingelt!" Sabine sprang vor Schreck fast in die Luft, als es läutete.

„Ja, das ist es, was die Türglocke tun soll. Nun mach schon auf, ich kümmere mich um das Risotto."

Wenige Minuten später kam Sabine mit Tim, John und Tanja zurück und zog einen Schmollmund.

„Was ist denn ...? Ach herrje, wie seht ihr denn aus?!"

Vor ihr standen drei Polizisten. Sonst kamen sie nie in Montur, doch ausgerechnet heute hatten sie ihre Uniformen an. „Das ist doch nicht euer Ernst?!" Emma lachte.

„Das hab ich auch gesagt", schmollte Sabine.

„Wollt ihr ihn gleich beim ersten Treffen verschrecken?"

„Wenn er Angst vor Polizisten hat, dann hat er was zu verbergen und dann ist er sicher nicht der Richtige für dich." Tanja sah Sabine aufmunternd an.

„Ich hab auch Angst vor Polizisten und ich hab nichts zu verbergen!" Emma stand mit verschränkten Armen vor ihnen.

Tim näherte sich ihr und flüsterte ihr verführerisch ins Ohr: „Daran sollten wir arbeiten, mein Schatz."

„Was ist denn mit *dir* los?" Sie lachte und schob ihn weg. „Ihr zieht euch jetzt sofort was Ordentliches an, los! Tim hat noch ein paar Hemden hier und du Tanja, weißt ja, wo deine Sachen liegen."

Die drei zogen von dannen und Sabine atmete erleichtert auf.

Wieso hab ich eigentlich immer das Gefühl, hier die Mum zu spielen? Emma grinste und deckte den Tisch. Sabine half ihr und hauchte ihr ein Danke zu.

Wenige Minuten später saßen sie alle am Tisch und schauten auf den qualmenden Immerdieser-Smalltalk-Scheiß-Topf.

„Kannst du ihn nicht anrufen?", quengelte Tanja.

„Er ist fünf Minuten zu spät, da ruf ich doch nicht gleich an wie so 'ne Glucke." Wiederholt loggte sie sich bei WhatsApp ein und sah, dass er online war.

„Der wird schon noch kommen", beruhigte Emma sie.

„Also der kommt schon zu unserem ersten Date zu spät. Tz ... da können wir ihm ja nicht viel bedeuten." Tim verschränkte die Arme.

„Boah, ey! Könnt ihr mal aufhören? Erzählt doch einfach was von eurer Arbeit. Gibt es gerade keine Verbrecher zu fangen?"

Stille legte sich über den Raum. *Verdammt ... offenbar schon. Wieso trete ich eigentlich in jeden Fettnapf, den es gibt?* Ihre Gedanken wurden vom Klingeln unterbrochen.

Sabine sprang auf, während Emma das Essen auf die Teller verteilte. Sobald die Mäuler gestopft waren, würde die Stimmung schon steigen. Und dann kam Sabine mit einem Mann im Schlepptau zurück ins Wohnzimmer. Sie strahlte, als hätte sie gerade ihren ersten Liebesbrief bekommen. „Das ist Martin."

„Hey!", sagte er und hob die Hand. „Tut mir leid, dass ich zu spät bin, aber meine Chefin hat mich aufgehalten, im Blumenladen war eine megalange Schlange und dann sprang auch noch mein Mercedes nicht an und musste abgeschleppt werden. Ist ein verrückter Tag." Er hielt Sabine einen Strauß hin und ging anschließend auf Emma zu und übergab ihr den zweiten.

„Danke für die Einladung, Emma." Er sah ihr tief in die Augen und lächelte freundlich.

Emma spürte Hitze in sich aufsteigen. Mit so etwas hatte sie nun doch nicht gerechnet. Verlegen stotterte sie ein Danke und holte zwei Vasen, während Martin allen die Hand schüttelte und sich setzte. Mit so viel Gentleman war sie definitiv überfordert – sie wusste nicht, ob sie die Geste gut oder übertrieben finden sollte.

Beim Essen versuchte sie wirklich zuzuhören, doch als die Jungs nach zwanzig Minuten immer noch über Sport redeten, schaltete sie ab. Eigentlich war er ja wirklich ganz nett. Und es war schön, dass sich alle so gut verstanden. Ab und an wechselte sie mit Tanja und Sabine Blicke – auch sie waren gelangweilt, sahen aber ebenfalls erleichtert aus. Heimlich schielte Emma immer wieder zu Martin, der wirklich aussah, als wäre er einem Modekatalog entsprungen: braunes kurzes Haar, muskulöse Arme, Zähne, so weiß wie Schnee.

„Ach, ich hab ja noch Nachtisch!", fiel es Emma plötzlich ein und sie rannte in die Küche. Martin sprang sofort auf und trug ihr die leeren Teller hinterher. *Oh ... wie nett.*

„Emma, dein Essen war fantastisch! Ich weiß gar nicht, was Sabine hat. Danke! Ich hatte noch nie ein so gutes Risotto. Und erst recht nicht aus einem Wok." Er strahlte sie zufrieden an.

„Ach? Was *hat* Sabine denn?"

„Sie meinte, dass du sehr auf Salz stehst, aber ich fand es perfekt gewürzt."

„Danke", antwortete sie, doch er konnte sie schon nicht mehr hören, weil er zurück ins

Wohnzimmer geeilt war und bereits den Pudding verteilte.

Ich steh auf viel Salz? Das hat mir Sabine noch nie gesagt ... Ist das echt so? Aber sie schwärmt doch immer von meinem Essen. Und dann erzählt sie das auch noch ihm, aber mir nicht?

„Wir haben uns gerade überlegt, dass wir das nächste Spiel bei dir schauen, wenn du so einen riesigen Fernseher hast", schlug John gerade offensiv vor, als Emma zurückkam.

„Ja, das können wir gern mal machen, aber beim nächsten Spiel wird das wohl noch nicht klappen. Leider ist bei mir gerade Baustelle. Aber wenn meine Chefin mir endlich mal ein paar Tage frei gibt, dann ist das im Nullkommanix erledigt. Danach mache ich eine Einweihungsparty." Martin grinste breit in die Runde.

„Wir könnten dir helfen. Lass uns doch am Wochenende zusammen renovieren!", bot Tim an.

„Ah, am Wochenende geht nicht – ich arbeite ehrenamtlich bei der Obdachlosenhilfe und da ist jemand ausgefallen. Deshalb hab ich das ganze Wochenende Schicht. Aber danke. Ich schaff das schon."

Emma wickelte sich eine Strähne um den Finger. Das Angebot war einerseits total nett von ihren Freunden, aber auch ein Stück weit bedrängend. Die sollten den armen Kerl einfach in Ruhe lassen und nicht direkt vergraulen. *Aber es ist schon niedlich, wie Martin und Sabine sich anhimmeln.* Unentwegt hielten die beiden

Händchen oder streicheln einander am Arm oder über den Rücken. *Fast schon eklig süß ...* Sabine mal mit einem Mann mit Manieren zu sehen, war schön und Emma freute sich für ihre Freundin. Auch wenn es komisch war, dass Martin ihr das mit dem Salz gesagt hatte ... *Aber vielleicht hat er gedacht, ich wüsste, dass Sabine so denkt.*

„So, ihr Lieben." Martin erhob sich und klopfte auf den Tisch. „Es ist spät und ich muss heute noch was für meine Chefin machen. Und um vier klingelt auch schon wieder der Wecker. War schön mit euch."

„Ich bring dich noch zur Tür." Sabine himmelte ihn an.

„Ach, wir brechen auch auf. Wir können dich nach Hause bringen – dann musst du nicht mit der Bahn fahren", sagte John und erhob sich ebenfalls.

„Mit der Bahn?", fragte Martin verwirrt nach.

„Na, du meintest doch, dein Mercedes ist kaputt."

„Ach so, ja, nee, ist schon okay. Ich fahre ab und an ganz gern mit den Öffis. Erinnert mich dann an früher, als ich noch keine Kohle hatte." Martin grinste keck.

„Quatsch, wir bringen dich. Ist doch Ehrensache. Wir sind halt nur mit dem Einsatzwagen da. Ich hoffe, das stört dich nicht." Tim klang bestimmend, sodass Martin schlecht Nein sagen konnte.

„Hast du schon mal in einem Polizeiwagen gesessen?"

„Tim!", ermahnte Sabine ihn. „Schluss jetzt!"

„Ich frag doch nur ..."

Martin ignorierte ihn und gab Sabine einen leidenschaftlichen Kuss. „Tschüss, Babe. Ich liebe dich!"

Emma starrte die beiden nun genauso irritiert an wie alle anderen.

Zukunft

Sabine

"Sabiiineee ...", hörte sie ihren Namen und wähnte sich wieder in der Höhle, konnte die Kälte spüren. Es regnete noch immer, wobei es aber klang, als würden die Tropfen gegen eine Fensterscheibe hämmern. *Wo zur Hölle bin ich?!* Schweißgebadet riss sie die Augen auf, schreckte hoch und sah sich um.

Das Zimmer ... Martha ... Ihre Kopfschmerzen hatten etwas nachgelassen, sodass sie sich endlich ohne Pochen hinter den Schläfen bewegen konnte. Sie war nicht gefesselt, konnte also jederzeit aufstehen. Der Raum sah aus wie eine Mischung aus Kranken- und Kinderzimmer. Rosa Herzen zierten die Wände und der Boden war mit einem Teppich ausgelegt, auf dem sich das Motiv wiederholte. Auf dem Nachttisch stachen ihr die schwarzen Rosen ins Auge. *Sind schwarze Rosen nicht ein Symbol für Bedrohung? ... Aber wer sollte mir drohen? Dieser Typ? Oder Martha? Und wo ist eigentlich mein Handy?*

Vorsichtig schob sie ihre Beine aus dem Bett. Sie trug ein seidenes rotes Nachthemd – es sah dem ähnlich, mit dem sie Martin hatte aufreißen wollen. *Martin* ... Der Gedanke an ihn schmerzte. Sie konnte es nach wie vor nicht verstehen. Mit einem Mal kam das Zittern zurück. Zwar hätte sie sich die Bettdecke umhängen können, doch die war so dick und schwer, dass sie zweifelte, mit dem Gewicht stehen zu können. Ihre Knie waren doch sehr wackelig. Was sollte sie jetzt tun? Rausgehen und nach Martha suchen? Oder lieber erst mal das Haus erkunden und schauen, wo sie gelandet war? *Kann ich Martha überhaupt trauen?* Ein bisschen erinnerte die alte Frau sie an diese eine Stephen-King-Story, in der eine wirre Dame ihren Lieblingsautor bei sich festhielt. *Hat die ihm nicht sogar die Beine gebrochen, damit er nicht flüchten konnte?*

Sabine schüttelte sich und damit auch die Erinnerung ab. Schlechte Gedanken würden ihr hier nicht weiterhelfen. Ihr hatte niemand die Beine gebrochen und sie war auch nicht gefesselt. *Alles gut.* Also schlich sie, vorsichtshalber bemüht darum, kein Geräusch zu machen, zur Tür. Als sie endlich den kalten Türgriff in der Hand hielt, atmete sie erleichtert auf. Sie legte ihr Ohr an die Tür... Stille. *Von wegen, am Ende der Angst wartet das Glück* ... Sie hatte große Angst. Der Spruch hatte in dem Buch gestanden, das sie nun so elendig verfluchte, weil es sie hierhergeführt hatte. Was, wenn am Ende der Angst auch der Tod warten konnte?

Sabines Zähne klapperten so hart aufeinander, dass sie Angst hatte, sie würden brechen. Wieso zog man ihr hier in dieser Kälte ein so aufreizendes Nachthemd an? Der Gedanke an die verschiedenen Antwortoptionen sorgte nicht gerade dafür, dass ihre Panik abnahm. *Was, wenn ... Nein! Das führt doch zu nichts. Ich werde jetzt einfach zur Tür hinausgehen und dann weitersehen.* Falls sich die Tür überhaupt öffnen ließ ...

Vorsichtig drückte sie die Klinke hinunter.

7. OKTOBER 2020 – MITTWOCH

John

Die sanfte oder die harte Tour?", flüsterte Tim ihm zu.

John hatte das schon die ganze Zeit überlegt. Er traute diesem aalglatten Typen nicht und er hielt in der Regel nichts von Leuten, die sich verstellten.

„Glaubt ihr, ich check nicht, was das hier werden soll?!", mischte sich nun Tanja ein. „Ich weiß, was ihr hier spielt, und keiner hat hier etwas davon, wenn ihr ihn vergrault. Seid nett, verdammt!", fauchte sie und stieg auf den Rücksitz.

John und Tim nickten einander zu und stiegen ebenfalls in den Wagen. John winkte Martin zu, als der endlich aus dem Treppenhaus kam. Er hatte noch ein paar Minuten mit Sabine gebraucht. Mit einem Lächeln auf den Lippen stieg er ein. „O Mann ... was für eine Traumfrau", schwärmte er.

John sah im Rückspiegel, dass Tanja das gefiel. Sie grinste nämlich vor sich hin.

„Genießen Sie die Fahrt!", sagte John und tat so, als würde er Martin mit seinem Hut grüßen.

Tanja lachte. „Du bist so bescheuert. Sorry, Martin, die beiden duschen regelmäßig mit Peter Lustig."

„Was machen sie?" Martin sah sie verdutzt an.

„Nichts, schon gut. Sie halten sich für Komiker. Hat dir der Abend gefallen?", fragte sie nach.

„Ja, total. Ich versteh gar nicht, warum Sabine so nervös war. Ihr seid echt tolle Leute."

„Danke. Du scheinst ja auch ganz vernünftig zu sein."

„Wo müssen wir denn hin?", unterbrach John sie.

„Fahr am besten zur Friedrichstraße. Danke, Bruder."

Bruder?! Ich bin nicht dein Bruder, du Lackaffe ...

Martin wandte sich Tanja zu „Sabine hat erzählt, dass du eine tolle Boxerin bist."

„Ach, hat sie das? Ja, damit ist jetzt wohl erst mal Schluss. Wir sind schwanger." Sie strich sich über ihren Bauch.

„Ja, das hat sie auch erzählt. Dann darfst du jetzt auch keinen Alkohol mehr trinken, was? Kommst du damit klar?"

Tanja starrte ihn an.

„Oh, sorry, das hätte ich nicht sagen dürfen. Also ich meine nur ... Also Sabine hat erzählt ... Ach, Mist. Vergiss es."

„Nein, nein, schon gut. Was hat sie erzählt?"

John registrierte, wie gespielt freundlich sie klang, und wusste genau, dass sie eigentlich kurz vorm Explodieren war.

„Na ja, sie meinte, dass du früher zu viel getrunken hast. Aber wir trinken doch alle gern mal einen über den Durst, oder?" Er stieß sie freundschaftlich an und lächelte ihr zu.

„Und was hat sie noch so erzählt?"

„Nur Gutes, wirklich! Ich hab mir euch nur ganz anders vorgestellt. Stattdessen seid ihr richtig cool drauf."

Den Rest der Fahrt schwiegen sie.

„So, Friedrichstraße. Wo genau?", fragte John, als sie am S-Bahnhof ankamen.

„Ach, lass mich gleich hier raus. Ich muss noch kurz was einkaufen."

War so klar, dachte John und setzte ein Lächeln auf. „Na klar", sagte er und hielt.

„Leute, es war mir wirklich ein Vergnügen und ich hoffe, wir sehen uns wieder. Ach, und Tanja, John? Ihr seid echt ein tolles Paar. Hätte ich nicht gedacht. Bis bald!" Mit diesen Worten stieg er aus, klopfte aufs Autodach und verschwand.

„Ich geh hinterher, bis morgen", verabschiedete sich auch Tim.

Und John wusste ganz genau, dass er das nicht nur tat, um etwas über Martin rauszufinden, sondern auch, weil er der Stimmung im Auto entkommen wollte. Ihm selbst ging es nicht anders. Tanja wechselte auf den Beifahrersitz.

„Schatz, ich denke, wir sollten das nicht so ernst nehmen. Wir können diesem Typen nicht trauen, das weißt du genauso gut wie ich", versuchte er sie direkt zu beruhigen.

„Ja, aber deshalb muss sie ihm doch nichts über meinen Alkoholkonsum erzählen! Mir sagt sie, alles wird gut, und einem Fremden erzählt sie, dass sie Angst hat, ich werde 'ne Alki-Mutter?! Ich glaub ich spinne!" Tanja kratzte an ihren Händen, die schon ganz rot waren.

„Du kennst den Kontext nicht und für sie ist er kein Fremder. Du hast doch gehört, was die sich heute gesagt haben."

„Ja, noch so ein Ding! Was sollte das denn? Ein Ich-liebe-Dich nach gerade mal einem Monat?!"

„Kann ja nicht jeder so viele Jahre brauchen wie wir." Er gab ihr einen versöhnlichen Kuss, als er an einer roten Ampel hielt. „Aber du hast recht. Das haut eigentlich alles hinten und vorn nicht hin."

8. OKTOBER 2020 – DONNERSTAG

Sabine

Sie verpackte ihr Höschen, das sie nun schon den zweiten Tag in Folge getragen hatte. *Was tut man nicht alles für seine Kunden.* Es war schon verrückt, wofür manche Leute Geld ausgaben, aber Sabine war froh darüber, denn es war leicht verdiente Kohle. Sie küsste die Rückseite des Fotos, das sie in nichts weiter als roten Hotpants und Highheels zeigte. Nun gab sie das Foto ebenfalls in den Umschlag und schloss den Brief. Das brachte ihr ganze 200 Euro, einfach mal so – aber es war auch kein billiges Höschen. Zum Glück hatte sie Kunden, die höherwertige Ware bevorzugten. Sie kannte auch Männer, die nur 20 Euro dafür zahlten, und das käme für sie nun wirklich nicht infrage.

Sabine stellte sich ans Fenster roch an den Rosen, die Martin ihr gestern mitgebracht hatte. *Eigentlich ist das Essen doch ganz gut gelaufen ...* Auch wenn Emma seitdem etwas angespannt zu sein schien. Aber neue Menschen kennenzulernen war auch noch nie ihr Ding. Das Wichtigste war, dass sie Martin mochte und Sabine nun endlich verstand. Nur dieses Ich-liebe-Dich war ihr rückwirkend betrachtet doch etwas peinlich. Aber warum eigentlich? Wieso fiel es ihr so schwer, dazu zu stehen? Vielleicht, weil es sich wie Betrug anfühlte, weil sie anderen Männern Bilder und Unterwäsche schickte?

Hätte sie es sich leisten können, hätte sie es ja gelassen, doch das war nun mal ihr Job und sie musste Kohle zusammenbekommen. Heute war wieder ein Brief von Grannys Pflegeheim gekommen und sie hatte nur noch zwei Wochen Zeit, das restliche Geld für die Einrichtung aufzutreiben. *Ach, Granny, wenn ich nur irgendetwas tun könnte ...* Ihre Oma hätte sich für sie geschämt, hätte sie gewusst, was Sabine tat, um das Pflegeheim bezahlen zu können. Aber Sabine wusste sich nicht anders zu helfen. Die Kosten waren einfach zu krass, die Behandlung zu teuer für sie.

Wie gern wäre sie zu ihr gefahren und hätte sich über den Kopf streicheln lassen, so wie früher. Alle Sorgen wegstreicheln und vergessen. Nur im Moment sein. Wie lang war das alles her?

Sie schnappte sich ihr Handy und setzte sich an den Schreibtisch. Nun war es Zeit, sich wieder um eBay zu kümmern. Sie würde die Kohle schon zusammenbekommen.

„Sabine?" Emma klopfte an die Tür.

„Komm rein!"

„Tanja kommt heut Abend vorbei. Ist das okay für dich?" Emma hatte Benny auf dem Arm und kuschelte mit ihm.

„Ja, klar doch. Wollt ihr allein sein?"

„Vielleicht später, aber du kannst gern mitessen." Emma sah ihr nicht in die Augen, war völlig auf Benny fokussiert. „Falls es dir nicht zu salzig ist ..."

„Wie bitte?"

„Ach, nichts." Emma schloss die Tür und ließ Sabine verwirrt zurück.

Was war das denn? Egal, mit dem Kinderkram konnte sie sich jetzt nicht befassen. Emma war halt manchmal komisch.

Ihr Handy lenkte sie ab, denn Martin hatte gerade eine Nachricht geschickt und gefragt, ob sie abends Essen gehen wollten. Ein Strahlen legte sich über ihr Gesicht. Dann würde sie Emma eben absagen – Tanja und Emma wären eh froh, allein zu sein. Sie hatte keine Lust, das dritte Rad am Wagen zu sein.

„Ach, gut, dass ich dich noch erwische!", begrüßte Tanja sie, als sie sich gerade ihren Blazer überwarf. Sie wirkte reserviert und angespannt.

„Hey, Tanja." Sabine gab ihr ein Küsschen auf die Wange. „Wie geht's?"

„Ich muss dir was beichten."

Sabine hielt inne und sah sie fragend an.

„Wir haben Martin in den Polizeicomputern gecheckt ..."

„Okaaay ...?"

Emma kam dazu und lauschte Tanjas Worten ebenfalls.

„Er ist offenbar hochverschuldet und hat eine Sache wegen Betrug laufen." Tanja sah sie an, als erwartete sie, dass Sabine eine krasse Reaktion von sich gab.

„Ich weiß, er hat es mir erzählt. Ziemlich üble Geschichte."

„Du weißt das? Warum hast du uns nichts gesagt?!"

„Erzählt ihr mir alle Geheimnisse eurer Partner, die sie euch im Vertrauen erzählt haben?" Sabine wurde lauter. „Also ernsthaft ... Außerdem habe ich euch nicht darum gebeten, rumzuspionieren. Ich dachte, ihr wolltet ihm eine Chance geben und ihn kennenlernen?!"

„Das haben wir ja auch. Aber sicher ist sicher. Wir dachten, wir tun dir damit einen Gefallen."

„Indem ihr meinen Freund ausspioniert? Na danke! Was für ein toller Gefallen." Sie zog ihre Lippen noch einmal nach und beachtete Tanja nicht mehr.

„Es tut mir leid. Aber da ist noch was."

„Was?!", fauchte Sabine.

„Tim ist ihm gestern Abend gefolgt. Er hat sich bei der Friedrichstraße absetzen lassen, nur um dann in die Bahn zu steigen und nach Wedding zu fahren. Dort verschwand er dann in einer Platte."

„Sonst noch was?" Sabine rollte mit den Augen.

„Nein, das war's."

„Gut, dann hoffe ich, dass eure Recherchen jetzt durch sind und ihr euch wieder um euren eigenen Kram kümmert. Hört gefälligst auf, meinem Freund nachzuspionieren. Ich weiß, es ist schwer zu glauben, dass mich jemand lieben und es ernst mit mir meinen kann, aber so ist es nun mal!" Sie knallte die Tür hinter sich zu und rang um Fassung. *Was soll das denn?!* Trotzig blinzelte sie die Wuttränen weg. Auf keinen Fall würde sie jetzt heulen! Ihr Make-up hatte Stunden gedauert. Langsam setzte sie einen Fuß vor den anderen. *Was zur Hölle hat es mit dieser Wohnung auf sich? Vielleicht hat ihn ein Freund spontan um Hilfe gebeten? Aber das hätte er ihr doch erzählt, oder?* Am liebsten hätte sie nach der Adresse gefragt und wäre selbst hingefahren, aber das konnte sie nicht bringen. Wenn ihre besten Freunde einfach so ungebeten ihren Freund checkten, dann waren sie vielleicht auch nur einen Wimpernschlag davon entfernt, sie selbst zu überprüfen und Nachforschungen anzustellen. Und ihre Vergangenheit ging einfach niemanden etwas an.

Emma

Na, das war ja mal ein Abgang", kommentierte Emma. Sie stand neben Tanja im Flur und sah sie hilflos an. „Und nun?"

„Ach, sie wird sich schon beruhigen. Wir haben das ja nur zu ihrem Besten getan – das wird sie verstehen. Ich wäre auch erst mal sauer, wenn das jemand ungefragt für mich tun würde, aber es ändert nichts daran, dass es wichtig ist, sie zu warnen." Tanja legte ihre Tasche auf die Flurkommode und umarmte Emma. „Hey erst mal. Schön, dass wir uns endlich mal wieder allein sehen."

„Ja, sorry, dass es nicht eher ging. Ich will natürlich alles wissen über deine ersten Tage auf Arbeit. Aber lass uns erst mal essen – ich hab Lachs mit Mandelkruste in der Pfanne, auch Hilfe-meine-beste-Freundin-ist-schwanger-Lachs genannt."

„Boah. Was ist denn hier los? Haben wir ein Date, oder was?!" Tanja lachte.

„Ich hatte das Gefühl, du könntest das gebrauchen." Mit diesen Worten verschwand Emma in der Küche und kam mit zwei Tellern voll Lachs, Kartoffeln und grünen Bohnen zurück. „Jetzt setz dich doch endlich!"

Tanja stand immer noch im Flur, tippte gerade auf ihrem Handy. „Ich komme ..."

„Hast du einen Geist gesehen? Du bist ganz blass."

„Nein, nein. Alles gut." Tanja packte ihr Handy in die Handtasche und ließ beides im Flur. „Boah, das riecht ja lecker!", kommentierte sie und setzte ein Lächeln auf.

Emma kannte sie gut genug, um zu wissen, dass sie etwas auf dem Herzen hatte, aber das Essen verbrachten sie erst mal nur mit Smalltalk – so machten sie es immer. Als müssten sie sich für die ernsten Themen erst aufwärmen.

Nachdem Tanja ihre Eisschale geleert hatte, lehnte sie sich zurück. „So, und jetzt schlafen."

„Hey, so war das aber nicht gedacht. Lass mich nicht mit deinem Geheimnis ins Bett gehen. Also, ohne dass ich es erfahre."

Mit einem Schlag war Tanjas Anspannung zurück. Falten legten sich zwischen ihre Augenbrauen.

„Nun sag schon. Was ist? Wie war es auf der Arbeit?"

„Um ehrlich zu sein, schrecklich. Ich hatte fünf Minuten vor dem ersten Dienstbeginn einen Nervenzusammenbruch und habe John mit reingezogen. Ich habe geheult, ihn als schlechten Polizisten beschimpft und er hat sich wie immer perfekt verhalten. Ich hasse das. Er ist viel zu gut für mich."

Wow. Dafür, dass sie seit einer Stunde nichts gesagt hat, sprudelt es jetzt geradezu aus ihr heraus.

„Dann entschuldige dich mit Worten und Taten. Das sind halt gerade die Hormone." Emma nahm ihre Hand.

„Das ist noch nicht alles ..." Tanja senkte den Blick. „Ich wollte eigentlich sofort kündigen, aber John hat mich abgehalten."

„Du wolltest *was?*" Emmas Ton wurde einige Oktaven höher.

„Ich bin eine schlechte Polizistin und will das jetzt auch nicht wieder diskutieren – das musste ich schon mit John. Er hat mich überredet, erst mal abzuwarten und mir anzuschauen, ob ich das nach ein zwei Wochen immer noch so sehen würde."

„Und?"

„Und dann musste ich mich krankmelden, als er mir erzählt hat, dass wieder Frauen verschwunden sind und wir da ermitteln. Das ist eigentlich mein Alltag, und was mach ich? Ich flenne wie ein Baby und melde mich krank! Ich hab den ganzen Tag *Gilmore Girls* geguckt und Eis gegessen. Als wär ich wieder vierzehn."

Emma stand auf, holte ein Taschentuch und hielt es ihr hin. „Also wenn *Gilmore Girls* und Eis Essen bedeutet, dass man wieder vierzehn ist, dann kann ich daran nichts Schlimmes finden."

„Das ist immer noch nicht alles."

„Oh ..."

Mit tränenverschleiertem Blick schaute sie zu Emma. „Das psychologische Gutachten ist da."

„Erik." Emma spürte, wie das Blut aus ihrem Köper sackte, die Schwerkraft sie binnen Sekunden nach unten zog. Sein Name hatte noch immer Wirkung auf sie. Das würde sich wohl nie mehr ändern.

Tanja nickte.

„Kommt er wieder raus?"

Nun war es Tanja, die Emmas Hand nahm. „Das wird er so schnell nicht. Das haben wir dir doch schon erklärt."

„Ich muss es noch mal hören!"

„Allein wegen der Sachen, die er dir angetan hat, wird er für mindestens fünf Jahre verurteilt."

„Fünf!?" Sie spuckte das Wort regelrecht aus. „Also haben wir nur noch vier?"

„Darauf kommt es nicht an. Er hat mich und John angegriffen und schwer verletzt und wir sind Polizisten. Da setzt das Gericht die Strafe meist höher an."

„Toll, und wäre das nicht, wäre er schon fast wieder draußen, weil das, was er mir angetan hat, nicht von Bedeutung ist, weil ich und mein Leben nicht von Bedeutung sind?!"

„Ich mache die Regeln nicht. Aber du hast gesagt, dass es mehr tote Frauen gibt, und die werden wir finden. Und bei Mord sieht die Sache mit der Strafe noch mal ganz anders aus."

„Lebenslang – fünfzehn Jahre mit anschließender Sicherheitsverwahrung!", wiederholte Emma, was John, Tim und Tanja ihr seit einem Jahr immer wieder eintrichterten.

Tanja nickte. „Genau."

„Und was wolltest du mir dann sagen?"

„Dass der Prozess jetzt richtig beginnt und du vor Gericht aussagen musst."

„Nein. Niemals!" *Nur über meine Leiche.*

Zukunft

Sabine

Ein Schrei ließ sie zusammenzucken. Er ging durch Mark und Bein. Er klang voller Schmerz.

Was war das? Wer war das? ... Wo war das?

Dann wieder Stille. Kein Laut weit und breit. *Wo bin ich hier verdammt noch mal gelandet?! Ich muss hier weg!* Die Tür ließ sich tatsächlich öffnen, doch bevor sie rausging, musste sie sich etwas anziehen, weshalb sie die sofort wieder verschloss. Barfuß auf kaltem Boden war keine gute Idee. Ihre Blase schmerzte auch so schon ganz fürchterlich. *Irgendwo müssen doch meine Klamotten sein ...* Denn eines war klar: Sobald sie einen Ausgang fand, würde sie sofort abhauen.

Aber was, wenn mein Verfolger irgendwo da draußen ist? „Keine Sorge, er hat seine Strafe bekommen", hatte Martha gesagt. Seine Strafe? Also hatte Martha hier das Sagen? *Ich hab keine Ahnung, was hier los ist, aber ich werde definitiv nicht bleiben und warten, bis ich es herausfinden muss!* Eine Welle der Energie durchströmte sie und ließ sie fast zum Kleiderschrank fliegen. Doch ihre Sachen waren nicht drin. Stattdessen – sie bekam Panik, als sie sah, was sich alles in dem Schrank befand. Das konnte doch nur ein schlechter Traum sein – Dessous. Jede Menge Dessous. Rote Spitze, weiße Seide, ein Hauch von Nichts und wieder Nichts in allen Farben. Da war ihr rotes Seidennachthemd schon das Wärmste, was sie finden konnte. Sie warf panisch die Schranktür zu. *Das kann einfach nicht wahr sein!* Sie fuhr sich durch die Haare, wodurch der Kopfschmerz gleich wieder mit großen Schlägen zurückkam. Ihr wurde schwindelig – ob vor Schmerzen oder vor Angst, war ihr selbst nicht klar. Plötzlich hörte sie Stimmen vor ihrer Tür. Sie musste zurück ins Bett. Es war vielleicht besser, wenn die Leute hier dachten, dass sie zu schwach zum Aufstehen wäre und schlafen würde. Mit schmerzverzerrter Miene zwang sie sich zurück auf die Matratze und hoffte, dass dies kein Fehler war.

Sie lauschte der Tür, die sich öffnete.

„Sabiiineee ..."

8. OKTOBER 2020 – DONNERSTAG

John

Meinst du wirklich, das ist eine gute Idee?"
Tim sah aus dem Fenster.

„Ich hab zumindest keine bessere." John biss in sein Rühreibrötchen. Ein paar Krümel landeten auf seiner Hose.

„Wenn die Mädels erfahren, dass wir denen hinterherschnüffeln, werden sie stinkwütend sein."

„Wenn wir Sabine dadurch vor einem Idioten retten, sind sie am Ende wohl eher dankbar. Mein Gefühl sagt mir, dass mit dem Typen was nicht stimmt – und deins sagt das doch auch. Also lass uns rausfinden, was es ist." John parkte den Wagen und beobachtete, wie Sabine und Martin händchenhaltend in einem Restaurant verschwanden. „Wer zur Hölle ist denn bitte hochverschuldet und rennt ständig in noble Restaurants?! Und dann übernachten sie immer in Hotels, statt bei ihm zu Hause. Da stimmt was nicht, und was das ist, werden wir rausfinden."

„Hast du eine Vermutung?"

„Ich denke, er hat sich an sie rangemacht, um sie auszunehmen wie eine Weihnachtsgans. Ich meine, sie ist in dieser komischen YouTube-Welt quasi eine Berühmtheit. Dass sie megaviel Kohle verdient, werden sich die meisten denken können."

Tim seufzte und lehnte sich zurück. „Du bist echt durch und durch Polizist."

„Du doch auch." Er griff auf den Rücksitz und holte eine Thermoskanne Tee hervor. „Wie in alten Zeiten, als wir noch ständig im Wagen sitzen mussten. Mit Tanja habe ich das so oft gemacht." *Was definitiv die bessere Unterhaltung war.*

„Ja, ich war mit Rudi oft nächtelang im Wagen und habe Idioten beschattet. Das waren noch Zeiten."

„Rückblickend so unbeschwert", ergänzte John.

„Na ja, bei mir jetzt nicht unbedingt. Das war die Zeit, in der meine Ex schwanger war." Er lachte laut auf. „Sie rief jede Nacht an und erzählte mir, was ich ihr am Morgen zu essen mitbringen sollte, bettelte, dass ich meine Runde unterbreche, um ihr Eis zu bringen, oder rief an, weil sie Trost brauchte, da sie einen traurigen Film gesehen hatte. Beethoven lief in Dauerschleife und mindestens ein Mal pro Schicht rief sie an, um mir ihre Wut zu verkünden, weil ich sie die ganze Nacht allein ließ. Du kannst dir also vorstellen, wie viel Spaß Rudi mit mir hatte."

„O Mann." John fand es mit Tanja schon schwer, aber das klang nicht gerade nach einem Spaziergang.

„Deshalb sag ich ja: Wenn du mal ein Ohr brauchst, ich bin da. Auch wenn wir nicht gerade die besten Freunde sind. Manchmal ist genau das sogar gut."

John nickte so schwach, dass Tim es nur erahnen konnte. Mit Tanja lief es ja eigentlich gut. Also zumindest, wenn er hörte, was Tim auf diesem Gebiet so erlebt hatte. Aber es war trotzdem schwer. Er hatte das Gefühl, nichts für sie tun zu können. Er fühlte sich so hilflos. Und würde sie plötzlich anfangen, nachts nach kuriosen Lebensmitteln zu verlangen, wäre das vielleicht anstrengend, aber nichts im Vergleich dazu, dass sie sein Kind austrug.

„Wie hat sie es denn aufgenommen, dass wir jetzt bei den vermissten Frauen ermitteln?"

„Na ja, was glaubst du denn, warum sie sich krankgemeldet hat?!" *Mist. Wenn Tanja das erfährt, bin ich tot.*

„Das hatte ich befürchtet …"

„Tim, wenn du das jemals jemandem erzählst, dann bringt sie mich um. Das muss wirklich unter uns bleiben!"

„Ehrensache."

John entspannte sich etwas.

Eine Weile hing jeder seinen Gedanken nach, bis Tim das Schweigen unterbrach. „Schau mal. Sie geht auf die Toilette und er hat sofort sein Handy in der Hand."

„So wie der Rest der Welt …"

„Schon, aber so wie der lacht …? Guck doch."

„Ich weiß nicht. Er lacht halt." Johns Handy klingelte. Er sah auf dem Display, dass es Tanja war, schielte aber weiterhin mit einem Auge zum Fenster des Restaurants.

„Oh-oh, es geht schon los." Tim lachte.

„Ach Quatsch, Tanja ist entspannt." *Meistens zumindest.* Er nahm das Gespräch an, hielt sich das Telefon ans Ohr und beobachtete Martin weiterhin. Schluchzen drang ihm entgegen. „Schatz, was ist los? Ist was mit dem Baby?" Sein Magen zog sich zusammen.

„Nein ..."

Mehr brachte sie anscheinend nicht heraus. Es war so still im Wagen, dass Tim das Geschluchze mit Sicherheit auch hörte.

„Was ist los?"

„Wann ... kommst du ... nach Hause?" Jedes Wort schien sie unendlich viel Kraft zu kosten.

„Das dauert noch ein wenig. Aber red doch mit mir."

„Sabine hasst mich und Emma musste ich gerade das mit Erik sagen. Es ist furchtbar. Ich mach mir Sorgen um sie."

Tim sah John besorgt an.

„Wollen wir abbrechen?", flüsterte er Tim zu, als Tanja einen weiteren Heulkrampf bekam.

Tim nickte.

„Wo bist du? Soll ich dich irgendwo abholen?"

„Ich bin gleich zu Hause."

„Okay, ich komme auch."

„Nein, nein, musst du nicht extra. Mach dein Männer-Ding erst zu Ende. Wie läuft's denn?"

„Gut. Es wurde Zeit, dass wir uns mal allein treffen. Aber ich kann wirklich gleich nach Hause kommen."

„Ja, gut. Und vielleicht sollte Tim sich lieber um Emma kümmern. Die braucht jetzt bestimmt jemanden, auch wenn sie sagen wird, dass sie lieber allein wäre."

„Ihr seid euch ziemlich ähnlich."

Stille.

„Soll ich dir was zu essen mitbringen?"

„Nein, danke. Ich hatte gerade Lachs bei Emma."

„Okay. Ich beeil mich, Schatz."

„Mir geht's schon wieder besser. Wirklich. Ich weiß auch nicht, was das gerade war. Zwei Menschen direkt nacheinander Hiobsbotschaften zu überbringen, ist echt beschissen."

„Schatz?"

„Ja?"

John grinste. „So was sagt man nicht. Wir müssen jetzt eine Fluchkasse einführen, um uns das schon mal abzugewöhnen. Damit zahlen wir dann das Studium. Also ... du."

Tanja lachte. „Ich liebe dich."

„Ich dich auch. Bis später."

„Also brechen wir ab. Setzt du mich bei Emma ab?", fragte Tim.

„Klar." John startete den Wagen. „Was machen unsere Turteltäubchen?"

„Oh, wie es aussieht gehen sie schon wieder."

„Was? Das ging ja schnell."

„Sie scheinen wohl dringend ins Bett zu müssen, so wie die sich antatschen."

„Wahrscheinlich. Na, dann bin ich mal gespannt, wo es hingeht. Folgen wir ihnen noch kurz zum Hotel?"

Tim nickte. „Wir können ja morgen früh wiederkommen. Sie werden ja wohl kaum vor sechs Uhr auschecken. Was meinst du?"

„Gute Idee."

Sie folgten den Verliebten. Zehn Minuten, nachdem die beiden eingecheckt hatten, stiegen Tim und John aus und betraten das Hotel.

„Guten Abend!", begrüßte John den Rezeptionisten. „Kennen Sie den Mann, der gerade hier mit einer Frau ein Zimmer gebucht hat?"

„Entschuldigen Sie bitte, aber das darf ..."

John und Tim hielten ihre Marken hoch.

„Oh. Wenn das so ist ..."

„Hören Sie, wir müssen dringend mehr über diesen Mann erfahren."

„Ja, also, er ist hier Stammgast."

„Und immer mit dieser Frau?"

Der Rezeptionist fuhr sich verlegen durch sein blondes Haar, das ihm sofort wieder in die Augen fiel. Er konnte höchstens zwanzig sein und sah aus, als wäre er gerade erst vom Surfbrett gestiegen.

„Nein. Er hat viele Bekanntschaften."

„Auch zur selben Zeit?"

Er nickte.

„Okay. Wie lang haben Sie Schicht?"

„Ich habe gerade erst angefangen. Also bis morgen früh sieben Uhr werde ich hier sein."

„Sie müssen mich unbedingt anrufen, wenn er das Hotelzimmer verlässt, oder wenn er mit einer anderen Frau wieder kommt." John gab ihm seine Karte.

„Was hat er denn getan?"

„Das dürfen wir leider nicht verraten." John sah ihn nachdrücklich an.

„Aber es ist echt übel", schob Tim hinterher und gab ihm auch seine Karte. „Falls Sie ihn nicht erreichen, rufen Sie mich an. Es ist wichtig."

Er nickte wieder. Seine Augen so groß, als würde er gerade einen Horrorfilm schauen.

„Können Sie uns sonst noch etwas über ihn sagen?"

„Er ist sehr charmant und wir beneiden ihn hier alle, weil er so gut bei den Frauen ankommt. Gelegentlich gibt er uns Tipps, wie wir bei ihnen landen können."

„Und was sind das für Tipps?", hakte Tim nach.

„Also ... ähm ..."

„Ach, schon gut. Ich will das lieber gar nicht hören." In John stieg die Wut hoch. *Was für ein Drecksack. Und die arme Sabine fällt drauf rein.* „Eine Frage noch: Ist es sicher, dass er hier schon mit anderen Frauen war, seit er etwas mit der Frau von heute am Laufen hat?"

„Ja, ganz sicher."

„Fuck." Es bestätigte zwar sein Gefühl, aber für Sabine hätte er sich etwas anderes gewünscht.

Sie verließen das Hotel. „Ich würde dem am liebsten so richtig eine reinhauen." Tim trat gegen eine Dose und schleuderte sie in hohem Bogen über die Straße. „Was machen wir jetzt?"

„Erst mal nichts. Und wir dürfen auch nichts unseren Frauen sagen. Die regen sich nur zu viel auf und haben gerade auch so schon genug zu tun. Und ohne Beweise..."

„Meinst du, es ist klug, sie anzulügen?"

„Nein. Und wir werden es ihnen auch sagen, aber lass uns erst alle Fakten klären, ein paar Beweise finden, bevor wir sie damit unnötig verrückt machen. Du hast doch gehört, wie es Emma geht. Sie ist damals ja schon durchgedreht, als wir sie vernommen haben. Und jetzt alles noch mal erzählen, und das auch noch vor Gericht? Ich hoffe, sie schafft das."

„Und wenn nicht?" Tim nahm sein Handy und wählte Emmas Nummer. Vermutlich wollte er sie vorwarnen, dass er gleich auf der Matte stehen würde. Emma war kein Fan von Überraschungen.

„Darüber will ich lieber gar nicht erst nachdenken. Komm, steig ein, ich bring dich zu ihr."

„Sie geht nicht ans Telefon."

Hoffentlich hat sie sich unter Kontrolle.

Sabine

O Gott, wie sehr ich dich liebe!" Sanft streichelte er über ihren Kopf und küsste immer wieder ihr Haar und ihre Stirn.

Dieses Gefühl ist Heimat. Früher hatte sie sich so gefühlt, wenn sie endlich zu ihrer Granny konnte, wenn sie den Schlägen, den Schreien und dem Schnapsgestank entkam. Wenn sie nachts keine Angst haben musste, dass er vor ihrem Bett auftauchte, sobald Mama auf der Couch besoffen eingeschlafen war. Nur dass ihre

Oma sie lange Zeit nicht komplett aus dieser Hölle hatte holen können. Sie hatte sie nie gehen lassen wollen, so oft hatte Sabine gesehen, wie Granny heimlich geweint hatte, wenn sie wieder zurückmusste, doch sie hatte ihr nicht rechtzeitig da raushelfen können.

Es war zu spät gewesen.

Sie hatte sich gewehrt, viel eingesteckt, doch sie hatte es nicht verhindern können. Sie war doch nur ein Kind gewesen. Ein Kind, dem er die Unschuld geraubt hatte, noch bevor es zur Frau geworden war. Noch bevor die Natur es eingerichtet hatte, dass Sabine erwachsen wurde. Und jedes Mal, wenn Martin ihr übers Haar strich und ihr versicherte, dass er sie liebte, fühlte es sich nach Wiedergutmachung an. Sie hatte ihre Heimat gefunden, ihre Familie, den Ort, an dem sie sich sicher fühlte, den ersten Mann, dem sie trauen würde und es sogar schon tat, auch wenn ihre Freunde ihr was einreden wollten.

„Schatz ... So lang hat es gedauert, bis sich unsere Seelen gefunden haben. Wer weiß, wie viele Leben wir schon geteilt haben. Aber jetzt bin ich endlich bei dir. Ich bin endlich da und ich lass dich nie wieder los." Seine tiefe Stimme beruhigte sie.

Seit sie weinend aus einem Albtraum erwacht war, wiegte er sie im Arm, als wäre sie ein Baby, und ja verdammt, sie fühlte sich auch wie eins. Wehrlos, der Welt ausgeliefert, aber nun endlich geborgen in seinen starken Armen. Sabine wollte den Traum wegblinzeln, doch er klebte an ihr wie Pech. Sobald sie die Augen schloss, sah sie wieder ihre Mutter, die sie festhielt und anflehte, mit ihm zu schlafen, weil sie selbst nicht mehr konnte. *Meine eigene verfickte Mutter!* Und Sabine hatte es getan, hatte ihre Mutter retten wollen! „Ich hab dich dann auch wieder lieb", hatte die ihr versprochen. „Nur ein einziges Mal", hatte sie beteuert. Und Sabine war so dumm gewesen, es zu glauben. Sie hatte keine Ahnung, welcher Hass größer war – der gegen die beiden oder der gegen sich selbst. Und dann war da noch der Ekel, der sie noch immer regelmäßig überfiel. Kein Wasser der Welt hatte die Beschmutzung je wegwaschen können. Keine Träne der Welt hatte ihr je Heilung bringen können. Nur bei ihrer Granny zu sein, war ein Trost gewesen, ihr Lichtblick. Bis selbst das nicht mehr möglich war ...

„Ich lass dich nie mehr gehen. Wir gehören zusammen."

Sie konnte ihren Traum nicht abschütteln, sah sich als kleines Mädchen schreien ... Sein Telefon klingelte und Sabine schreckte hoch. Das Geräusch holte sie endlich aus ihrer Trance. „Du musst los."

„Nein, ist schon gut. Ich bleib so lange bei dir, wie du mich brauchst."

Sie schüttelte den Kopf und wischte sich die Tränen weg. „Danke", hauchte sie und küsste ihn.

Er zog sie an sich und umarmte sie fest. „Ich liebe dich."

Sie unterbrach den Kuss durch ihr Lächeln. „Wie dringend musst du denn ins Büro?", raunte sie ihm zu und zog ihr Negligé über den Kopf.

„Ich bleib so lange, wie du mich brauchst, mein Schatz." Seine Stimme ... so männlich und tief.

„Ich brauche dich." Auf ihm sitzend kreiste sie mit den Hüften. „Ich brauch dich tief in mir."

„Zu Befehl, Mylady." Er hob sie hoch und legte sich über sie.

Fest umklammerte sie seine Arme. Sie liebte es, wie muskulös er war, liebte seinen Körper, seinen Bart, der ihren Hals kitzelte, wenn er sein Gesicht in ihrem Nacken vergrub.

Er drang in sie ein und sie stöhnte auf. Sex mit ihm war jedes Mal, als würde sie ankommen, wie nach Hause kommen. Der erste Moment, wenn er in ihr war, war das schönste Gefühl auf der Welt, und seit sie nicht mehr verhüteten, war es noch tausendmal besser. Sie hatte mit ihm endlich den Vater ihrer Kinder kennengelernt und konnte bei ihm alle Sorgen vergessen, war die glücklichste Frau im Universum.

„Dann lass uns mal ein Baby machen ...", flüsterte er ihr zu. „Ich liebe dich."

„Bis ins nächste Leben."

Emma

Sie schloss die Tür hinter Tanja und mit dem Einrasten des Schlosses fiel ihre Fassade, die signalisierte, dass sie klarkam. Sie wusste, dass Tanja sich nur noch mehr Sorgen machen würde, wenn sie wüsste, was für ein Sturm wirklich in ihr tobte, und Emma hätte es nicht ertragen, wenn es Tanja noch schlechter gegangen wäre. Sie war schließlich schwanger, da sollte man doch so glücklich sein wie nur irgend möglich.

Emma lief durch die Wohnung. Vom Flur zur Küche, von der Küche zum Schlafzimmer ins Bad, wieder in den Flur. „Verdammte Scheiße!", fluchte sie immer wieder. Verzweiflung und Wut vermischten sich zu einem gefährlichen Cocktail. Sie durfte ihn nicht trinken, nicht mal daran riechen, sonst würde alles, was sie sich aufgebaut hatte, zusammenbrechen. „Fick dich, Erik Spitzke!" Sie nahm eine Packung Papiertaschentücher und schmiss sie durchs Wohnzimmer. Was ihr jedoch keine Befriedigung gab. Sie brauchte es laut, wollte, dass ihre Wut Ausdruck fand. In Gedanken sah sie, wie sie ein Glas gegen die Wand warf und sich mit den Scherben den Arm aufschnitt. Sie sah das Blut fließen, spürte fast schon die Erleichterung, nach der sie sich so sehr sehnte, doch sie durfte nicht. „Ich lass mir das nicht von dir kaputt machen, du Wichser!", schrie sie durch die Küche, als könnte er sie hören, wenn sie nur laut genug war.

„Ich muss mich beruhigen ...", murmelte sie. „Ich muss mich einfach nur beruhigen ..." Oder war das falsch? Sollte sie die Wut zulassen, ja, sogar rauslassen? *Wichtig ist nur, dass Sie die Wut nicht gegen sich richten,* hatte Dr. Weber immer gesagt. *Und niemanden verletzen. Okay, also was verdammt noch mal soll ich tun? Ich darf mich nicht ritzen und Erik ist nicht hier, um ihn zu verprügeln, was ich ohnehin nicht dürfte. Also, was zur Hölle soll ich tun?* Sie nahm ein Messer und strich zärtlich über die Klinge. Ein kleiner Piecks und sie würde wieder atmen können. Ein kleiner Ritz und ... und alles würde von vorn beginnen. „Nein!", brüllte sie und warf das Messer in die Spüle. „Ich lass mir das nicht von dir kaputt machen!"

Mit zittrigen Händen krempelte sie ihre Ärmel hoch und betrachtete ihre Narben. „Nein ...", flüsterte sie und strich genauso zärtlich über ihre Narben wie eben noch über das Messer. *Ich werde mir nicht mehr weh tun. Ich kann das aushalten.*

Obwohl sie noch den Muskelkater vom letzten Training spürte, stellte sie Musik an, drehte sie voll auf und begann gegen einen imaginären Gegner zu kämpfen. Sie stellte sich vor, wie sie sich verteidigte. Wie sie Erik fertig machte, ja sogar vernichtete, sobald er sie anfasste. Fantasierte, wie sie sich damals gerettet hätte. Ging jede Situation, in der sie eine Chance gehabt hätte, noch einmal durch. *Ich bin kein Opfer mehr, ich ritze mich nicht mehr und mir wird kein Mann jemals wieder etwas tun, verdammt!*

Sie stöhnte laut bei jedem Schlag, packte in jeden der Tritte all ihre Emotionen. Sie spürte nicht mal mehr ihren Muskelkater, konzentrierte sich nur auf das Wummern der Trainingsmusik. Linke Faust, rechte Faust, Tritt! Ducken, Tritt, Kinnhaken! Linker Ellbogen, rechte Faust, Tritt! Sie probierte eine Kombination nach der nächsten und spürte, dass sie einen Kanal gefunden hatte, um die Wut abfließen zu lassen, so wie einst das Blut. Sie würde am Ende nicht mal mehr die Kraft haben, das Messer anzusetzen, und genau das war ihr Ziel. Sie machte sich fix und fertig, ohne sich dabei zu verletzen.

Dies war die einzige Zeit, in der ihre Erinnerungen sie einholen durften und sie es aushielt. Und sie musste an ihre Erinnerungen ran. Sie musste sich erinnern, was er über die anderen Frauen gesagt hatte. Wenn er wirklich mehrere Frauen getötet hatte, dann würde ihn das für immer wegsperren und genau das wollte sie. Wenn er schon nicht für immer als Psychopath weggesperrt wurde, dann mussten sie erst recht Beweise finden, um ihn bis an sein Lebensende im Gefängnis zu lassen.

Schweiß rann über ihre Stirn – es war ein wirklich gutes Gefühl. Wieder holte sie aus, sah sich auf dem Stuhl, als er ihr die Haare abschnitt. Sah sich ein Lächeln aufsetzen und ihm Essen servieren, sah sich auf dem Badezimmerboden kauern und weinen. „Ich hasse dich, Erik Spitzke!", formten ihre Lippen, als sie erneut zuschlug.

Benny kam um die Ecke. Vermutlich hatte sie ihn gestört – es war längst Schlafenszeit. *Mist, es ist schon total spät und ich habe die Musik laut aufgedreht!* Die Welle der Verletzungslust war abgeebbt. Sie stellte die Anlage aus, gab Benny einen entschuldigenden Knutscher und schleppte sich in die Küche. Ihr tat alles weh und das war ein gutes Gefühl. Emma schnappte sich ein Glas Wasser und eilte damit ins Badezimmer. Sie musste dringend duschen gehen. Sie exte das Glas und wollte es abstellen, doch ihre Hände waren so zittrig, dass es ihr aus den Fingern glitt, zu Boden fiel und zerbrach. „Scheiße." Vorsichtig griff sie nach den großen Scherben, um sie wegzuwerfen. „Aua!". Und dann beobachtete Emma, wie sich das Blut auf den weißen Fliesen verteilte.

Es klingelte an der Haustür und sie hörte Tim nach ihr rufen.

Zukunft

Sabine

Sabine zog sich die Decke über den Kopf, wollte auf keinen Fall noch einmal in sein Gesicht sehen müssen. Sie stellte sich tot, tat so, als würde sie tief und fest schlafen. *Ich dachte, der ist weg und wurde bestraft. Wo ist Martha?*

Die Schritte kamen näher.

„Es tut mir leid, dass ich dir etwas wehtun musste. Das war nicht geplant. Aber du hättest nicht von mir fortgehen dürfen." Sanft strich er über ihr Haar – das Einzige, das unter der Decke hervorlugte. „Na komm, meine Süße, lass mal sehen, wie dein Gesicht aussieht. Wir wollen doch bald loslegen können." Sorgsam zog er die Decke weg, um sie anzuschauen.

Loslegen? Was zur Hölle soll das bedeuten? Ihr Herz pochte wieder so laut wie in der Höhle. Sie bekam kaum Luft und selbst als die Decke von ihrem Kopf genommen wurde, traute sie sich nicht, tief einzuatmen. Sie vergrub ihr Gesicht in ihren Händen.

„Nun sei doch nicht so. Sonst muss ich wieder grob werden und das willst du doch nicht, oder?" Er umfasste ihre Handgelenke und schob die Hände beiseite.

125

Sabine ließ es geschehen, hatte die Drohung verstanden. *Bitte tu mir nicht weh,* flehte sie in Gedanken, hielt die Augen weiterhin fest verschlossen.

„Mist!", hörte sie ihn fluchen. „Puh ... Also da habe ich ja ganze Arbeit geleistet. So kannst du nicht vor die Kamera. Oder meinst du, du kannst das überschminken?"

Nicht bewegen, ruhig sein, ihn niemals wieder anschauen! Aber seinen Anblick würde sie eh nie verdrängen können.

„Mach die Augen auf!", befahl er ihr.

Sie zitterte, wollte ihn doch nicht sehen. Nie wieder.

Langsam sagte er es erneut, als würde er mit jedem Wort einen giftigen Pfeil abschießen. „Mach. Die. Augen. Auf!"

Sie gehorchte und starrte in seinen finsteren Blick. Als sie in seine Augen sah, erkannte sie das Böse. Warum hatte sie das nicht gleich beim ersten Mal wahrgenommen? Warum war sie so blind gewesen?

Er hielt ihr einen Spiegel vors Gesicht und sie erschrak. Ihr Gesicht schimmerte in allen Farben.

„Also, noch mal: Kannst du das überschminken?"

Hilflos zuckte sie mit den Schultern. Eine Geste, so schwach, dass er sie vermutlich nur erahnen konnte. Da wurde die Tür aufgerissen.

„Linus! Was machst du hier, verdammt?!" Martha rauschte ins Zimmer.

Linus ... Er hat also auch bei seinem Namen gelogen. Von wegen Tom ... Warum glaube ich

Männern eigentlich überhaupt noch irgendwas? Ich bin echt selbst schuld.

Er packte den Spiegel weg und entfernte sich ein paar Schritte von ihr.

„Ich hab dir gesagt, sie ist noch nicht so weit!"

„Aber Martha ... mit ein bisschen Schminke können wir sicher schon morgen anfangen."

„Ich weiß, was ich tue, und wenn du nicht endlich anfängst, auf mich zu hören, dann stehst du bald mit vor der Kamera!" Finster blickte sie ihn an. „Und jetzt verschwinde, bevor ich mich vergesse!"

Binnen Sekunden hatte er den Raum verlassen.

„Mensch, Kindchen. Es tut mir leid, dass er dich beunruhigt hat. Er ist einfach zu nichts zu gebrauchen, ein richtiger Taugenichts. Aber mach dir keine Sorgen. Karma holt alle ein und ich weiß schon, wie er seine Lektion lernen wird. Hier herrscht schließlich Gerechtigkeit." Martha nahm den Spiegel, den Linus liegen gelassen hatte. „Aber vielleicht hat er recht. Meinst du, das kannst du überschminken? Du bist doch ein Profi." Sie hielt ihr den Spiegel vors Gesicht.

Es tat Sabine weh. Sich selbst darin zu betrachten, holte ihre Erinnerung zurück und sie spürte instinktiv, dass ein Nein das sogenannte Loslegen von was auch immer verzögern würde, weshalb sie den Kopf schüttelte.

„Na, wir werden sehen. Jetzt ruh dich bitte aus. Du musst zu Kräften kommen."

Für was?

9. OKTOBER 2020 – FREITAG

John

Sie ist verschwunden!" Eine Frau mittleren Alters stand vor ihm, die Haare zerzaust, als hätten sie seit Wochen kein Wasser, geschweige denn eine Bürste gesehen. Sie roch wie ein Aschenbecher und ihre Hände, mit denen sie ihre Handtasche umklammerte, zitterten.

John führte sie an seinen Platz. „Setzen Sie sich bitte. Möchten Sie erst mal einen Tee zur Beruhigung?"

„Ich will keinen scheiß Tee, verdammt! Haben Sie nicht zugehört?! Meine Tochter ist verschwunden!"

Tanja, Tim und ein paar andere Kollegen schauten zu ihm rüber. Er spürte ihre Blicke ganz deutlich.

„Entschuldigen Sie bitte." John setzte sich und öffnete sein Notizbuch. „Wie lange ist Ihre Tochter schon weg und wie alt ist sie?"

„Charly ist 17. Sie kam nicht mehr nach Hause seit ... Also ... ich habe sie das letzte Mal vor ... ungefähr zwei Wochen gesehen." Sie fuhr sich immer wieder durch das fettige Haar.

„Vor zwei Wochen?! Wieso kommen Sie da erst jetzt?" Er wollte nicht anklagend klingen, doch er konnte die Überraschung auch nicht verbergen.

„Ich dachte erst, sie schläft vielleicht bei einem Freund oder so. Aber so lange ist sie sonst nie weggeblieben. Sie hat ja nicht mal genug Kleidung dabei. Ihr Telefon ist aus und ich weiß nicht, was ich machen soll. Mein mütterlicher Instinkt sagt mir, dass da was faul ist."

„Okay, Frau ...?"

„Martens."

„Okay, Frau Martens. Was hatte Ihre Tochter an, als Sie sie das letzte Mal gesehen haben, und hat sie gesagt, wo sie hin wollte? Ich brauche eine Liste von all ihren Kontakten und Freunden. Geht sie noch zur Schule oder macht sie eine Ausbildung beziehungsweise hat sie einen Job? Wo trifft man sie sonst an?"

Die Frau überreichte ihm ein Bild ihrer Tochter und ein Tagebuch. „Das habe ich gefunden. Aber ich kann da nicht drin lesen. Ich bin ihre Mutter, wissen Sie? Ich kann ihr Vertrauen nicht verletzten und ich will manche Dinge auch gar nicht wissen. Verstehen Sie?"

Nicht so richtig ... Er nickte zustimmend. Das war sehr löblich, denn bisher hatten alle Eltern, die hier saßen, wenn ihr Kind vermisst wurde, als Erstes das Tagebuch gelesen. Normalerweise waren sie froh, eine Ausrede zu haben, um endlich Einblick in das Seelenleben ihrer lieben

Kleinen zu nehmen. John nahm das Bild sowie das karierte Heft entgegen und bedankte sich. Er notierte alle Informationen und schielte immer wieder rüber zu Tanja, die sichtlich nervös war. Doch darum konnte er sich gerade nicht kümmern. Er würde sie nachher zum Mittagessen ausführen und in Ruhe mit ihr reden, doch jetzt musste er sich auf dieses verschwundene Mädchen konzentrieren. „Okay. Danke, Frau Martens. Wir tun alles in unserer Macht Stehende und werden uns bei Ihnen melden." Er nickte ihr gewissenhaft zu, versuchte ihr Zuversicht zu vermitteln und gab ihr die Hand.

„Sie müssen sie finden. Bitte! Ich hab doch sonst niemanden mehr."

Sie tat ihm leid; auch wenn er die Begründung, warum sie die Tochter finden sollten, etwas daneben fand. „Wir stellen ganz Berlin auf den Kopf, um sie zu finden. Versprochen."

Nachdem Frau Martens gegangen war, musste er erst mal lüften – er bekam den Nikotingeruch gar nicht mehr aus der Nase.

„Hey, was war denn los?" Tim setzte sich auf den Stuhl, auf dem kurz zuvor noch Frau Martens gesessen hatte.

John warf sich stöhnend auf seinen Bürostuhl. „Ach, das Übliche. Eine vermisste Jugendliche aus nicht so gutem Elternhaus, wie ich vermute. Wir haben hier ein Tagebuch und ein Bild. Kannst du die Chefin informieren? Ich muss was erledigen." John überreichte ihm die Sachen, klopfte ihm auf die Schulter und ging mit einem riesengroßen Lächeln, das seine Angst verbergen sollte, zu Tanja. „Hey, hast du Lust, Falafel essen zu gehen?"

Tanja schaute von ihrem Bildschirm auf. „Jetzt? Es ist gerade mal elf."

„Ja und? Erzähl mir nicht, dass du keinen Hunger hast!" Sein Grinsen wurde noch breiter.

„Du musst dich nicht um mich sorgen, nur weil ein Kind vermisst wird. Das ist unser täglich Brot. Und nur weil ich schwanger bin, werde ich bei so was jetzt nicht durchdrehen."

Er beugte sich zu ihr und gab ihr einen Kuss.

„Ach, weißt du was? Du hast recht damit, dass ich schon wieder was essen könnte." Tanja sprang auf und zog sich ihren Mantel über. „Aber du solltest hier sein, wenn die Chefin gleich kommt und uns für hundert Jahre Arbeit aufdrückt, deshalb hole ich das Essen. Ich muss mir eh die Beine vertreten und so kann ich noch bei Emma anrufen."

„Aber ..."

„John, mir geht es gut. *Wirklich!*", versicherte sie ihm, nahm seine Hand und blickte ihm tief in die Augen.

Tim kam zu John. „In einer halben Stunde ist die Chefin zurück und erwartet uns alle hier."

Tanja ergriff die Chance. „Ich hol 'ne runde Falafel. Noch jemand ohne Fahrschein? Falls ja, dann solltet ihr jetzt schnell sein."

Binnen Sekunden nahm sie die Bestellung ihrer Kollegen auf. John durchschaute sie durchaus, aber wenn sie lieber allein sein wollte, dann war das eben so. Das musste er akzeptieren. Außerdem sollte er sich jetzt auf das vermisste

Mädchen, Charly, konzentrieren. Vermisste Menschen gab es leider ständig und oft kamen sie von allein zurück, doch es war nicht auszuschließen, dass es sich um ein Verbrechen handelte, zumal Charly nicht die erste Verschwundene in den letzten Wochen war. Er hoffte jedoch, dass das Mädchen einfach nur genug von ihrer Mum gehabt hatte und sich bei ihrem Freund befand, der hoffentlich gut zu ihr war ... auch wenn die Wahrscheinlichkeit gegen diesen Wunsch sprach.

„Hey, gehen wir?" Tanja stand hinter John und flüsterte ihm ins Ohr.

Er drehte sich überrascht um und lächelte sie entschuldigend an. „Schatz, ich geh doch heute zur Gruppe." Seine Stimme war leise; niemand in dem Großraumbüro sollte etwas davon mitbekommen.

„Ach jaaa. Daran muss ich mich erst wieder gewöhnen." Sie zuckte mit den Schultern.

„Schatz, soll ich es lieber absagen und wir machen es uns gemütlich?" Er fasste sie am Ellenbogen, als sie sich gerade wegdrehen wollte.

„Nein, Babe, ist okay. Ich genieße mein Sturmfrei. Ich wollte eh mal ein paar Sachen aussortieren. Wir brauchen schließlich bald Platz." Sie schenkte ihm ein verlegenes Lächeln.

„John! Bist du bereit?" Casy kam dazu und störte die harmonische Verabschiedung.

Er wusste, dass es Tanja ein Dorn im Auge war, dass er sich mit Casy so gut verstand. Schließlich hatte Tanja mal gedacht, dass er etwas mit ihr gehabt hätte. Und zugegeben, er hatte sie in dem Glauben gelassen, weil er ein anderes Geheimnis gehabt hatte, das Casy und John hatten für sich behalten müssen – er hatte es sogar etwas genossen, Tanja so eifersüchtig zu sehen. Zwei Jahre war das mittlerweile her, als sie sich während des Todesküsserin-Falls endlich nähergekommen waren.

Prüfend schaute er Tanja an, die ihm aufmunternd zunickte. „Geh schon. Viel Spaß euch." Und wenn sie sich noch so viel Mühe gab, es klang gequält, was auch Casy bemerkte.

„Sie weiß doch, dass ich auf Frauen stehe ...", sagte sie, als sie und John außer Hörweite waren.

„Daran liegt es nicht. Mach dir keine Sorgen."

„Jaja, die Hormone, was?"

„Du weißt Bescheid?"

„John. Für wie blöd hältst du uns? *Jeder* weiß Bescheid."

„Oh ... Dann sollten wir vermutlich auch bald mal die Chefin informieren."

„Warum habt ihr das nicht längst getan?" Casy kramte einen Müsliriegel aus ihrer Handtasche, während sie nebeneinander die Treppen nach unten liefen.

„Weil sie dann die langweiligen Jobs machen muss und Tanja mag keine Langeweile."

„Das glaub ich ..." Es klang schnippisch, was John nervte.

Zwei für ihn so wichtige Frauen, die einander nicht ausstehen konnten – das war doch verrückt. Einen gemeinsamen Spieleabend würde es mit den beiden jedenfalls nie geben.

„Sie ist 'ne Nutte." Casy biss von ihrem Müsliriegel ab.

Mit weit aufgerissenen Augen starrte John sie an. *Das hat sie nicht wirklich gesagt?!*

„Also ... ich mein Charly, das vermisste Mädchen." Sie lachte.

Erleichtert atmete er auf. „Woher weißt du das?"

Casy stieß die Tür auf und sie verließen das Gebäude. „Aus ihrem Tagebuch. Nach dem Treffen werde ich den Rest lesen und morgen früh kann ich eine Zusammenfassung zum Besten geben. Die Chefin weiß das Wichtigste schon – ich war gerade noch bei ihr."

In John verkrampfte sich alles.

„Oh ... Mist, es tut mir leid." Erst jetzt schien sie zu bemerken, was ihre Worte angerichtet hatten.

„Ist schon okay", sagte er und lächelte. Wie gut er doch mit diesem Verhalten zu seiner Tanja passte.

Als sie weit genug vom Revier entfernt waren, hakte Casy sich bei ihm ein. „Wie gut, dass wir wenigstens diese Treffen haben."

John hing schweigend seinen Gedanken nach.

„Meinst du, die zwei Neuen vom letzten Mal sind wieder da?"

Er zuckte mit den Achseln und war froh, als sie endlich ankamen. Herbert stand schon bei den Kaffeebechern. Zum Glück war der Kaffee hier koffeinfrei – für normalen wäre er viel zu aufgewühlt gewesen.

„Hallo, ihr zwei!" Er umarmte John. „Ach, es ist einfach schön, dass du wieder hier bist."

Sie hielten etwas Smalltalk und John freute sich, als er die beiden Mädels vom letzten Mal reinkommen sah. Freddy mit den roten Haaren, die so tough wirkte, und Isabell, so jung und zerbrechlich. Hoffentlich würden sie heute etwas mehr über sich erzählen. Er war wirklich neugierig und hoffte, dass sie hier die Hilfe finden würden, die sie verdienten. Allerdings erhofften sich das wahrscheinlich auch einige von ihm. Er hatte es beim letzten Mal einfach nicht geschafft, seine wahren Gefühle offenzulegen, war einfach zu lang nicht mehr dagewesen.

„Wie schön, dass ihr wieder hier seid!", begrüßte Herbert die Schwestern.

Isabell wurde rot und nickte zaghaft. Freddy hingegen nahm sich einen Kaffee, sagte „Hey!", und setzte sich dann, ohne sich an den Gesprächen zu beteiligen. Ihre Schwester folgte ihr, als würde sie sich nur in ihrer Nähe sicher fühlen.

Schließlich eröffnete Herbert die Runde. Wie gern hätte John mal über alles gesprochen – das war doch schließlich der Sinn der Sache. Aber irgendwie konnte er auch heute nicht. Es war, als hätte seine Lüge über seinen Job eine Barriere errichtet. „Sie ist 'ne Nutte", hatte Casy gesagt. Dieses Wort hatte ihn tief ins Mark getroffen. Wie oft war seine Schwester wohl abfällig mit diesen Worten bespuckt worden. Nutte, Hure. Alles zutreffend und dennoch die größte Lüge. Sie war so viel mehr als das gewesen.

„Dann bin wohl ich dran."

Die piepsige Stimme riss John aus seinen Gedanken.

„Also ... hallo, ich bin Isabell. Mein Vater ist leider vor ein paar Jahren arbeitslos geworden, weil er eine Verletzung am Bein hat. Er hat starke Schmerzen und betäubt sie mit Vodka. Er ist krank. Eigentlich ist er ein guter Mensch, aber wenn er trinkt ... na ja also ich wollte sagen ... er ist Alkoholiker."

„Er ist ein Wichser", ergänzte Freddy.

Die Gruppe lachte und auch John konnte sich ein Schmunzeln nicht verkneifen. Er mochte dieses wütende Exemplar von einem Mädchen.

Isabell knetete ihre Finger und rang nach Luft. „Ja ... er ist ein Wichser." Sie schaute überraschter als der Rest der Gruppe und hielt sich sofort den Mund zu. „Also ... wenn er trinkt."

„Was er immer tut, weil er Alkoholiker ist!", konterte Freddy, die mit verschränkten Armen neben ihr saß.

Isabell nickte. Ihr Gesicht leuchtete mittlerweile feuerrot. John hatte wirklich Mitleid mit ihr. Sie schien nicht zu wissen, was sie noch erzählen sollte, blickte suchend an die Decke.

Herbert sprang ein und half ihr, einen Faden zu finden. „Magst du uns erzählen, warum er ein Wichser ist? Was er tut und wie es dir damit geht?"

„Na ja. Ich weiß nicht, wie ich das erklären soll ..." Hilfesuchend sah sie zu ihrer Schwester.

„Sie ist seine Bedienstete", half Freddy ihr und ergänzte: „Von morgens bis abends behandelt er sie wie eine scheiß Sklavin und der Dank dafür ist, dass er sie anschreit, weil sie seiner Meinung nach doch alles falsch macht, und Teller nach ihr wirft."

„Das war aber nur ein Mal!", warf Isabell schnell ein.

„Ja, okay. Und beim anderen Mal war es ein Feuerzeug. Und das Mal davor eine Banane!", fauchte Freddy.

„Aber er hat ja nicht getroffen ..." Isabells Blick war zu Boden gerichtet.

John kannte es so gut, dass man seine Angehörigen bis zum Schluss verteidigte. Er selbst hatte es bei seinem Vater nicht anders gemacht, zumindest bis seine Schwester auf den Strich gegangen war und sich dann das Leben genommen hatte. John hatte sich so sehr nach seiner Anerkennung gesehnt. Doch seit sie nicht mehr da war, empfand er seinem Vater gegenüber nur noch Hass und Wut. Wäre der nämlich nicht so ein Wichser gewesen, wie Freddy es genannt hätte, wäre sie niemals von zu Hause abgehauen, hätte keine Drogen genommen und er könnte noch heute mit ihr über alte Westernfilme lachen.

„Sehen Sie?! Und genau deswegen sind wir hier. Sie kapiert es einfach nicht. Sie denkt wirklich, dass das alles normal ist. Schlimmer noch, ich glaube, sie denkt, dass sie das verdient hat, oder so. Aber mal ernsthaft: So kann doch kein Mensch leben! Sie muss da endlich weg."

Tränen rannen über Isabells Gesicht, während das von Freddy aussah, als hätte sie in eine Zitrone gebissen.

„Aber wo soll ich denn hin?"

„Komm zu mir!"

Schweigen. Mit einem Mal war es so still, John meinte, Casys Blinzeln hören zu können.

Herbert sprang wieder ein. „Isabell. Ich denke, deine Schwester macht sich einfach Sorgen um dich und meint es wirklich nur gut mit dir. Warum nimmst du ihr Angebot denn nicht an?"

„Weil sie meinen Freund nicht leiden kann", antwortete Freddy für sie.

„Das stimmt doch so überhaupt nicht!" Isabell nahm ihre Verteidigungshaltung ein, wie sie es vermutlich von zu Hause gewohnt war.

„Gib's doch wenigstens zu!"

„Er ... also ... ich weiß nicht, wie ich es sagen soll."

„Ganz was Neues." Freddys Wut nahm den gesamten Raum ein.

„Ich will Papa nicht allein lassen. Wie soll er mit seinem Bein denn klarkommen?"

„Das ist nicht deine Verantwortung, verdammt! Jetzt sagt ihr doch auch mal was!" Sie schaute verzweifelt in die Runde, ihr Blick blieb an John hängen.

Er räusperte sich. Freddy hatte recht, doch so einfach war es nicht, einer jungen Frau, die wahrscheinlich jahrelang einer Gehirnwäsche unterzogen worden war, das zu erklären – und es vor allem so zu erklären, dass sie die Wahrheit fühlen und annehmen konnte. Das setzte einen langen Prozess voraus.

Wieder übernahm Herbert das Ruder. „Ich schlage vor, dass wir heute mal noch nicht nach einer Lösung suchen, sondern du, Isabell, dir einfach mal von der Seele redest, was dich nervt. Lass es raus und fühl dich nicht verpflichtet, etwas, nur weil du es scheiße findest, sofort ändern zu müssen." Er sah Isabell liebevoll an und warf Freddy dann einen verständnisvollen Blick zu. „Du darfst dich jetzt einfach mal beschweren und erzählen, wie dein Tag so aussieht."

„Eigentlich ist das alles gar nicht so schlimm." Isabells Stimme war so leise, dass John die Augen verengte, als könnte er sie dadurch besser verstehen. Wie sehr er diesen Satz hasste. *Eigentlich geht es mir gut.* In diesem Eigentlich lag die Welt, und die zu ergründen, war schwer. Er beobachtete Freddy, die mit den Augen rollte, aber nichts mehr sagte. Offenbar hatte sie Herberts Ansprache verstanden.

„Okay, aber manche Sachen sind doch sicher nervig. Wir sind doch alle mal angepisst von unseren Alten, oder?"

Isabell zuckte mit den Schultern. Sie hatten sie für heute verloren. John hoffte nur, dass sie wiederkommen würde. Es war ein langer Weg und wenn sie am Ball blieb, dann konnte sie es durchaus schaffen. Doch solange sie täglich der Gehirnwäsche durch ihren Vater ausgeliefert war, würde der Befreiungsprozess stark verlangsamt. Wie gut, dass sie Freddy hatte - jemanden, der sich um sie sorgte und ihr da raushelfen wollte. Hoffentlich würde sie nicht versagen, so wie er damals.

Sabine

Boah, ich kotz gleich ..." Sabine hielt sich den Mund zu.

„Hast du was gesagt?" Emma lugte in ihr Zimmer. Sie stand gähnend im Türrahmen.

Hätte Sabine einen Moment zum Nachdenken gehabt, wäre ihr klar geworden, dass sie Emma besser nichts davon erzählt hätte, doch sie war zu überrumpelt. „Hier!" Sie hielt ihr das Handy hin.

Emma nahm das Handy und las vor. „Liebe Sabine, ich bin schon seit Jahren ein großer Fan von dir. Du machst deine Sache super, wirklich. So ein tapferes Mädchen bist du. Heute wollte ich dir das einfach mal sagen. Ich finde nicht nur dein Aussehen toll, dennoch werde ich damit anfangen. Du bist wunderschön. Dein Körper ist perfekt und wenn du mit deinem wunderhübschen Lächeln in die Kamera strahlst, geht für mich jedes Mal die Sonne auf. Wie kann man nur so perfekt sein? Doch es geht auch um die inneren Werte, richtig? Ich will dir sagen, ich sehe dich und ich sehe deinen Schmerz. Wir gebrochenen Seelen verstehen uns. Auch ohne Worte. Ich bin so froh, dass du so viele tolle Videos für uns machst, und stelle mir immer vor, sie wären nur für mich. Ich sehe mir jedes einzelne an. Mehrmals. Danke dafür. Nun habe ich aber noch eine Frage. Ich selbst habe ein paar

Gelüste, die andere Menschen abschreckend finden. Ich habe aber gehört, dass du recht flexibel auf die Wünsche deiner Fans eingehst, deshalb wollte ich dir Folgendes vorschlagen ... und bitte denk nicht schlecht über mich. Für seine Vorlieben kann man nichts, okay, meine Liebe? Ich würde mir wünschen, dass du einen Tanga mehrere Tage trägst und mir außerdem eine Flasche mit deinem Urin zukommen lässt. Ich werde deinen Tanga darin auswaschen, den Rest dann trinken und das für dich filmen. Bevor du diese E-Mail löschst, lass dir gesagt sein, dass ich dir zweitausend Euro dafür zahlen würde. Ist ja auch nichts dabei, denn alles, was du eklig finden könntest, mache ja ich. Mir liegt wirklich sehr viel daran und es wäre mir eine Ehre, wenn du das für mich tun könntest. Hochachtungsvoll, dein Hans." Emma starrte auf das Handy und dann zu Sabine. „Ich glaub, ich muss mich setzen."

„Ich glaub, ich muss mich *übergeben!*", konterte Sabine.

Benny schaute kurz auf und schlief dann neben Sabine weiter.

„Es hat sich rumgesprochen, dass du flexibel mit den Wünschen deiner Fans umgehst? Das ist nicht gut, Sabine. Ich mach mir Sorgen."

„Echt jetzt? *Das* ist dein Problem?! Nicht, dass da jemand ..." Sie stockte. „Ich kann nicht mal aussprechen, was der sich wünscht."

„Zumindest war er höflich." Emma lachte hysterisch auf. „Hochachtungsvoll."

Die beiden saßen kopfschüttelnd auf dem ausgezogenen Sofa, das Sabine als Bett nutzte. Sie zog sich ihre Decke über die Schultern, um das Frösteln zu verdecken. Ob sie so fror, weil sie noch das dunkelgrüne Negligé trug oder ob es an dieser unheimlichen E-Mail lag, war ihr selbst nicht ganz klar.

„Das machst du aber auf keinen Fall, oder?!"

„Alter, für wen hältst du mich?!" Schockiert sprang Sabine auf und weckte Benny damit.

„Ist ja schon gut. So war das nicht gemeint. Nur weil du ja manchmal..."

„Ich hab auch meine Grenzen. Und Würde. Also nein, Emma. Ich werde das nicht tun! Ich bin zwar arm, aber nicht armselig."

„Du bist arm? *So* schlimm?" Emma schaute sie besorgt an.

„Ach, du weißt schon. Das war nur so ein Spruch. Ich krieg das schon alles hin. Ich hab ein paar Anfragen von neuen Kosmetikfirmen bekommen – da verdiene ich bald wieder", ruderte Sabine zurück und nahm Benny auf den Arm, der nun bettelte, dass er sich erleichtern konnte.

„Der Kleine muss dringend raus, was?"

Sabine nickte.

„Soll ich mit ihm gehen?"

„Das wäre total lieb."

„Ich zieh mir nur schnell was über", sagte Emma und verließ das Zimmer.

Als Emma draußen war, konnte Sabine es immer noch nicht glauben. Es hatte sich herumgesprochen ... *Was bitte redet die Welt über mich?!*

Und was sie noch viel mehr störte: Warum schrieb der Typ, dass sie eine gebrochene Seele sei? *Was weiß der von mir? Von meinem Leben?*

Meiner Vergangenheit? Kennt er mich? Oder bin ich einfach so leicht zu durchschauen? Diese Gedanken machten ihr furchtbare Angst. Und gleichzeitig stimmte es sie unendlich traurig. Und die Erinnerung an den Albtraum, den sie gehabt hatte, als sie in Martins Armen gelegen hatte, verursachte ihr noch immer eine Gänsehaut. *Wieso kommt das denn ausgerechnet jetzt alles wieder hoch?!* Doch wenn sie an Martin dachte und daran, wie er mit der Situation umgegangen war, wurde ihr gleich ganz warm ums Herz. Es zauberte ein Lächeln auf ihr Gesicht. *Ich war noch nie so verliebt wie in diesen Mann,* dachte sie zum gefühlt hundertsten Mal.

Ein Klingeln ließ sie aus ihrem Tagtraum hochschrecken. Sie sprang auf und rannte zur Sprechanlage. Emma und sie waren gerade dabei, ihren Paketboten beizubringen, dass sie jetzt nicht mehr bei der neugierigen, alten Frau Hefter klingeln sollten, sondern dass die beiden zu Hause waren und ihnen entgegenkamen, damit sie nicht in den sechsten Stock mussten. Außerdem steckten sie ihnen regelmäßig Geld oder Süßigkeiten zu.

Sie nahm den Hörer der Sprechanlage ab. „Hallo?"

„Paket für Sie."

„Einen Moment, ich komme Ihnen entgegen." Sie legte auf und fluchte, zog sich in Windeseile ihren Morgenmantel über und schaute in den Spiegel. *Ich hab noch nicht mal die Zähne geputzt, verdammt!* Sie band ihr Haar schnell zu einem Zopf und kramte in ihrer Handtasche nach einem Fünfeuroschein, weil sie es nicht rechtzeitig schaffen würde, ihm wie versprochen entgegenzukommen. *Wenn ich nicht wenigstens ein bisschen was an meiner Erscheinung verbessere, dann klingelt der doch nie wieder, weil er mich für eine Vogelscheuche hält ...*

Als sie es vor der Tür keuchen hörte, öffnete sie den Morgenmantel ein Stück, damit ihr Dekolleté zu sehen war. *So achtet er weniger auf mein verknautschtes Gesicht. Hoffentlich kommt diese Feuchtigkeitscreme heute.* Schnell malte sie ihre Lippen noch mit einem rosafarbenen Lippenstift an. *So, besser wird's nicht ...*

„Hey, tut mir leid. Ich war nicht schnell genug", sagte sie im Öffnen. „Ich wollte gerade duschen." Sie lächelte ihn charmant an. „Hier, für Sie, als Dankeschön." Sie überreichte ihm das Trinkgeld.

„Oh. Danke." Er gab ihr drei Pakete und so wie er sie anstarrte, wusste Sabine, er würde wieder klingeln. Den hatte sie überzeugt – ein kleiner Egopush.

Zwei Minuten später kam Emma zurück. „Oh, meine Bücher sind da!", schrie sie aufgeregt. So wie sich Sabine über ihre Beautyprodukte und Klamotten freute, freute Emma sich bei jedem einzelnen Buch, das für sie ankam. Sie riss die Pakete auf, als würde der Inhalt ihr Leben retten. „Äh ... hä? Was ist das denn? Die hab ich gar nicht bestellt ..."

Sabine kam aus dem Badezimmer, die Zahnbürste noch im Mund. „Geht mir auch ständig so. Wahrscheinlich hat sich rumgesprochen, wie gern du liest. Vielleicht von einem Verlag, damit du Werbung machst?"

„Scheint so ... Cool." Emma hatte Herzchen in den Augen. „Ach, ich hab übrigens die Post mit hochgebracht. Wen kennst du denn in einem Pflegeheim?"

Sabine spürte, wie ihr jegliche Farbe aus dem Gesicht wich. Sie nahm den Brief und tat so, als wäre sie selbst verwundert. Dann ging sie zurück zum Waschbecken, um sich eine Ausrede zu überlegen. Sie wollte auf keinen Fall, dass Emma erfuhr, was für ein schlechter Mensch sie war.

„Das ist bestimmt ein Versehen. Ich kenn niemanden in irgendeinem Heim. Aber mein Name ist ja jetzt auch nicht so selten." Mit diesen Worten schnappte sie sich ihr Paket und ging in ihr Zimmer. „Ich muss jetzt arbeiten. Bis später."

Mit zittrigen Händen öffnete sie den Brief. Hatte Emma ihr das abgekauft?

Letzte Mahnung ... Sie sank auf die Knie. *Scheiße. Scheiße.*

Sabine lehnte sich gegen die Tür und vergrub ihr Gesicht in den Händen. *Wie komm ich denn aus der Nummer raus? Ich kann Oma nicht aus dem Heim holen. Wo soll sie denn hin? Und ein billigeres zu finden, kommt nicht infrage.* Das war ihr Zuhause – dass das auch so blieb, war Sabine ihr schuldig. Aber selbst ein billigeres hätte sie gerade nicht bezahlen können. Durch ihren Körper schoss eine Welle der Verzweiflung, lähmte sie. Es war, als würde sie in Treibsand versinken und als könnte sie nichts dagegen tun. Sie ließ sich auf ihr Schlafsofa fallen.

Es klopfte an der Tür und Emma kam rein. „Soll ich dir dein Essen ...“ Sie verstummte. Besorgt eilte sie zu ihr. „Hey, was ist denn los?“ Liebevoll wie eine sorgende Mutter – die, die Sabine nie gehabt hatte – streichelte Emma ihr über die Arme.

Sabine wollte ihr gern so viel sagen, aber sie konnte nicht. Sie kannte einfach keine Wörter mehr, hätte auch gar nicht gewusst, wo sie hätte anfangen sollen. Unter Emmas Fürsorge fing Sabine wieder an zu schluchzen und die Freundin nahm sie einfach nur in den Arm und hielt sie fest. „Wir finden für alles eine Lösung“, flüsterte sie.

Sabine konnte sich nun gar nicht mehr beruhigen. *Was passiert da mit mir?* Immer lauter weinte sie, japste nach Luft, als würde sie gleich ersticken. Der Rotz rann ihr aus der Nase. *Widerlich,* dachte sie noch, doch sie konnte nichts tun. War unfähig, sich zu bewegen.

Emma schien ihre Gedanken gelesen zu haben und reichte ihr die Packung Taschentücher, die neben dem Kopfkissen lag. Mit zittrigen Händen fischte Sabine danach und schnäuzte drei Taschentücher voll. Da sie immer noch nicht aufhören konnte zu weinen, nahm Emma sie wieder in den Arm und hielt sie so lange fest, bis der Heulkrampf langsam abebbte.

Ihre Hand haltend, schaute Emma ihr in die Augen. „Was ist denn passiert?“

Wortlos reichte sie Emma den Brief. *Jetzt ist es eh egal.*

„Aber ... das versteh ich nicht.“ Emma sah sie fragend an.

„Meine Oma. Sie hat Demenz und wird dort betreut."

„Du hast eine Oma? Also ... klar, aber ... Wieso ..." Emma brach ab. Merkte wahrscheinlich selbst, dass es zu früh für diese Menge an Fragen war.

„Es tut mir leid." Und wieder schluchzte Sabine laut.

„Okay. Pass auf. Wir machen das auf die Emma-und-Tanja-Methode. Du gehst jetzt duschen und machst dich zurecht. Ich bereite uns einen Nachtisch zu und halte das Mittagessen warm. Und wenn du so weit bist, schauen wir beim Essen eine Folge *Gilmore Girls* und danach reden wir. Deal?" Sie klang so voller Energie.

Es tat gut, dass Emma einen Plan hatte. Sabine wusste nicht mal, ob sie die Kraft haben würde, sich hübsch zu machen, duschen zu gehen oder überhaupt aufzustehen, geschweige denn, wie sie etwas essen sollte. Aber sie musste es wenigstens versuchen, also nickte sie.

Emma

Emma versuchte immer noch, die Puzzleteile, die sie von Sabine erhalten hatte, zusammenzufügen. Es erklärte auf jeden Fall, warum Sabine Geldprobleme hatte ... oder zumindest ein bisschen mehr, denn offenbar zahlte sie für ihre Oma den Platz im Pflegeheim. Emma holte die Erdbeeren aus dem Kühlschrank und stellte die verschiedenen Gewürze auf die Arbeitsplatte. Eigentlich hatte sie den Nachtisch erst morgen machen wollen – da würde sie Nina treffen, ihren ersten Fan, der mittlerweile zur Freundin geworden war. Doch sie musste den Kopf freibekommen, und kaum hatte sie losgelegt, war sie auch schon in ihrem Element. Sobald Emma begann, mit Lebensmitteln zu arbeiten, konnte sie alle Sorgen vergessen. Und die, die noch da waren, fühlten sich dann nicht mehr so bedrohlich an.

Was tut man nicht alles für seine Liebsten? Sie grinste debil vor sich hin und schaltete Musik an. *Ich habe Freundinnen und einen Freund und mein Job ist es, Essen zu kochen. Keine Kollegen, kein Büro, keine ätzenden Chefs und arbeiten, wann ich will. Und ich mache Sport. So richtig anstrengenden Sport.* Gedankenversunken fuhr sie sich über die Arme und staunte über die Muskeln, die sie mittlerweile spüren konnte. *Das ist einfach immer noch so abgefahren.* Ihr Leben hatte sich so extrem gewandelt. Einerseits hatte sie das Gefühl, dass sie über den Berg war, andererseits waren da Tage wie Anfang der Woche. Tage, an denen sie fast rückfällig wurde. Sie betrachtete das Pflaster, das die Wunde zwar versteckte, aber doch so deutlich auf den Vorfall hinwies. Sie hatte keine Ahnung, ob Tim ihr das mit dem Versehen geglaubt hatte. In seinen Augen hatte sie gemeint, Zweifel zu erkennen, doch er hatte nichts gesagt. *Gut, ist ja auch kein Wunder ...* Dennoch, dass er ihr offenbar nicht vertraute, machte sie schon ziemlich traurig.

Emma schnippelte die Erdbeeren klein und schichtete sie mit Haferbrei und roter Grütze samt Gewürzen in ein hübsches Glas – dabei immer schön filmen. Sie liebte das. Am Ende staunte sie nicht schlecht, wie schön die Nachtischgläser aussahen. *Das hab ich mal wieder prima gemacht.* Auch eine Sache, die sich verändert hatte: Sie war stolz auf Dinge, die sie tat, und lobte sich. Fast schon surreal.

Emma hätte jedoch gelogen, wenn sie gesagt hätte, dass es ihr megagut ging. Ja, viele Dinge liefen gut, aber die Angst und die Erinnerungen waren immer noch da ... und sogar wieder schlimmer geworden. *Ich kann nur besser damit umgehen, weil ich davon nicht mehr aufgefressen werde. Hoffentlich bleibt das so.* Der Gedanke daran, dass sie die Aussagen und alles von vorn würde durchkauen müssen, war definitiv tödlich. Deshalb versicherte sie sich alle paar Stunden, dass Tanja das schon machen würde, und schob den Terror im Kopf zur Seite, so gut es ging.

Nachdem sie alles wieder sauber gemacht und verstaut hatte, klopfte sie an die Badtür. „Ist alles okay?"

Sabine öffnete ihr die Tür. „Ja, entschuldige. Ich dachte, ich teste gleich die neuen Produkte. Da habe ich einen wichtigen Auftrag, der mir sehr viel Geld bringt. Ich mache noch schnell das Empfehlungsvideo, okay?"

„Du hast das Zeug noch gar nicht getestet und willst es schon empfehlen?"

„Ich habe keine Zeit, lang zu testen, und was soll schon passieren? Es ist nur Creme. Und so kann ich heute schon Geld verdienen. Also lass mich meinen Job machen. Ich misch mich bei deinem ja auch nicht ein", sagte sie genervt und widmete sich wieder dem Spiegel.

Emma seufzte. „Okay. Und wie lange brauchst du noch?"

„Ich bin gleich fertig. Zehn Minuten."

Gut, wenn Sabine von zehn Minuten sprach, hatte sie mindestens noch eine halbe Stunde Zeit. *Wahrscheinlich bin ich bis dahin verhungert.* Um sich abzulenken, nahm sich Emma die Post vor – sie war so verwundert über den Pflegeheimbrief gewesen und dann so glücklich über ihre neuen Bücher, dass sie den Rest gar nicht mehr beachtet hatte. Sie ging ins Wohnzimmer, setzte sich gemütlich auf die Couch und riss den ersten Umschlag auf. „Werbung ..." Emma zerriss den Brief und warf ihn neben sich. „Rechnung ..." Damit hätte sie gern dasselbe getan, legte das Blatt jedoch sorgsam auf den Tisch. „Werbung ..." Emma nahm den nächsten Brief zur Hand und ließ ihn fallen, als hätte sie sich daran verbrannt.

Sofort flutete Panik von ihren Armen aus durch den Körper. In den Bauch. In die Beine. Ihr Hals schnürte sich zu, ihre Atmung setzte aus. Fast zeitgleich nahm sie ihren eigenen Angstschweiß wahr, der sie überfiel wie eine alte Erinnerung. Erik ...

Die Tür zum Badezimmer flog auf und Emma riss den Brief an sich, schob ihn unter eines der Sofakissen. *Du musst dich beruhigen. Erst mal klarkommen. Atmen.*

„So, und jetzt hab ich einen Bärenhunger. Mir geht's schon viel besser", flötete Sabine aus dem Flur.

Atmen. Du musst atmen. Du hast es gelernt. Genau das sind diese Situationen, die du jetzt aushalten kannst. Du bist stark. Atmen. Emma blinzelte die Tränen weg, die zu weinen sie nicht ertragen hätte. Auch wenn sie wusste, dass sie das eigentlich zulassen musste, wollte sie es doch erst mal mit sich allein ausmachen. Sie musste sich sortieren – später. Denn jetzt war Sabine dran. *Ich kann das aushalten.*

„Ich hab ja noch diesen Auftrag und der wird mich erst mal über die Runden bringen. Ich darf nicht so negativ sein, sagst du doch immer. Ich werde das schaffen." Sabine lief an ihr vorbei, direkt in die Küche. Sie bückte sich und starrte in den Ofen. „O mein Gott, endlich wieder Auflauf! Wie heißt der?"

Wow. Ihre Laune kann offenbar schneller wechseln als ihre Unterwäsche ... Sie musste grinsen. *Zumindest die, die sie nicht gerade drei Tage tragen muss, um sie ekligen Männern zu schicken. Es ist gut, dass es ihr besser geht. Sie wendet meine Techniken an.* Emma atmete tief durch. „Ich kann das aushalten", wiederholte sie ihr Mantra versehentlich laut.

„Du hast recht, ich kann das aushalten", lautete Sabines Interpretation. „Und Martin hat auch geschrieben. Wir treffen uns heute noch."

Gott sei Dank. Dann bin ich allein und kann in Ruhe diesen verfickten Brief lesen. Oder sollte sie ihn einfach direkt in die Tonne hauen?

„Mein Engel ...", konnte sie ihn in ihrem Kopf sagen hören und zuckte zusammen, als seine Augen vor ihrem inneren Auge aufblitzten.

„Was ist?", fragte Sabine erschrocken, die Emmas Zucken bemerkt hatte. „Hast du Schmerzen?"

Sei normal! „Nein, du hast mich nur mit den vielen Herzchen getroffen, die schon wieder aus deinen Augen schießen."

„Ha, ha! Du bist ja bloß neidisch, weil deine verliebte Anfangsphase schon ein Jahr her ist."

Ja, bestimmt. So wird es sein, Sabine.

„Darf ich die Form aus dem Ofen holen, oder musst du noch irgendwas filmen?"

Erst jetzt wurde Emma klar, dass sie noch immer regungslos dasaß und sich nicht um ihr Essen kümmerte – mehr als untypisch für sie –, doch aufzustehen traute sie sich gerade nicht zu. Ihre Knie waren weich wie Watte. Die Panik in ihr lähmte jeden Muskel und den Auflauf zu halten, schien ihr gerade unmöglich. „Quatsch, los jetzt. Du machst das schon", flüsterte sie.

Sabine schien von Emmas Kampf nichts zu bemerken, war zu vertieft in ihre eigene Welt. Sie hatte das Essen bereits auf zwei Teller verteilt und kam damit ins Wohnzimmer.

„O Gott, wie siehst du denn aus?!", fragte Emma entsetzt.

Sabine stellte die Teller ab und sah sie schockiert an. „Was meinst du?"

„Na ... dein Gesicht! Das ist irgendwie ganz rot."

Erschrocken hielt sich Sabine die Hände an die Wangen. „Was?! Ich ... ich weiß nicht! Es

brennt auch ein bisschen." Sie rannte zum Flur-
spiegel und schrie auf. „Ach du Scheiße! Ich
muss das sofort abwaschen!"

Emma hörte den Wasserhahn aus dem Bad
und blieb nach wie vor untätig. Was hätte sie
auch tun sollen ... Sie hatte keine Ahnung, wie
lange sie da saß. Waren es Minuten? Fünf?
Zwanzig? Schließlich hörte sie Sabine laut Auf-
schluchzen. *Mann, Emma, jetzt reiß dich zusammen und geh rüber!* Sie richtete sich auf und
wankte wie eine Betrunkene ins Bad.

Ach du Scheiße!

Sabines Gesicht war inzwischen von unzähligen roten Pickelchen übersäht.

Zukunft

Sabine

Wie lange wollen die mich hier denn noch liegen lassen? Mittlerweile war Sabine den kompletten Raum abgelaufen, um zu sehen, ob sie irgendetwas Nützliches finden konnte – vergeblich. Weder ihr Handy war zu finden noch vernünftige Klamotten, von etwas zur Verteidigung ganz zu schweigen. Zweimal hatte sie schon Schreie gehört, die ihr durch Mark und Bein gegangen waren. *Wenn ich doch nur durch dieses Fenster käme.* Sie hätte es zwar zerschmettern können, aber dann wären vermutlich sofort irgendwelche Leute dagewesen.

Sie hatte sich fest vorgenommen, ihr Zimmer in der Nacht zu verlassen, und die Dunkelheit verriet ihr, dass es nun so weit war. Sie würde jetzt abhauen. Sabine atmete tief ein und fasste sich ein Herz. Das Laken hatte sie bereits abgezogen und um sich gelegt. Es erschien ihr sinnvoll, sich wenigstens ein bisschen zu bedecken. Einerseits, weil sie sich in den Dessous nackt fühlte, andererseits, weil sie hoffte, nach draußen zu gelangen, und es dort bitterkalt war. Allein der Gedanke an die kalte Nacht in der Höhle ließ sie erschaudern.

Sabine legte ihr Ohr an die Tür und lauschte. Nichts. Sanft legte sie die Hände auf die Klinke und öffnete die Tür. Sie ging tatsächlich auf. Erleichterung und Angst durchfuhren sie gleichermaßen. Sie blinzelte gegen die Dunkelheit, bemühte sich, keine Geräusche zu machen. Dabei hatte sie das Gefühl, ihr Herz pochte lauter als Fäuste, die gegen eine Tür hämmerten.

Im ersten Moment sah sie rein gar nichts. Es war einfach zu dunkel. Sie stand im Türrahmen und schaute nach links und rechts, ehe sie den ersten Schritt aus dem Zimmer setzte. *Aua! Was zur Hölle ist das?* Sie war in etwas getreten und zog den Fuß zurück. Wischte sich mit der Handfläche über die nackte Sohle. *Ist das Dreck?* Sabine ging in die Hocke, um den Boden näher zu betrachten, legte ihre rechte Hand auf den Boden. Es war tatsächlich Dreck, sah aus wie Schutt und Staub ... aber da waren auch vereinzelte Zigarettenstummel und Kronkorken. *Merkwürdig.*

Sabine erhob sich fröstelnd und zog das Laken enger um sich. Ganz vorsichtig, als würde sie gleich in heiße Lava treten, machte sie erneut einen Schritt. Diesmal war sie auf die Unebenheit vorbereitet – und auch auf den Schmerz. Es war so still, dass sie nur ihren aufgeregten Atem hörte. Ein weiterer Schritt. Sie hielt sich an der Wand fest, die sie jetzt zum ersten Mal beachtete. So langsam konnte sie ein paar Umrisse erkennen, die es ihr leichter machten, sich zu orientieren. Sanft strich sie über die Tapete und betrachtete verwirrt das Motiv. Herzen. Überall Herzen. Wie in ihrem Zimmer.

Die Herzen führten sie Schritt für Schritt weiter, bis sie zur nächsten Tür kam. Sie lauschte. Es fehlte nicht viel und ihr Herz würde ihr aus der Brust hüpfen. *Ob so die ganzen Herzen an die Wände hier gekommen sind? Oder ist das wie bei diesen Knast-Tattoos, dass jede tätowierte Träne für einen Mord steht? Jedes Herz eine tote Frau ...? Mann, Sabine, reiß dich zusammen! Es bringt jetzt echt nichts, dir Horrorgeschichten auszumalen. Mach, dass du hier wegkommst!*

Mit vorsichtigen Bewegungen und so leise wie möglich schlich sie den Gang entlang. Doch ihre Schritte hallten so laut in ihren Ohren wie zuletzt Martins Geschrei. *Martin ...* Der Gedanke an seinen Wutanfall, den sie via Sprachnachricht hatte miterleben müssen, ließ sie fast ohnmächtig werden. Was für ein Irrsinn! Sie befand sich wahrscheinlich in Lebensgefahr und dachte an ihren dämlichen Ex?! An den Mann, den sie so geliebt hatte ... nein, sogar immer noch liebte. *Wieso musste ich mich überhaupt verlieben?! Ich bin doch bis dahin echt gut ohne Gefühle gefahren.* Sie hätte es eigentlich wissen müssen: Männer taugten zu nichts. Sie blieben bei einem, wenn man hübsch war und zu allem Ja sagte, und sie gingen, wenn man sie brauchte. So einfach war das. Schon immer gewesen. Genau wie Mütter. Das Einzige, das wirklich von Bedeutung war, waren Freundschaften. Wie gern wäre sie jetzt bei Emma gewesen, um irgendeine ihrer leckeren Kreationen zu essen. *Jetzt reiß dich gefälligst zusammen! Um deinen zwischenmenschlichen*

Scheiß kannst du dich kümmern, wenn du lebend hier rausgekommen bist, verdammt!

Sie lehnte sich gegen eine der Türen auf dem Gang, hörte keinen Ton. Sollte sie die Tür öffnen? ... Sie entschied sich dagegen. Hinter dieser Tür würde sie ziemlich wahrscheinlich keinen Weg nach draußen finden, also musste sie weiter, um nach unten zu kommen. Je weiter sie den Flur entlanglief, desto mehr konnte sie erkennen – ihre Augen gewöhnten sich an die Dunkelheit. Der Mond schien von rechts durch eines der zerbrochenen Fenster.

Wo bin ich hier nur gelandet?

Das nächste Zimmer hatte keine Tür; das verwirrte Sabine etwas. Sie erkannte Reste einer Tapete mit Bananenprint, die zum Teil von einem Graffiti übersprayt war. Der Boden war genauso verdreckt wie der im Flur. Als sie sich hinhockte, um ihn noch einmal zu untersuchen und sich wiederholt Dreck vom Fuß zu wischen, konnte sie erkennen, dass auch der Boden des Zimmers Bananenprint hatte.

Was ist das für ein komischer Ort?! Herzen, Bananen, der ganze Dreck und zwischendrin gut erhaltene Zimmer wie meins. Vom Flur gingen links und rechts noch weitere Räume ab – manchmal verschlossen Türen die Wahrheit dahinter, andere Male konnte Sabine Tapeten mit grünen Tannenbäumen oder kleinen Toastscheiben ausmachen. Sie war für jede offen stehende Tür dankbar, denn die Einsicht bedeutete weniger Gefahr und auf den Gang fallendes Mondlicht.

Schließlich kam sie zu einer Treppe, die ziemlich morsch aussah. Am Ende der Treppe erstreckte sich ein weiterer Korridor, von dem wahrscheinlich auch viele Zimmer abgingen. Von der Decke hingen Kabel, manchmal mit länglichen, gekrümmten Lampen daran. *Wie früher in der Schule ... Bin ich etwa in einer alten Schule? Aber in welchen Klassenzimmern hängen denn solche Tapeten ...?*

Etwas drang an ihr Ohr und sie zuckte zusammen. *Was war das?* Von weit weg konnte sie etwas hören, es jedoch nicht zuordnen. Ihr Herz setzte aus, sie hielt den Atem an. *Nicht bewegen. Kein Geräusch machen.* Und zur Not müsste sie in das letzte offene Zimmer fliehen. Je länger sie lauschte, desto sicherer war sie sich, ein Wimmern auszumachen. *Ob hier noch jemand gefangen gehalten wird? So wie ich? O mein Gott ...* Nun hatte sie es zum ersten Mal ganz klar gedacht: Sie wurde gefangen gehalten. Mit einem Schlag kam die ganze Panik zurück. Fragen sprangen in ihrem Kopf hin und her. *Was haben die mit mir vor? Warum trage ich Dessous? Wieso überhaupt ausgerechnet ich? Und was zur Hölle soll vor irgendeiner Kamera passieren?*

Doch im Grunde wollte sie gar keine Antworten auf diese Fragen, denn die würden ihr nicht gefallen, dessen war sich Sabine sicher. Sie wollte weg, einfach nur weg.

Dann beweg jetzt gefälligst deinen Arsch und hau ab! Sie atmete tief durch und machte sich dann auf den Weg die Treppe hinab. Schutt versperrte ihr teils den Weg, sodass es eher ein

Klettern war – da hatte sie nun ihre aufregende Wanderung. *Was für eine Scheiße.*

Dass es kein Geländer gab, vereinfachte die Sache nicht unbedingt und immer wieder drückte sich irgendetwas in ihre nackten Fußsohlen. Wenn sie doch wenigstens vernünftige Kleidung gehabt hätte. Aber sie würde das auch so schaffen. Irgendwie. Sie musste. Und dann sah sie auch schon ihre Rettung – eine Tür – was sie dazu brachte, ihr Tempo zu beschleunigen. Erleichtert atmete sie auf und hastete darauf zu, stolperte, stürzte dabei auf die Knie, die sie sich aufriss. *Egal. Einfach weiter!* Und so legte sie die Hand schließlich auf die Klinke, verdrängte den Schmerz, den sie mittlerweile in den Füßen, Knöcheln und Knien spürte, konzentrierte sich nur auf ihre Flucht und drückte die Klinke nach unten. Doch sie konnte die Tür nur einen Spalt breit aufdrücken. *Was ... Wieso?! Was ist da?* Abgeschlossen war sie nicht, so viel stand fest, denn sie ging ja ein Stück weit auf. Aber irgendwas stand davor. *Oder irgendjemand?*

Der Schreck jagte sie von der Tür weg. Nein, da war niemand. Es sah eher so aus, als wäre da eine Blockade. Vielleicht hatte jemand die Tür mit Brettern verrammelt?

Aber wie war sie dann hier reingekommen? Gab es noch eine Tür? Oder durch irgendein Fenster? *Gut, dann such ich mir halt ein scheiß Fenster – Hauptsache raus!* Tränen schossen ihr in die Augen und rannen sofort über ihre Wangen, erreichten ihren Hals. „Wenn du in einer Paniksituation bist, gibt es nur eine Sache, die wichtig ist: Bewahre einen kühlen Kopf. Du darfst die Panik nicht deinen Körper und deinen Geist erobern lassen. Der einzige Weg da raus ist, wenn du cool bleibst und sowohl Verstand als auch Intuition nutzt, um der Situation zu entkommen", hatte ihr Krav-Maga-Lehrer mal gesagt.

Toll, das sagt sich so leicht. Der war wahrscheinlich auch noch nie halbnackt in einer Ruine gefangen. Verdammt, wo zur Hölle bin ich hier?!

Sie beschloss, auf die Suche nach einem Fenster zu gehen, durch das sie fliehen konnte. Rechts und links des Ganges befanden sich wieder viele Türen. Sabine humpelte nach links. Der Schmerz war mittlerweile größer geworden. Endlich erreichte sie das erste offene Zimmer. Karotten schimmerten ihr von den Wänden entgegen, doch leider war das Fenster vernagelt – es hing tatsächlich Brett davor. *Also gut, so leicht geb ich mich nicht geschlagen. Mein kühler Kopf sagt, ich muss in jedes Zimmer, bis ich einen Weg nach draußen finde. Aber meine Intuition oder eher mein Verstand sagt, das ist die Mühe nicht wert. Egal, ich muss zumindest alles versuchen! ... Und was, wenn ich kein offenes Fenster finde ...?*

Fieberhaft suchte sie nach einem Plan B. Hier unten roch es durchdringend nach Pisse und jedes Mal, bevor sie in ein neues Zimmer schaute, rechnete sie damit, einen Penner vorzufinden. *Glück gehabt,* dachte sie, wenn sie niemanden antraf, und wunderte sich über sich selbst, wie sie da noch von Glück reden konnte.

Zur Not geh ich einfach wieder hoch. Da waren definitiv nicht alle Fenster versperrt. Vielleicht könnte ich springen?

Als sie das Ende des Gangs erreicht hatte, drehte sie wieder um und kurz bevor sie wieder an ihrem Ausgangspunkt an der Treppe ankam, machte sie sich auf, sich auch noch die andere Seite des Korridors anzuschauen. Doch eigentlich machte sie sich nicht allzu große Hoffnungen. *Irgendwie müssen die mich hier doch reingebracht haben ... Ob Martha und Linus immer noch hier irgendwo sind?*

Stimmen! Erschrocken sog sie die Luft ein. Sie hörte tatsächlich Stimmen! Zwei Männer fingen lautstark an zu diskutieren, und zwar genau in dem Zimmer, vor dessen geschlossener Tür sie stand. Und sie wurden lauter, kamen auf die Tür zu. Sabine hatte keine Zeit mehr, unbemerkt zu einem der offenen Räume zu gelangen, und so blieb ihr nichts anderes übrig, als zu hoffen, dass die Räume mit den Türen nicht abgeschlossen waren. In letzter Sekunde huschte sie in eines hinein, schloss die Tür hinter sich und ... riss die Augen auf. *Ach du Scheiße ...!*

9. OKTOBER 2020 – FREITAG

Sabine

Mir reicht's!" Sabine warf die Cremetube in eine Ecke. „Ich bin doch kein Versuchskaninchen! Was ist das für ein Scheiß, Mann?!"

Emma saß neben ihr auf dem Wannenrand und zuckte zusammen. Vermutlich erschreckte sie die plötzliche Heftigkeit in Sabines Verhalten.

„Im Ernst jetzt! Es kann doch nicht sein, dass die mir so einen Mist zuschicken, und ich soll das dann auch noch lächelnd in die Kamera halten!? Verdammt! Und ich hab das Video mit dem Rabattcode sogar schon hochgeladen! Du hattest recht, ich hätte es testen müssen, aber ich war so geldgeil. Verdammt, ich bin so dumm. Ich bin einfach so dumm." Sie lief aufgebracht durchs Badezimmer, schaute dabei immer wieder in den Spiegel.

„Und was willst du jetzt tun?"

„Ich werde noch ein Video aufnehmen!" Sabine stemmte die Hände in die Hüften und schaute zu Emma.

„Äh ... *So?*"

„O ja. Genau so! Es kann doch nicht sein. Jetzt mal im Ernst. Was denken die sich eigentlich? Aber erst mal muss ich Martin absagen. So darf er mich niemals sehen."

„Okay, nur um dich richtig zu verstehen ... Du nimmst jetzt ein Video auf, das über 50.000 Follower sehen ..."

„60.000", unterbrach Sabine sie.

„Von mir aus. Du nimmst also ein Video für die Öffentlichkeit auf, aber dein Partner darf dich so nicht sehen?"

„Ich weiß, dass du das nicht verstehen kannst. Aber Martin soll mich einfach nicht so sehen."

„Warum nicht? Er liebt dich doch."

„Ja. Kann sein." Aber die Gefahr, dass sie sich täuschte, war einfach zu groß. Vielleicht liebte er sie doch nur wegen ihres Äußeren – und dann? Eigentlich glaubte sie das zwar nicht, doch alte Ängste setzten sich durch. Und wozu ein Risiko eingehen?

„Kann sein?" Emma sah sie perplex an.

„Ja. Er liebt mich und ich ihn. Aber wie gesagt: Du musst das nicht verstehen. Danke, dass du hier warst, aber ich werde jetzt arbeiten. Lass mich bitte ein wenig allein, oder musst du noch mal aufs Klo?"

Emma schüttelte den Kopf und ging wortlos, während Sabine schon eine Absage ins Handy tippte. Nun war zum ersten Mal sie es, die ein Date wegen der Arbeit absagte. War vielleicht mal ganz gut für das Gleichgewicht in ihrer Beziehung. Auch wenn es ihr in der Seele wehtat, denn gerade heute hätte sie seine starken Arme gut gebrauchen können. Doch jetzt hatte sie Wichtigeres zu tun.

Ihr Handyton verkündete Martins prompte Antwort: „Aha ...“

John

„Also pass auf: Sie wollte wohl wandern gehen.“ Casy kam zu John an den Schreibtisch und warf ihm das Tagebuch vor die Nase. „Von vorn anfangen und ihr Leben verändern.“

Es dauerte einen Moment, bis John realisierte, dass sie von dem verschwundenen Mädchen redete. Er nahm sich das Heft und blätterte darin.

„Auf den letzten Seiten steht das. Sie hat sogar eine Extrarunde eingelegt, um sich ein paar Wanderschuhe zu kaufen. Sie wollte sich neu finden und dann nie wieder in ihr altes Leben zurückkehren.“ Casy nippte an ihrem Kaffee-to-go-Becher.

„Du meinst, sie ist also gar nicht tot oder entführt worden, weil sie sich gerade selbst findet?“ John kratzte sich seinen Bart. Er sah zu Tanja rüber, die gerade telefonierte und ab und an neugierig zu ihm rüberschaute. „Das wäre auf jeden Fall mal eine gute Sache. Und im besten Fall kommt sie in ein paar Tagen wieder.“

„Ganz allein?“, fragte Casy verwundert.

„Tja ... Ich weiß es nicht.“ Er zuckte mit den Schultern. „Auf jeden Fall sollten wir mal in dem

Laden, in dem sie die Schuhe gekauft hat, vorbeischauen und außerdem versuchen, herauszufinden, welche Unterkunft sie gebucht hat. Dann wären wir schon ein paar Schritte weiter."

Casy nickte und ging wieder zu ihrem Arbeitsplatz.

Gleich würde das Meeting mit der Chefin beginnen. *Schon komisch ...* Mit Wandern hatte er nun wirklich nicht gerechnet. Das Klingeln seines Handys riss ihn aus den Gedanken. „John Bachmann hier."

„Ja, hallo. Hier meldet sich das Hotel. Also ... Sie wissen schon. Er ist wieder da und nimmt in unserem Restaurant ein Frühstück ein ... Mit einer anderen Frau als der von Ihrem Bild."

„Oh. Okay, danke. Danke, dass Sie sich gemeldet haben." John legte auf und begann zu schwitzen. *Mist. Ausgerechnet jetzt.* Er konnte gerade nicht weg, aber er wollte diese Lüge für Sabine eigentlich aufdecken.

„Alles okay?"

Er hatte gar nicht bemerkt, dass Tanja zu ihm rübergekommen war.

„Äh, ja, klar. Alles gut."

„Und was habt ihr rausgefunden?"

„Wir? Nichts haben wir rausgefunden." Er bemühte sich, Ruhe zu bewahren.

Wenn Tanja von seiner und Tims Aktion erfuhr, wäre sie sicherlich sauer. Es war noch zu früh, sie einzuweihen – erst mussten sie handfeste Beweise haben. Er musste dringend Tim anrufen. Wenn der erst mal hier aufgetaucht war, konnte er schlecht wieder losfahren.

„Hä? Nicht? Sah aber schon so aus, als hätte Casy was rausgefunden."

„Ach, Casy, ja ... Also das verschwundene Mädchen, Charly, wollte wandern gehen."

„Wandern?!" Tanja verschränkte die Arme.

„Ja, merkwürdig, oder?"

„Irgendwie schon."

„Sie wollte ein neues Leben anfangen. Steht zumindest in ihrem Tagebuch. Aber vielleicht ist das auch einfach nur eine falsche Fährte – man weiß ja nie." Er stand auf und gab ihr einen Kuss. „Ich hol mir kurz einen Kaffee. Willst du auch was aus der Küche?"

„Nein, danke, Babe."

Er spürte im Gehen förmlich, wie ihr Blick an seinem Rücken klebte. Sie wusste ganz genau, dass er ihr etwas verheimlichte – schließlich kannten sie sich schon seit Jahren. *Verdammt!* Aber sie durfte es einfach noch nicht wissen. John holte sein Handy aus der Hosentasche und rief Tim an. Hoffentlich ging er ran und könnte direkt hinfahren, um Beweisfotos zu schießen.

Sabine

W*as soll das denn nun wieder bedeuten? Aha und drei Pünktchen? Ist das jetzt ein: Schade, ich würde dich so gern sehen und du fehlst mir? Aber dann hätte er es ja auch schreiben können.* Sie sendete ihm nur ein Fragezeichen zurück und stellte sich dann vor die

Kamera. Es war eine große Überwindung, ihr sonst so makelloses Gesicht nun mit diesen vielen Pickelchen in die Kamera zu halten. *Boah, ich bin noch nie wirklich ungeschminkt vor die Tür gegangen, außer vielleicht mal nachts mit Benny Gassi, und jetzt muss ich mich allen so zeigen ... allen zeigen, wie hässlich ich bin. Als hätte ich Windpocken oder so.*

Doch das war sie ihren Followern schuldig. Sie hatte gerade erst Werbung gemacht, ohne das Produkt zu testen. Einfach nur, weil sie wegen des Geldes so verzweifelt gewesen war. Das durften ihre Fans natürlich nicht erfahren, aber sie würde schon die richtigen Worte finden, um sich zu erklären. Sabine kämmte sich ein letztes Mal ihr langes blondes Haar, legte noch etwas rosa Lipgloss auf, öffnete den obersten Knopf ihrer weißen Bluse und startete ein Livevideo.

„Hallöchen, ihr Lieben!" Sie hielt inne und wartete einen Moment. Die innere Aufregung musste sich legen. Jetzt. Die Zuschauerzahl stieg in rasender Geschwindigkeit und sofort wurde munter kommentiert. Die Leute begrüßten sie, fragten nach ihren Klamotten und was mit ihrem Gesicht los sei.

„Heute muss ich euch leider warnen. Ihr fragt euch sicher, warum ich so schrecklich aussehe. Ich habe einen Fehler gemacht. Ich habe euch zum allerersten Mal ein Produkt empfohlen, *bevor* ich es selbst getestet habe. Das ist sonst nicht meine Art, aber ich war einfach so voller Vorfreude, dass ich nicht mehr warten wollte. Ich hoffe sehr, ihr habt noch nicht zugeschlagen, trotz meines 50-Prozent-Rabatt-Codes. Versucht, die Creme wieder loszuwerden. Ganz ehrlich. Ich habe mal etwas recherchiert, was ich definitiv vorher hätte tun sollen. Das ist pure Chemie." Sie hielt die Creme in die Kamera. „Kein Wunder, dass ich jetzt so aussehe. Ihr könnt euch vorstellen, wie sauer ich bin, dass man mir solche Produkte zuschickt. Wie unverantwortlich ist es denn bitte, mir solche Chemiebomben zur Vermarktung anzubieten?! Da bringen auch die 50 Prozent Rabatt nichts, wenn man danach Ausschlag im Gesicht bekommt und andere Mittel braucht, um das wieder loszuwerden. Ich bin wirklich enttäuscht und entschuldige mich von ganzem Herzen bei euch, dass ich schon Werbung dafür gemacht habe, obwohl ich es noch nicht getestet hatte. Ich weiß, für viele Influencer ist das normal, aber nicht für mich. Und ihr vertraut mir schließlich nicht umsonst. Ich werde meine Zusammenarbeit mit dieser Marke jedenfalls sofort kündigen und euch so eine Scheiße nie wieder empfehlen. Und nun verabschiede ich mich auch schon, denn ich muss mich jetzt um das Katastrophengebiet aka mein Gesicht kümmern. Tschüss, ihr Lieben!"

Sabine schaltete die Kamera aus und versuchte, ihren Atem zu beruhigen. Sie hatte es wirklich getan. Emma kam sofort zu ihr gerannt. „Das war großartig! Und sogar live!"

„Na ja, jetzt werde ich wahrscheinlich alle meine Follower verlieren, aber das hätte ich wohl so oder so. Spätestens wenn sie das Zeug aufgetragen hätten."

„Oder ..." Emma stemmte ihre Hände in die Hüften. „... sie werden dich für deine Ehrlichkeit feiern. Hast du denn nicht die Kommentare gelesen?"

„Nein, darauf konnte ich mich nicht konzentrieren. Ich habe nur versucht, alles Wichtige zu sagen und nichts falsch zu machen." Sabine nahm ihr Handy und scrollte sich durch die Kommentare. „Lob, Lob, Hass, Entrüstung, Lob, Lob, Lob, Wut."

„Aber nicht mehr Hass dazwischen als sonst, oder?", fragte Emma nach.

„Ich glaube, du hast recht", antwortete Sabine nachdenklich und starrte auf ihr Handy. „Oh!"

„Was?"

„Die Firma der Marke ... Sie werden rechtliche Schritte gegen mich einleiten und unsere Zusammenarbeit ist beendet."

„Tss. Rechtliche Schritte solltest eher du einleiten. Haben die sich dein Gesicht angesehen?"

Sabine zuckte zusammen.

„Sorry, das sollte nicht fies klingen."

„Schon gut. Meinst du, ich sollte mir einen Anwalt holen?" *Wovon auch immer ich den bezahlen sollte.*

„Unbedingt. Ich kann dir meine Anwältin empfehlen. Ich brauchte damals eine wegen der Todesküsserin. Warte, ich bring dir gleich die Visitenkarte." Emma verschwand und ließ Sabine im Sumpf ihrer Gefühle stehen.

Die war zwar stolz auf sich, aber auch immer noch total wütend. Gleichzeitig hätte sie Martin so gern gesehen. Emma hatte ja recht – sie liebten einander. Aber seine Reaktion war schon merkwürdig. Sie wollte ihn nicht auch noch verärgern. Sie hatte echt genug für heute, legte das Handy weg und betrachtete erneut ihr Gesicht. *Wenn er so aussehen und mir nur deswegen absagen würde, würde ich ihn auch fragen, ob er noch ganz dicht ist. Liebe hat doch nichts mit dem Äußeren zu tun und es ist ja echte Liebe zwischen uns.* Sie wollte einfach nur in seinen Armen liegen und dass er ihren Kopf streichelte, die Sorgen damit vertrieb, denn die waren mit dem heutigen Tag ins Unermessliche gestiegen. *Was für ein beschissener Tag.*

Emma kam um die Ecke geschossen. „Hier. Ruf sie an."

„Danke."

„Hey, sind das Tränen?" Emma nahm sie in den Arm. „Fahr zu deinem Schatz. Du hattest dich doch so auf ihn gefreut."

Vielleicht hatte sie recht. „Kannst du mir seine Adresse besorgen?" Es fiel ihr sichtlich schwer, Emma danach zu fragen, hatte sie doch gerade erst eine Szene deswegen gemacht. „Ich will ihn überraschen."

Zukunft

Sabine

Vor ihr stand ein Mädchen. *Wieso haben die hier Kinder? Die ist doch gerade mal acht.* Sabine legte einen Finger auf ihre Lippen, in der Hoffnung, dass die Kleine sie nicht verraten würde. Die Lampe, die neben einem Bett mit rosa bezogenem Bettzeug stand, flackerte. Keine von beiden sagte einen Ton. Sabine lauschte, ob die Stimmen näher kamen, doch da war gar nichts mehr.

Das Mädchen zitterte am ganzen Körper, mehr noch als Sabine. Es hatte einen Schulranzen auf dem Rücken und trug einen Faltenrock samt weißem Blüschen. *Sehr merkwürdig.* Das Zimmer war genauso hergerichtet wie Sabines – der Boden war sauber und die Wand ordentlich tapeziert; hier in hellblau mit buntem Cupcakeprint. Ein Schreibtisch sowie der dazu passende Stuhl mit rosa Bezug standen neben dem Bett. Auch hier war das Fenster mit zwei Holzbrettern vernagelt worden. Es gab lediglich eine kleine Spalte, durch die man die Dunkelheit erahnen konnte.

Nach ein paar Minuten wähnte sich Sabine in Sicherheit. Die Leute mussten weg sein. *Und nun? Was mach ich denn jetzt mit dem Mädchen?*

„Hey. Tut mir leid, dass ich dich erschreckt habe. Ich wollte mich nur verstecken", flüsterte sie ihm zu.

Das Mädchen stand immer noch stramm an seinem Bett und blickte zitternd zu ihr.

„Ich bin Sabine. Und wie heißt du?" Am liebsten hätte sie die Kleine in die Arme genommen, aber sie wollte sie nicht noch mehr verschrecken, ging stattdessen vorsichtig einen Schritt auf sie zu.

Das Mädchen gab nach wie vor keinen Ton von sich.

„Bist du auch hier gefangen? Weißt du was über die Leute hier? Gibt es noch mehr von uns?" Sabine konnte sich nicht zügeln. Vielleicht konnte die Kleine ihr ja helfen. Sie musste doch irgendwas wissen. Sabine ging noch einen Schritt auf sie zu und das Mädchen begann zu weinen.

Wieso hat sie solche Angst vor mir? „Hey, ich tu dir nichts. Ich bin doch auch nur eingesperrt worden und versuche, hier rauszukommen. Dann hole ich Hilfe. Okay?"

Die Kleine schüttelte heftig den Kopf.

„Willst du denn nicht weg?"

Sie bedeckte das Gesicht mit ihren Händen, als würde Sabine dadurch verschwinden.

„Du kannst mir helfen, Kleines."

Doch aus dem Mädel war nichts herauszubekommen. Es weinte immer heftiger, je näher Sabine ihm kam, also ging sie wieder zurück zur Tür. „Ist es so besser?"

Durch die Hände schaute es zu Sabine. Sein Schluchzen wurde leiser. Es half nichts – sie musste das Mädchen allein lassen. „Ich hol dich hier raus, Kleines. Bitte verrat mich nicht."

Sabine ließ den nun neugierigen Blick hinter sich und öffnete die Tür leise wieder. Sie musste jetzt wirklich weg, und zwar schnell. Von den Männern war nichts mehr zu hören. Sie konnte also weiter. Doch wohin? Sollte sie wieder nach oben gehen und sich dort noch mal umsehen, oder wie geplant den anderen Gang erkunden?

Der Mondschein erhellte ein Graffiti mit Geistermotiv und Sabine beschloss, ihren ursprünglichen Plan umzusetzen. Es war nicht so schlecht, seine Umgebung zu kennen, und sie musste sichergehen, dass es hier nicht doch irgendwo einen anderen Ausgang oder ein offenes Fenster gab. Sie glaubte, die Männer wären die Treppe hochgegangen. *Ob sie auf dem Weg zu mir sind und mich gleich suchen werden? ... Egal.* Solche Gedanken musste sie abschütteln.

Sie schlich den Gang entlang und sah in die leeren dreckigen Zimmer. *Was sich wohl hinter den anderen verschlossenen Türen verbirgt? Noch mehr kleine Mädchen? Oder sind die Kleine und ich die Einzigen?*

Endlich kam sie am Ende des Gangs an. Der letzte Raum war größer als die anderen. Er hatte zwei Eingänge und außerdem zwei Waschbecken. *Ob das mal die Küche gewesen ist? Oder ein Waschraum?* Die Antwort darauf würde ihr nichts bringen. Sie musste wohl wirklich zurück, denn in ihrem Zimmer war wenigstens ein Fenster, das nicht zugenagelt war. *Aber wieso eigentlich?*

Sie schlich zurück zur Treppe, bereit, sich in ihre Falle zurückzuziehen. Vorsichtig stützte sie sich an der Wand ab und stieg die ersten Stufen hoch. Da waren sie wieder! Die Stimmen. Diesmal kamen sie von oben. *Mist. Ob die Männer zurückkommen?* Sie wollte gerade umdrehen und zurück zum Zimmer des Mädchens laufen, als sie aus eben jenem einen Schrei gellen hörte. *Scheiße!* Gerade als sie zum anderen Gang laufen wollte, ging dort eine Tür auf. In letzter Sekunde huschte sie zurück, konnte nur noch nach unten ausweichen und hoffte, dass von dort nicht auch noch jemand kommen würde – dann wäre sie geliefert. Ihre Beine flogen förmlich über Schutt und Müll, dabei versuchte sie, so leise wie möglich zu sein. *Was, wenn jetzt jemand aus dem Keller kommt? Was, wenn hier noch mehr von diesen Monstern lauern?*

Unten angekommen, hielt sie im Schein von in Wandnischen stehenden Kerzen kurz inne. Das Flackern machte sie noch nervöser, doch wenigstens konnte sie etwas sehen. Vor ihr lag ein viereckiger Stein mit der Inschrift *„Halt hier an, schätze das Leben für eine Minute und lächle. #Oraculo_Project".*

Was für ein Hohn ... Am liebsten hätte sie gegen den Klotz getreten, doch ihre Füße schmerzten auch so schon genug. Sie atmete tief durch, als müsste sie Mut einsaugen, und ging dann nach links. Der erste Raum war eine Küche. Auch hier hatte jemand renoviert, denn es war sauber und sie hatte ebenen Boden unter den Füßen. *Ich fasse es nicht. Hier sind sogar ein Kühlschrank und ein Herd.* Dann mussten sich doch auch Messer in Greifweite befinden. Sabines Herz klopfte noch aufgeregter und sie rannte zu einem Schrank neben dem Kühlschrank. Sie riss an der Schublade, doch nichts. *Warum verdammt geht diese Scheiße nicht auf?!* Und dann verfiel sie doch wieder in Panik. Wenn sie von hier aus mit Essen versorgt wurden, dann sollte sie sicher länger bleiben. *Was haben die mit mir vor?* Tränen rannen über ihre Wangen.

„Du musst jetzt tapfer sein, kleine Bine", hatte Granny ihr jedes Mal gesagt, wenn sie wieder nach Hause musste. Es hatte beiden das Herz gebrochen. Sie hörte die Worte noch ganz deutlich in ihrem Kopf. „Du musst jetzt tapfer sein", flüsterte sie sich selbst zu, wischte den Rotz an ihrem Laken ab und ließ die Küche hinter sich. *Ich werd schon was finden.* Der nächste Raum war wieder geschlossen. Ob da auch Kinder drin waren?

Scheiße. Sie hörte Schritte – ziemlich schnelle Schritte. Jemand musste auf der Treppe sein. *Bitte, lieber Gott, oder wenn ich Schutzengel habe, lasst niemanden hinter der Tür sein. Wer auch immer da oben sein sollte, HILFE!*

Sabine drückte die Klinke runter und schob die Tür auf. Nur ein kleines Neonlicht leuchtete. Mitten im Raum standen zwei mit weißen Tüchern bedeckte Tische und es roch merkwürdig. Sie unterdrückte einen Würgereflex, sah sich schnell um, konnte aber leider nicht viel ausmachen, außer ein paar Schränken. Zu den Schritten

175

hörte sie nun auch wieder Stimmen, die näher kamen. Sabine rannte zu den Tischen, hob eines der Tücher leicht an, um zu sehen, ob sie sich unter dem Tisch verstecken konnte, und tatsächlich – es konnte klappen. Sie wollte gerade drunter krabbeln, als ein Geräusch sie erstarren ließ.

Ein Klicken.

Noch bevor sie es zuordnen konnte, erlosch das Licht.

9. OKTOBER 2020 - FREITAG

John

H ast du alles?" Endlich hatte er mal fünf Minuten mit Tim allein. Sie holten zusammen das Mittagessen für alle.

„Ich würde gern was anderes behaupten, aber ja. Ich habe ein Foto, wie sie knutschend im Hotelrestaurant sitzen."

„Scheiße." John pustete laut die Luft aus.

„Das kann man wohl sagen."

„Wie bringen wir ihr das jetzt bei?" Tim wich einer älteren Dame aus, die ihn fast mit ihrem Rollstuhl umgefahren hätte.

„*Wir?* O nein – wir müssen es unseren Frauen sagen und *die* dürfen die Nachricht dann überbringen."

„Ich glaube, wir sollten Emma da raushalten." Ein dunkler Ausdruck legte sich über Tims Gesicht.

„Du weißt schon, dass du mit mir drüber reden kannst, ja?"

„Aber es darf nicht an Tanja gehen!"

„Ehrensache." John hielt beim Falafelladen und gab die Bestellung auf. Damit sie nicht zu sehr nach dem Bratfett rochen, warteten sie draußen und setzten sich mit einem Becher Ayran auf die Holzbänke.

„Sie meinte, es war ein Versehen ... aber neulich, als Tanja ihr wegen Erik Bescheid gegeben hat, kam ich zu ihr nach Hause und sie hat an der Hand geblutet. Sie meinte, ihr sei das Glas runtergefallen und es lag auch dort auf dem Badboden, aber ... ich mach mir einfach Sorgen."

„O Shit. Du musst ihr einfach vertrauen, aber behalt sie besser etwas im Auge."

Tim stützte sein Gesicht auf seine Hände. „Als könnte man Emma gut im Auge behalten. Wenn sie das mitbekommt, macht sie doch sofort dicht."

„Wem sagst du das?! Tanja möchte ich das eigentlich auch gerade nicht zumuten. Sie weint wirklich viel. Aber sie hat schon gemerkt, dass ich ihr was verheimliche, und das ist nicht gut. Nachher denkt sie noch, ich habe eine Affäre oder so. Wir müssen ihnen die Wahrheit sagen. Und darauf vertrauen, dass sie es aushalten. Sonst sind sie uns auf ewig sauer."

„Und das will keiner."

John lachte. „Nein, das will keiner. Dann machen wir das heute Abend nach meiner ..." Fast hätte er sich verraten. „Ich hab noch eine Verabredung, aber danach können wir. Fragst du Emma, ob sie heute Abend für uns alle kochen will?"

Ein paar Stunden später saß John am Schreibtisch und versuchte sich auf den Fall der verschwundenen Charly zu konzentrieren. Doch der bevorstehende Abend lenkte ihn ab. Casy hatte sich für heute abgemeldet, sodass er allein zur Selbsthilfegruppe gehen musste. „Die Gruppe!", schrie er auf und hielt sich dann erschrocken den Mund zu. Ein Blick auf die Uhr zeigte ihm, dass er längst losgemusst hätte. Die meisten Kollegen waren längst weg und Tanja schon seit einer Stunde bei Emma. Er schnappte sich seine Sachen und machte sich auf den Weg. John rannte die Strecke und genoss es, sich bewegen zu können. Die Scheibtischtage taten seinem Körper nicht gut. Als er das Gebäude erreichte, war er überrascht, Freddy rauchend vor der Tür vorzufinden. Das Treffen hatte eigentlich schon begonnen. „Hey. Müsstest du nicht da drin sein?"

„Müsste ich." Sie nahm einen tiefen Zug von ihrer Kippe. „Aber ich habe das Gefühl, ich störe meine Schwester nur. Vielleicht hilft es ihr mehr, wenn ich sie allein lasse. Dann kann sie besser reden, ohne auf mich Rücksicht zu nehmen."

„Kann sein." John steckte seine kalten Finger in die Jackentaschen.

„Du bist ja heut auch ohne deinen Anhang."

Er lachte. „Ja, aber nicht, damit ich besser reden kann." *Wobei es Casy zuzutrauen wäre, dass sie deshalb nicht gekommen ist.*

„Na gut, ich hau ab. Bis bald oder so." Und schon schwang sie sich auf ein Motorrad und fuhr lautstark davon.

Natürlich fährt sie Motorrad ... Sind ja bloß gefühlte minus fünf Grad. John schüttelte lächelnd den Kopf.

Ein tiefer Atemzug und er betrat entschuldigend die Gruppe.

„Ah, John! Keine Sorge, du hast noch nicht viel verpasst. Ich hab nur ein bisschen von früher erzählt." Herbert lächelte ihm warm zu.

John organisierte sich einen Kaffee und setzte sich neben Isabell. Wahrscheinlich hatte Freddy hier gesessen, bis sie sich umentschieden hatte.

„Isabell. Heute mal ohne Freddy. Geht's dir damit gut?" Herbert nahm einen Schluck von seinem Kaffee.

„Ich glaube schon."

„Wenn du magst, können wir unser Gespräch von neulich fortsetzen. Warum du nicht zu ihr und ihrem Freund ziehen möchtest."

Oh, Herbert geht heute ja gleich ans Eingemachte. Wahrscheinlich wollte er die Chance, die sich bot, weil Isabell allein war, nutzen. Herbert hatte schon immer ein gutes Gespür dafür, wann man wie weit gehen konnte.

Isabell rieb sich nervös die Hände, quetschte sie dabei.

„Du darfst hier alles sagen, was du willst. Es bleibt unter uns. Auch Freddy wird nie was davon erfahren, weil sie nicht hier ist. Du musst also keine Angst haben, ihre Gefühle zu verletzen. Sie will schließlich auch, dass es dir besser geht."

Sie nickte und schaute dabei auf den Boden. Die ganze Gruppe schwieg und wartete, dass Isabell redete.

„Also ... es geht um ihren Freund. Ich mag ihn nicht."

„Warum magst du ihn nicht?" Herbert erwischte ihren Blick und lächelte sie sanft an.

John spürte Isabells Nervosität und begann selbst zu schwitzen. Er nahm einen großen Schluck von seinem Kaffee. Am liebsten hätte er sie in den Arm genommen und ihr gesagt, dass alles wieder gut werden würde ... so wie er es gern bei seiner Schwester getan hätte.

„Er ... also ... ich glaube, dass er ..." Sie stöhnte genervt, vermutlich weil sie nicht die richtigen Worte fand. „Ich glaube, er hat mich angemacht."

„Du glaubst?"

„Ich kann mir eigentlich nicht vorstellen, dass jemand so etwas mir gegenüber tun wollen würde, aber erst hat er immer so gegafft und dann hat er Sprüche gemacht und mich *versehentlich* berührt. Als ich das letzte Mal bei ihnen geschlafen habe, kam er *aus Versehen* ..." Sie malte Anführungsstriche in die Luft. „.... ins Badezimmer, als ich gerade duschen war. Man kann da nämlich das Bad nicht abschließen. Er hat den Schlüssel ... verloren." Sie seufzte. „Ich fühle mich einfach unwohl in seiner Nähe."

„Und hast du Freddy davon erzählt?"

Ihr Blick ging wieder zu Boden. „Nein. Ich will sie nicht verletzen und wahrscheinlich bilde ich mir das auch alles nur ein."

„Isabell, denkst du nicht, sie hat ein Recht darauf, das zu erfahren? Du würdest das Gleiche vermutlich auch von ihr wissen wollen."

„Ja, aber ich trau mich einfach nicht. Entweder glaubt sie mir nicht und ist wütend auf mich, oder sie hat kein Zuhause mehr und muss zurück zu Papa. Und da nach Hause zu kommen keine Option ist, muss sie Geld beschaffen. Ich will nicht, dass sie noch mehr in dieser schmierigen Bar arbeitet. Das tut ihr nicht gut. Ich habe Angst, dass sie abrutscht. Wie man es aus Filmen kennt."

Wie meine Schwester, ergänzte John stumm. Eine Träne lief seine Wange hinunter.

„John." Natürlich hatte Herbert es gesehen. „Möchtest du deine Gedanken mit uns teilen?"

Eigentlich wollte er nicht, aber er musste Isabell ein gutes Vorbild sein. John wischte die Träne weg und richtete seine Worte an Isabell. „Ich versteh dich." Er schaute ihr tief in die Augen. „Meine Schwester ist auf den Strich gegangen, um vor unserem Zuhause zu fliehen. Mein Vater war ein besoffenes Monster. Und eines Tages hat sie dieses Leben nicht mehr ausgehalten und hat es selbst beendet." Wieder stiegen Tränen hoch und liefen schließlich über sein Gesicht. „Ich habe es nicht ändern können. Ich habe ihr nicht helfen können. Ich habe mich selbst retten müssen. Während ich zur Schule gegangen bin und mich bemitleidet habe, sauer auf sie gewesen bin, weil sie mich allein in der Hölle gelassen hatte, ist sie rumgereicht worden wie ein Joint." Er schluchzte laut auf. Der Gedanke daran tat noch immer so unendlich weh. „So oft frage ich mich, ob ich etwas hätte tun können. Doch je älter ich werde, desto mehr glaube ich, dass es nicht in meiner Hand gelegen hat. Sie hat gewusst, sie hätte zu mir kommen können. Aber eine Lösung hätte ich wahrscheinlich auch nicht gehabt. Ich war einfach zu jung. Ich habe sie noch nicht beschützen können."

Isabell weinte mit ihm zusammen und auch die anderen in der Gruppe schnieften laut. Eine Frau stand auf und brachte eine Runde Taschentücher.

Nach einem kurzen Moment machte Herbert weiter. „John, möchtest du Isabell etwas mit auf den Weg geben?"

Eine Weile überlegte er. „Ich denke, dass es deiner Schwester gut geht, wenn es *dir* gut geht. Sie liebt dich wirklich mehr als du dir vorstellen kannst und hat das Gefühl, für dich verantwortlich zu sein. Versuch einen Weg zu finden, deinem Zuhause zu entfliehen, aber hör dabei auf dein Herz. Wenn du glaubst, der Typ ist ein Idiot, dann ist er es auch."

„Aber wieso sieht sie das nicht?"

„Weil sie verliebt ist, oder es für sie zumindest die bessere Alternative ist als euer Zuhause. Das heißt aber nicht, dass es das auch für dich sein muss."

Isabell nickte.

„Herbert hat ein paar tolle Kontakte. Er kann dir sicher helfen, eine Wohnung zu finden. Dann kannst du erst mal zur Ruhe kommen und zu dir finden. Und ich denke, dass auch Freddy damit am meisten geholfen wäre."

„Danke", hauchte sie und weinte nun noch schlimmer. „Aber wie kann ich ihn allein lassen?

Er kann ohne mich doch gar nichts." Das Wimmern schüttelte ihren ganzen Körper.

John sah kurz hilfesuchend zu Herbert, doch der nickte ihm nur zu, also nahm John sie in den Arm. „Dein Vater ist ein erwachsener Mann. Er ist für sich selbst verantwortlich. So wie du für dich verantwortlich bist. Wenn er allein nicht klarkommt, muss er sich eben Hilfe holen. Es ist nicht gesund, dass du seine Lasten trägst und dann auch noch schlecht dafür behandelt wirst. Er muss begreifen, dass er für all das selbst verantwortlich ist und jede Handlung eine Konsequenz mit sich zieht. Das lernen wir schon als Kinder." Einen Moment schwieg er und drückte sie noch fester an seine Brust. Für ihn war es, als könnte er seine Schwester im Arm halten und ihr das sagen, weshalb auch seine Tränen weiterliefen. „Du hast ein Recht auf Leben."

Hoffentlich wird diesem Mädchen nie etwas passieren.

Sabine

Hier soll er wohnen? Sie war noch nie in der Gegend gewesen und ihr war das alles nicht geheuer, aber gut, er hatte ihr ja erzählt, dass er Schulden hatte. Vielleicht hatte er sie angelogen, weil er sich schämte. Irgendwie schon süß ... Er wollte besser vor ihr dastehen, weil er glaubte, sie verdiene Besseres. Dabei war er doch schon das Beste.

Würde sie ihn beschämen, wenn sie jetzt einfach an seiner Tür klingeln würde? Oder würde er sich freuen, wenn er wüsste, dass sie ihn auch so liebte? Im Endeffekt war es doch genauso wie mit ihrem Gesicht – sie wollte nicht, dass er sie so sah, aber Liebe hielt das aus. Und wenn er sie so immer noch liebte, dann würden sie daran wachsen. Und mal ehrlich. Menschen hatten sonst größere Probleme als ein pickeliges Gesicht und eine billige Mietwohnung.

Sabine zog frierend die Schultern hoch. Es war kalt geworden die letzten Tage. Das Klingelschild wies ihrem Finger den Weg auf den richtigen Knopf, doch irgendwie war sie zu nervös, um ihn einfach zu drücken. *Ich benehme mich wie eine Pubertierende. Los jetzt!*

„Sorry, darf ich?" Eine junge Frau drängte sich an ihr vorbei. Sie roch nach Zigaretten. Unter ihrem Arm klemmte ein Motorradhelm. *Wer fährt denn um diese Jahreszeit noch auf zwei Rädern?!* Die Frau schloss die Tür auf und schaffte es irgendwie, dabei ihren Zopf zu öffnen, sodass ihr langes rotes Haar über ihre schwarze Lederjacke floss. *Wow. Wie hübsch sie ist ...*

Als sie durch die Tür geflitzt war, nutzte Sabine die Chance und ging mit hinein, ohne dass sie geklingelt hatte. Langsam ging sie die Treppen hinauf, hörte, wie die rothaarige Frau aufschloss und in einer der Wohnungen verschwand. Sabine hingegen ging so langsam, als hätte sie den schlimmsten Weg ihres Lebens vor sich. Und dann kam ihr eine Idee: Wenn ihr Gesicht schon nicht schön war, konnte sie ihn doch wenigstens mit einer kleinen Überraschung begrüßen. Genau, das würde sie tun – dann konnte er sie unmöglich abwimmeln. Mit der getroffenen Entscheidung konnte sie auch ihr Tempo wieder steigern, bis sie vor der Wohnungstür ankam, an der sein Name stand.

Da wäre ich also. Zeit, die Überraschung vorzubereiten. Sie zog sich bis auf die Unterwäsche aus und versuchte dabei so vorzugehen, dass sie schnell genug war, falls jemand kam, aber auch, damit durch den Nachbarspion niemand zu viel sehen konnte. Ziemlich umständlich. Sie kam trotz der Temperaturen ins Schwitzen. Aber was konnte schon schlimmstenfalls passieren? Schnell zog sie sich den Mantel wieder über, verstaute die Klamotten in ihrer Tasche, und verschloss ihn.

Zuhause war er definitiv, denn die Musik wummerte bis in den Hausflur. Wenn er sie gleich in diesem Aufzug sah, würde er sich garantiert freuen und alles wäre gut … oder er würde sie als Stalkerin beschimpfen und sie wütend nach Hause schicken. *Nein, würde er nicht. Und jetzt stell dich nicht so an. Meine Güte.*

Sie pustete laut die Luft aus und klingelte.

Die Tür öffnete sich und ein genervtes „Hey!?" kam ihr entgegen.

Sabine presste ihren Mantel eng an sich. Diesen Nasenring hatte sie doch gerade eben schon gesehen. Sie starrte aufs Klingelschild. Sie war doch richtig?! War das vielleicht seine Schwester? Und checkte die, dass sie auf einmal keine Hose mehr trug?

„Kann ich was für dich tun?", fragte die Rothaarige entnervt. „Babe, dreh mal die Musik runter! Da ist jemand an der Tür!", rief sie in die Wohnung hinein.

„Ist die Pizza schon da?!" Die Musik verstummte.

Sabine kannte diese Stimme. Sie kannte sie. Und zwar gut.

„Nein, sieht nicht so aus!", rief die Rothaarige zurück. Dann wandte sie sich wieder Sabine zu und rümpfte die Nase, als sie sie näher betrachtete. „Willst du zu ihm?"

Sabine nahm all ihre Kraft zusammen. „Nein. Entschuldige. Ich bin an der falschen Tür. Bye." Sie rannte die Stufen runter, hörte nur noch ein „Wer war das?", gefolgt von einem Türknallen. Unten angekommen, zog sie sich wieder an und wartete. Sie wollte auf keinen Fall, dass er aus dem Fenster schaute und sie sah. Vielleicht hätte sie ihm noch an Ort und Stelle eine scheuern sollen. Vielleicht sollte sie das gleich noch tun und deshalb zurückgehen. Aber wenn sie ihm jetzt schon gegenübertrat, dann wollte sie wenigstens eine Hose tragen. Sie wischte sich die Tränen vom Gesicht und zuckte zusammen, als sie den Ausschlag fühlte. Nein, so würde sie ihm keine scheuern. Wenn sie das täte, dann musste sie dabei gut aussehen und nicht ... *so.* Sie hockte sich auf die unterste Treppenstufe und öffnete ihren gemeinsamen Chatverlauf. *„Hey Babe, was machst du Schönes?"*

Sie sah, wie er online ging und den Chat dann direkt wieder verließ. Ohne eine Antwort. Sie hatte die ganze Zeit gedacht, er wäre sauer, weil sie abgesagt hatte, aber anscheinend war er einfach nur beschäftigt. *Ist das jetzt die Rache für einen abgesagten Abend? Einen einzigen, während er Hunderte abgesagt hat? Und warum hat er wirklich so oft abgesagt? Und wieso darf diese Frau zu ihm nach Hause und ich nicht? Warte ...! Sie ... hat einen Schlüssel.*

In Sabine brodelte ein Gefühlschaos und sie hatte das Gefühl, die Bombe würde jeden Moment explodieren. Sie wusste nicht, wohin damit. Wut, Trauer, Schmerz, Fassungslosigkeit. Sie wusste gar nicht, was sie zuerst fühlen sollte. Konnte nicht denken. *Konzentrier dich auf deinen Atem. Ein ... aus ... sagt Emma immer.* Sie musste sich sehr konzentrieren, begann immer wieder zu hyperventilieren. Ihr wurde schwindelig. Sie musste schleunigst von hier verschwinden, aber sie konnte jetzt auch nicht unter Menschen sein, konnte auf keinen Fall in die U-Bahn steigen. Sie wollte laufen, schreien und gleichzeitig war sie unfähig, sich zu bewegen. *„Männer sind so. Du weißt das doch"*, hörte sie ihre Mutter in ihrem Kopf sagen. *„Da muss man eben durch. Nur einmal für mich, ich kann heut nicht mehr"*, hörte sie ihre Erzeugerin sie anflehen, damit ihre kleine Tochter mit ihrem Kerl, einem erwachsenen Mann, rummachte. Sabine hielt sich die Ohren zu. *Das ertrage ich jetzt nicht auch noch! Hör auf, Mutter!,* brüllte sie in Gedanken. Ihr Handy kündigte eine Nachricht an. Aber es war nicht Martin. Sie ging in ihre Kontakte, drückte auf den grünen Hörer und lauschte dem Tuten.

Emma

Emma schnippelte die Paprika, während Tanja auf dem Küchenboden saß und an ihrem Smoothie nippte.

„Ich weiß echt nicht, was John mir verheimlicht. Irgendwas ist da im Busch."

„Hm ...", kommentierte Emma wortkarg.

„Ich hoffe, die kommen bald. Mich macht das wahnsinnig." Sie trommelte mit den Fingern gegen ihr Glas.

Emma reagierte nicht weiter und kippte Öl in die Pfanne.

„Wenn er eine Affäre hätte, würde er es mir ja nicht vor allen sagen, also ist das schon mal nicht meine schlimmste Angst."

„Es sei denn, er hätte Angst, dass du ihn umbringst." Emma grinste sie an.

„Emma!"

„Entschuldige. Jetzt mach dich nicht so verrückt. Es geht nicht immer nur um dich." Sie atmete sofort die Luft zwischen den Zähnen ein. So hart hatte sie es gar nicht formulieren wollen. „Mann, tut mir leid. So war das jetzt auch nicht gemeint."

„Emma Burg, was verschweigst du mir?! Du weißt doch was!"

Sie schnitt in Windeseile die Zucchini, als würde ihr Leben davon abhängen, wie schnell sie das Gemüse zerlegte. Tanja stand auf, ging zum Herd und drehte die Herdplatte runter. Dann sah sie Emma tief in die Augen. „Sprich!"

Emma stöhnte. „Ich weiß gar nichts."

„Aber du vermutest etwas?"

Sie rollte mit den Augen. „Ach, du gibst ja eh keine Ruhe!" Sie nahm Tanja bei der Hand und ging mit ihr ins Wohnzimmer, setzte sich dort auf die Couch. „Aber versprich mir, dass du nicht ausrastest."

„Natürlich raste ich nicht aus."

Emma hob die Augenbrauen.

„Ja, ja, schon gut. Ich verspreche es."

Emma zog den Gummihandschuh aus und ihr Verband kam zum Vorschein.

„Emma!", platzte es aus Tanja heraus.

„Es ist nicht so, wie du denkst. Aber ich glaube, Tim denkt das, und deshalb könnte es sein, dass er will, dass wir alle mal reden und mehr Zeit miteinander verbringen oder so. Ich weiß es ja auch nicht genau."

„Von wegen, du trägst die Handschuhe, weil du Werbung dafür machen sollst. Und ich glaub den Scheiß auch noch."

Emma lachte. „Ja, das hat ich mich auch gewundert."

„Das ist nicht lustig! Was hast du gemacht?"

Emmas Handy klingelte. Sie schaute Tanja entschuldigend an und ging ran. „Hey, hast du es gefunden?"

Ein lautes Schluchzen drang ihr entgegen. Auch Tanja sah sie alarmiert an.

„Sabine", formte Emma mit den Lippen. „Bist du bei Martin?", fragte sie Sabine.

„Ja", glaubte Emma rauszuhören. Hektisch fragte sie Tanja: „Bist du mit dem Auto da?"

Die schüttelte den Kopf.

„Okay, ich schick die Jungs zu dir. Die sind gerade auf dem Weg hierher."

Tanja wählte bereits; es tutete.

„Sabine, alles wird gut. Denk dran: atmen. Wir holen dich gleich. Oder sollen wir die Polizei rufen?"

„Nein ...", glaubte sie rauszuhören.

„Ich ruf jetzt Tim an und danach gleich wieder bei dir, ja? Halt noch ganz kurz durch." Sie legte auf.

„John geht nicht ran." Tanja hielt ihr das tutende Handy vor die Nase.

Emma wählte Tims Nummer. „Schatz? Du musst sofort zu der Adresse von Martin fahren. Sabine ist da und weint völlig hysterisch. Kannst du sie abholen?"

Zukunft

Sabine

Ein Knistern drang an ihr Ohr. Sabine lag unter dem Tisch, versteckt durch das weiße Tuch. Ob das Klacken vorhin die Tür gewesen war? Hatte vielleicht jemand die Tür abgeschlossen und dann ging überall automatisch das Licht aus, weil alle Feierabend hatten? *Feierabend wovon?!* Die Fliesen waren unsagbar kalt – ein Sprung ins Meer hätte nicht schlimmer sein können. Seit dem Knistern war ihr Puls wieder so in die Höhe gesprungen, dass sie zumindest ein wenig Hitze in sich aufsteigen spürte.

„Hallo, Blondi. Na, läuft's bei dir?" Sie schrak hoch und stieß sich den Kopf. *Die kennen mich! O mein Gott, die kennen mich!* Sie verzichtete darauf, sich den schmerzenden Kopf zu halten, legte sich wieder auf den Bauch. Und wartete.

„Wir fühlen uns geehrt, hier eine solche Größe begrüßen zu dürfen. Vielen Dank dafür. Eigentlich wollten wir dir ja noch ein bisschen Schonzeit gönnen, doch du kannst es anscheinend genauso wenig abwarten wie wir. Also haben unsere Zuschauer ziemlich deutlich abgestimmt, dass die Show schon heute beginnen soll, und zwar genauuu ... jetzt."

*Zuschauer? Show? Was redet der da? Scheiße,
wo bin ich?!*

„Erst einmal wollte ich dir meinen Glückwunsch ausrichten. Du hattest starke Konkurrenz,
aber nach der Fluchtaktion hast du alle anderen
abgehängt."

Von was redet der? Ihre Augen waren weit
aufgerissen, auch wenn sie in der Dunkelheit
nichts sehen konnte.

„Deshalb bekommst du die Hauptrolle."

Hauptrolle?!

„Wir haben uns nun ein paar Wahlmöglich-
keiten überlegt. Die Zuschauer dürfen in wenigen
Minuten abstimmen. Möchtest du wissen, was
zur Auswahl steht?"

Am liebsten hätte sie sich die Ohren zugehal-
ten. Sie wollte diesen Quatsch nicht hören.

„Ich vermute mal, es könnte dich interessie-
ren. Also gut. Ich lese vor – A: Blondi züchtigt
das Schulmädchen, weil es nicht artig war. B: Sie
soll die Leiche aufschneiden, die auf dem Tisch
liegt, unter dem sie sich versteckt. Oder C: Wir
stellen ihr Carmen vor." Einen Moment verstummte er und das Knistern wurde lauter, wie
bei alten Telefonen.

Über mir liegt eine Leiche?! Sofort kam der
Würgereiz zurück. Sabine kam unter dem Tisch
hervor und kroch zurück in Richtung Tür. Sie
wimmerte, wollte das nicht hören. *Was ist das
für ein krankes Spiel?*

„Ist das nicht lieb von uns? Zur Einführung
wollten wir es dir so angenehm wie möglich machen. Deshalb haben wir die Zuschauer erst

einmal über leichte Sachen abstimmen lassen. Sie haben nun eine Stunde Zeit. Es gibt drei verschiedenen Konten – Konto A, B und C. Und das Konto, auf dem innerhalb von fünfundfünfzig Minuten das meiste Geld ist, zeigt, welche Aufgabe du erledigen darfst. Also hab noch etwas Geduld. Bis dahin, viel Spaß mit Amanda. So hieß die Protagonistin des vorherigen Films. Du hättest sie gemocht." Er lachte. „Sie lag bis gerade eben über dir."

9. OKTOBER 2020 – FREITAG

John

Er stand mit Isabell vor der Tür und passte den Moment ab, an dem sie sich von allen verabschiedet hatte und im Begriff war zu gehen. „Wenn irgendetwas sein sollte, kannst du mich jederzeit anrufen." John steckte ihr seine Karte zu.

Isabell starrte darauf und öffnete verblüfft ihren Mund. „Du bist ...?"

„Pssst." Er hielt einen Finger an den Mund.

Sie verstand und nickte. „Danke."

„Und scheu dich nicht, okay? Wirklich jederzeit."

Sie umarmte ihn und eilte dann los. Wahrscheinlich wollte sie wie er einfach nur weg und allein sein. Herbert hatte sie mit einer Menge Infos zugeschüttet und sie musste nun einige schwierige Entscheidungen treffen. Hoffentlich würde sie es auch wirklich tun.

„Das hast du gut gemacht." Herbert klopfte ihm auf die Schulter.

„Danke."

„Du bist ein wirklich toller Mann, John. Ich hätte mir keinen besseren Job für dich vorstellen können." Er zwinkerte ihm zu.

„Du weißt ...?"

Herbert grinste nur. Mit einem weiteren Schulterklopfen verabschiedete er sich und stieg in seinen Wagen.

John hatte seinen Dienstwagen vor dem Revier gelassen, zu dem er nun zurücklief. Er wollte sein Handy aus der Tasche holen, um Tanja Bescheid zu sagen, dass es etwas länger gedauert hatte, und bemerkte, dass er es wohl im Büro hatte liegen lassen. Er atmete die kalte Novemberluft ein. Wandern bei dem Wetter. Er hatte es vor ein paar Tagen noch nicht verstanden. Aber der Gedanke an einsame kalte Tage im Wald erschien ihm gerade mehr als angenehm. Beim Revier angekommen, nahm er mit einem großen Satz die Treppen und eilte zum Eingang.

„Herr Bachmann?"

Er drehte sich um. Vor ihm stand die Mutter der vermissten Charly.

„Ich spüre sie nicht mehr. Die Verbindung zu ihr. Sie ist tot. Ich glaube, sie ist nicht mehr am Leben." Ihre Stimme zitterte.

Er hatte so etwas schon oft gehört, konnte sich nicht vorstellen, dass es dieses Band gab, von dem einige Mütter immer redeten. Komischerweise hatte er noch nie einen Mann so etwas sagen hören.

„Frau ..." Er schämte sich. Ihm fiel vor Schreck ihr Nachname nicht ein, obwohl er ihn doch vor ein paar Stunden erst gehört hatte.

„Martens!", gab sie wütend zurück. „Haben Sie bereits eine Spur? Irgendetwas?"

„Wir haben alle offiziellen Unterkünfte angerufen. Aber um diese Jahreszeit vermietet fast niemand. Und in den Hotels konnte sich niemand an Ihre Tochter erinnern. Also mit ziemlicher Gewissheit war sie dort nicht. Wir wollten Sie morgen deswegen anrufen. Hatte sie denn irgendwelche Freunde in der Sächsischen Schweiz? Dort wollte sie wandern gehen. Irgendwie muss sie darauf gekommen sein." Er schob sie durch den Eingang.

Sie lief neben ihm her. „Hören Sie, ich weiß es nicht. Wir hatten ein sehr angespanntes Verhältnis wegen ihres ... Jobs." Sie spuckte das Wort regelrecht aus. „Sie hat fast gar nicht mehr mit mir geredet. Kurz bevor sie gegangen ist, hat sie mir irgendetwas erklären wollen, doch ich hatte keine Zeit, weil ich zur Arbeit musste." Mit zittrigen Händen fuhr sie sich durchs Haar.

Sie roch immer noch wie ein Aschenbecher. Er konnte es ihr nicht verübeln. Wie er wohl reagieren würde, wenn seine Tochter ... John konnte den Gedanken nicht zu Ende bringen.

„Darf ich Ihnen etwas zu trinken anbieten?" Er fragte vorsichtig, konnte sich noch gut an ihre Reaktion am Morgen erinnern.

„Entschuldigen Sie meinen Auftritt vorhin. Ja, ich hätte gern etwas Heißes. Am besten mit Koffein." Sie begleitete ihn in die Küche. Das war zwar nicht üblich, doch er wollte sie weder allein in seinem Büro lassen noch in den Besprechungsraum setzen. Und vielleicht würde sie so etwas entspannter, würde sich an mehr erinnern, mehr plaudern.

„Unsere Leute werden morgen noch das Zimmer ihrer Tochter untersuchen. Dieses Mal nach dem Gesichtspunkt des geplanten Neuanfangs. Das wussten wir beim ersten Anlauf ja auch noch nicht. Ist das in Ordnung für Sie?"

Frau Martens nickte.

John holte zwei Tassen aus dem Schrank. „Cappuccino?"

Ein dankbares Lächeln huschte für den Bruchteil einer Sekunde über ihre Lippen.

Die Maschine summte laut, während er über seine nächsten Fragen nachdachte.

„Ich versteh überhaupt nicht, wie sie auf Wandern kommt! Und wie sie plötzlich ... *so* werden konnte. Ich versteh einfach gar nichts. Mein kleines Mädchen hat auf Pferde gestanden. Und auf Katzenvideos. Und plötzlich ..." Sie weinte heftig. Ihr ganzer Körper zitterte.

Er wusste, es gehörte sich nicht, doch er nahm sie in den Arm. Was war das nur für ein verrückter Tag und seit wann umarmte er ständig fremde Menschen?! Waren das jetzt auch seine Hormone?

„Es tut mir leid", schluchzte sie. „Ich ... ich bin so wütend. Ich würde am liebsten jeden anschreien."

„Ich denke, das ist Ihr gutes Recht. Wenn es Ihnen hilft, können Sie mich anschreien. Ich nehme es Ihnen nicht übel, wie Sie wissen." Er spielte auf ihren letzten Besuch an und reichte ihr die Tasse.

„Ich bin die schlechteste Mutter aller Zeiten. Was habe ich falsch gemacht, dass sie so etwas tut? ... *Tat*", korrigierte sie sich weinend.

Was sollte John dazu sagen?

„Wissen Sie, ich habe es zugelassen. Ich hätte sie einsperren oder in ein Erziehungscamp schicken sollen. *Irgendwas.* Ich höre die Leute tuscheln. Sie sagen, ich hätte mehr Zeit mit meiner Tochter verbringen müssen, dann wäre das nicht passiert. Aber die haben ja auch Ehemänner zu Hause, die wenigstens etwas Geld in die Haushaltskasse bringen. Ich hingegen musste uns allein durchbringen und das war nicht einfach. Ich habe zwei Jobs, damit wir ein Dach über den Kopf und was zu essen haben und trotzdem hat es nie gereicht. Wann sollte ich mir denn da noch Zeit für sie nehmen?! Irgendwann muss auch ich mal schlafen, verdammt! Ich habe mir das alles nicht ausgesucht." Ihre Stimme schallte durch die Küche und mit Sicherheit auch durch den Korridor.

„Hören Sie, wir trinken jetzt diesen Cappuccino und Sie erzählen mir einfach ein bisschen von Charly. Dann gehen Sie nach Hause, nehmen eine heiße Dusche, versuchen einen klaren Kopf zu bekommen und sehen sich das Zimmer Ihrer Tochter an. Mütter haben da sicher den besten Instinkt. Bringen Sie nichts durcheinander, nehmen Sie nichts weg, aber schauen Sie genau hin. Vielleicht gibt es irgendetwas, das Sie übersehen haben."

Als Frau Martens endlich so weit war, zu gehen, nahm John sein Handy vom Schreibtisch und brachte sie zum Ausgang. Sie verabschiedeten sich und er rannte zum Auto. Tanja und Tim würden ihn umbringen, weil er sich noch nicht gemeldet hatte. Er startete den Motor, damit der Wagen schon mal warm laufen konnte, und schaute auf sein Handy. *O Mist* ... Jede Menge verpasster Anrufe. Tanja, Tim und sogar Emma hatten es bei ihm versucht. Er musste schnell zurückrufen. Er wollte sich gerade bei Tanja melden, als ein weiterer Anruf einging. Diese Nummer war ihm nicht bekannt. *Wer ist das denn jetzt?!* Er nahm ab und hörte ein verzweifeltes Flüstern.

„John ... kannst du mich abholen? Er ist so wütend. Ich hab mich im Badezimmer eingesperrt."

Emma

Ich erreiche John einfach nicht. Er müsste doch längst hier sein." Tanja tigerte unruhig durch die Wohnung.

„Er wird sicher gleich zurückrufen – mach dir keine Sorgen." Emma schob das Essen in den Herd und hielt Tanja am Arm fest, als die gerade wieder in die Küche kam. „Wir setzen uns jetzt mal hin und beruhigen uns. Wir müssen gleich sehr stark für Sabine sein. Keine Ahnung, was da heute los war, aber so hab ich sie noch nie erlebt. Ich verstehe nicht so viel von Liebeskummer, aber ich weiß, wie schlecht es dir ging wegen ... ach, du weißt schon." Sie wollte den Namen nie wieder aussprechen; darauf hatten sie sich schließlich geeinigt.

„Ja, tut mir leid. Aber ich mach mir jetzt halt um *zwei* Menschen Sorgen. Das macht es nicht gerade leichter. Ich hab kein gutes Gefühl." Sie befreite ihren Arm, um weiter von der Küche ins Wohnzimmer, zurück in den Flur und ins Bad zu laufen.

„Aber du machst mich ganz verrückt damit! Ich versuche nämlich gerade sehr angestrengt, ruhig und stark zu bleiben. Aber wenn du hier rumsaust wie 'ne Biene im Einsatz, dann macht mich das wahnsinnig." Sie war Tanja ins Wohnzimmer gefolgt und beobachtete sie, wie sie erstarrt in der Tür stand.

„Tut mir leid. Ich hab nicht an dich gedacht. Wirklich." Tanja kam zu ihr und setzte sich aufs Sofa. „Aber können wir nicht irgendwas tun?"

„Wir könnten ..."

„Aber fang jetzt nicht mit Yoga oder Meditation an! Dazu kriegen mich heute keine zehn Pferde", unterbrach Tanja sie.

„Keine Sorge. Das ist gerade das Letzte, woran ich denke. Nein. Ich dachte eher, wir könnten schon mal den Nachtisch probieren. So zur Beruhigung."

„O Gott, das ist eine fantastische Idee!" Tanja sprang auf und umarmte sie.

Zusammen gingen sie in die Küche und setzten sich auf den Boden, jede eine Schale mit Stracciatellapudding in der Hand.

„Der ist einfach göttlich ...", schwärmte Tanja.

„Danke."

Schweigend hingen beide ihren Gedanken nach. Der Pudding schien Tanja wirklich zu beruhigen – sie hatte schon drei Minuten nicht mehr auf ihr Handy geguckt. Emma konnte ihr die Aufregung nicht verübeln. Hätte Tim sich nicht gemeldet, obwohl er längst hätte hier sein sollen, hätte sie sich auch Sorgen gemacht. Er war schließlich Polizist und da konnte jederzeit was passiert sein. Aber diese Gedanken brachten jetzt keinen weiter. Außerdem wollte Emma verdrängen, dass sie einen Brief von Erik bekommen hatte. Sie *musste* es verdrängen, damit sie den Abend überstand, musste sich überlegen, wie sie Sabine auffangen sollte. Sie hatte so traurig geklungen – es war Emma durch Mark und Bein gegangen. Einen Menschen so weinen zu hören, tat ihr in jeder Zelle ihres Körpers weh. Sie hörte es in ihrem Kopf immer noch und in ihr zog sich alles zusammen. Der Druck, den sie sich selbst machte, wurde stärker. In der Nacht würde sie viel meditieren oder vielleicht sogar noch eine Krav-Maga-Session einlegen müssen, um diese ganzen Gefühle irgendwie wieder auszuleiten.

„Benny!", begrüßte sie den kleinen Rauhaardackel. Er kam zu ihnen und schnupperte am Pudding. Emma hielt die Schale hoch. „Tut mir leid, Kleiner. Das ist nichts für dich. Aber du hast recht. Wird Zeit für dein Abendbrot, hm?" Sie gab ihm einen Knutsch und füllte seinen Napf. Aufgeregt hüpfte er um sie herum, als hätte er seit Monaten nichts zu fressen bekommen – wie immer. *Zum Glück hat Sabine dich,* dachte sie erleichtert. Sie hatte selbst erfahren können, wie heilsam die Liebe eines Tiers sein konnte. Unglaublich. So viel Zuneigung, Kuscheln, Gebrauchtwerden und Rausgehen. Alles Dinge, die sie sich nie erlaubt hatte – jahrelang.

„Wollen wir eine Runde gehen mit ihm, bevor Tim und Sabine da sind?"

„Kommen die nicht gleich?", fragte Tanja verwundert und leckte dann genüsslich ihren Löffel ab.

„Schon, aber er muss auf jeden Fall raus." *Und ich auch,* ergänzte sie stumm.

Tanja schaute auf die Uhr. „Geh du mal, ich warte hier."

„Gerade bist du noch durch die Wohnung gerannt, als wäre sie der Volkspark, und jetzt willst du lieber hierbleiben? Dich soll mal einer verstehen ..." Emma schüttelte den Kopf.

„Ich will da sein; nur für alle Fälle. Und sie sollte mit Tim nicht allein sein müssen, wenn sie nach Hause kommt."

Emma sah sie skeptisch an. Manchmal wurde sie nicht schlau aus ihrer Freundin und so ganz kaufte sie ihr diese Begründung auch nicht ab. Allerdings war der Gedanke daran, einen Moment allein mit Benny zu sein, schon angenehm, und so nahm sie ihn an die Leine und verabschiedete sich.

„Und lass noch was vom Nachtisch übrig! Sabine wird nachher eine Extraportion brauchen." *Falls sie überhaupt was essen kann.*

Seit sie beim Krav Maga war, hatte sie mehr Selbstvertrauen. Sie mied den Park abends meistens, einfach nur zur Sicherheit, aber manchmal zog es sie regelrecht dorthin. Als wäre es eine innerliche Mutprobe. Als wollte sie sich beweisen, dass sie sich nichts mehr von ihrer Angst sagen ließ. Manchmal konnte sie sogar Ruhe und Frieden empfinden.

Emma spürte die Spannung im ganzen Körper und entschied, kurz durch den Park zu gehen. Eine schnelle Runde – sie brauchte die Bewegung. *Wer bin ich bloß geworden, dass ich Bewegung brauche? Früher hätte ein gutes Buch gereicht ... aber früher wusste ich auch nicht, wie wichtig es ist, aufgestaute Spannung loszuwerden.* Da kannte sie dieses Ventil schlicht nicht. Selbst wenn die neue Emma keine Lust hatte, zu trainieren, stellte sie es sich vor, einfach nur, weil ihr der Gedanke daran ein Gefühl der Befriedigung verschaffte. Und Selbstbewusstsein. Im Grunde hatte sie das Erik zu verdanken. Erst seit der Sache mit ihm ging sie zum Krav Maga. *Erik ...* Da war er wieder.

Kein Tag verging, ohne dass sie an ihn denken musste. Manchmal schaffte sie es, ganz sachlich über ihn nachzudenken, und manchmal wurde sie dabei so wütend, dass sie am liebsten in den Knast gefahren wäre, um ihn anzuschreien oder ihn sogar zu schlagen. Da war noch so viel Ungesagtes, das sie loswerden musste. Und dann wiederum gab es Tage, da war die pure Vorstellung an ihn der absolute Horror. Es reichten banale Dinge, um sich an ihn zu erinnern. Wenn etwa jemand „Mein Engel" sagte, schauderte sie. Dieser Kosename war für sie bis in alle Ewigkeit negativ besetzt. Für immer. Dann fühlte sie sich verletzlich, würde am liebsten im Bett bleiben und heulen. Oder an die Decke starren. Doch das erlaubte sie sich nicht. Sie war dabei, ihren Traum zu leben, und wollte auf keinen Fall, dass er ihr den auch noch wegnahm. Diesen Gefallen würde sie ihm nicht tun. Interessanterweise kamen an solchen Tagen die krassesten Rezepte heraus. *Kochen gegen Angst* war eben nicht einfach nur ein Blogname – es war ein Lebensgefühl, ihr Motto, ihr Traum und ihre Rettung.

Benny zog an der Leine. Er hatte etwas Spannendes zum Schnuppern entdeckt: einen Handschuh. Emma nahm ihm sein Fundstück aus dem Maul und legte es auf eine Bank, in der Hoffnung, dass es so schneller gefunden würde. „Gut gemacht, Kleiner!", lobte sie Benny, ehe sie weitergingen.

Emma schauderte. Eben noch hatte sie sich mutig gefühlt und war abgelenkt genug gewesen, und nun strömten all die Gedanken an Erik auf sie ein. Ihre neue Methode war es, sich vorzustellen, wie sie sich wehrte und sich rettete. Immer und immer wieder zwang sie sich, sich ihm zu stellen, sobald ihr Kopf verrücktspielte – und es war schwer. Sehr schwer. Denn selbst im Kopf fiel es ihr oft nicht leicht, sich zu wehren. Sie hatte keine Ahnung, wieso.

Sie würde eine Aussage machen müssen. Alles noch mal erzählen. Doch die eigentliche Frage, die sie seit Stunden zu verdrängen versuchte, war: Warum hatte er ihr geschrieben? Sollte sie den verfickten Brief lesen? *Wenn Tanja doch nur nicht so durch wäre, dann hätte sie ihn für mich lesen können.* Aber das war nun keine Option mehr. Entweder sie las ihn selbst, oder keiner würde es tun. Ihre Freundinnen waren schon fertig genug zurzeit.

Manchmal hatte Emma das Gefühl, sie wäre gerade die, die alle auffing. Und ihr gefiel diese Rolle. Sie wollte endlich was zurückgeben und sich allein um ihre Probleme kümmern können. Und etwas Gutes hatte es immerhin, wenn Erik Briefe aus dem Knast schrieb – dann wusste sie, dass er noch dort war und nicht unter ihrem Bett lauern oder hier im Park auf sie warten konnte. Sofern er nicht direkt danach abgehauen war.

Mit einem Mal fröstelte sie so sehr, dass sie mit Benny kurzerhand umdrehte. Es fiel ihr nun sehr schwer, überhaupt noch einen Fuß vor den anderen zu setzen. Ein Wandel, der sich innerhalb weniger Sekunden vollzogen hatte, verursacht durch ihre Gedanken – das wusste sie inzwischen. Also zwang sie sich den ganzen Rückweg über, sich nicht panisch umzudrehen, und als Sicherheitsmaßnahme lediglich ihr Pfefferspray in der Hand zu halten. Und sie stellte sich vor, dass sie Buffy, die Vampirjägerin, war und jedem, der ihr zu nahe kam, den Garaus machte. Es funktionierte. Wie immer.

„Na", rief sie laut in die Wohnung. Sie sah weder Tims noch Sabines Schuhe, sodass sie wusste, sie und Tanja waren noch allein. „Hast du mir was zu beichten oder gibt es noch Nachtisch?"

Keine Antwort.

Als sie Benny von der Leine losgemacht hatte, rannte er sofort ins Wohnzimmer.

„Tanja?" Emma zog ihre Schuhe aus und ging ihm hinterher. „Tanja?!" Sie öffnete ihre Jacke und ging zögernd in die Küche. „Tanja!", schrie sie, als sie ihre Freundin in einer Blutlache auf dem Boden liegen sah. „O mein Gott, was ist passiert?!"

Tanja hatte die Augen geschlossen, lag in Embryonalstellung da, als hätte sie schwere Schmerzen gehabt. Emma strich ihr über den Kopf. „Hey, mein Schatz. Es wird alles gut ...", wisperte sie, eher um sich selbst als Tanja zu beruhigen. Sie holte ihr Handy aus der Jackentasche und rief den Notarzt.

John

„Tim, bist du schon bei Emma?" John sprach über die Freisprechanlage, während er sich von seinem Navi den Weg zu Isabell zeigen ließ.

„Nein, ich hole gerade Sabine ab. Die ist wohl total verstört."

„Was?! Weiß sie es schon?"

„Sie hat ihn anscheinend erwischt."

„O Shit." John strich sich laut ausatmend mit einer Hand übers Gesicht. „Okay, ich komme bald. Ich hab noch einen Einsatz. Meld mich dann." Er legte auf, bevor Tim auch nur reagieren konnte, und wählte Casys Nummer. „Casy?", rief er panisch. *Ich muss jetzt Ruhe bewahren, klar denken,* aber er machte sich wirklich große Sorge um Isabell. Früher wäre er einfach allein zu ihr gefahren, doch nach den letzten Fehltritten hatte er sich geschworen, nie wieder Alleingänge zu unternehmen. Aber er hatte Isabell auch versprochen, keinen offiziellen Einsatz daraus zu machen, also musste er einen anderen Weg finden.

„John?", fragte sie verwundert. Natürlich wunderte sie sich – er rief sie sonst nie nach Feierabend an.

„Kannst du bitte sofort nach Marzahn kommen? Isabell hat sich im Bad eingesperrt, weil ihr Alter ausrastet."

„Isabell? Die Kleine vom Meeting?"

„Ja. Kannst du jetzt?" Er fuhr viel zu schnell, das war ihm bewusst. Er musste etwas abbremsen. Ein Unfall würde jetzt niemandem helfen.

„Ähm ... kannst du mich abholen?"

John kalkulierte kurz. Es wäre ein Umweg von zehn Minuten – zehn Minuten, die er nicht hatte, aber er konnte das unmöglich allein machen. Ein Anruf ging ein. Er sah, dass es wieder Isabell war. „Scheiße. Sie ruft noch mal an. Nein, das würde zu lange dauern. Bitte nimm dir ein Taxi." Er gab ihr die Adresse durch, legte auf und nahm Isabells Anruf entgegen.

„Hey, ich bin auf dem Weg zu dir. Ich denke, ich bin in einer viertel Stunde da."

„Das dauert zu lange!" Sie schluchzte.

John hörte, wie im Hintergrund jemand schrie.

„Kannst du ihn beruhigen?"

„Wenn er so drauf ist, kann keiner mit ihm reden. Man muss ihn dann einfach in Ruhe lassen und warten, bis er sich von allein beruhigt. Aber heute ist es schlimmer als sonst. Er hat sogar mit einem Messer in die Wand gehauen ... Neben mein Gesicht ...!" Sie flüsterte es so leise, dass John Schwierigkeiten hatte, sie zu verstehen.

„Was ist denn vorgefallen?"

„Ich habe ihm gesagt, dass ich ausziehen werde."

O scheiße. Sie hätten das besser vorbereiten müssen. Sicher hatte sie es gut gemeint und wollte ihn vorwarnen oder sie hatte endlich zu sich selbst stehen und ihm zeigen wollen, dass sie sein Theater nicht mehr mitmachte, doch sie hatte keine Ahnung von solchen Männern. Wenn ihr Vater so war, wie John ihn einschätzte, dann würde der sich nicht so schnell beruhigen. Und dann war es tatsächlich gut, dass er Casy hinbeordert hatte ... wenn sie denn schnell genug war.

Isabell schrie laut auf.

„Was war das?" John hatte etwas poltern gehört.

„Er hat gegen die Badezimmertür gehauen."

Im Hintergrund hörte John, dass jemand ihren Namen rief.

„Versuch ihn hinzuhalten und sag ihm alles, was er hören will. Ich bleib am Telefon. Noch neun Minuten." Die Ampel wurde rot und er fluchte. *Ach, scheiß drauf!* Er setzte das Blaulicht durchs Fenster aufs Dach und machte sich so den Weg frei. Sein Herz klopfte so laut, dass es im Wettstreit mit der Sirene lärmte. Leider konnte er Isabell so aber auch schwerer verstehen. Er hörte sie reden; vermutlich besänftigte sie gerade ihren Vater. John hörte die Panik in ihrer Stimme. Sie hatte Todesangst. Sein Magen schien sich zu drehen. Er musste schnell genug sein, er musste sie da rausholen!

„Vier Minuten", flüsterte er und hoffte, sie würde es hören.

„John, er rüttelt am Türschloss." Dann schrie sie laut auf.

„Was ist?"

Ein lautes Poltern, das er trotz der Sirene hören konnte. Isabell schluchzte. „Er hat ein Loch in die Tür geschlagen."

„Isabell. Hör mir zu. Kannst du irgendetwas vor die Tür stellen?"

Stille. Er sah sie vor sich, wie sie ihre Umgebung analysierte.

„Nein. Nicht wirklich."

„Keine Waschmaschine oder so?"

„Da kann er doch drübersteigen."

„Ja, aber du hast ein paar Sekunden mehr, und es kommt gerade auf jede Sekunde an."

„Aber die ist doch viel zu schwer."

„Isabell, du kannst das. In solchen Situationen kann man viel mehr als man glaubt. Aber vorher schnappst du dir noch etwas zur Verteidigung. Nimm die Brause und dreh sie komplett heiß auf, oder du nimmst dir ein Deospray ... und du suchst dir etwas Spitzes – eine Nagelschere oder -feile oder so."

„Aber ich will ihm doch nicht wehtun." Sie weinte.

„Aber er dir! Isabell, hör mir zu: Du musst jetzt sofort ...“ Er brach ab, weil sie erneut aufschrie. *Scheiße!* Er sah eine Nachricht von Casy eingehen – sie würde noch sieben Minuten brauchen. Sieben Minuten! Er hatte keine sieben Minuten mehr, er hatte vielleicht nicht mal mehr eine. Er hielt vor der Haustür, sprang aus dem Wagen und rannte zur Haustür.

„Mit wem telefonierst du, du Hure?! Hast du einen neuen Macker? Willst du zu dem abhauen und mich allein lassen? Wie deine widerliche Schwester?“ Die Worte drangen laut an Johns Ohr.

Er klingelte.

„Wer ist das? Ist das jetzt dein Freund?“, lallte die männliche Stimme.

„Nein, Papi. Wirklich nicht“, versuchte Isabell ihn zu beruhigen. „Ich hab keinen Freund.“

„Sag ihm, du hast Pizza bestellt“, flüsterte John ihr zu.

„Ich hab nur etwas zu Essen für uns bestellt.“

„Und dann machen wir einen auf heile Familie, nur damit du mich danach allein lässt? Das kannst du vergessen!“

Das war Johns Stichwort. Er schlug die Tür ein, was leichter war als erwartet. Die Tür war sehr alt, morsch. Durch das Adrenalin spürte John kaum etwas und rannte sofort die Treppe hoch, um oben gegen die Tür zu hämmern. „Aufmachen, Polizei!“

Das Telefon hatte er fest ans Ohr gepresst, damit er alles hören konnte, was sich bei Isabell abspielte.

„Essen bestellt, ja?! Erst willst du mich alleinlassen und dann lässt du mich auch noch verhaften? Du bist das Letzte! Ich hab dich großgezogen
und alles für dich getan, und das ist der Dank?
Du bist noch schlimmer als deine Schwester! Ein
Stück Dreck!"

John fühlte sich in die Vergangenheit zurück-
gesetzt. Wie oft hatte sein Dad so mit seiner
Schwester geredet?

„Bevor ich in den Knast geh, geh ich lieber von
dieser Welt! Aber nicht allein, du Fotze!", brüllte
er, dann hörte John einen lauten Knall.

Er rammte seine Schulter auch gegen diese
Tür, sah, wie ein breiter Mann über eine
Waschmaschine kletterte. Im nächsten Moment
kam dem Mann ein Wasserstrahl entgegen. Es
dampfte und der Alte schrie vor Schmerz auf.
John schnappte ihn sich, wich dabei dem heißen
Wasser aus, so gut er konnte, und verhaftete den
Mann, ratterte dessen Rechte herunter und riss
ihn von der Waschmaschine weg.

In dem Moment kam Casy rein.

„Geh zu Isabell!"

Sie sprang über die Waschmaschine und
John sah, wie sie dem Mädchen den Duschkopf
aus den Händen nahm, das Wasser abstellte und
wie sich Isabell dann weinend in Casys Arme
stürzte.

„Wir müssen das melden und ihn aufs Revier
bringen." Casy sah John ernst an.

„Ich weiß."

„Nein, dann kommt er ins Gefängnis! Ich will
das nicht!" Isabell weinte bitterlich.

„Du kleine Schlampe! Das hättest du dir vorher überlegen sollen!", tobte ihr Vater.

„Isabell. Er muss Verantwortung für sein Handeln übernehmen. Vielleicht wird ihm das zeigen, dass er endlich aufhören muss zu trinken. Wenn er dich so liebt, wie du glaubst, dann wird ihn dieses Ereignis wachrütteln, sobald er wieder nüchtern ist. Und bei uns wird er ausnüchtern, verlass dich drauf."

Sie weinte in Casys Armen. „Okay ...", flüsterte sie.

John ging mit dem Alten in die Küche, damit die beiden räumlich getrennt waren. Er rief Verstärkung und kühlte die Wunden des Vaters.

„Herr Engelmann, hören sie mir mal gut zu. Wenn Sie jetzt nicht aufwachen, wird Ihre Tochter vielleicht begreifen, was für ein Wichser Sie sind, und dann haben Sie niemanden mehr."

Engelmann spuckte ihm ins Gesicht und John musste all seine Beherrschung zusammenkratzen. Angewidert verzog er das Gesicht, wischte sich den Speichel weg und beendete die Verarztung. Wie gern hätte er dem Typen eine verpasst, aber das hätte zu nichts geführt, außer dass er jeglichen Respekt verloren und Ärger mit seiner Chefin bekommen hätte. *Dieses Stück Scheiße wird es schon schwer genug haben in der nächsten Zeit.*

Als Engelmann abgeführt wurde, sorgte Casy dafür, dass Isabell es nicht mitansehen musste. Sie hatte sie in ihr Zimmer verfrachtet und John konnte durchsetzen, dass sie die Vernehmung nicht auf dem Revier machen mussten.

Casy hatte für ihn gelogen und gesagt, dass sie beide zusammen die Tür eingetreten hatten. Sie war eine wahre Kollegin. Er konnte so viel drüber nachdenken, wie er wollte, aber diesmal hatte er richtig gehandelt. Jede Sekunde war es wert gewesen, denn selbst, wenn sich Isabell gegen diesen Bären hätte verteidigen können – noch mehr Wunden als ohnehin schon hätte es definitiv hinterlassen, und sie weinte ja jetzt schon, weil sie sich Sorgen um ihn machte. Was für eine verrückte Welt das doch war.

John betrat ihr Zimmer. „Hast du sie erreicht?", fragte er.

„Nein. Freddy geht nicht ans Telefon."

„Dann kommst du mit zu uns. Du solltest heute nicht hierbleiben müssen, schon gar nicht allein."

„Zu euch?"

„Zu meiner Freundin und mir. Ich glaube, das wird dir guttun. Casy, kommst du auch erst mal mit?" Er wusste, dass es Isabell leichter fallen würde, wenn sie eine weibliche Vertrauensperson bei sich hätte.

Casy nickte.

Tanja würde zwar nicht begeistert sein, dass er ein Essen arrangierte, zu dem er nicht kam, dafür aber zwei Frauen mit nach Hause brachte, von denen sie eine nicht mal leiden konnte. Aber sie würde es später sicher verstehen.

Sein Telefon klingelte. *Wieso ruft Emma denn jetzt an?* „Ja?"

„John, du musst sofort ins Krankenhaus kommen!"

Zukunft

Sabine

Sie lag bis gerade eben über dir, hörte sie es immer wieder in ihrem Kopf. *Ich bin in einem Raum mit einer Toten! O mein Gott ...* Sie würgte, rang eine gefühlte Ewigkeit mit sich, hockte auf den kalten Fliesen und zitterte. Doch letztlich behielt sie ihren Mageninhalt bei sich.

Das heißt, er kann mich sehen. Er weiß, wo ich bin, hat gesehen, dass ich nicht mehr unter dem Tisch liege.

Sabine schaute sich suchend um. Irgendwo mussten Kameras sein. In diesem dunklen Raum musste es doch irgendwo kleine rote Lichter geben, die ihr zeigten, von wo aus sie beobachtet wurde. In diesem Moment wurde es heller.

„Wir wollen ja, dass du dich umschauen kannst. Vielleicht möchtest du Amanda schon mal kennenlernen? Bisher sieht alles danach aus, als würdest du ihr bald sehr nahe kommen." Ein gehässiges Lachen schallte durch den Raum.

Du musst dieses Licht nutzen, Sabine! Sie stand auf, hielt sich kurz an der Türklinke fest und versuchte, die Tür dabei zu öffnen. Abgeschlossen. Sie musste sich den Raum ganz genau anschauen. Kameras finden, oder Waffen.

Wenn sie diese Leiche aufschneiden sollte – und bei dem Gedanken daran musste sie sofort wieder würgen –, brauchte sie dafür ja irgendwelche Instrumente. Sorgsam scannte sie jeden Winkel, dann entdeckte sie die erste Kamera in einem Schrankknauf. *Na, wen haben wir denn da?* Sie fummelte daran herum und versuchte die Kamera abzubekommen. Das daraufhin aufbrandende Alarmsignal zerriss ihr beinahe das Trommelfell. Ihr fuhr der Schreck durch Mark und Bein.

„Ich würde dir nicht empfehlen, etwas davon zu zerstören. Noch hast du die Chance, heil aus der Nummer rauszukommen. Wenn du aber unser Eigentum zerstörst, ohne dass wir dir eine Genehmigung erteilt haben, holen wir einfach eine neue Schauspielerin, die *dich* foltern und irgendwann töten muss. Und glaub mir, sie tun es immer – man muss ihnen nur genug androhen."

Foltern?! Sabines Hände zitterten. Noch immer klingelte der Alarmton laut in ihrem Kopf.

„Hast du mich verstanden?", brüllte es durch den Raum.

Sie war wie erstarrt und versuchte zu atmen.

„Ob du mich verstanden hast, Blondi!?"

Sabine nickte panisch.

„Nur damit wir uns richtig verstehen: Solltest du noch ein Mal eine der Kameras anfassen, ändert sich der Drehplan."

Er drehte den Alarmsound erneut auf. Sabine hielt sich die Ohren zu, hockte sich auf den Boden, als wäre das Geräusch dort leichter zu ertragen. Sie weinte. *Fuck! Reiß dich zusammen!*

Du darfst nicht so viel Zeit verlieren. Such lieber nach einem Messer oder nach irgendwas, das dir hier helfen kann. Und ich muss alle scheiß Kameras finden. Vielleicht gäbe es in irgendeiner Ecke einen toten Winkel? Ihr Herz klopfte und trotz des andauernden Alarms stand sie wieder auf, suchte weiter alles ab. Schritt für Schritt. *Was wohl mein nächster bester Schritt ist?* Sie lachte angepisst auf. *So ein Scheiß! Dieses dämliche Buch.*

So langsam musste sie sich mit den ihr in Aussicht gestellten Optionen befassen. Das Schulmädchen züchtigen? Nein, das würde sie niemals tun. *Was denken die sich denn?! O mein Gott, wer weiß, was die Kleine schon alles mitmachen musste.* Wahrscheinlich war sie deswegen so verstört. Nein, das könnte sie auf keinen Fall. Sabine hatte der Kleinen doch versprochen, sie hier rauszuholen. Niemals würde sie ihr wehtun, schwor sie sich.

Und sie hatte keine Ahnung, wer Carmen war. War es ein Tier oder ein Mensch? Vermutlich eine Frau, die ebenfalls gefangen gehalten wurde. Oder? Es klang auf jeden Fall nicht nach etwas, das sie gern tun würde. Deshalb war die Sache mit der Leiche wohl noch die am ehesten zu vertretende.

Wenn die Wichser wollen, dass du eine Leiche aufschneidest, dann machst du das eben. Immerhin kannst du der nichts mehr tun – sie ist ja schon tot. Und du bekommst ein Messer. Und Linus hat gesagt, es sehe so aus, als sei genau das mein Schicksal. Hoffentlich ändert sich das nicht noch. Doch der Gedanke daran, eine tote Frau zu sehen, sie aufzuschneiden, brachte den Würgereiz zurück.

Endlich verstummte der Alarm und Sabine atmete erleichtert auf. Sie musste sich jetzt zusammenreißen, musste stark sein. Mutig wagte sie sich in die Mitte des Raums, zurück zur Leiche. Zu Amanda. Den Bettbezug fest um sich gezogen, schlich sie um die Tote herum, hielt sich den Stoff vor die Nase. *Okay, jetzt mach!,* drängte sie sich, hob das weiße Tuch an, um sich den Körper näher anzusehen, und ... schrie laut auf. Hatte sie gerade richtig gesehen?! Nein, sie musste sich geirrt haben.

Mit zittrigen Fingern hob sie das Tuch erneut und erstarrte. Amanda hatte keine Arme mehr.

„Glückwunsch, Blondi – die Zeit ist abgelaufen und die erste Entscheidung ist gefallen!", tönte es aus den Lautsprechern und sie schrak zusammen.

„Wie schön, dass du dich schon mit Amanda bekanntmachen konntest."

Sabine hielt den Atem an. Was war mit diesem Mädchen passiert?!

„Nach deiner Kamera-Aktion haben die Zuschauer entschieden, doch nicht so nett mit dir umzugehen, und plötzlich wurden die anderen Konten aufgefüllt. Ich gratuliere, denn du darfst gleich deine Wut rauslassen und unser Schulmädchen züchtigen. Du kennst es ja bereits. In ein paar Minuten bekommst du neue Anweisungen."

10. OKTOBER 2020 - SAMSTAG

Sabine

Sabine öffnete schlaftrunken die Augen, sie fühlten sich total geschwollen an. *Was ist denn passiert?* Sie sah eine weiße Wand, ihre Wand. Sie war zu Hause, in ihrem Bett. *Was ist denn mit meinen Augen los?!* Sie fasste an die Schwellung und erschrak. Sie hatte geweint ...

Und mit einem Mal kam die Erinnerung zurück – und die Tränen. Sie sah die rothaarige junge Frau vor sich, hörte Martins Stimme, sah die beiden Arm in Arm. Dieses Arschloch! Nur ein Lügner wie alle anderen auch. Sie hätte es wissen müssen. Sie hätte es verdammt noch mal wissen müssen! *Ich bin einfach die dümmste Frau auf der ganzen Welt.* Ihr Schluchzen war so laut, dass sie damit rechnete, dass Emma jeden Moment in ihr Zimmer stürmen würde.

Und tatsächlich klopfte es an die Tür. „Sabine?"

Aber das war nicht Emma.

„Sabine, darf ich reinkommen? Ich bin's, Tim."

Wieso steht der denn jetzt vor meiner Tür?
Ausgerechnet ... Es war schon schlimm genug,
dass er sie so gedemütigt gesehen hatte. Erinne-
rungsfetzen schossen durch ihren Kopf. Sie:
kauernd auf der Treppe im kalten Hausflur. Sie:
wie sie sich wieder anzog, nachdem sie Martin in
Unterwäsche und Mantel überraschen wollte.
Ich bin so dumm! Sie lief rot an, als sie daran
dachte. Ihr Schluchzen wurde lauter, ebenso das
Klopfen. Und dann hörte sie, wie die Tür auf-
ging und sie legte sich das Kissen über den Kopf.
Niemand sollte sie so sehen, schon gar nicht ein
Mann und ganz bestimmt nicht dieser Vollidiot.
Das Einzige, was er konnte, war Emma glücklich
zu machen. Warum auch immer.

Die nächste Erinnerung. Tim: wie er sie auf-
hob, weil sie sich nicht rühren konnte, und sie
ins Auto trug. Sie anschnallte, ihre Hand hielt
und sie anschließend ins Bett brachte, ihr ein
Glas Wasser und eine Tablette gab. „Beruhi-
gungsmittel", hatte er gesagt.

Tim hatte sie abgeholt. Woher er überhaupt
gewusst hatte, wo sie war und dass sie Hilfe
brauchte, war ihr nicht klar. Emma musste ihn
informiert haben, aber sie konnte sich nicht
einmal daran erinnern, sie angerufen oder ihr
geschrieben zu haben. Als hätte sie einen Film-
riss.

Wieso war sie überhaupt zu Martin nach
Hause gegangen? Ihr Gesicht ... Sie fasste sich
sofort an die Wangen und spürte den Ausschlag.

„Hallo, Sabine. Ich ... also ... Du, ich wollte dir
nur sagen, dass du nicht allein bist ... hier ... weil

ich bin auch da", stammelte Tim. „Ich habe dir Tee gemacht. Emma sagte, du liebst Kamillentee."

Emma. „Wo ist sie?", fragte sie ihn. Sie war kaum zu verstehen durch das Kissen, das sie ganz bestimmt nicht von ihrem Gesicht nehmen würde, solange er hier war.

Er antwortete nicht. Hatte sie vielleicht nicht verstanden.

Sie wünschte, Emma wäre jetzt hier. Was war das für eine Nummer?! Wieso war Tim da, statt ihrer besten Freundin?

„Ich habe hier ein paar Taschentücher für dich. Außerdem frisches Wasser. Emma hat mir aufgetragen, dir dein Lieblingsfrühstück zu machen, sobald du wach bist. Ich werde dir jetzt also Pancakes machen. Falls du mir Gesellschaft leisten willst, weil du was zu lachen brauchst, ich bin in der Küche."

Essen? Wie konnte dieser Typ jetzt an Essen denken?!

Sobald die Tür sich wieder schloss, weinte sie weiter. Es war, als hätte man ihr den Boden unter den Füßen weggerissen. *Martin ...* Auch nur seinen Namen zu denken, tat schon weh. Immer wieder sah sie diese Frau an seiner Tür. Wie er sie rief. So vertraut. *Hat er mir geschrieben?*

Mit einem Ruck setzte sie sich auf und suchte ihr Handy. Sie fand ihren Mantel über dem Stuhl und fischte nach ihrem Telefon. Und tatsächlich – er hatte ihr nachts noch eine Nachricht geschickt: ein Selfie von sich im Badezimmer, oben ohne. Tenor, er sei jetzt erst zu Hause und vermisse sie. Sie musste würgen und griff gerade noch rechtzeitig nach dem Mülleimer.

Sie hatte unzählige Nachrichten und verpasste Anrufe. Das verstärkte ihre Übelkeit zwar und sie wusste, sie sollte jetzt keine Nachrichten lesen, doch sie wollte wissen, was ihr vom gestrigen Tag noch alles fehlte. Und dann las sie eine Kooperationskündigung nach der anderen. Große Marken, mit denen sie zusammengearbeitet hatte, nahmen Aufträge zurück oder kündigten die Verträge ganz. Ihre geplanten Einnahmen der nächsten Monate zerflossen zu nichts, und dann fiel ihr Granny wieder ein. *Die letzte Mahnung ... Das Finanzamt ...* Sie warf ihr Handy aufs Bett. Es hüpfte, blieb aber unversehrt – das erkannte sie daran, dass es klingelte. Für eine Sekunde erstarrte sie, dann schaute sie doch nach, wer es war. Martin. Sie ging nicht ran, wusste nicht, was sie ihm hätte sagen sollen. Sie wusste genau genommen gar nichts mehr. Nachdem das Klingeln verstummt war, folgte eine Sprachnachricht.

„Hey Babe. Ich hab dich soooo sehr vermisst. Einfach dumm gelaufen mit uns beiden gestern. Wollen wir uns heute Abend sehen? Ich vermisse meine Traumfrau und will an unserer Familie arbeiten. Wollen wir heute Essen aufs Zimmer bestellen und es uns gut gehen lassen? Na gut, ich geh jetzt erst mal zur Arbeit. Bis später, Babe."

Ihre Hände zitterten. Sie war verwirrt, verstand die Welt nicht mehr. *Habe ich mir das alles nur eingebildet? Habe ich geträumt? Oder tu ich es immer noch? Ich meine, warum sollte Tim sonst hier sein, statt Emma? Aber warte ... warum sollte Tim in meinem Traum Pancakes für mich machen? ... O Mann, ich glaube, ich drehe durch. Ich muss atmen!,* mahnte sie sich, weil sie merkte, dass sie kaum Luft bekam. Und dann hörte sie Martins Nachricht noch einmal an. *Seine Stimme ... Wie sehr ich diese tiefe männliche Stimme liebe. Wie sehr ich seine Worte liebe. Ich ... das ... also ... das kann doch alles nur ein Missverständnis sein. Seine Schwester vielleicht? Aber warum hat er dann gelogen, mir erzählt, dass er arbeiten war?*

Und noch ein drittes Mal hörte sie seine Nachricht ab, legte sich aufs Bett und begann dann wieder bitterlich zu weinen. Es konnte nicht wahr sein. Der gestrige Tag konnte einfach keine Realität sein. Sie hatte ihr komplettes Leben an die Wand gefahren. Wie sollte sie da wieder rauskommen? Und wo verdammt noch mal war Emma?! Sie wollte nicht allein sein. Sie wollte Emmas Ratschläge hören, dass sie einfach bei ihr saß, ihren Kopf streichelte, dumme Witze machte, Mitgefühl hatte. Sie wollte ihre beste Freundin bei sich haben, verdammt! Sabine rollte sich zusammen, als hätte sie Unterleibsschmerzen, und schluchzte so laut, dass sie damit rechnete, dass bald die Nachbarn klingeln würden. Es tat gut und gleichzeitig schämte sie sich. *Ich sollte den Kanal umbenennen in Bei Blondi läuft's nicht mehr,* dachte sie sarkastisch und lachte inmitten ihres Geheuls laut auf. Dann stieß sie wieder ein tieftrauriges Wimmern aus, bis sie schließlich hyperventilierte und kaum noch Luft bekam.

Wieder klopfte es. Diesmal hatte sie keine Kraft, mit dem Weinen aufzuhören. Sie konnte einfach nicht.

Tim trat ein und setzte sich zu ihr aufs Bett. Er legte seine Hand auf ihre Schulter, was sie ein wenig beruhigte. Auch wenn es Tim war, der sie da anfasste, brauchte sie diese starke Hand gerade.

„Es tut mir so unendlich leid, Sabine. Ich hab dir wirklich alles Glück der Welt gewünscht."

So lieb die Worte auch waren, sie taten unendlich weh. Sie fischte nach den Taschentüchern und schnäuzte gleich mehrere voll. „Wo ist Emma?", fragte sie mit ihrer letzten Kraft.

„Emma kann leider erst später kommen. Sie ist bei Tanja. Aber es geht ihr gut und sie hat mich beauftragt, mich um dich zu kümmern." Einen Moment herrschte Stille im Raum. „Was ich auch so getan hätte. Ob du es glaubst oder nicht – ich mag dich, auch wenn das manchmal nicht so rüberkommt. Tut mir leid, dass ich so unsensibel bin."

Sie presste das Kissen wieder fest auf ihr Gesicht, bekam kaum Luft, doch sie wollte unbedingt ihr Geheule stoppen. Mit seinen Worten machte er es ihr nicht gerade leichter. Emma war bei Tanja ... wie immer. Was konnte denn bitte schlimmer sein als ihr Liebeskummer? Emma wusste doch offensichtlich, dass es ihr gerade megaschlecht ging, aber trotzdem war sie bei Tanja. *Gegen diese Freundschaft werde ich einfach nie ankommen.* Stattdessen saß ihr

Freund hier, der ihr bisher immer nur dumme Sprüche gebracht hatte.

Sie musste eingeschlafen sein, denn als sie aufwachte, lag keine Hand mehr auf ihrer Schulter. Diesmal hatte sie nicht das Glück, dass ihre Erinnerung verzögert erwachte. Ab der ersten wachen Sekunde stürmte es in ihrem Kopf: Martin, Geld, Kündigungen, Granny, Emma, die Rothaarige, Emma, Martin, Geld. Von einem Drama zum nächsten – es war kaum auszuhalten. *Wie spät ist es eigentlich?* Sie nahm ihr Handy. *Fünfzehn Uhr?! Wow.* Wie lange hatte sie denn bitte geschlafen?! Sie sah, dass weitere Nachrichten von Martin eingegangen waren. Vielleicht machte er sich Sorgen? Einen Moment lang hatte sie ein schlechtes Gewissen, dann kam die patzige Sabine durch. *Soll er ruhig!* Doch seinen Nachrichten nach zu urteilen, schien er eher beleidigt. *„Bist du jetzt bockig wegen gestern, oder was?!"*

Ähm ... Bockig?

„Du bist doch schuld, dass wir uns gestern nicht gesehen haben", las sie eine weitere Nachricht.

Sein Ton verändert sich. So hatte er noch nie mit ihr geredet. Aber bisher hatte sie auch immer sofort geantwortet. Eigentlich kannte sie ihn gar nicht, wurde ihr schlagartig klar. Sie hatte keine Ahnung von seinem Leben. Bis gestern hatte sie nicht mal gewusst, wo er wohnte ... oder dass er anscheinend eine Freundin hatte.

„Dann halt nicht. Ich hab jetzt was Besseres vor, als mich mit dir rumzuärgern. Meld dich, wenn deine Tage vorbei sind!"

„Alter ... Hat er das wirklich geschrieben?" Sie war so schockiert, dass sie es laut gesagt haben musste, denn Tim hatte offenbar schon gewartet.

„Wie schön, dass du wach bist." Er kam so flott zur Tür rein, dass sie ihr Gesicht nicht schnell genug verstecken konnte.

„Sabine. Du musst dich doch nicht vor mir verstecken. Ich weiß, wie man aussieht, nachdem man erfahren hat, dass alles eine Lüge war. Ich war schließlich schon dreimal verheiratet. Und Freunde sind für einen da."

Freunde? Wieso ist er so nett?

„Nur weil Emma will, dass du dich um mich kümmerst, musst du mich nicht auch noch anlügen. Du kannst gehen, ich komme super allein zurecht." Ihre Stimme klang kratzig, ungeölt. Sie räusperte sich diverse Frösche aus dem Hals.

„Ich *will* aber nicht gehen. Ich hab mir heute freigenommen und werde den Tag damit verbringen, mich von dir anschnauzen zu lassen, wenn dich das glücklich macht." Sie hörte an der Art, wie er redete, dass er breit grinste. „Wut ist gut. Also sei wütend. Das ist besser als traurig zu sein und sich hilflos und dumm zu fühlen."

Er verstand sie?

„Ich hab übrigens Sonnenbrillen gefunden. Vielleicht magst du auch eine aufsetzen, dann seh ich nicht allein so bescheuert aus."

Etwas Kühles berührte ihre Hand. Sie ertastete tatsächlich eine Sonnenbrille, setzte sie auf und schaute vorsichtig zu ihm ... und musste lachen. Er hatte eine riesige Sonnenbrille auf und sah damit mehr als bescheuert aus.

„Hey. Ich dachte, wir lachen nicht übereinander!" Er grinste.

„Du wurdest auch betrogen?"

„Ich wette, du dachtest, ich wäre der Böse und Fremdgeher gewesen, hm?"

Sie wurde rot. „Irgendwie schon ..." Irgendwie? Genau *das* hatte sie gedacht!

„Tja ... Ich bin wirklich etwas unsensibel in manchen Situationen, das seh ich ein, und viele Dinge, die du zum Beispiel tust, versteh ich nicht, aber das heißt nicht, dass ich kein Herz habe. Wenn ich eine Frau liebe, dann tu ich alles für sie. Und das ging halt nicht immer gut. Zumal ich natürlich auch nicht leicht zu händeln bin. Du weißt schon." Er schaute an ihr vorbei aus dem Fenster. „Aber ich weiß, was Liebe ist und wie es sich anfühlt, betrogen zu werden. Und das ist scheiße. Und wenn du willst, schicken wir diesem Bastard ein Paket mit Scheiße."

Sabine lachte. „Dein Ernst?!"

„Mein voller Ernst. Ich bin bereit und denke, die anderen machen auch mit. Wird etwas eklig, okay, das seh ich ein, aber das ist es wert. Stell dir mal vor, wie er es öffnet. Und deinen vollgekotzten Müll können wir auch noch dazukippen. Der steht schon vor der Tür."

„Du bist echt widerlich", sagte sie noch immer lachend.

„Und du bist es wert, geschätzt und nicht verarscht zu werden. Ich hab übrigens noch Hunderte weitere tolle Rachevorschläge. Mindestens einen habe ich auch schon umgesetzt, aber dafür brauchen wir Kraft. Lass uns also erst mal die misslungensten Pancakes der Welt essen." Er hielt ihr seine Hand hin.

„Du hast echt Pancakes gemacht?"

„Ich weiß nicht, ob man die so nennen kann. Aber der Wille war da, und ich habe zur Not auch noch Aufbackbrötchen und Reste vom gestrigen Abendessen, das ja nun keiner gegessen hat."

„Wieso nicht?" Erst jetzt erinnerte sie sich, dass niemand mehr zu Hause gewesen war, als sie angekommen waren. Emma war also gestern schon weg gewesen, dabei waren sie sonst nie bei Tanja, sondern immer hier. Und da fiel es ihr wie Schuppen von den Augen.

„Das Baby! Ist was mit dem Baby?!"

12. OKTOBER 2020 – MONTAG

Sabine

Seit zwei Tagen hatte Sabine nichts weiter getan als zu heulen und ab und an mit Tim ein paar Happen zu essen. Er war nicht von ihrer Seite gewichen, hatte sie mit Worten aufgebaut und mit Beruhigungstabletten versorgt, wenn sie so hysterisch hatte heulen müssen, dass sie kaum noch Luft bekam. Emma war immer noch im Krankenhaus bei Tanja. Es sah wohl nicht gut aus für das Baby. Sie kämpften um sein Leben. Nicht auszumalen, wie schrecklich das für Tanja sein musste.

Aber immerhin konnte sie auch wieder an das Leid anderer denken und ihrem eigenen ab und an für ein paar Minuten entfliehen.

Es war still in der Wohnung. Tim war gerade zur Arbeit gefahren und Benny schlief in seinem Körbchen neben ihrem Bett. *Nicht mal du willst noch mit mir kuscheln,* dachte sie. Tränen stiegen ihr wieder in die Augen.

O Mann! Ich muss mich jetzt zusammenreißen und was aus meinem Leben machen. Ich habe es gegen die Wand gefahren – absoluter Totalschaden – aber das ist schließlich nicht zum ersten Mal passiert. Tim hatte ihr gesagt, sie solle ihre Krone richten und weitergehen. Ein scheiß Spruch, aber recht hatte er wohl trotzdem. Bevor sie entschied, wie ihr Leben weitergehen würde, wollte sie ihr Handy starten. *Mist, Akku leer ...* Sie stand stöhnend auf und schloss es an ein Ladekabel, steckte dieses in die Steckdose. Sabine fühlte sich, als hätte sie eine Woche durchgesoffen. Ihr Kopf dröhnte. Wahrscheinlich hatte sie die letzten Tage viel zu wenig getrunken. Zumindest hatte Tim das mehrfach gesagt. Sie griff nach der Wasserflasche und spürte, wie wenig Kraft sie hatte. Schon die Flasche zu öffnen, war wie Hanteltraining. Aber mit Zähne zusammenbeißen schaffte sie es und trank einen halben Liter auf ex.

Ob er ihr noch mal geschrieben hatte? Weitere Beschuldigungen? Das konnte doch alles nur ein schlechter Scherz sein. Das musste sie sich alles eingebildet haben. Es war für ihr Hirn einfach nicht nachvollziehbar, dass das alles Realität sein sollte. Der fürsorgliche, liebende Mann, mit dem sie hatte Kinder zeugen wollen, und der Typ, der eine andere hatte und ihr demütigende Nachrichten schrieb. Das passte einfach nicht zusammen. *Ich weiß ja, dass Männer Arschlöcher sind. Aber er ... er war so anders.*

Dachte ich zumindest. Offenbar war er einfach nur ein Arschloch, das sich besser getarnt hat. Sie legte sich wieder aufs Bett, das ladende Handy neben ihrem Kopf, und fasste sich an den Bauch. Hoffentlich hatte er sie nicht geschwängert – das hätte ihr gerade noch gefehlt. *Und wenn es so wäre, würde ich ihm das ganz sicher nicht auf die Nase binden! Das ist mein Baby.* Sie erschrak vor ihren Worten. Diesen Besitzanspruch gepaart damit, einem Mann sein Kind zu verwehren, hatte sie nicht erwartet. *Aber ich finde, ich darf heute alles denken, was ich will. Der Penner ist ein verlogenes Arschloch, und wenn ich mir vorstelle, wie ich seinen Kopf gegen die Wand schlage oder ihm die Eier abreiße, dann ist das okay.* Sie stand auf. Die Wut brodelte in ihr, sie musste irgendwo damit hin, hatte aber zugleich kaum Kraft. Sie lief in die Küche, holte sich eine Banane und eine Packung Wallnusseis und marschierte damit wutentbrannt in ihr Zimmer. Sie war nun bereit und schaltete das Handy ein. *Dann wollen wir mal sehen ...*

Und tatsächlich – Martin war zurückgerudert und schrieb heiße Liebesschwüre, machte sich Sorgen. *Na endlich.* Die vielen unbeantworteten Anrufe machten das Ausmaß der Sorge offenbar noch schlimmer. Die bösen Nachrichten hatte er inzwischen gelöscht. Aus einem Reflex heraus hatte sie die jedoch gespeichert. Einmal YouTuber, und man weiß, dass man alles – Negatives wie Positives speichern musste. Ersteres für den Anwalt, zweiteres für den Honigtopf, einen Ordner, in dem sie alle aufbauenden Worte speicherte. *Den sollte ich mir heute unbedingt noch ansehen.*

Sabine las noch einmal die Nachrichten auf dem Screenshot und schüttelte den Kopf. *Unglaublich.*

Dann traute sie sich, auf ihrem Kanal und den sozialen Medien nachzuschauen. Weitere großen Firmen hatten ihr gekündigt – das hatte sie erwartet. Ihre Influencerkarriere war wohl über Nacht zu Ende gegangen. Doch wie es aussah, wurde sie von ziemlich vielen ihrer Follower gefeiert. *Das ist ja ein Ding.* Sie las sich durch die Kommentare und war verwundert. Ein paar waren sauer, dass sie das Produkt vor dem Selbstversuch empfohlen hatte, aber viele bewunderten ihren Mut, und auch andere große Influencer hatten ausgepackt. Sie wurde so oft erwähnt, dass anscheinend jeder von ihr sprach und ihre Followerzahl sich fast verdoppelt hatte. *Wahnsinn!* Sogar Oli Pocher hatte sie in seiner *Bildschirmkontrolle* lobend erwähnt. Vermutlich hatte sie deshalb so viel Zuwachs auf ihrem Kanal. Ihr Video hatte inzwischen drei Millionen Klicks. *Dann ist das alles doch nicht so schlecht?* Es gab sogar Firmen, die ihr Produkte gegen den Ausschlag anboten, der jedoch mittlerweile fast weg war. Ein Glück. Doch wenn sie nur daran dachte, weiterzumachen, wurde ihr ganz anders. *Scheiße ... Was ist nur los mit mir?* Das Eis war inzwischen geschmolzen und sie hatte seit Stunden keinen Happen gegessen oder getrunken. Es wurde schon dunkel draußen. Wie lang war sie eigentlich am Handy gewesen?

Sie schloss die Welt wieder in ihrem Telefon ein, legte es unters Kissen und stand auf. Es war verrückt ... zum einen hatte sie gerade wieder mehrere Stunden ihres Lebens verloren, weil sie am Handy gesessen hatte, zum anderen schien alles gar nicht so schlimm, wie sie gedacht hatte.

Vielleicht konnte sie ihren Job weitermachen ... Aber wollte sie das überhaupt noch? Diesen oberflächlichen Mist? Irgendwie wollte sie gerade gar nichts mehr mit ihrem Handy zu tun haben, als hätte sogar das Telefon sie betrogen. Es stand für alles, was in ihrem Leben schlecht lief.

Sie streckte sich, bevor sie das Eis zurück ins Kühlfach packen wollte. Benny registrierte ihre Bewegung und wachte auf.

„Na, mein Kleiner? Musst du nicht mal raus?" Sie bückte sich, stellte das Eis wieder beiseite und kuschelte ihn. „Komm, wir gehen mal raus."

Die frische Luft hatte gutgetan, genauso wie der Wind, der immer heftiger wurde. Vor allem war sie schon eine gefühlte Ewigkeit nicht mehr ohne Handy draußen gewesen. Sonst hatte sie immer eine Story aufgenommen oder tolle Bilder gemacht. Aber es war schön gewesen, so ganz ohne. Zu Hause angekommen, wollte sie etwas essen, und Benny auch. Sie wärmte sich ein paar Reste auf, fütterte Benny und spürte, wie sich die Einsamkeit nach und nach in ihr breitmachte. Es war so still ... Bennys Schmatzen verstummte auch irgendwann und sie hörte nur noch das Prasseln des Regens am Fenster und den Sturm, der draußen wütete.

Immer wieder fragte sie sich, was Martin wohl gerade machte, und immer wieder verbannte sie den Gedanken. Sie hoffte, Tim würde bald zurückkommen. Die Einsamkeit machte sie unendlich traurig. *Wie Emma das nur all die*

Jahre ausgehalten hat, so allein zu Hause ... Ich kann das einfach nicht verstehen. Ich hasse es, allein zu sein. Diese blöde Stille. Musik wäre jetzt genau das Richtige ... wozu sie aber ihr Handy gebraucht hätte. *Boah! Ich kann nichts ohne das Teil machen. Keine Fotos, keinen Wecker stellen, nicht auf die Uhr gucken, keine Musik hören – es ist zum Kotzen!*

Auf dem Weg zum Handy kam sie an ihrem Laptop vorbei und hielt inne. *Ach, ich bin auch bescheuert. Ich könnte doch einfach den Laptop nehmen ... Na ja, egal, jetzt bin ich schon da.* Sabine nahm das Handy und schaute, ob Martin sich noch mal gemeldet hatte. Hatte er. Sie war wieder die Traumfrau. *Kotz.* Sie hatte keine Ahnung, wann und was sie ihm antworten würde – das wollte sie erst mit Emma besprechen. Es war irgendwie traurig, dass sich Emma bisher noch nicht selbst bei ihr gemeldet hatte. Immer nur über Tim. Aber gut, mehr konnte sie unter den Umständen wohl auch nicht erwarten.

Aus purer Macht der Gewohnheit öffnete sie ihr Mailfach und erschrak. Unzählige Mails. *Wow.* Sie beschloss, sich damit abzulenken, bis Tim endlich nach Hause kam, und ging zurück ins Wohnzimmer, vergaß sogar die Musik. Sie hatte einige Angebote bekommen, aber keine Lust, nachzudenken, ob sie sie annehmen wollte. Es tat trotzdem gut zu wissen, dass sie wieder Geld verdienen könnte und durch die Sache offenbar beliebter war als vorher. Da klingelte ihr Handy. *Scheiße ... Martin.* Fast wäre sie rangegangen, warf das Handy in letzter Sekunde weg.

Als sie auf die Uhr sah, war schon wieder eine Stunde vergangen. *Ich hab schon wieder eine Stunde Lebenszeit vergeudet!* „Mann, ich hasse das!", schrie sie.

Was würde Emma jetzt tun? Sie war doch jahrelang allein zu Hause. Sie sah zu Emmas Teil der Couch und registrierte die Bücher. „Gut, dann werde ich jetzt halt eine scheiß Leseratte." Sabine nahm die Bücher in die Hand und las: *„Das Buch deines Lebens.* Boah, ne, viel zu pathetisch." Sie hatte keine Ahnung, was das Wort bedeutete, fand aber, das passte ganz gut zum Titel. Dann griff sie nach dem anderen Roman. *„Der nächste beste Schritt ..."* Dieser Titel sprach sie schon eher an, denn nach dem war sie auch gerade auf der Suche.

Sie hatte eigentlich nur die erste Seite lesen wollen, realisierte aber dann, dass die Protagonistin ebenfalls wegen einer Trennung litt, und das fesselte sie so, dass sie so lange las, bis Tim vor der Tür stand. *Wow, schon die Hälfte geschafft.* Sie war selbst erstaunt, las sie doch sonst nie. Plötzlich dachte sie sogar anders übers Wandern. Sabine öffnete Tim die Tür, der sie erstaunt anblickte.

„Ich weiß jetzt, was mein nächster bester Schritt ist: Ich geh Wandern!" Sie strahlte ihn an.

Da erst registrierte sie seinen traurigen Gesichtsausdruck und ihr wurde bewusst, dass er viel später dran war als geplant. Mit hängenden Schultern betrat er den Flur.

„Was ...?"

„Sie haben es verloren."

2. TEIL

19. OKTOBER 2020 – MONTAG

Sabine

S abine hatte es nicht mehr ausgehalten und war tatsächlich zum Wandern gefahren. Zu Hause wäre ihr die Decke auf den Kopf gefallen. Es herrschte eine so tiefe Traurigkeit dort, dass sie kaum noch atmen konnte – die Atmosphäre war alles andere als förderlich, wenn man den schlimmsten Liebeskummer aller Zeiten hatte. Immer wieder hatte sie auf ihr Handy geschaut und dann wieder stundenlang gearbeitet, obwohl sie nicht mal mehr wusste, ob sie diesen Job noch wollte. Es war zum Kotzen. Sie war so verwirrt gewesen die letzten Tage, hatte nicht mehr gewusst, wohin mit sich. Ihre Gedanken hatten sich überschlagen, aber keinen hatte sie richtig festhalten können, um ihn anzuschauen oder etwas mit ihm zu machen. Sie wollte danach greifen, aber jeder Gedanke flutschte ihr durch die Finger wie glitschiger Schleim, mit dem Kinder so gern spielten.

Dieser Ausflug in die Sächsische Schweiz konnte ihr also nur Ablenkung verschaffen. Hoffentlich.

Ablenkung von sich, von Martin, von ihrem Job, ihrem Handy, von allem einfach. Sie wollte es wie diese Frau in dem Buch machen und war der Autorin wahnsinnig dankbar, dass sie ihr dies ermöglichte. Sabine hatte nur eine Mail schreiben und ein paar Fragen beantworten müssen und nun war sie hier – auf der Suche nach ihrem nächsten besten Schritt. Runterkommen und Lösungen finden. Sich von der frischen, kalten Luft die Synapsen durchpusten lassen. Laut sog sie die Luft ein und atmete weiße Wolken aus, so kalt war es hier draußen. Sie fühlte eine einsame Stille. Es war schön und beängstigend zugleich – doch das gute Gefühl überwog, zumindest im Augenblick. Das Gefühl des Neuen und Aufregenden. Dieses Kribbeln, das sie ab und an ein paar Sekunden den Schmerz um Martin vergessen lassen konnte. Denn selbst wenn es sich nur um Sekunden handelte, war jede davon kostbar.

Sabine hoffte, dass ihr tausend gute Erkenntnisse zufallen würden, während sie durch den Schnee watete. Ihr Handy steckte ausgeschaltet in den Tiefen des Rucksacks.

Sie hatte es nur für Notfälle dabei, wollte nicht ständig nach dem Weg suchen wollen und versehentlich irgendwelche Apps anklicken oder verpasste Anrufe entdecken, geschweige denn wütende Sprachnachrichten empfangen und sich von ihrem Ex beschimpfen lassen. Sie wollte einfach nur hier langlaufen und Erkenntnisse sammeln – wie die Frau aus dem Buch. Ohne jegliche Ablenkung an einem Ort, der zur Ablenkung diente. Und so stampfte sie durch den Schnee. Glücklich, verwirrt und motiviert, etwas Neues, Aufregendes zu erleben.

Zukunft

Sabine

O nein. Das mach ich nicht!
„Aaah!" Sabine schrie ihre Wut und Verzweiflung so laut hinaus, dass ihr selbst die Ohren schepperten. *Warum ich?!*

Sie fiel auf die Knie und weinte all ihre Angst hinaus. *Ist mein Leben nicht schon beschissen genug? Ich wollte doch einfach nur neu anfangen. Ich wollte alles Beschissene hinter mir lassen, und nun ist die Zukunft eine noch größere Hölle! Warum hab ich mir nicht einfach das Leben genommen, wie es andere Verzweifelte tun?! ... Weil ich nicht mal dazu den Mut hab, verdammt! ...* „Nein, weil du stark bist und weißt, dass es sich lohnt, für eine schöne Zukunft zu kämpfen. Wir haben das nicht alles durchgestanden, damit du so endest", hörte sie ihre Oma sagen.

Was hat das mit Stärke zu tun? Dummheit trifft es wohl eher! Das war einfach nur dumm! Zu denken, dass ich wandern geh und damit mein Leben reparieren könnte. Einfach nur saudämlich. Genauso dumm, wie alle denken, dass ich bin. Ich, das Dummchen, Blondi.

„Fickt euch doch alle!", brüllte sie laut und wischte mit dem Bettbezug die Nase sauber. So widerlich war sie schon geworden ... Sie weinte bittere Tränen.

„Nein, es reicht." Eine Weile später erhob sie sich kraftvoll und war bereit, sich zu befreien. *Ich finde einen Weg. Ich kann Krav Maga. Sollen diese scheiß Wichser doch kommen, wenn ich eine Kamera zerstöre – mir doch egal. Ich mach sie platt, und wenn nicht, dann töten sie mich wenigstens und ich muss den Scheiß nicht mehr mitmachen. Keine kleinen Mädchen schlagen. Ich hasse sie alle!* Und dann blickte sie auf Amanda. Amanda, die keine Arme mehr hatte. *Und wenn sie mich nicht sofort töten, sondern mir erst mal furchtbar wehtun? Wie wäre es, wenn ich vielleicht nur so tue, als würde ich das Mädchen bestrafen, und sie dafür dann rette? Würde das die Sache ausgleichen? Wer weiß, was ich überhaupt machen muss. Ich wurde über meine ganze Kindheit hinweg geschlagen und Schlimmeres und habe es überlebt ... Na ja, aber wie halt ... Nein, aus mir ist was geworden! Ich habe es aus der Hölle geschafft und ich werde es auch aus dieser hier rausschaffen. Wenn ich in was gut bin, dann darin.* Ruhig stand sie da und wartete. Nur das Zittern war noch nicht ganz abgeebbt und zeugte von ihrem inneren Aufruhr. *Okay. Ich bin bereit.*

„Ach, schön, dass du dich beruhigt hast. Du sollst dir deine Wut doch für unser Schulmädchen aufheben. Wir werden deine Tür jetzt gleich öffnen und dann wird ein Countdown runtergezählt. Du hast genau sechzig Sekunden Zeit, um zu unserem Schulmädchen zu gelangen.

Solltest du es nicht rechtzeitig schaffen, wird es von *uns* bestraft. Und wie das endet, konntest du ja an Amanda sehen." Er lachte. „Nur ein dezenter Vorgeschmack auf die Dinge, zu denen wir fähig sind. Du hast also die Wahl. Mach keinen Fehler und sei schnell. Die Tür öffnet sich in wenigen Sekunden: drei, zwei, eins und los!"

Seine Stimme verstummte und das Klicken zeigte ihr an, dass die Tür geöffnet worden war. Ein paar Millisekunden stand sie rätselnd da. Konnte sie woanders hin und einen Ausweg suchen? Aber überall waren Kameras ... Nein, es schien unmöglich. Sabine sah das ängstliche Mädchen vor ihrem inneren Auge und rannte los. Es tat weh. Unentwegt trat sie auf Steine, Kronkorken, Müll. Ihre Wunde am Fuß war schon wieder offen, was aber in diesem Moment nicht so schlimm war. Sie spürte den Schmerz zwar, doch er kam nicht gegen die Angst an, die in ihr tobte.

Sie rannte die Treppe hoch, während der Timer laut verkündete: „Dreißig, neunundzwanzig ..."

Sie erreichte die oberste Stufe. Atmete erleichtert auf, weil sie es wohl rechtzeitig schaffen würde, obwohl sie zugleich noch immer unsicher war, ob sie das überhaupt wollte. Aber sie hatte nicht genug Zeit, um darüber nachzudenken. Sabine keuchte, als würde sie einen Marathon rennen. Weiter.

Fuck, was ist das?

„Sechsundzwanzig, fünfundzwanzig ..."

Der Weg vor ihr war mit Tausenden von kleinen Scherben übersät.

„Das ist doch nicht euer Ernst?!", brüllte sie durch das Gebäude.

„Einundzwanzig, zwanzig, neunzehn ..."

„Fuuuck!" *Was mach ich jetzt nur?*

Die Sekunden verstrichen unaufhaltsam. Sie hatte keine Wahl, sie musste drauftreten. Sabine erinnerte sich an die Worte ihres Krav-Maga-Trainers: *Wenn du jemals in eine Situation kommst, die schlimm ist, die wirklich schlimm ist, und du hast keinen Weg, ihr zu entkommen, wenn es nur ums Aushalten geht, dann beam dich weg. Geh mit deinen Gedanken an einen wundervollen Ort, egal ob er in der Vergangenheit liegt oder in der Zukunft. Du schaffst das!*

Sabine schloss die Augen und sah sich mit ihrer Granny am Strand: lachend, fröhlich, mit Stullen und leckeren, selbst gemachten Bouletten als Verpflegung spielten sie Karten.

„Neun, acht, sieben ..."

„Und los!", flüsterte sie und ging in großen, zügigen Schritten über die Scherben. Sie hoffte, dass sie sich so weniger tief in ihren Fuß bohrten, als wenn sie rennen würde.

„Drei, zwei ..."

Sie erreichte die Tür und fasste an die Klinke.

„Eins ..."

Sie drückte die Klinke runter.

19. OKTOBER 2020 – MONTAG

John

„Es tut mir so leid für dich. Wirklich." Herbert umarmte John fest. „Ich hab das auch schon durch. Es ist wichtig, dass ihr jetzt an einem Strang zieht und versteht, dass jeder anders trauert. Dies wird eure größte Bewährungsprobe. Wenn was ist, kannst du dich jederzeit bei mir melden."

John unterdrückte die Tränen, wollte Fassung wahren. „Danke, Mann." Er klopfte Herbert auf die Schulter. „Ich fahr jetzt Isabell nach Hause. Bis nächste Woche."

Sie wartete draußen auf ihn. Zwar war John ganz und gar nicht nach Smalltalk, doch er sorgte sich um sie und war froh, dass sie überhaupt gekommen war und er sie fahren durfte. „Mein Wagen steht noch vor dem Revier. Wir müssen ein Stück laufen."

„Das macht nichts. Frische Luft tut gut." Sie sog laut die kalte Luft ein.

„Wie geht's dir bei Freddy? Macht ihr Typ schon Probleme?"

„Nein. Er ist meist gar nicht da und wenn, dann hängt er stundenlang vor der Glotze. Es ist also okay. Freddy lässt mich eh keine Sekunde aus den Augen, wenn sie da ist. Und wenn nicht, versuche ich, selbst unterwegs zu sein."

„Das ist gut. Tut mir leid, dass du gerade nicht bei uns bleiben kannst."

„Das ist doch total verständlich. Es tut mir wirklich leid für euch. Wie geht's deiner Freundin?"

„Sie spricht nicht viel. Es ist eine schwere Zeit."

„Kein Wunder. Ich kann mir nicht mal ansatzweise ausmalen, wie schlimm das sein muss."

„Sie redet sich ein, dass es ihre Schuld ist, weil sie keine gute Mutter gewesen wäre und das Baby das wohl gewusst haben muss." John wusste, er hätte das nicht erzählen dürfen, doch er konnte sich nicht bremsen. Seine Gedanken und Gefühle fuhren Achterbahn und mussten raus, damit er nicht daran kaputtging.

Die letzten Schritte bis zum Auto schwiegen sie. *Immer fragen alle nach Tanja ... Keiner fragt, wie es mir damit geht. Ist das normal?* Er hatte sich auch auf dieses Kind gefreut und dann war es von heute auf morgen einfach so von ihnen gegangen ... noch bevor es überhaupt richtig dagewesen war, und niemand scherte sich darum, was das mit ihm machte. Er konnte sich das zwar selbst nicht beantworten, aber er war sich sicher, er hätte seine Freunde gefragt, wenn ihnen das passiert wäre. Oder? Er überlegte, ob er überhaupt Freunde hatte, die so etwas jemals durchgemacht hatten, doch ihm fiel nur das Gespräch mit Tim ein. Passierte das keinem oder redeten die Menschen nur nicht darüber? Er war nicht sicher. Er hatte gelesen, dass die Statistiken für abgebrochene Schwangerschaften eigentlich sehr hoch waren – warum also redete keiner darüber? Oder nur nicht mit ihm? Schien er seinen Freunden zu oberflächlich? Nicht einfühlsam genug? Diese Gedanken machten ihn fertig und er schob sie weg, als wären sie eine lästige Ladung Rechnungen.

„Hier ist es." John öffnete das Auto mit einem Klick.

Isabell öffnete die Beifahrertür, während er einstieg.

Bevor er registrierte, dass das gerahmte Bild von Emma, Tanja und Sabine noch dort lag, hatte Isabell es schon genommen und sah es sich an.

„Das kannst du auf den Rücksitz legen. Ist für Tanja. Ein Geschenk von ihren Freundinnen." Er betrachtete das Foto kurz. Ein vergangener Moment des Glücks ...

„Ah, die kenn ich." Isabell zeigte auf Sabine.

„Ach, so was guckst du? Hätte ich gar nicht von dir gedacht. Ja, sie ist recht bekannt in dieser Szene. Ich versteh davon nicht viel."

„Nee, *ich* schau mir so was ganz bestimmt nicht an. Aber bei Freddys Freund läuft das Zeug rauf und runter." Sie strich mit ihrem Finger über die Frauen auf dem Bild.

„*Der* guckt so was? Ich sag ja, ich versteh die Welt nicht mehr." Er startete den Motor. „Wo wohnt er denn?"

Isabell gab die Adresse durch.

In John breitete sich ein komisches Gefühl aus. Diese Straße kannte er doch. Aber ... das war doch eigentlich nicht möglich. Musste ein Zufall sein. Er fuhr los und fädelte sich in den Verkehr. Die Straßen waren gefroren und er musste all seine Konzentration aufbringen, damit sie sicher ankommen würden. Kurze Zeit später parkte John. „Tut mir leid, dass ich heut nicht so gesprächig war."

„Ist schon gut, du machst gerade viel durch. Ich würde es in so einer Situation wohl nicht mal aus dem Haus schaffen. Ich bin echt froh, dass ich das alles halbwegs verkraftet habe. Zum Glück ist mein Vater jetzt in der Entgiftung. Ich hoffe so sehr, dass er zur Vernunft kommt."

John schämte sich. Sie hatte zwar während des Treffens vom Stand der Dinge erzählt, doch er hatte nicht mal gefragt, wie es ihr ging. Er war gerade zu sehr mit sich selbst beschäftigt.

Isabell schnallte sich ab, drückte ihn und stieg aus. Sie winkte, schlug die Tür mit einem lauten Knall zu und entfernte sich. *Diese Straße ...* Er war sich sicher, dass es exakt dieselbe war, in der Sabines Ex wohnte. Tim hatte doch Bilder davon gemacht, als dieser Typ hier die Tür aufgeschlossen hatte.

Er öffnete das Fenster und rief ihr hinterher. „Isabell! Wie heißt Freddys Freund eigentlich?"

„Martin."

Sabine

Sabine irrte seit Stunden durch den Wald. *Wieso bin ich bloß auf die dumme Idee gekommen, Wandern zu gehen? Ich hab keine Ahnung davon und bin absolut nicht fit.* Es war scheiße kalt – November eben. *Und welcher Mensch geht verdammt noch mal bei diesem Wetter wandern?!*

„O neeein ...", stöhnte sie, als sie bereits zum dritten Mal an derselben gruseligen Höhle vorbeikam. Eine Gänsehaut lief über ihren Rücken. Beim ersten Mal hatte sie noch Kinder gesehen, die sich darin verstecken wollten, doch nun war weit und breit keine Menschenseele mehr zu sehen.

Eigentlich war es anfangs ganz gut gewesen, allein zu gehen – sie hatte wirklich genug von Menschen. Doch jetzt taten ihre Füße weh, sie hatte sicher schon sechs Blasen an den Füßen und humpelte dadurch. Aber an eine Pause war nicht zu denken, denn es wurde langsam dunkel und sie musste ihr Hotel wiederfinden.

Ihr selbst auferlegtes Handyverbot hatte sie inzwischen aufgehoben. Google Maps schickte sie hin und her, kam mit diesem Ort offenbar nicht klar. Und es wurde noch besser: Der Akku ging leer und Netz hatte sie hier in diesem beschissenen Wald auch nicht. Sabine musste versuchen, einfach den Schildern zu vertrauen, doch wie sollte das gehen, wenn sie nicht verstand, was sie genau aussagten. Wieso zeigten diese Schilder grundsätzlich in die Mitte von zwei Wegen?! *Welcher ist denn nun der Richtige?* Grübelnd stand sie mal wieder vor so einer Gabelung und überlegte, wie sie sich den Weg markieren konnte, damit sie nicht wieder im Kreis lief. Sie kramte in ihrem Rucksack und entschied sich für ein Haarband. Das hängte sie an einen Ast, der ihr signalisieren sollte, dass sie dieses Mal hier lang gegangen war. Stolz auf ihren cleveren Einfall fasste sie neuen Mut und entschied sich für den rechten Weg. Eine Krähe krähte, was ziemlich gruselig klang. Hatten Krähen nicht etwas Schlechtes zu bedeuten? Doch was blieb ihr anderes übrig – sie humpelte so schnell wie möglich weiter, in der Hoffnung, irgendwann endlich wieder beim Hotel anzukommen.

„Hey, du bist ja immer noch unterwegs!"

Ruckartig drehte sie sich um, entspannte sich aber sofort, als sie den süßen Typen von vorhin wiedererkannte. Er hatte ihr Blasenpflaster geschenkt, als er sie zum ersten Mal getroffen hatte.

„Ja, ich wollte die Natur so lange wie möglich genießen", log sie.

Er blickte ihr skeptisch in die Augen.

„Ja, gut, ich hab keine Ahnung, wie ich hier wieder rauskomme," gab sie kleinlaut zu. *Diese Grübchen,* dachte sie. *Und wie kann der den ganzen Tag im Wald rumlaufen und dabei immer noch so entspannt aussehen?*

„Herrje, na dann wollen wir dich mal nach Hause bringen! Wo genau musst du denn hin?"

„Nach Saupsdorf."

„Oh cool, da muss ich auch hin. Wo schläfst du denn da?"

„In der Kräuterbude." Sabine hätte in Tränen ausbrechen können vor Erleichterung, aber sie riss sich zusammen.

„Ha, da schlafe ich auch! Bist du auch der Einladung in diesem Buch nachgekommen?", fragte er vorsichtig.

„Ja! Das ist ja ein Zufall." Sie hatte nicht gedacht, dass auch Männer dieses Buch lesen würden. Sabine rieb die Hände aneinander, glaubte, ihr würden gleich die Finger abfallen.

„Du zitterst ja ..."

„Ja, mir ist etwas kalt. Ich hab nicht damit gerechnet, dass einem trotz warmer Klamotten so frisch werden kann." *Woher auch?! Ich war noch nie in meinem Leben so lange in der Kälte unterwegs.*

Er legte ihr seine Regenjacke um die Schultern und sie unterhielten sich während des Heimwegs angeregt. Sie war völlig beflügelt und er zeigte ihr ein paar seiner Fotos, die er heute geschossen hatte.

„Entschuldige mich bitte kurz." Er legte Kamera und Rucksack ab und stellte sich etwas weiter weg hinter einen Baum.

Wie einfach es Männer doch haben. Sie würde versuchen zu halten, wusste aber nicht, wie lang ihre Blase das noch mitmachen würde. Seine Kamera lag auf dem Rucksack und so nahm sie sie sich vor und guckte weiter. Er hatte echt Talent. Wie er einen Baum mal furchteinflößend und mal wunderschön darstellen konnte.

Doch beim nächsten Bild versteifte sie sich. Er hatte ein Foto von ihr gemacht, als sie aus dem Hotel gekommen war. Sie zappte weiter ... Das Zittern kehrte zurück. Ein Bild von ihr, wie sie aus dem Zug gestiegen war. Dann eines von ihr in der Bahn. *Wieso hat er diese Bilder von mir?*

Sie hörte Schritte, legte die Kamera zurück und rief: „Ich geh auch mal und versuch mein Glück! Kann aber einen Moment dauern!" Sie hoffte, dass ihm das Zittern in ihrer Stimme nicht auffiel, und entfernte sich vom Fußweg. Sabine wurde immer schneller, ihr Atem immer flacher. *Was mache ich jetzt nur? Wo soll ich hin?* Den Rucksack hatte sie abgelegt, damit sie schneller rennen konnte. Er würde sicher gleich bemerken, dass sie nicht wiederkommen würde. Ihre schmerzenden Füße merkte sie nun gar nicht mehr, doch sie stolperte ständig über Wurzeln und kam nicht sonderlich schnell voran. *Was will der Kerl von mir? ... Vielleicht findet er mich nur süß oder ich bin sein Fotoprojekt,* versuchte sie sich zu beruhigen. Doch zugleich musste sie die ganze Zeit an Erik und Emma denken.

„Sabiiineee!", hörte sie ihn rufen. Die Art, wie er ihren Namen rief, machte ihr deutlich, dass sie sich beeilen musste.

Sie rannte um ihr Leben. Tannenzweige peitschten ihr ins Gesicht. Egal. Sie musste weg. So weit wie nur irgend möglich. Konnte kaum noch denken. Nur an ihr Leben, das sie erhalten wollte. Sie hörte ihr eigenes Keuchen. Es war viel zu laut in dem ansonsten stillen Wald. Ihre Lungen brannten, als hätte sie zu viel Rauch eingeatmet.

Sie hatte längst die Orientierung verloren, war völlig durchgeweicht, da es durch einsetzenden Regen im Wald immer matschiger geworden war, strauchelte immer öfter. Der Boden war matschig. Wurzeln erschwerten ihr die Flucht. Doch irgendwie schaffte sie es, trotzdem weiterzurennen. Immer, immer weiter. Sie wusste nicht, ob er noch in ihrer Nähe war. Wusste nicht, ob er sie gerade sehen konnte. Sie traute sich nicht, sich umzudrehen. Immer nach vorn schauen, immer weiterlaufen. Doch ihre Kräfte schwanden.

Sie wusste, sie würde sehr bald einen Ausweg finden müssen. Die Straße finden. Auf andere Menschen treffen. Ein Versteck suchen. Irgendetwas. Und dann passierte es doch. Sie stürzte.

Mit einem lauten Klatschen landete sie im Dreck. War innerhalb von Sekunden von Kopf bis Fuß mit Matsch bedeckt. Für einen kurzen Moment hielt sie inne, schaute sich um. Sie konnte kaum noch die Hand vor Augen sehen, doch auf den ersten Blick sah sie niemanden. Hören konnte sie nur sich selbst. Ihr eigenes Japsen nach Luft, als hätte man sie zu lange unter Wasser gedrückt. *Und was jetzt?*

Langsam drehte sie ihren Kopf nach links und dann nach rechts. Keine Straße in Sicht seit ... Ewigkeiten? Wie tief konnte man sich im Wald verirren? Hatte er sie längst eingeholt und lauerte irgendwo in der Nähe oder war ihr die Flucht geglückt? Aber wie gut sollte ihr Plan funktioniert haben, wenn sie nun *niemand* mehr finden würde?

Diese Nacht konnte sie jedenfalls nicht noch weiter laufen. Es war zu dunkel. Sie musste sich ein Versteck suchen. Eines, in dem er sie niemals würde finden können.

Hektisch betrachtete sie ihre unmittelbare Umgebung, stieß auf eine Höhle. Sie hatte Angst vor Höhlen oder besser gesagt vor dem, was sich in ihnen alles verbergen konnte. Sie war noch nie in einer gewesen. Wusste nicht, wie weit es rein ging. *Ich kann doch unmöglich da reinkriechen, oder?* Vielleicht sollte sie lieber auf einen Baum klettern oder sich im Gebüsch verstecken. Doch der Regen, der nach wie vor wie aus Kübeln vom Himmel kam, zeigte ihr, dass alle Optionen, bei denen sie ungeschützt war, nicht infrage kamen. Die Höhle war wahrscheinlich so was wie ein Geschenk des Himmels. Ein Wunder.

Sie musste nur ihre Angst überwinden. *Was soll da drin schon noch Schlimmeres auf mich warten als das, was er mit mir macht, wenn er mich kriegt?*

Sie schüttelte sich vor Kälte. Sie rieb ihr restliches Haar mit Matsch ein, damit man ihre hellblonde Mähne im Dunkeln nicht erkennen konnte, und krabbelte dann auf allen vieren zu der engen Höhle. Sie hatte die Hoffnung, dass man sie so weniger als menschliches Wesen erkennen konnte. Vor dem Höhleneingang angekommen, nahm sie all ihren Mut zusammen und kroch im Schneckentempo hinein. Sie, die erschöpfte Antilope, die in der Höhle des Löwen Schutz suchte.

Im Inneren war es eiskalt, viel kälter als draußen. Doch wenigstens war es hier trocken. Was allerdings viel schlimmer war: Es war stockdunkel. Sie konnte absolut nichts sehen, tastete sich an der Wand entlang, um ihren Weg zu finden. *Hoffentlich fasse ich in nichts Ekliges ...* Sie kroch immer tiefer hinein und hoffte, nicht auf irgendwelche Tiere zu stoßen, die vielleicht ebenfalls Schutz an diesem Ort gesucht hatten. Sie bemühte sich, besonders leise zu sein, um schneller hören zu können, falls etwas da drin lauerte, doch das Blut rauschte viel zu laut in ihren Ohren.

Als sie das Ende der Höhle erreichte, atmete sie auf. Keine Tiere, kein Mörder, nur sie, geschützt vor dem Regen und hoffentlich vor diesem Monster da draußen. *Wieso ich? Was will der von mir?*

Wahrscheinlich hätte sie nun die nasse Kleidung ausziehen sollen, aber sie konnte es einfach nicht – dann hätte sie sich noch ungeschützter gefühlt. Und trocknen würden sie und die Klamotten eh niemals in dieser feuchten kalten Höhle. Also hieß es warten. Warten, bis sich die ersten Sonnenstrahlen – und diese ihr den Weg – zeigen würden. Und hoffen. Hoffen, dass der Typ besser früher als später das Interesse an ihr verlieren und nicht die ganze Nacht nach ihr suchen würde. Vielleicht hatte er sich ja längst eine andere Beute gesucht? Beute, die leichter zu fangen war als sie? *Hoffentlich.*

Die kalte Wand, gegen die sie sich gelehnt hatte, verstärkte ihr Zittern nur noch. Ihre Zähne klapperten. Sie biss sich auf die Faust, um das Geräusch zu vermeiden, schmeckte Erde. Als nichts passierte, legte sich die Anspannung schließlich. Mit einem Schlag rollte eine Welle der Erschöpfung über sie. Die Augen fielen ihr immer wieder zu. Sie würde diese Nacht nichts mehr ausrichten können, brauchte Kraft, und so legte sie sich hin, zog die Knie an, umklammerte sie mit der freien Hand. Bis ... sie ein Geräusch hörte.

Sie zuckte zusammen. Ihr Puls schoss unvermittelt wieder in die Höhe. Das Zittern hörte prompt auf. Erschrocken hielt sie die Luft an, um keinen Laut von sich zu geben. *War das ein Tier?*

Sie wollte sich aufrichten, doch das Rascheln ihrer Jacke hätte sie verraten, falls nicht. *War das ein Dachs? Oder ein Fuchs?* Dann hörte sie ein Zischen und am Eingang der Höhle flammte ein Streichholz auf.

Er hatte sie gefunden.

Nein! Wie kann das sein?! Hatte er sie die ganze Zeit beobachtet und nichts unternommen, um sie in Sicherheit zu wiegen? Woher hätte er wissen sollen, dass sie ausgerechnet hier landen würde? Das konnte doch gar nicht sein! *Was will der eigentlich?*

... Beruhige dich ... vielleicht sucht nur jemand anderes auch einen Unterschlupf, versuchte sie ihre Panik zu stillen. *So wie ich. Vielleicht eine andere Frau, die ebenfalls auf der Flucht ist? Diese Person hier hat nichts mit mir zu tun ... bestimmt.*

Das Licht kam näher. Und was als Nächstes geschah, nahm ihr die letzte Hoffnung.

„Sabiiineee ..."

Zukunft

Sabine

Hey, Kleines." Sabine rang sich ein gequältes Lächeln ab. Sie hoffte, dass sie schnell genug gewesen war.

Das Mädchen stand wieder mit dem Schulranzen auf dem Rücken vor dem Bett. Starr wie ein Zinnsoldat, den verängstigten Blick auf Sabine gerichtet.

Die blieb an der Tür stehen, wollte der Kleinen nicht einen noch größeren Schreck einjagen und musste erst mal wieder zu Atem kommen. Die Panik raubte ihr jeglichen Sauerstoff. Ein paar Sekunden standen sie einander so gegenüber. Als der Adrenalinkick langsam abebbte, glitt Sabine an die Tür gelehnt zu Boden. Ihre Füße waren blutig, an den Sohlen schimmerten Millionen von Glassplittern.

„Tut es weh?", fragte das Mädchen.

Sie kann also reden. Sabine nickte.

Das Mädchen ging zu einem Schrank und holte einen Koffer hervor. Es nahm einen Waschlappen, Pinzette und Desinfektionsmittel sowie eine Schale, in die es Wasser aus der Flasche füllte. Damit setzte es sich zu ihr. Sabine beobachtete die Kleine, stellte jedoch keine Fragen. Gespannt sah sie zu, wie das Mädchen den Lappen in die Wasserschale tunkte, ihn auswrang und dann sanft damit über ihren linken Fuß wischte. Sie wunderte sich, dass die da oben sie das machen ließen. *Wahrscheinlich bin ich für sie verletzt weniger gut zu gebrauchen.* Stumm zuckte sie zusammen – jedes Mal, wenn das Mädchen mit Desinfektionsspray, Pinzette oder Waschlappen ansetzte. Die Kleine hatte inzwischen noch eine zweite Schale geholt, in die sie die Glassplitter legte. Die Splitter waren alle rot.

„Danke", flüsterte Sabine und das Mädchen nickte.

Sabine konzentrierte sich auf die wunderschönen blonden, geflochtenen Zöpfe, die links und rechts über seine Schultern hingen. „Willst du nicht den Ranzen abnehmen?"

„Das darf ich nicht. Ich bin doch ein Schulmädchen", erklärte es, als wäre das das Normalste auf der Welt.

Sabine wusste vor Scheck nicht, was sie sagen sollte. *Das ist doch krank. Wieso melden die sich nicht mehr? Hab ich das Mädchen jetzt rechtzeitig erreicht? Muss ich sie wirklich bestrafen? Was, verdammt noch mal, geht hier vor sich?!*

„Nicht weinen. Das mögen sie nicht. Du bist doch kein Kind mehr."

Wie lange war die Kleine schon hier? Sabine traute sich gar nicht zu fragen, wusste nicht, ob sie die Antwort gerade verkraftet hätte. Stattdessen fragte sie: „Wie heißt du eigentlich?"

Das Mädchen hielt kurz inne, schien zu prüfen, ob die Frage ernst gemeint war. „Na …

Schulmädchen." Sie schüttelte den Kopf, als hätte sie gerade die dümmste Frage aller Zeiten gehört.

Nachdem die Kleine alle Splitter entfernt hatte, holte sie zwei Verbandsrollen aus dem Koffer und wickelte diese um Sabines Füße. Binnen Sekunden verfärbte sich der Verband beängstigend rot.

„Und nun?" Sabine lehnte immer noch an der Tür. Sie fühlte sich schwach und müde. Ihre Kräfte verließen sie allmählich. Mit jeder Minute, die sie in Frieden verbringen konnte, wurde ihre Erschöpfung deutlicher.

„Nun essen wir und dann gehen wir ins Bett. Du schläfst bei mir." Wieder redete die Kleine so, als wäre es das Normalste auf der Welt, dass sie jetzt einen auf heile Welt machten. Hatte auch sie Anweisungen bekommen? Sollte die Kleine ihr vielleicht auch wehtun? Ein Schauder lief über Sabines Rücken.

„Ich möchte dich nicht Schulmädchen nennen. Wie hast du vorher geheißen?", platzte es aus ihr heraus.

„Es ist besser so. Gib mir niemals einen anderen Namen. Vertrau mir", flüsterte das schätzungsweise achtjährige Mädchen, das einen Schulranzen, einen Faltenrock und ein weißes Blüschen mit inzwischen roten Flecken trug. Ein Kind, das ihr völlig fremd und mit dem zusammen sie in der Hölle gefangen war.

„Komm hierher!" Das Mädchen winkte sie zu sich aufs Bett.

Sabine folgte ihr. Jeder Schritt tat weh. Das Blut drückte sich durch den Verband auf den

Boden. Dann setzte sie sich zu dem Mädchen aufs rosafarbene Bett.

Die Kleine zog den Bettkasten auf und holte eine Thermoskanne, Bananen, gekochte Eier und Fertigsandwiches, wie man sie heutzutage in jedem Supermarkt kaufen konnte, hervor. „Hier, für dich!" Sie schien der Inbegriff von Fassung-Wahren zu sein, hatte sich augenscheinlich längst mit ihrem Schicksal abgefunden.

Sabine schälte die Banane und aß sie.

„Es gibt Zusatzpunkte, wenn du sie so isst." Das Mädchen leckte an der Banane und schob sie sich ein paarmal tief in den Mund.

Sabine erstarrte. „Zusatzpunkte?" Erst jetzt fiel ihr ein, dass sie von Kameras umgeben sein mussten.

„Du fragst zu viel. *Das* haben sie hier nicht gern."

Sabine nickte. Ihr war der Appetit vergangen und sie wollte die Banane weglegen, nur noch schlafen, um dieser Hölle zu entkommen.

„Das würde ich dir nicht empfehlen." Die Kleine blickte sie ängstlich, fast flehend an.

„Wieso ...?" Sabine hielt inne. Sie sollte doch keine Fragen stellen.

„Bitte iss einfach. Du weißt nie, wann du wieder was bekommst. Du solltest dankbar sein über jedes Mahl. Und du solltest immer die Anweisungen befolgen. Immer."

Widerwillig aß Sabine die Banane und auch das Ei, als es ihr gereicht wurde. *Wie lange muss ich das jetzt aushalten?*

Das Sandwich schmeckte wie das leckerste, das sie je gegessen hatte, und danach fühlte sie sich tatsächlich etwas besser. Dankbar nahm sie den Tee entgegen. Er wärmte sie von innen. Ein bisschen fühlte sich das Mahl wie eine kleine Wiedergutmachung an. Als würde Sonne in ihrem Bauch scheinen. Doch gleichzeitig schwebte die Angst über ihr. Sie rechnete damit, dass es jede Sekunde eine neue Ansage geben könnte oder das Mädchen mit einem Messer auf sie losging.

Flink räumte die Kleine alles weg, holte Zahnputzzeug aus dem Schrank und putzte. Sie spuckte alles in die Schüssel mit dem blutigen Wasser, die sie neben die Tür gestellt hatte. Dann reichte sie Sabine ihre Zahnbürste.

Dein Ernst?, wollte die fragen, wusste jedoch inzwischen, wie sinnlos diese Frage war. Sie atmete tief durch und tat es dem kleinen Mädchen gleich, war froh über den frischen Geschmack im Mund. Als sie fertig war, hatte sich das Mädchen bereits umgezogen und ohne Ranzen ins Bett gelegt. Einladend hielt es die Decke hoch. „Komm jetzt. Es wird Zeit."

Dieses Mädchen ist so komisch. Und wie sollen wir zu zweit in das kleine Bett passen? Wieso ist sie so abgestumpft?

„Kannst du dein Bettlaken um deine Füße wickeln? Wegen des Bluts ..."

Sogar den Genitiv beherrschte die Maus. Sie war wirklich ein gutes Schulmädchen. Vielleicht würde sich ja gar kein Grund ergeben, sie zu bestrafen? Sabine befreite sich von ihrem Umhang, der inzwischen vor Dreck triefte. Sie setzte sich aufs Bett, wickelte den Bettbezug um ihre Füße und legte sich zu dem Mädchen.

Ein Knistern und Knacken jagte Sabines Puls sofort wieder hoch. Sie starrte panisch auf die bunten Cupcakes an der Wand und wartete. *Muss ich das Mädchen jetzt bestrafen? Bitte nicht.*

„Blondi und das Schulmädchen ... Wie schön, dass ihr euch so gut versteht. Ich wünsche euch eine angenehme Nacht. Morgen wird ein aufregender Tag. Schlaft gut und träumt süß, ihr zwei Hübschen." Mit dem Verstummen der Stimme erlosch auch das Licht.

Erst jetzt merkte Sabine, dass die Kleine zitterte.

„Nimmst du mich in den Arm?", flüsterte sie, schlang ihre Arme um Sabine und weinte leise.

O mein Gott ... Im Dunkeln war sie ein ganz normales, verängstigtes Mädchen. Irgendwie beruhigend. „Wie lange bist du schon hier?"

Die Frage wurde ignoriert und mit einer Gegenfrage beantwortet. „Erzählst du mir eine Geschichte?"

Sabine war zu Tränen gerührt. Sie musste daran denken, wie sie jede Nacht in den Armen ihrer Granny gelegen hatte, die ihr Geschichten von Feen und Elfen, Wundern und Rettern erzählen musste, damit sie einschlafen konnte ... bevor die Albträume kamen.

Sie streichelte der Kleinen über den Kopf, so wie sie selbst es gebraucht hätte. „Es war einmal ein kleines Mädchen, das sich einen Hund wünschte ..."

... und hoffte, dieser würde sie aus der Hölle befreien und dafür sorgen, dass sie niemals von Blondi bestraft werden müsste ...

19. OKTOBER 2020 – MONTAG

John

W arte!", rief er Isabell hinterher und winkte sie zu sich.

Sie kam zurück und setzte sich noch mal zu ihm ins Auto. „Was hast du?"

John kramte nach seinem Handy und suchte nach den Fotos vom Frühstück im Hotel, die Tim ihm geschickt hatte. Er musste auf Nummer sicher gehen. „Ist er das?" John hielt ihr das Display unter die Nase.

Sie nickte. „Und wer ist diese Frau?"

„Das haben wir uns auch gefragt ..." Er wischte weiter und zeigte ihr das nächste Bild.

„Oh, ist das nicht ...?"

„Das ist Sabine, eine Freundin von mir. Sie hat ihn uns gerade erst als ihren neuen Freund vorgestellt. Uns kam der Typ nicht geheuer vor, wir haben ein bisschen nachgeforscht, und an dem Abend, an dem wir es ihr sagen wollten, hat sie hier vor der Tür gestanden und es selbst rausgefunden. Sie hat wohl Freddy getroffen und ist dann völlig zusammengebrochen. Und kurz darauf ist sie zu einer Wandertour aufgebrochen ... im Oktober ... Wenn du ihren YouTube Kanal kennst, kannst du dir ja denken, dass das so gar nicht zu ihr passt."

„Was denn für ein YouTube-Kanal?"

„Na, ihr Beautygedöns ... Ich denke, Martin guckt das ständig. Hast du doch vorhin gesagt."

„Martin guckt doch keine Beautyvideos." Sie lachte kurz auf. „Der schaut irgendeine Horrorserie, bei der deine Freundin eine der Protagonistinnen ist. Das ist so was wie *Berlin Tag und Nacht,* nur mit richtig guten Schauspielern. Da fühlt man die Panik der Spielenden richtig, und deshalb guck ich das überhaupt nicht gern. Mir macht das Angst."

„Was für eine Horrorserie denn?"

„Keine Ahnung, das läuft halt ständig bei Martin auf dem Laptop." Sie zuckte mit den Schultern.

Er traute sich kaum zu fragen. „Und ... was passiert da?" War Sabine etwa Schauspielerin geworden? War sie gar nicht wandern?

„Die Leute sind da eingesperrt und müssen ständig irgendwelche Aufgaben erledigen. Sich gegenseitig bestrafen und so. Ich weiß auch nicht, was genau dahintersteckt – ich versuche, so wenig wie möglich hinzusehen und höre weg."

„Weißt du vielleicht, wie die Serie heißt?" Das beunruhigende Gefühl in ihm wurde immer stärker. Es legte sich in seinen Bauch, hämmerte gegen seine Stirn – wie immer, wenn er kurz vor einer schlimmen Entdeckung stand.

„Der Club des Bösen, glaube ich", antwortete sie grübelnd. „Aber ich bin mir nicht sicher. Ich versuche dem wirklich aus dem Weg zu gehen."

„Weiß Freddy vielleicht mehr?"

„Nein, die regt sich auch immer auf, wenn er das guckt."

Er nahm sein Handy zurück und wählte Emmas Nummer.

Isabell beobachtete ihn irritiert.

„Emma? Hast du was von Sabine gehört?"

„Äh ... Nein? Nur, dass sie wandern gehen will. Mitten im Winter."

„Und seitdem nichts mehr?"

„Nein. Aber sie wollte ja auch Handyfrei machen."

„Ohne sich zu melden, dass sie gut angekommen ist?" Er kratzte an seinem Bart. Da war doch irgendwas faul.

„Hm. Scheiße. Du hast recht. Das ist schon komisch ... Aber wieso fragst du?"

„Ich komm vorbei", sagte er und beendete die Verbindung. „Isabell, kannst du mir einen Gefallen tun?" Er wollte sie eigentlich nie wieder in diese Wohnung lassen und sie direkt mit zu sich nehmen, aber er musste rausfinden, was es mit dieser Serie auf sich hatte. „Kannst du versuchen, so viel wie möglich über diese Horrorsache rauszufinden?"

„Wieso?"

Er sah ihr die Angst an. „Ich glaube, da stimmt was nicht, und ich muss herausfinden, wie auch ich das gucken kann. Vielleicht kannst du mir den Link schicken oder ein Foto machen oder irgendwas rausfinden. Ich will nur sicher-gehen, dass es Sabine gut geht."

„Okay. Ich mach's." Isabell starrte auf die Hände, die in ihrem Schoß lagen.

„Danke!" Er fiel ihr um den Hals. „Und wenn irgendetwas ist, mein Handy ist immer an und ich komme dich sofort holen, wenn du ab-geholt werden möchtest."

„Ich weiß, John. Deshalb tu ich das ja für dich. Du hast mich schon mal gerettet. Und beim Fernsehen kann zum Glück nicht so viel passieren. Außerdem kann ich mich gut verteidi-gen, wie du weißt." Sie lachte.

Doch John erkannte, dass es gespielt war und sie Angst hatte. Eigentlich sollte sie ja wirklich nur etwas über die Serie rausfinden und nicht mehr. Es konnte also wirklich nichts passieren. *Außer der Spast macht sie an ...* Aber dann wür-de sie sofort abhauen von da – darauf konnte er hoffentlich vertrauen.

„Ah, und hier ..." Sie holte Pfefferspray und Taschenalarm aus ihrer Jackentasche – beides hat-te John ihr geschenkt. „Das Zeug habe ich immer in der Tasche und ich bin bereit, es zu benutzen." Sie schaute aus dem Fenster. „Anders als bei Dad kann ich Martin wenigstens nicht leiden. Da wird es mir leichter fallen." Sie atmete lautstark aus, packte ihren Selbstverteidigungskram wieder weg und öffnete die Tür. „Ich mach das schon. Fahr du zu deiner Freundin und frag sie am besten mal wegen der Serie. Vielleicht weiß sie ja was." Und damit verabschiedete sie sich und ging in die Höhle des Löwen. *Oder eher des Idioten ...*

John rief Tim über die Freisprechanlage an und fuhr los. „Hey, Tim!", begrüßte er ihn.

„Hey. Ich bin gerade bei Emma. Ich weiß schon, du kommst gleich rum."

Mist ... er hatte ihn eigentlich kurz allein sprechen wollen. „Ah, cool. Ähm ... du, ich wollt dich noch kurz was fragen. Wegen der ... *Arbeit*." Er hoffte, dass Tim den Wink verstehen würde.

„Okay. Liebling?", hörte John Tims gedämpfte Stimme.

Eine Minute hörte er Tim und Emma zu.

„So, Emma ist kurz mit Benny raus. Was gibt's?", fragte Tim.

„Weißt du irgendetwas von einer Horrorserie, in der Sabine mitspielt?"

„Eine Horrorserie? Nee. Sabine ist doch keine Schauspielerin."

„Das hab ich befürchtet ... Ich habe echt ein sehr ungutes Gefühl. Pass auf ..." Er berichtete kurz die Einzelheiten, wollte das aber unbedingt vor Tanja und Emma fernhalten, bevor er sich sicher sein konnte. Noch waren das alles nur Vermutungen.

„Ruf Casy an. Sie soll schon mal mit der Recherche beginnen. Wir fragen jetzt erst mal Emma und warten auf deine Bekannte. John, ich hab echt kein gutes Gefühl bei der Sache."

„Ich auch nicht."

Zukunft

Sabine

Ein Schrei riss sie aus dem Schlaf, ließ sie hochfahren. *Was war das?*

Ihr Herz hämmerte wie verrückt. Sie brauchte ein paar Momente, um zu realisieren, wo sie gerade war und woher der Schrei gekommen war. *Das Mädchen.*

„Hey, was ist mit dir?" Sabine sah, dass die Kleine zitternd und schluchzend im Bett saß. Sie vergewisserte sich zunächst, dass sich außer ihnen niemand im Raum befand. Soweit sie es erkennen konnte, war hier niemand. „Hast du schlecht geträumt?"

Das Mädchen nickte.

„Komm zu mir. Ich beschütz dich." Sabine hielt die Decke hoch und die Kleine kuschelte sich zu Sabine. Es war ihr unangenehm, dass sie mit sexy Dessous bekleidet ein gebrechliches Kind tröstete, aber das Mädchen zitterte so sehr, dass das ganze Bett vibrierte. Sie musste das tun. „Ist ja gut, Kleines ..." Sabine streichelte über die feuchte Stirn des Mädchens. „Wir sind in Sicherheit. Wir liegen im Bett, zusammen, und morgen finden wir einen Weg hier raus. Denk an den Hund, der zaubern kann."

Glücklicherweise schlief die Maus schnell wieder ein. Doch für Sabine war an Schlaf nicht mehr zu denken. Sie starrte aus dem bisschen Fenster, das sie sehen konnte. *Wieso bin ich hier überhaupt eingeschlafen? Es hätte mich nicht gewundert, wenn die uns mitten in der Nacht aus dem Bett geholt hätten. Mistkerle. Und was ist eigentlich mit Martha? Ist sie dafür verantwortlich, dass hier kleine Mädchen eingesperrt werden?*

Irgendwie musste es doch einen Weg aus dieser Hölle geben. Sie musste nur nachdenken und die Lösung finden, bevor es hell wurde. Ein bisschen Zeit war noch. Soweit sie das beurteilen konnte, war die Tür nicht abgeschlossen. Aber sie sah über sich die Kameras – also unbemerkt würden sie hier nicht rauskommen. Und sie war sich ziemlich sicher, dass sie Tag und Nacht bewacht wurden. Also musste eine andere Idee her. Sie könnte die Leute zu sich locken und dann versuchen, sie mit ihren Kampftechniken kalt zu machen. Sie schniefte. *Na klar. Ich, die gebrechliche Blondine, die schon nach einer Stunde Training für fünf Tage tot ist. Der Plan geht nicht auf.* Und selbst wenn sie es geschafft hätte, jemanden zu überrumpeln, hätten andere es trotzdem über die Kameras mitbekommen. Wer wusste schon, wie viele Leute sie bewachten? Außerdem hatte sie immer noch keine Ahnung, wie sie aus dem Gebäude kommen sollte. Vielleicht könnte sie zurück in ihr Zimmer? Die Fenster waren definitiv nicht mit Holz verrammelt gewesen, sodass sie aus dem Fenster springen könnte. Wahrscheinlich würde sie sich dann etwas brechen und hätte nichts gewonnen ... aber *irgendwas* musste sie versuchen.

Die Bäume! Oben waren durch Löcher, die mal Fenster gewesen waren, Bäume ins Gebäude gewachsen. *Darüber könnte ich rausklettern!* Blieb nur nach wie vor die Frage, wie sie da unbemerkt hinkommen sollte und ob sie schnell genug wäre, um, unten angekommen, wegzurennen, geschweige denn bei Minusgraden in dem Outfit da draußen lange zu überleben. Aber es war zumindest eine Möglichkeit; ein kleiner Hoffnungsfunke. *Aber die Scherben ...,* erinnerte sie sich durch das Pochen in ihren Füßen. Wie sollte sie denn erneut durch die Glassplitter kommen? Wobei es vielleicht nicht so wehtat, wenn sie den Verband dran ließ. *Die Pinzette!,* fiel es ihr nun ein. Warum war sie da nicht gleich draufgekommen? Ihr Verstand raste auf Hochtouren. Das Mädchen hatte sie zurück in den Koffer gepackt. Irgendwie musste sie unbemerkt an diese Pinzette kommen, dann hätte sie zumindest eine Waffe. Für alle Fälle.

Das Mädchen stöhnte und wälzte sich unentwegt. Aber wie sollte es unter diesen Umständen auch gut schlafen können? Nein, sie durfte allein wegen der Kleinen nicht aufgeben. Sie wollte sie hier rausholen. Vielleicht war sie ja nur deswegen immer noch am Leben? Irgendwie tröstete sie der wirre Gedanke. Sie kuschelte sich näher an das Kind und sog den Vanilleduft der Haare ein. *Moment mal ...* Sie zuckte zusammen. *Wieso riechen ihre Haare frisch gewaschen?!* Und dann fiel es ihr auf: Ihre beiden Outfits sahen perfekt aus – die Schulmädchenuniform und sie selbst war in sexy Dessous gekleidet. *Kannst du das überschminken?*, hatte Linus sie gefragt. *Mit ein bisschen Schminke können wir sicher schon morgen anfangen*, hatte er gemeint. Und auch Martha hatte sie das gefragt. Also legten sie anscheinend sehr viel Wert auf Äußerlichkeiten. Klar, schließlich bezahlten die Zuschauer, um zusehen zu dürfen. Schon der Gedanke daran ließ sie würgen. Wie die Kleine sich die Banane in den Mund geschoben hatte, ihre geflochtenen Zöpfe über den Schultern hängend auf dem rosa Bett mit bunten Cupcakes an den Wänden. Wieder musste sie an ihre Kindheit denken. So durfte das Leben der Kleinen nicht weitergehen. Und ihres auch nicht.

Wenn sie also schön aussehen musste, damit ihre Zuschauer mehr Spaß an ihr hatten, dann sollte sie sich schleunigst verunstalten. Aber wie? Bisher hatte sie ihre Blessuren nicht überschminkt und es hatte anscheinend doch keinen gestört. Oder war das der Grund, warum sie das Mädchen gestern dann doch nicht wie gedacht hatte bestrafen sollen? Kamen sie vielleicht heute mit Schminke? *Ich könnte mein Gesicht in die Scherben drücken oder es mit der Pinzette zerstören. O Gott ... mein Gesicht. Nein, das kann ich nicht. Alles, was ich habe, ist meine Schönheit. Und ich weiß ja nicht mal, ob diese Theorie aufgehen würde. Und wenn sie mich absägen, weil ich zu hässlich bin, was passiert dann?* Sie musste an Amanda denken und erneut stieg ihr die Magensäure hoch.

Langsam wurde es hell und ein Gähnen neben ihr riss sie aus ihren Gedanken. „Guten Morgen, Kleines." Sabine lächelte ihr aufmunternd zu.

„Guten Morgen."

„Wollen wir aufstehen?" Sie konnte es nicht erwarten, an die Pinzette zu kommen.

„Nein. Das dürfen wir nicht. Wir müssen warten."

„Warten? Worauf?"

Die Kleine schwieg. Anscheinend waren das schon wieder zu viele Fragen. Da war es wieder, das perfekte Schulmädchen, das die Anweisungen befolgte, keine Angst zeigte und einfach nur stur an die Decke starrte.

Das Knistern und Knacken ließ Sabines Blut erneut gefrieren. Gleich würde Linus wieder zu ihnen sprechen. *Verdammt!* Sie hatte gehofft, noch etwas Zeit zu haben. Sabine richtete sich auf, doch das Schulmädchen signalisierte ihr, dass sie das nicht tun dürfte. Also legte sie sich wieder hin.

„Guten Morgen, ihr zwei Sonnenscheine. So schön, dass ihr euch gefunden habt. Habt ihr gut geschlafen?"

Das Mädchen nickte brav.

„Und unsere Blondi hatte diese Nacht wohl einfach zu viel im Kopf, was?"

Scheiße. Er hat mich die ganze Zeit beobachtet. Das ist so widerlich. Saß wahrscheinlich mit einem Bier und Kumpels am Tisch und hat überlegt, wie er mich am besten quälen kann. So ein Perversling.

„Martha ist schon auf dem Weg zu euch. So lange bleibt ihr liegen – wie gehabt."

Das Mädchen nickte wieder, während Sabine die Lippen aufeinanderpresste.

„Bis später", verabschiedete er sich.

So ein Wichser! Sie schaffte es gerade so, die Worte nicht laut auszusprechen, obwohl sie ihm die am liebsten entgegengeschrien hätte.

Es klopfte.

„Guten Morgen, ihr zwei Hübschen."

„Oma!" Das Mädchen strahlte übers ganze Gesicht.

Oma?!?

„Ich hab euch etwas Schönes mitgebracht." Martha klang fröhlich.

Was zur Hölle ist das denn jetzt wieder?!

Ihr Gesicht war mit einer weißen Maske bedeckt, die lediglich an Mund und Augen Schlitze hatte. Martha hatte einen Koffer bei sich. „Ihr dürft euch hinsetzen."

Na danke. Sabine starrte Martha an, spürte eine unfassbare Wut auf sie.

Das Mädchen setzte sich sofort hin, Sabine tat es ihm nur widerwillig nach.

Martha nahm auf dem Schreibtischstuhl gegenüber vom Bett Platz und kramte in ihrem Koffer. „Hier, ihr zwei, ich habe euch Frühstück gezaubert." Sie reichte jedem eine Schüssel mit Haferbrei. „Mit Schokostreuseln und Apfelstückchen – so wie du es am liebsten magst." Sie zwinkerte dem Schulmädchen zu.

„Deine Vorlieben kenne ich leider noch nicht, aber ich berücksichtige sie in Zukunft gern."

Martha öffnete den Bettkasten, während die Kleine freudig vor sich hin schmatzte. Sie nahm den Müll an sich und bestückte das Fach mit neuen Lebensmitteln. Dann stand sie auf und legte Kleidung auf die linke und auf die rechte Schreibtischseite. „Du weißt Bescheid?", fragte sie das Mädchen, welches nickte.

„Gut. Blondi, iss! Wir haben viel zu tun." Ein strenger Blick erreichte sie. „Du kannst froh sein, dass du schon was essen darfst, nachdem du so viel durcheinandergebracht hast."

Sabine erinnerte sich an die Worte des Mädchens und gehorchte. Sie schob sich den Löffeln in den Mund, allerdings so zögerlich, als wäre Gift in dem Brei. Überrascht stellte sie fest, dass der Haferbrei wirklich superlecker war. *Hauptsache, da sind keine Drogen drin ...* Sie beobachtete jede von Marthas Bewegungen.

Gerade tauschte die Alte die Schulhefte aus. „So. Seid ihr so weit?"

Das Mädchen reichte ihr nickend die Schüssel, und Sabine schlang den Rest hinunter und gab Martha dann ebenso ihre leere Schale.

„Gut, dann kommt."

„Wohin ...?" Sabine verstummte. *Keine Fragen.*

„Zieht die an!" Martha überreichte ihnen Badelatschen.

Als Sabine ihre Füße befreite, stöhnte sie auf vor Schmerz.

„Oje, das sieht ja wie auf einem Schlachtfeld aus. Ich bringe euch neue Bettwäsche."

Der komplette Bettbezug, der um Sabines Füße gewickelt gewesen war, war bräunlich-rot.

„Du machst ihr nachher einen neuen Verband, ja, Liebes?"

Das Mädchen nickte schon wieder und Sabine fühlte Aufregung aufsteigen – das war ihre Chance, an die Pinzette zu kommen.

Nachdem sich Sabine in die Badelatschen gequält hatte, humpelte sie hinter dem Mädchen und Martha her aus dem Zimmer. Sie fror so sehr, dass sie zitterte wie die Kleine in der Nacht zuvor. Kein Wunder – schließlich trug sie lediglich einen knappen Fetzen roten Stoffs. Sie gingen bis zum Ende des Flurs, wo in einem Raum vier Handtücher auf einem alten Waschbecken lagen.

„Legt los! Und den Weg zurück kennt ihr ja. Ich hab zu tun. Wir sehen uns morgen." Martha gab dem Mädchen einen Kuss auf den Kopf, was durch die Maske sehr merkwürdig aussah, und nickte Sabine freundlich zu. Dann verschwand sie und ließ die beiden in dem Raum, der wohl ihr Waschraum sein sollte, allein.

Das kann doch alles nicht wahr sein.

Das Mädchen ging als Erstes zur Toilette und quietschte freudig, weil es sich endlich erleichtern konnte. Sabine hatte bereits Unterleibsschmerzen, weil sie so dringend musste.

„Du kannst schon anfangen – ich brauch noch ein bisschen. Und du darfst dann meine Haare waschen."

Sabine sah das Vanilleshampoo, das sie gestern erschnuppert hatte, und eines von einer bekannten Marke, das dann wohl für sie war. „Also sollen wir hier am Waschbecken stehen und uns sauber machen?"

„Ja, klar – was sonst?!", kam die Antwort, als hätte Sabine wieder etwas Dummes gefragt.

Und sieht mir jetzt die ganze Welt dabei zu? Dabei, wie ich mich wasche, wie ich pinkle oder gar mehr und dann einem kleinen Mädchen die Haare wasche? Ich will das nicht. Erneut stieg Wut in ihr auf, aber sie wusste, sie musste mitspielen. Gleich würde sie an die Pinzette kommen. Sie wusch sich mit dem Waschlappen, behielt ihre Dessous aber an.

„Du musst dich ausziehen. Sonst darfst du ganz lange nicht mehr hierher."

Natürlich. Sie atmete schwer ein und laut aus. *Durchhalten. Mitspielen.* Sie zog sich aus und seifte sich mit dem Waschlappen ein. Zuckte jedoch vor Schmerz zusammen, weil das Wasser eiskalt war.

„Da steht eine Schale mit heißem Wasser."

Sabines Blick folgte dem ausgestreckten Finger des Mädchens – die Schale stand auf dem Boden.

„Danke." Sie tunkte ihre kalten Finger in die Schale. Wie wohltuend heißes Wasser sein konnte ... Wie der Tee am Vorabend.

Ihre Blase tat aber nicht nur weh, weil sie voll war. Sabine glaubte, sich verkühlt zu haben. Kein Wunder. Sie genoss es so sehr, den warmen Schwamm über ihren Körper gleiten zu lassen, dass sie darüber beinahe die Tragödie ihres Lebens vergessen hatte ... zumindest, bis seltsame Geräusche sie aus ihren Gedanken rissen.

Auch das Mädchen, das immer noch auf der Toilette saß, sah ängstlich um sich. Das gehörte wohl nicht zur Routine. Das Geräusch – ein Knirschen auf dem Flurboden – wurde immer lauter.

Sabine und das Mädchen starrten entsetzt in Richtung Türrahmen.

19. OKTOBER 2020 – MONTAG

Emma

Mein geliebter Engel,
inzwischen ist viel Zeit vergangen und endlich finde ich die Muße, dir zu schreiben.

Ich war wirklich lange sauer auf dich, habe dich abgeschrieben, verflucht und dir die Pest an den Hals gewünscht. Aber je länger ich hier drin bin, umso besser verstehe ich dich. Vielleicht liegt das auch an den Gesprächen, die man hier so führen muss.

Weißt du, ich glaube, ich bin ein anderer Mensch geworden. Ich bin ein besserer Mann geworden, mitfühlender, und ich hoffe, du verzeihst mir meine feige Art. Ich bitte dich hiermit aufrichtig um Verzeihung. Alles, was ich immer wollte, war deine Liebe, und auf die hätte ich vertrauen müssen. Wir sind schließlich füreinander bestimmt. Für die Ewigkeit. Und das weißt du, das fühlst du und das willst du genauso wie ich.

Ich weiß, wir hatten einen schwierigen Start.

Zweimal nun schon. Aber ich gebe nicht auf, an unsere Liebe zu glauben.

Ich schwöre dir, mein Engel, ich werde dir nie wieder wehtun, wenn du es nicht willst. Ich bin jetzt ein gesunder Mann, einer, der dir alles bieten kann, sobald ich hier rauskomme. Ich werde dir den Hof machen, ganz so, wie man es tun sollte. Ich werde mit Blumen vor deiner Tür stehen und dich zum Essen einladen. Und wenn du dann immer noch Nein sagst, werde ich es akzeptieren. Wobei ich nicht wüsste, warum du Nein sagen solltest.

Wenn dir das zu viel ist, können wir auch erst mal telefonieren. Mir würde es schon reichen, deine Stimme zu hören. Fürs Erste. Wie sehr ich deine Stimme vermisse ... Und die Gespräche mit dir. Weißt du noch, wie wir nächtelang geredet haben? Damals im Bad in der Klinik? Ich habe es so geliebt, träume bis heute davon.

Ich schwöre dir, ich werde dich nie zu etwas drängen oder zwingen. Ich werde nachfragen, was du willst. Und hey, ich habe dir auch verziehen, dass du mein Vertrauen gebrochen hast. In unserer letzten Nacht. Du erinnerst dich daran? Ich denke so oft an jede einzelne Sekunde mit dir, an unser Wiedersehen.

Aber ich meine es ernst. Wenn du mich als Mann nicht mehr willst, ist das okay für mich. Nur gib mir eine Chance, mich zu erklären und dir zu zeigen, dass ich wirklich dein Traummann geworden bin. Dass ich der Mann bin, in den du dich vor so vielen Jahren verliebt hast. Ich verspreche dir, ich bin jetzt ein neuer Mensch!

Gesund, mitfühlend, treu und mit dir für immer verbunden. Und ich weiß, dass dieses Band zwischen uns nicht kaputt ist. Ich fühle es noch und ich bin sicher, es wird für immer bestehen.

Mein Engel, ich werde noch ein bisschen hierbleiben müssen. Tut mir leid, dass ich dich so lange alleinlasse. Aber ich verspreche dir, ich werde hier rauskommen und mich dann um dich kümmern. So, wie es ein richtiger Mann eben tut.

Bitte gib mir eine Chance und lass das zu.

Bitte komm mich doch mal besuchen.

Bitte lass mich dich anrufen.

Ich vermisse dich so unendlich sehr.

Okay, ich wollte dich nicht bedrängen, aber ich will auch, dass du weißt, wie sehr ich dich liebe. Deshalb war es mir wichtig, es in diesem Brief zu erwähnen. Ich liebe dich bis ans Ende unserer Tage und darüber hinaus.

Bis bald, mein Engel.

Dein Erik

Mit zittrigen Händen saß Emma auf dem Küchenboden und las den Brief nun schon zum fünften Mal. Sie war fassungslos. Wie war es möglich, dass er ihr überhaupt hatte schreiben, geschweige denn den Brief abschicken können? Das hätte doch eigentlich verboten sein müssen, oder?

Ich denke auch an jede Sekunde davon, du Scheißkerl! Aber ich geile mich nicht daran auf, sondern verfluche diese Nacht und wünschte, ich könnte sie rückgängig machen. Sie stand auf, griff nach der Teetasse und schleuderte sie schreiend gegen die Wand. „Ich hasse dich!", brüllte sie. „Du willst dich mit mir treffen?! Bitte! Ich komm vorbei und dann erzähl ich dir mal ein paar Takte!" In Hausschuhen stieg sie über die Scherben und lief nun wie Tanja neulich unruhig durch die Wohnung. „Du hast dich geändert ... Ja, genau! Bist jetzt ein besserer Mensch. Weil man ja den psychopathischen Teil seiner Persönlichkeit über Nacht einfach ablegen kann!" *Was denkt der sich eigentlich?* Die Hände in die Hüften gestemmt, blieb sie vor dem Spiegel stehen. „Ich hasse dich, Erik Spitzke!", sagte sie in den Spiegel und beobachtete sich selbst. Am liebsten hätte sie mit irgendjemanden darüber gesprochen, doch mit wem? Tanja war kaum ansprechbar, Sabine auf ihrem Selbstfindungstrip und Nina wohnte ihr nicht nah genug, um das persönlich besprechen zu können.

Blieb nur Tim. Mit ihm hatte sie bisher noch nie über diese Sache geredet. Hatte es nicht gekonnt. Es fiel ihr ja schon mit Tanja und Sabine schwer – aber auch noch mit einem Mann? Doch sie fürchtete durchzudrehen, wenn sie es nicht tat. Emma ging in ihr Schlafzimmer und setzte sich auf ihr neues Bett. Dass sie überhaupt noch hier wohnen und vor allem schlafen konnte, grenzte an ein Wunder. Doch Sabines Renovierungskünste und Tanjas Wille, Ikea aus ihrem Schlafzimmer zu verbannen, hatten wahre Wunder bewirkt. Emma nahm den Bilderrahmen in die Hand. Tim hatte ihr ein Foto aus ihrem gemeinsamen Urlaub gerahmt. Tim ... Inzwischen teilte sie so viel mit ihm, aber in ihre tiefste Gefühlswelt hatte sie ihn noch immer nicht lassen können. Vielleicht wurde es Zeit, das zu ändern.

Sie schnappte sich ihr Handy und schrieb ihm eine Nachricht – er antwortete sofort und bot an, Eis mitzubringen.

Dieser Mann kann Gedanken lesen ... Es war der perfekte Abend für Eis. Emma atmete auf. Jetzt musste sie nur noch eine halbe Stunde aushalten, bis er hier wäre. Eine lange Zeit, in der man viel Unsinn treiben konnte. Kurzerhand zog sie sich ihre Sportklamotten an und boxte den imaginären Erik k.o.

Sie erschrak genauso wie Benny, als es klingelte, weil Tim vor der Tür stand.

„Hallo, meine Hübsche!", begrüßte er sie und gab ihr einen Kuss. „Hmmm, salzig. Oh, und wie sexy du aussiehst." Er grinste.

Emma wurde rot und ließ ihn rein. Binnen Sekunden hatte sie sich einen grauen Kapuzenpulli übergezogen. Es war, als wäre sie, was Männer betraf, auf dem Stand eines Teenies stehen geblieben. Wahrscheinlich würde sich das nie ändern. *Warum der sich in mich verliebt hat, werde ich nie verstehen* ...

„Ups ... was ist denn hier passiert?", fragte er verwundert, als er die Küche betrat.

Sie hatte die Scherben noch nicht weggeräumt. Ihr Herz klopfte. Sie wusste nicht, wie sie ihm von Erik erzählen sollte, also tat sie es nicht, sondern ließ ihn auch das selbst entdecken. Er schaute sie fragend an und sie zuckte bloß verlegen mit den Schultern.

Tim bückte sich und bat sie um einen Handfeger. Er entsorgte die Scherben und nahm dann den Brief in die Hand. Seinem Blick nach zu urteilen, hatte er das große *„Mein Engel"* automatisch gelesen. Er schaute sie fragend an und Emma nickte bloß, um ihm zu signalisieren, dass er den Brief lesen durfte. Sie nahm währenddessen das Eis und stellte es in den Tiefkühler. Es würde wohl noch einen Moment dauern, bis sie essen konnten.

Kurz darauf zitterten auch seine Hände. „So etwas *darf* überhaupt nicht passieren! Ich ruf sofort jemanden an."

„Ist schon gut. Es ist spät. Mach das bitte morgen." Sie nahm ihm den Brief ab und griff nach seiner Hand. Normalerweise war er es immer, der mit dieser Körperkontaktsache begann, aber sie brauchte jetzt einfach seine starken Arme.

Er verstand und drückte sie fest an sich. „Es tut mir leid ...", sagte er.

„Tim?"

Er lehnte sich zurück und sah ihr in die Augen.

„Ich will zu ihm."

„Du willst *was?!"*

Zukunft

Sabine

Sabine hielt den Atem an ... Drei, zwei, eins – und da kam sie um die Ecke.

„Ihr Hübschen, ich noch mal." Martha kam in den Waschraum und legte ein Bündel auf den Rand des Waschbeckens. „Ich bringe euch das Verbandszeug hierher. Dann könnt ihr das gleich richtig sauber machen." Sie legte eine Hand auf Sabines nackte Schulter.

Ein Schauer überlief sie.

„Zeig mir deine Füße!"

Sabine hielt ihr den linken Fuß hin und hielt sich dabei am Waschbecken fest. Dennoch kam sie ins Straucheln und Martha fasste ihr fest um die Taille. Sie musterte sie von oben bis unten. „Du bist wirklich eine Sahneschnitte ... Ob du es glaubst, oder nicht: Ich hab auch mal so ausgesehen, aber das Alter holt irgendwann jeden ein."

Außer ihr bringt sie vorher um, wie Amanda.

„Das sieht ganz gut aus", stellte Martha fest, nachdem sie den Verband abgenommen hatte. „Es scheinen alle Scherben draußen zu sein. Gib mir den anderen."

Stumm hob Sabine ihr den rechten Fuß hin.

Martha wickelte den verdreckten Verband sanft ab. Als sie über die Wunden strich, zuckte Sabine zusammen.

„Oh, tut es weh?" Martha schien besorgt.

Was ist das denn für eine dämliche Frage?!

Martha prüfte jeden Millimeter ihres Fußes. „Auch hier keine Scherben mehr."

Sabine zuckte gleichgültig mit den Schultern.

„Also gut, zumindest blutest du nicht mehr. Jetzt wasch dir die Füße und dann sehen wir morgen weiter." Martha richtete sich auf, seufzte, als sie einen letzten Blick auf Sabine warf, und nahm das alte Verbandszeug mit. „So, nun bin ich aber wirklich weg. Ich hab zu tun." Sie ging los und drehte sich noch einmal um. „Ach, übrigens, den Arztkoffer habe ich jetzt erst mal wieder bei mir." Sie zwinkerte Sabine zu.

Verdammt. Die Pinzette! Wusste sie, was ich vorhatte? Das kann doch nicht sein ... Ihre Schultern sackten ab, als würde ein Sack Zement auf sie geladen. Zement war definitiv schwerer als Hoffnung, die sie bisher hatte durchhalten lassen. Sie wusch sich weiter, wollte den Rat der Kleinen annehmen. *Konzentrier dich auf Jetzt.*

Das Mädchen schien mitzubekommen, dass Sabine traurig war, drückte die Klospülung und ging zu ihr. „Sie sind schlau. Aber glaub mir, es ist ein gutes Zeichen, dass der Verbandskasten weg ist. Dann haben sie erst mal nichts Schlimmes mit uns vor ... Also zumindest nichts, das verarztet werden muss."

Nichts, das verarztet werden muss, wiederholte Sabine stumm. In diesen Worten lag so viel.

Tausend Fragen und schlimme Gedanken schossen ihr durch den Kopf.

„Wäschst du mir jetzt die Haare?"

Sabine nickte. Sie nahm das Vanilleshampoo und blendete dabei aus, dass sie wahrscheinlich gerade von unzähligen Perversen beobachtet wurden. „Ist es so gut?"

Keine Antwort. Das schien bei dem Mädchen wohl Ja zu bedeuten. Kurz darauf begutachtete Sabine ihr Werk. „So, ich denke, wir sind fertig."

„Wäschst du mir noch den Rücken? Bitte, bitte ... Da komm ich *so* schwer ran", bettelte sie, als würde es um Süßigkeiten gehen.

Sabine nahm den Waschlappen und seifte den Rücken der Kleinen ein. Ihr war unwohl dabei. Das Mädchen hatte das so komisch gesagt, fast schon lasziv. Spielte sie für die Kameras die kleine Lolita?

Das Mädchen stöhnte.

„Was machst du da?!" Sabine hielt augenblicklich inne.

„Das gibt Extrapunkte", flüsterte das Mädchen ihr zu.

„Das ist mir scheißegal! Wasch dich selbst – ich mach das nicht mit. Ich bin doch keine Pädo..." Sie konnte es nicht mal aussprechen.

„Aber wenn du mich waschen würdest ... *überall* ... dann würden wir sehr viele Punkte bekommen."

„Ist mir scheißegal." Sabine setzte sich aufs Klo. *Soll mir doch jeder zugucken – wahrscheinlich finden die das auch noch geil. Mein Gott ... wo zur Hölle bin ich hier gelandet?!*

Das Mädchen seifte sich ein und stöhnte dabei. Sabine ertrug es kaum, das hören zu müssen. Es fehlte nicht viel und sie würde ihr Frühstück wieder auskotzen.

Als sie fertig waren, die Füße wieder bandagiert waren, wollte Sabine zurück.

„Du musst das Handtuch hierlassen!", mahnte das Mädchen.

Natürlich. Sie rollte mit den Augen und wollte sich ihre hässlichen Dessous schnappen. „Wo ist meine Unterwäsche?"

„Die wird gewaschen. Wir gehen nur in Badelatschen zurück."

„Warum?"

Das Mädchen schüttelte den Kopf. Keine Fragen.

Mehr als angenervt humpelte Sabine nur mit Schuhen bekleidet zurück zu ihrem Zimmer. Wie sollte sie so fliehen können? Keine Waffe, kein Hinweis auf den Ausgang. Sie spürte eine Welle der Hoffnungslosigkeit, gefolgt von der Angst davor, was als Nächstes kommen würde. Aber sie wollte sie nicht zulassen, wollte stark bleiben. Anscheinend hatte sich das Mädchen mehr unter Kontrolle als sie selbst. Wie lang sie wohl schon hier war?

Sie erreichten die Tür, als Sabine sich eine Frage nicht mehr verkneifen konnte. „Wofür braucht man diese Extrapunkte?"

Die Kleine blickte sie prüfend an. Sie schien gnädig zu sein und antwortete: „Die kannst du einlösen."

„Für was?"

Das Mädchen seufzte. „Für weniger schlimme Strafen oder dein Lieblingsessen oder um eine Serie zu gucken. Das kommt immer drauf an." Sie öffnete die Tür. Als würde sie Sabines nächste Frage erahnen, sagte sie: „Wir machen uns jetzt hübsch. Ich ziehe mein Kostüm an und du deins. Du musst dich schminken und dir einen Dutt machen, und ich mir Zöpfe. Ich bin das Schulmädchen und du die Lehrerin. Und dann machen wir Hausaufgaben. Alles klar?" Sie ging zu ihrer Uniform und zog sich an.

„Und was ist ... das?", fragte Sabine, als sie den Haufen mit ihren Klamotten, der Schminke und einigen ihr unbekannten Gegenständen erreichte.

„Damit musst du mich bestrafen, wenn ich mich verrechne. Ich bin nämlich nicht so gut in Mathe. Und wenn ich ein dummes, dummes Mädchen bin ..." Sie senkte den Blick dabei. „... dann musst du mir das austreiben."

Sabine riss die Augen weit auf und starrte sie an.

„Ist schon okay. Es wird leichter mit der Zeit", sagte die Kleine sanft.

Mit der Zeit?! Wie lange soll das ganze Spiel denn bitte gehen? Sabine würgte, riss die Tür auf und erbrach sich direkt davor.

19. OKTOBER 2020 – MONTAG

Emma

Schatz. Ich erklär dir jetzt mal etwas. Versteh mich nicht falsch, du kannst natürlich machen, was du willst, aber ich möchte dir wirklich gern meine Meinung dazu sagen. Als Fachmann, im Sinne von Polizist, und nicht als nerviger Partner." Tim hielt sie am Ellenbogen und sah ihr tief in die Augen.

Emma fixierte seinen Blick. Sie war sich nicht sicher, ob sie wütend werden oder einfach zuhören sollte, entschied sich aufgrund seiner ruhigen Art jedoch für Letzteres. „Okay."

„Dieser Typ ist krank. Er ..."

„Sag bloß ...!", unterbrach sie ihn mit ihrem Sarkasmus. *Als hätte ich das nicht gemerkt. Idiot!*

„Emma. Ich will dir wirklich nichts Böses, aber ich möchte, dass du das, was ich dir zu sagen habe, verstehst. Dann kannst du machen, was immer du willst, ich steh hinter dir, egal, was du möchtest."

Sie löste sich von ihm und setzte sich auf die Arbeitsplatte. Zu viel Nähe für ein Gespräch über Erik.

„Okay, pass auf, ich mach es ganz kurz." Tim atmete tief ein und schien genau über seine nächsten Worte nachzudenken. „Er lebt von deiner Aufmerksamkeit. Egal, was du tust – ob du nun wütend bist, ihn liebst, ihn anlächelst, ihn anschreist, ihn hasst oder ihm einfach nur sagst, dass er dir egal ist –, jede Art von Aufmerksamkeit, von Emotion, die du ihm zukommen lässt, ist Futter für ihn."

Emma schaute ihn fragend an.

„Als Beispiel: Du hast doch sicherlich schon von Stalkern gehört, die dachten, die Frau liebt sie, obwohl die Frau sie nicht mal kannte. Das war ein Lächeln an einen Briefträger, der daraufhin dachte, das wäre ein geheimes Zeichen, ein Versprechen für die Ehe. Solche Geschichten kennst du, oder?"

Emma nickte.

„Und genauso ist es mit Erik."

Sie zuckte immer noch zusammen, wenn sie seinen Namen hörte. Jedes Mal fühlte sie den ihr zugefügten Schmerz erneut.

„Womit du ihn am meisten bestrafst, ist, wenn du gar nichts tust. Das ist auch die einzige Chance, dass er verhungert." Tim setzte Gänsefüßchen in die Luft. „Denn jedes Mal, wenn du auch nur die geringste Reaktion zeigst, fütterst du ihn und er denkt, er hätte noch eine Chance, weil jede Form von Energie, auch Hass, eben Emotion und damit Energie ist."

Emma sah nachdenkend zu Boden. In ihrem Kopf drehte sich alles. Tim hob ihren Kopf an und sah ihr in die Augen. „Verstehst du das?"

Sie nickte. „Ich glaube schon."

„Die Wahrscheinlichkeit, dass er seine Fixierung auf dich loslässt, ist leider allgemein sehr gering. Aber es ist möglich und man kann hoffen, dass er ein anderes Opfer findet – so traurig das auch ist. Leider ist das fast schon die einzige Möglichkeit, ihn loszuwerden. Und damit er aufgibt, ist es wichtig, ihn komplett zu ignorieren, egal, was er tut."

„Und woher willst du das wissen?"

„Durch meinen Job habe ich viel gelernt. Und durch eine meiner Exfrauen ebenfalls."

„Die war eine Stalkerin?!" Emma riss die Augen weit auf.

Er hatte eigentlich nie viel von seinen Ehen erzählt, was sie auch nicht sonderlich schlimm fand. Sie schämte sich schon genug wegen ihrer fehlenden Erfahrungen. Schließlich war ihr einziger Freund vor Tim ein psychopathischer Stalker.

„Na ja, ich weiß nicht, ob man sie direkt so nennen kann. Es war anders als bei ihm. Aber sie hatte eine narzisstische Persönlichkeitsstörung und diese Menschen sind ... ich sag mal ... eigen. Ist ein ziemlich komplexes Thema, das ich nicht in ein paar wenigen Sätzen erklären kann."

Sie spürte, dass er nicht darüber reden wollte. Einerseits hätte sie heute auch nicht mehr davon ertragen können, aber andererseits störte es sie, dass er mit ihr nicht darüber reden wollte. „Kannst du es nicht zumindest versuchen?" Sie biss sich auf die Unterlippe und schaute aus dem Fenster, wollte ihm dabei nicht in die Augen sehen.

„Sagen wir es so: Dieses Spiel, von wegen ich liebe dich und ich hasse dich, ist mir sehr vertraut. Meine Ex hat mir für alles die Schuld gegeben, hat mir hinterherspioniert, mir tausendmal hinterhertelefoniert, wenn ich auch nur kurz beim Einkaufen war. Ich musste mich ständig krankmelden, um sie wegen was weiß ich was zu trösten, und am Ende kam raus, dass sie alles, wofür sie mich beschuldigt hat, selbst getan hat. Einfach total krank." Er zappelte herum, während er erzählte, wirkte sehr nervös.

So kannte Emma ihren Tim gar nicht ... aber da steckte wohl noch viel in ihm, was sie nicht kannte. Wie konnte es sein, dass sie sagten, sie würden einander lieben, obwohl sie noch nie über so wichtige Themen geredet hatten? Bildete sie, Emma, sich diese Liebe ein? Ging das? Und was genau liebte sie denn da eigentlich? Dass er da war? Sie war sich nicht sicher, woher diese Gedanken plötzlich kamen, doch sie nahmen ihr den Atem.

Tim registrierte das sofort und kam wieder näher. „Liebling, ich erzähle dir gern mehr darüber. Aber nicht unbedingt heute, okay? Für mich ist das Thema sehr schwer. Ich habe da noch nie mit jemanden drüber geredet, aber mit dir werde ich das natürlich. Das jetzt gerade war für mich ein wichtiger Schritt ... ich hoffe, du weißt das. Ich lass dich gern in meine Welt, auch wenn sie manchmal düster aussieht." Er nahm ihre Hand. „Wir haben alle Zeit der Welt zum Kennenlernen und wollen diese Beziehung ja langsam angehen. Und das ist auch gut so. Ich bin nämlich genauso vorsichtig geworden wie du. Auch wenn dir das vielleicht gar nicht so klar ist."

Irgendwie half ihr das. Sie hatte immer gedacht, sie wäre schuld daran, dass sie nie über zu emotionales Zeug redeten und sich so nicht näherkommen konnten, weil sie eben so verkorkst war, aber gerade konnte sie zum ersten Mal erkennen, dass auch der für sie perfekte Tim Angst hatte, und das beruhigte sie. „Ich liebe dich", sagte sie und wusste, dass es stimmte. Auch wenn sie noch viel von ihm kennenlernen musste, ja, *durfte,* tat das ihren Gefühlen zu ihm keinen Abbruch. Im Gegenteil. Es war sogar irgendwie schön und aufregend.

Er beugte sich zu ihr und küsste sie innig.

Kurz darauf wurde der schöne Augenblick von Emmas Telefon unterbrochen.

„Lass es klingeln", hauchte Tim an ihrem Mund.

„Ich kann nicht. Falls es Tanja ist ..." Sie löste sich von seinen Lippen. „Tut mir leid."

Tanja würde immer an erster Stelle stehen und das wusste er.

„Es ist John", stellte sie verwundert fest. „Ja? Hallo?"

„Emma? Hast du was von Sabine gehört?", hörte sie John fragen.

„Äh ... Nein? Nur, dass sie wandern gehen will. Mitten im Winter."

„Und seitdem nichts mehr?"

„Nein. Aber sie wollte ja auch Handyfrei machen."

„Ohne sich zu melden, dass sie gut angekommen ist?"

„Hm. Scheiße. Du hast recht. Das ist komisch." *O mein Gott. Darüber hatte ich gar nicht nachgedacht. Eigentlich ist das merkwürdig dafür, dass sie sonst immer am Handy hängt.* „Aber wieso fragst du?"

„Ich komm vorbei", sagte er und beendete die Verbindung.

Zukunft

Sabine

W ie viel ist 1200 durch 48?" Sabine hatte ihre Haare zu einem Dutt gebunden und sich so heftig geschminkt, dass selbst ein halb Blinder das hätte erkennen können. Sie trug eine hochgeschlossene Bluse sowie einen Faltenrock, der bis über die Knie ging. Die ersten Aufgaben waren ein Kinderspiel für das Mädchen gewesen, doch der Schwierigkeitsgrad stieg so langsam.

Das Mädchen kaute auf seiner Unterlippe und rechnete auf einem Zettel wild hin und her.

Sabine sah auf ihre Uhr. Schweißperlen rannen ihr über die Schläfen. *Komm schon, Mädchen, jetzt rechne schneller!* Wenn die Kleine es nicht in der vorgegebenen Zeit schaffen würde, dann müsste sie sie bestrafen, und das wollte sie auf keinen Fall.

Alles stand in dem Aufgabenheft: Die Zeit, die das Mädchen nicht überschreiten durfte, sowie die Antworten. Sabine ließ den Bleistift wippen, sah dem Mädchen zu, wie es angestrengt rechnete. Sie warf einen Blick auf das Bestrafungsmaterial, und da stand so einiges zur Auswahl.

„25!", rief das Schulmädchen, das wieder den Ranzen auf dem Rücken trug. *Was für ein Irrsinn.*
Sabine nickte erleichtert. „Du bist sehr gut, Kleine." Sie strich ihr über den Kopf. „Nun gut, machen wir weiter. Schreib mit: $6 + 4 = 210$, $9 + 2 = 711$, $8 + 5 = 313$, $5 + 2 = 37$, $7 + 6 = ...$"
Das Mädchen riss die Augen weit auf. „Das versteh ich nicht. Wieso ist 5 plus 2 gleich 37?"
„Ich hab keine Ahnung." Sabine starrte zusammen mit dem Schulmädchen auf die Rechnung und grübelte. Das war eine dieser bescheuerten Logikaufgaben, die sie früher schon nicht hatte ausstehen können. „Lass uns mal überlegen ..." Sie nahm das Heft in die Hand.
„Nein, ich muss das allein schaffen!"
„Aber ich bin deine Lehrerin. Lehrerinnen bringen ihren Schülern etwas bei."
„So läuft das hier aber nicht!", schrie das Mädchen panisch und nahm Sabine das Schulheft weg.
„Okay, okay ... Alles gut." Sabine fühlte sich überfordert. Sie wollte dem Mädchen nicht noch mehr Angst machen, aber sie musste ihm doch irgendwie helfen. Vielleicht konnte sie die Lösung heimlich zeigen? *Nein, wahrscheinlich würde sie dann noch mehr ausrasten.* Stumm schrie Sabine sie an: *113! Es ist 113!*
Das ihr vertraute Knistern erklang. Die Kleine zitterte und starrte aus dem Fenster, erwartend, dass sie nun gleich Ärger bekommen würde. Zumindest sah sie so aus.
„Einen wunderschönen guten Morgen. Blondi als Lehrerin. Welch Ironie. Du kannst dem

Mädchen gern vorrechnen, wie es auf die Lösung kommt, damit es beim nächsten Mal keine Hilfe mehr braucht. Du hast nämlich recht: Eine Lehrerin sollte ihren Schülern etwas beibringen."

Scheiße. Ich kann das doch selbst nicht. Ich kann nicht denken, wenn ich aufgeregt bin. Ich kann unter Druck nicht rechnen.

Mit großen Augen schaute das Schulmädchen auf sie, doch Sabine spürte Tausende Blicke auf sich. Linus aktivierte erneut einen Timer, der ihre Zeit runter zählte. *Was für ein Mistkerl.* Was würde passieren, wenn sie auch nicht auf die Lösung kam? Sie konnte sich einfach nicht darauf konzentrieren.

„Einundzwanzig. Zwanzig."

Jetzt konzentrier dich! Sie starrte auf die Zahlen und flehte sie an, sich ihr zu offenbaren. Da entdeckte sie einen Anfang. „Hier!", rief sie lauter, als es nötig gewesen wäre. „Schau mal, die Zahlen ergeben, wenn du sie addierst immer die letzte Zahl. Fünf plus zwei sind sieben und deshalb ist hinten die Sieben. Und das klappt bei allen anderen Gleichungen hier auch. Wir müssen nur rausfinden, wie sie auf die Anfangszahl kommen."

Das Mädchen schien die These zu überprüfen und nickte ganz aufgeregt.

„Sechs, fünf ..."

Sabine schwitze vor Aufregung so sehr, dass sie sich selbst riechen konnte. *Scheiße, Mann,* sie war *so* kurz davor. „Minus!", rief sie. „Die Zahl davor ist die, die du bekommst, wenn du minus rechnest. Sieben minus fünf sind zwei."

„Drei, zwei ..."

Das Mädchen überprüfte und nickte.

„Eins."

Sabine atmete erleichtert auf. Sie hatten es geschafft. Wie lange würde diese beschissene Mathestunde noch gehen? Ihr Herz raste so sehr, dass sie befürchtete, gleich einen Herzinfarkt zu bekommen. Ihre Bluse war durchnässt. Am liebsten hätte sie das Schulmädchen umarmt, weil sie es geschafft hatten. Sie registrierte den dankbaren Blick der Kleinen und nickte ihr zu.

„Super, Blondi! Da steckt ja doch mehr in dir, als wir hier alle gedacht hätten. Die Wette haben wir dann wohl alle verloren. Ich mag es, wenn man mich überrascht. Und jetzt bestraf das freche Mädchen!"

„Was? Wieso?! Wir haben es doch geschafft!"

„Sie hat dich angeschrien. Das dulden wir hier nicht. Nimm die Peitsche! Du hast zehn Sekunden Zeit, ihr den ersten von fünf Hieben zu geben. Ach, und jedes Mal, wenn du nicht fest genug zuschlägst, musst du zwei Hiebe mehr hinten dranhängen. Und los!" Wieder startete der beschissene Timer.

Sabine war sich sicher, der würde sie bis an ihr Lebensende verfolgen. Sie blickte das Mädchen an, das sich würdevoll erhob.

„Ich kann das nicht ..."

„Bitte. Du musst. Sonst wird es nur schlimmer." Das Mädchen nahm ihre Hand. „Glaub mir. Ich kann das aushalten. Bitte hau fest zu, damit es bei fünfmal bleibt."

O Gott, sie ist so stark, so tapfer ... so abge-stumpft.

„Sieben, sechs ..."

Sabine nahm die Peitsche, zitterte am ganzen Körper. Tränen rannen über ihr Gesicht. Der Timer war gerade bei drei angekommen, da holte sie aus und schlug zu. Das Mädchen zuck-te zusammen. Doch mehr Reaktion kam nicht. Also peitsche sie die Kleine noch einmal. Und noch einmal. Bis es vorbei war. Das Mädchen nickte ihr zu und setzte sich wieder, tat so, als wäre nichts gewesen.

Linus beglückwünschte Sabine und drängte auf die nächste Aufgabe.

„Also gut. Ich lese vor", kommentierte sie mit zittriger Stimme. Sie hatte gerade ein kleines Mädchen ausgepeitscht und jetzt sollte sie ganz normal weiter Schulaufgaben mit ihr machen?! „Dies ist eine Kopfrechenaufgabe ... 537 × 12 ÷ 14. Du hast dreißig Sekunden Zeit."

Die Kleine senkte den Blick. Wahrscheinlich versuchte sie es gar nicht erst. Als die Zeit abge-laufen war, meldete sich Linus wieder zu Wort.

„O nein ... Dieses Mädchen scheint nicht nur frech, sondern auch dumm zu sein. Es wird Zeit für härtere Strafen. Nimm den Elektro-schocker."

Den was?!

Das Mädchen bemerkte ihren verwirrten Blick und deutete auf das Gerät. Sabine nahm das Teil und betrachtete es. Sie hatte gerade Klamotten an. Sie hatte eine Waffe in der Hand. Sie rannte los.

„Nein! Das wollen sie doch!", hörte sie das Mädchen noch rufen.

Sabine war binnen Sekunden aus den Pumps in die Badelatschen gesprungen und hüpfte über ihr eigenes Erbrochenes. Sie rannte nach oben, wollte zu ihrem alten Zimmer. *Warum stellt sich mir niemand in den Weg? Warum kommt niemand, um mich aufzuhalten? Hatte das Mädchen recht? Wollen sie das?* Sie rannte bis zum Ende des Gangs, den Elektroschocker fest umklammert, riss die entsprechende Tür auf und schrie vor Schreck auf.

20. OKTOBER 2020 – DIENSTAG

Emma

Tim schlief seit Stunden friedlich neben ihr und auch John war nach Hause zu Tanja gefahren. *Aber wie soll ich schlafen, wenn meine besten Freundinnen alle am Arsch sind?* Die eine hatte ihr Kind verloren und redete kein Wort. Die andere war von ihrer großen Liebe verarscht worden, verschwand, um sich zu finden, und wurde dann in einer Horrorshow entdeckt. Und obwohl Emma diese Story nicht so recht glauben konnte, hatte sie dennoch ein mulmiges Gefühl. So lange hatte sie nichts von Sabine gehört, von der Frau, die sonst *immer* online war. Aber eigentlich hatte sie ja genau das vorgehabt ... offline bleiben. *Ich hätte einfach mehr für sie da sein sollen. Ich war die ganze Zeit bei Tanja und hatte auch noch meine eigenen Probleme.* Emma wälzte sich zum hundertsten Mal und beschloss dann, aufzustehen. Sie wollte Tim nicht wecken, nur weil sie wie ein Zappelphilipp im Bett hin und her wühlte.

Sie schlich aus dem Schlafzimmer und sofort kam Benny angerannt. *Guter Wachhund, hast gleich gemerkt, dass etwas anders ist.* „Ist gut, mein Kleiner, schlaf weiter." Sie wuschelte durch sein Fell und er trottete wieder ab. Emma machte sich einen Tee und sah in der Küche wieder den Brief liegen. Hatte Tim recht mit dem, was er gesagt hatte? Sie beschloss, das Internet nach den Themen Stalking und Narzissmus zu durchforsten, und staunte, was sie dazu alles fand. Es passte tatsächlich sehr gut auf Erik. Sie las Artikel und sah YouTube-Videos, bis sie endlich gähnen musste. Doch der Gedanke, sich wieder ins Bett zu legen, war ihr noch immer zuwider. Sie hatte sich so viel mit Erik befasst, dass es jetzt unmöglich war, zu schlafen. Auch wenn niemand mehr unter diesem Bett lauern konnte und sogar ein starker, sie beschützender Mann drin lag, hatte sie Angst. Es ging einfach nicht. Manchmal hatte sie das eben. Also beschloss sie, ihre Gedanken wieder auf etwas Positives zu richten, und las ihr neues Buch weiter. Den ersten Roman der Autorin hatte sie bereits durch und nun war *Der nächste beste Schritt* dran. Außerdem hatte genau dieses Buch Sabine motiviert, ihr Leben zu überdenken und wandern zu gehen. *Vielleicht kann ich sie dann eher verstehen …*

Eine Berührung riss sie aus ihrem Schlaf. Sie schrie vor Schreck laut auf.

„Ich bin's nur, Schatz. Tut mir leid. Ich wollte dich nicht erschrecken." Tim strich ihr durchs Haar.

„Boah, ich hab mir fast in die Hose gemacht! Bist du verrückt?!", pampte sie ihn an. Sie atmete ein paarmal tief durch, um sich zu beruhigen, sah dann in sein reumütiges Gesicht. „Tut mir leid. Ich hatte nur gerade ... schlecht geträumt. Und du hast mich zu Tode erschreckt."

„*Mir* tut es leid." Er gab ihr einen Kuss auf den Mund. „Guten Morgen. Ich musste dich leider wecken."

„Wie spät ist es?" Draußen war es noch dunkel, aber das hieß zu dieser Jahreszeit nichts.

„Sieben. John hat mich gerade angerufen. Seine Bekannte hat sich gemeldet. Er holt sie jetzt ab und bringt sie hierher."

„Hä? Wieso das denn? Ist was mit Sabine?"

„Isabell meinte, der Typ ihrer Schwester sei jetzt endlich eingepennt und sie würde seinen Laptop klauen, damit wir gucken können, ob das in dieser Serie wirklich Sabine ist. Den Link konnte sie leider nicht schicken – der war verschlüsselt. Sie hat es ein paarmal vergeblich versucht. Und sie ist sich mittlerweile sicher, dass es Sabine ist. Martin meinte wohl, das sei keine Schauspielerei. Das sei alles echt."

Emma starrte ihn mit offenem Mund an, wollte seine Worte nicht verstehen.

Zukunft

Sabine

Vor ihr stand ein Mädchen mit blauen Haaren, das ebenfalls schrie und sich hinter seiner Liege versteckte.

„Was willst du?!", schrie das Mädchen sie an.

„Ich will hier raus!"

„Was machst du dann hier?"

„Ich werde jetzt aus dem Fenster springen und Hilfe holen."

„Bist du verrückt?!" Die Blauhaarige starrte sie entsetzt an.

„Verrückt wäre es, hierzubleiben und diesen kranken Scheiß noch eine Sekunde länger mitzumachen."

Sabine rannte zum Fenster, riss es auf und sah, dass unten fünf Männer standen. Sie hatten offenbar wirklich gewollt, dass sie genau das tat. „O Mann, Scheiße!"

Die Blauhaarige kam neben sie und sah ebenfalls aus dem Fenster.

„Ich komm hier nie raus, verdammt!" Sabine hockte sich hin und weinte. Es war aussichtslos. Vielleicht sollte sie sich einfach selbst töten, damit es zumindest schnell vorbei war ...

„Du hast eine Waffe", stellte die andere fest.

„Ja, aber das bringt uns offenbar absolut gar nichts."

„Aber wir sind jetzt zu zweit. Vielleicht hilft das. Ich bin nicht bereit, einfach zu sterben. Ich bin übrigens Charly."

„Sabine. Aber die nennen mich Blondi."

„Mich nennen sie die Nutte ... Weil ich eine war."

„Oh." Sabine betrachtete sie. War die überhaupt schon volljährig? „Weißt du, wo wir hier sind?"

„Im ehemaligen Berliner Kinderkrankenhaus."

„Wir sind in Berlin?!" Sabine konnte es nicht fassen. „Aber ..." Ihre Gedanken überschlugen sich.

„Hast du schon andere kennengelernt?", fragte Charly.

„Nur das Schulmädchen und eine tote Amanda."

Charly nickte und senkte den Blick. „Oh, Amanda ..."

„Du kanntest sie?"

„Ja. Sie haben uns zusammengesteckt, damit wir anfangen konnten, uns zu mögen, und dann mussten wir einander wehtun. Wir haben uns tagelang das Zimmer geteilt. Das muss jetzt erst mal wieder hergerichtet werden ... und deshalb bin ich nun hier in deinem."

„Woher weißt du, dass das mein Zimmer war?"

„Ich habe gegen Amanda gewonnen. Deshalb durfte ich dir zusehen."

„Zusehen?" *Durfte?!*

Charly nickte.

Dieses Mädchen war ihr nicht geheuer. Gewonnen ... hieß das, sie hatte sie getötet? Und war Charly auch schuld daran, dass Amanda keine Arme mehr hatte?

Das Knistern verriet erneut, dass Linus etwas zu sagen hatte.

„Ach, Blondi, du verhältst dich mal wieder ganz deinem Namen entsprechend. Aber gut, wenn du den Level gleich erhöhen willst, dann bitte. Wir wollten dir mit dem Schulmädchen einen soften Einstieg ermöglichen, doch du hast dich entschieden, gleich die schlimmste aller Gegenspielerinnen auszuwählen. Na gut – überredet. Wir haben dadurch deutlich mehr Spaß, also warum nicht?"

Sabine hörte ein Geräusch. Die Tür wurde zugeschlossen. *Wer, verdammt noch mal, hat die Tür verschlossen?*

„Die Nutte ist unser kleiner Liebling, weil sie wirklich zu allem bereit ist. Du wirst schon sehen. Wir haben soeben die Wette eröffnet, wer gewinnen wird. Vermutlich setzen die meisten auf unsere Nutte. Und je länger ihr überlebt, desto größer die Belohnung. Ach ja, und falls euch das noch nicht klar ist: Es kann nur *eine* Siegerin geben, die überlebt. Wenn der Timer startet, geht es los. Keine Sekunde vorher, verstanden?"

Sabine hatte den Atem angehalten, verstand die Welt nicht mehr.

„Dreißig, neunundzwanzig ..."

Charly beobachtete sie ruhig. „Wenn du genug Zusatzpunkte gewonnen hast, bekommst du echt gute Drogen, die es einfacher machen."

War das jetzt eine Entschuldigung oder ein liebevoll gemeinter Rat? Sabine hatte den Elektroschocker. *Wie benutzt man den?* Sie hatte keine Ahnung, ob sie imstande war, jemanden zu töten. Es bestand immer noch die Option, aus dem Fenster zu springen. Denn wenn sie nur gewinnen konnte, wenn sie jemanden tötete, würde der Albtraum weitergehen. Sie stellte sich langsam hin, wollte sehen, ob die Männer noch da waren. Unten stand nur noch einer. Vermutlich saßen die anderen vor ihren Bildschirmen. Sie durfte sich nicht anmerken lassen, dass sie bei ihrem Fensterplan blieb.

Doch Charly durchschaute sie. „Das wird nichts bringen. Dann tun sie dir nur noch mehr weh."

„Hast du denn keine Angst?"

„Ich hab Drogen."

„Und was ist daraus geworden, dass wir zusammen gegen sie kämpfen?", fragte Sabine, sich an den letzten Strohhalm klammernd.

„Hast du denn einen Plan?"

„Fünfzehn, vierzehn ..."

Konnte sie dieser Charly vertrauen? Sabine wusste es nicht, nickte aber trotzdem.

„Oh, okay. Schieß los."

Sabine näherte sich ihr langsam, beugte sich zu Charlys Ohr. Dabei fuhr sie sich selbst so unauffällig wie möglich durchs Haar und entfernte aus dem Dutt eine Haarnadel, die sie Charly in die Hand legte. „Du öffnest die Tür, rennst raus und lenkst sie ab. Ich springe, laufe weg und versuche Hilfe zu holen", flüsterte sie.

„Und was soll ich dann tun, wenn sie hinter mir her sind?"

Sabines Herz klopfte bis zum Hals. Damit unterschrieb sie jetzt vielleicht ihr Todesurteil. Aber gerade hatte es den Anschein, als würde sie so oder so sterben.

„Sieben, sechs ..."

Sie flüsterte weiter: „Fass in meine Tasche. Da hast du was zur Verteidigung."

Sabine fühlte, wie das kleine Messer, das sie gegen das Schulmädchen hätte verwenden sollen, aus ihrer Tasche genommen wurde, und rechnete jeden Moment mit einem Stich.

„Drei, zwei ..."

„Also? Bist du dabei?", fragte Sabine.

„Eins."

Sabine wollte schon losrennen, als Charly sie am Arm festhielt. „Warte!"

O Shit. Das ist jetzt wohl mein Todesurteil.

Charly beugte sich zu Sabines Ohr. „Wir müssen die Kameras zerstören", flüsterte sie ihr zu.

„Aber ich weiß nicht, wo die überall sind."

„Über dem Bett in der Lampe", antwortete sie Sabine, die sofort ihre Badelatschen auszog und aufs Bett kletterte.

Charly rannte in der Zwischenzeit zu verschiedenen Punkten an den Wänden und Schranktüren und zerstörte mehrere Kameras. „Am Fenster!", rief sie ihr dann zu.

Sabine kletterte in ihre Badelatschen und machte sich sofort an die nächste Kamera, die sie am Fenster fand. Das fühlte sich gut an. Sehr gut. „Und jetzt?"

Charly rüttelte schon am Schloss. „Woher wusstest du, dass ich verschlossene Türen aufbekomme?"

„Ich habe es einfach gehofft."

„Weil ich eine Nutte bin?!"

„Weil ich glaube, dass du weißt, dich zu verteidigen." Sabine stand immer noch am Fenster und sah nach draußen. Ein Typ stand unten und sprach in sein Mikro. Sie nahm ein paar Schritte Abstand, nicht, dass er die Verstärkung nach unten beorderte.

„Komm jetzt!", schrie Charly, als sie die Tür aufriss.

„Aber ..."

„Du willst doch nicht echt da rausspringen. Ich weiß was Besseres."

Zögernd setzte sie sich in Bewegung und rannte Charly hinterher. Sie waren zu zweit, hatten Waffen und ein paar Kameras eliminiert. Das Machtgleichgewicht hatte sich verteilt, aber sie waren immer noch im Nachteil. Wenn ihre Peiniger mit Pistolen kämen, würden ihnen Messer und Elektroschocker auch nichts bringen.

Charly hielt vor ihr. „Heb mich hoch, ich muss an die Kamera!"

Sabine gehorchte und sah zu, wie Charly mit ihrem Messer in das Gerät hackte. „Die werden jetzt sehr wütend sein", bemerkte sie und erinnerte sich daran, wie sie unten bei Amanda in

Erwägung gezogen hatte, das Gleiche zu tun. Der Gedanke an die Tote ließ Sabine sofort frieren und an ihrem Entschluss, zu fliehen, zweifeln.

„Weiter!", schrie Charly und rannte bereits zur nächsten Kamera. „Wir müssen schnell sein, damit sie uns nicht sehen können. Los!"

Sabine rannte zu ihr und hob sie hoch. Sie legten den ganzen Gang lahm, bis sie Stimmen hörten.

„Scheiße. Es geht los."

Sabine erstarrte.

„Komm", flüsterte Charly und riss sie mit sich in den Raum gegenüber von ihrem alten Zimmer. Die Tapete hatte einen Möhrchenprint. „Du musst die Kameras finden. Schnell! Sie sind eigentlich immer an den gleichen Stellen angebracht."

Sabine rannte zum Bett und schaltete die Kamera darüber aus, während Charly wieder in die Wände stach. „Hast du alle?"

„Ich glaube schon." Sabine hatte gerade die Kamera am Fenster zerstört.

„Dann müssen wir jetzt leise das Bett vor die Tür schieben."

Draußen hörten sie Gebrüll. Die Männer waren gerade im gegenüberliegenden Zimmer.

„Mist, ich glaub, es ist zu spät." Charly rannte zum Fenster. „Da unten ist niemand. Komm, wir müssen hier raus." Sie riss das Fenster weit auf und kletterte hinaus auf den Sims. Sabine sah fassungslos zu. Charly hatte das Messer im Mund und hangelte sich nach links.

„Was machst du?"

„Wir müssen zum Baum. Jetzt komm!", nuschelte Charly und Sabine verstand sie trotz des Messers in ihrem Mund.

Sabine hörte, wie Türen aufgerissen wurden und Mädchen schrien. Sie zog die Badelatschen aus, steckte sie sich in die Rocktasche und kletterte aus dem Fenster; versuchte keine Sekunde darüber nachzudenken, was sie da gerade tat. Vorsichtig hangelte sie sich am Fenster entlang, als sie einen Knall hörte. Die Tür war wohl aufgerissen worden. Wieder Schreie. Charly war gerade am Baum angekommen und kletterte auf einen der Äste.

Linus sah aus dem Fenster, entdeckte Sabine. Er schrie etwas in den Raum und sprang mit einem Ruck aus dem Fenster.

O Gott. Das sind also nun meine letzten Minuten. O. Mein. Gott. Sabine war bereits am Nachbarfenster angekommen, hielt sich mit einer Hand fest und zog eine der Badelatschen hervor. Sie warf allerdings nicht sonderlich effektiv ... *Fuck.* Der Schuh prallte einfach an Linus' Hand ab und segelte in die Tiefe, der hingegen ließ sich nicht irritieren. Gleichzeitig kam jemand an das Fenster, an dem sie hing. Sie griff erneut in ihre Tasche, richtete den Elektroschocker auf den Fremden und drückte in letzter Sekunde ab. Der Mann schrie und sie hielt die Waffe in Richtung Linus, der ihr gefährlich nah gekommen war. „Bleib, wo du bist, oder du bist der Nächste!"

Er hatte keine Hand frei, sonst hätte er über sein Mikro wahrscheinlich längst Verstärkung angefordert.

Sabine steckte den Elektroschocker weg und kletterte so schnell sie konnte zum Baum. Linus war bereits zum nächsten Fenster geklettert und sprach nun doch in sein Funkgerät.

Scheiße! Sabine sprang an den Baum und war erleichtert, Charly bereits unten zu sehen. Sie hatte sich heimlich an einen Mann herangeschlichen, der Sabine im Auge behielt, und stach ihn nieder. Dann sprach sie mit tiefer Stimme in sein Mikro, während Sabine den Baum hinabkletterte. Unten angekommen, hörte sie nur noch, dass Charly die Männer auf eine falsche Fährte lockte. „Und jetzt lauf!", schrie sie Sabine zu.

Sie hörten einen Schuss. „Fuck! Und warum schießt der erst jetzt?!" Sabine rannte um ihr Leben, direkt in den Wald hinein.

„Weil die uns hübsch brauchen. Wegen der Einschaltquoten."

Sabine hatte nicht genug Puste, um weiterzureden. Ihre Lungen brannten. Sie konzentrierte sich nur auf eines: überleben. Sie ignorierte den Schmerz an ihren Füßen sowie das Gestrüpp, das ihr ständig ins Gesicht peitschte. Und dann erkannte sie, dass sie offenbar von einem Zaun umgeben waren. *Das war's.*

„Warum hältst du an? Wir müssen den Zugang finden." Charly schrie, doch wegen des starken Winds hörte Sabine kaum mehr als ein Jaulen.

Charly rannte weiter und Sabine gab sich einen Ruck, folgte ihr. *Jetzt aufzugeben, wäre bescheuert.* Auch wenn sie sich sicher war, dass irgendwo schon ein paar Männer auf sie warten würden.

Sie entdeckten weitere leerstehende Gebäude. „Wollen wir uns da drin verstecken?", fragte Sabine.

„Bist du verrückt? Da warten bloß die nächsten Irren auf uns. Wahrscheinlich wohnen die sogar da drin. Wir müssen von diesem scheiß Gelände runter!"

Sabine entdeckte ihn zuerst und zog Charly zurück. Doch es war zu spät. Er hatte sie gesehen. Ein Mann stand vor einem offenen Stück Zaun, grinste breit und hielt seine Kamera auf sie. „Scheiße. Hier draußen haben sie bestimmt auch Kameras ... Die wissen ganz genau, wo wir sind."

„Okay, zwei gegen einen. Wir können es an ihm vorbeischaffen. Wir haben Waffen", sagte Charly.

„Aber er hat eine Pistole und holt wahrscheinlich gerade Verstärkung." Sabine beobachtete, wie er in sein Handy sprach und die Kamera auf sie richtete. Sie war starr vor Angst.

„Er hat gerade die Hände voll, heißt, er kann nicht schießen. Also los!" Charly rannte genau auf ihn zu und ihr Geschrei löste Sabine aus ihrer Starre.

Sie musste ihr helfen. Nur zu zweit hatten sie eine Chance und sie hatte den Elektroschocker. Noch während Charly auf ihn zulief, ließ er das Handy fallen und griff nach seiner Pistole. Sie rannte unbeirrt weiter. Ob es die Drogen waren oder weil sie keine andere Wahl hatte – Sabine wusste es nicht. Der Mann richtete die Waffe direkt auf Charly, entdeckte dann erst Sabine, die ebenfalls angerannt kam. Er schien verunsichert, schoss in Charlys Richtung, traf sie aber nicht. Sabine vermutete, dass er das auch nicht vorgehabt hatte, sondern dass er nur ein Statement hatte setzen wollen. Als er wieder schoss, ließ sich Charly fallen. Die Kugel verfehlte sie knapp. Sabine hatte in der Zeit aufgeholt und hörte, dass hinter ihr mehrere Leute angerannt kamen. *Mist!* Charly richtete sich wieder auf und beide Frauen sprangen den Mann an. Er hielt seine Pistole auf Charly gerichtet, weil er ihr Messer sah. Sabine holte den Elektroschocker erst in letzter Sekunde raus. Doch er hatte bereits geschossen. Charly fiel schreiend zu Boden, die Kugel hatte sich in ihren Arm gefressen. Sabine hielt ihr Gerät an den Hals des Mannes und er sackte zuckend zu Boden. „Lauf!", schrie Charly – die Männer hinter ihnen waren nun nicht mehr weit weg.

„Nein, du kommst mit." Sabine zog an ihrem gesunden Arm.

Hektisch raffte Charly die fallen gelassene Pistole an sich, hielt auf die Leute und schoss. Sie traf nicht. „Lauf endlich!", fuhr sie Sabine an und zielte mit der Waffe nun auf sie.

Sie hatte keine Zeit mehr, die sechs Männer waren gleich da. Sabine rannte, blickte aber immer wieder zurück. Wegen so einer scheiß Armverletzung konnte Charly doch nicht ernsthaft zurückbleiben wollen!?

Wieder löste sich ein Schuss und diesmal schrie tatsächlich einer der Männer. Immerhin. Sabine war um jedes Monster, das verletzt wurde, dankbar. Als sie das nächste Mal rennend hinter sich sah, hielt sich Charly die Pistole an die Schläfe und drückte ab. Sabine heulte und schrie. Wieso war sie nicht einfach gerannt?! Sie hatten doch Waffen und waren nicht mal mehr auf dem Gelände. Hier schien es Wohngebäude zu geben und ein paar Meter entfernt sah sie eine Straße, hörte Verkehr. Sabine entdeckte einen Parkplatz, rannte mit ihrer letzten Kraft dorthin und war erleichtert, gleich in der Zivilisation zu sein. *Wie kann so ein Horrorort mitten in der Stadt existieren? Ein Kinderkrankenhaus ... wo genau bin ich?*

Ein Auto fuhr auf den Parkplatz. Sabine war heilfroh. Endlich nahte die Rettung. Endlich konnte jemand die Polizei rufen. Tim und John. Hoffentlich würden sie bald kommen und sie hier wegholen.

„Hallo! Hilfe! Sie müssen mir helfen!", schrie Sabine laut, als sie jemanden aus dem Auto steigen sah. Doch dann hielt sie abrupt inne. *Verdammt!* Sie drehte ab und rannte weiter.

„Das würde ich nicht tun, Kindchen!", schrie Martha. „Ich habe deine Emma im Kofferraum und nur du kannst sie retten."

Sabine hielt an, drehte sich fragend zu ihr um. Martha öffnete den Kofferraum und Sabine konnte von weitem erkennen, dass tatsächlich jemand darin lag.

„Du kommst jetzt sofort her, oder ich bringe sie auf der Stelle um." Martha zeigte Sabine eine Spritze, die sie in Richtung des Körpers bewegte.

Ist das wirklich Emma? Das ist doch ein Trick ... oder? Die Spritze würde sie ohnehin nicht töten ... oder? Aber was, wenn es stimmte? Sie musste näher ran und sich überzeugen. Martha wusste nicht, dass sie einen Elektroschocker in der Tasche hatte. Sie würde einfach so tun, als würde sie gehorchen und ihr den dann in den Nacken hauen.

Langsam kam sie näher, versuchte zu erkennen, wer da im Kofferraum lag.

„So ist es richtig, meine Liebe. Das machst du gut. Vertrau mir. Es ist besser so." Martha nahm die Spritze und legte sie zurück in ein Etui, packte es in ihre Handtasche und zog eine Waffe. Sabine konnte nicht reagieren, so schnell schoss Martha. Sabines Fuß schien zu platzen. Blut breitete sich auf dem Betonboden aus. Fassungslos sah sie die Alte an.

„Es tut mir wirklich leid, du hattest wunderschöne Beine. Aber ganz ehrlich – irgendwie muss man dich ja zähmen und am Fortlaufen hindern." Sie nahm ihr den Elektroschocker ab.

Sabine stand unter Schock. „Emma ...?", war alles, was sie sagen konnte.

„Die Show ist vorbei, wenn ich das sage, und natürlich, wenn die Zuschauer keinen Bock mehr haben. Aber dieser Punkt ist noch nicht eingetroffen. Also, Blondi – es geht weiter und vermutlich ein paar Level härter als bisher." Martha hatte die Spritze nun wieder in der Hand und stach die Nadel in Sabines Arm.

Dunkelheit.

20. OKTOBER 2020 – DIENSTAG

Emma

„Das ist Sabine – kein Zweifel." Emma starrte auf den Laptop und verstand die Welt nicht mehr. Sabine lag in einem Bett, hatte Dessous an und bandagierte Füße. „Was macht sie denn da?" War sie vielleicht auf eine besonders komische Fetischanfrage eingegangen und bekam dafür einen Haufen Kohle?

Isabell nahm den Tee entgegen, den Tim ihnen brachte. „Martin sagt, dass das keine Schauspieler sind." Sie knabberte an ihrer Unterlippe, als würde sie sich für ihre Worte schämen.

„Aber was soll das heißen?"

Der Bildschirm wurde für einen Augenblick schwarz, der Schauplatz wechselte.

„What the fuck?!", gab Tim entsetzt von sich. „Was ist das für ein Scheiß?"

„Pssst!", unterbrach ihn John.

Sie starrten alle auf das Szenario: Mehrere maskierte Männer standen um einen Körper, der auf dem Boden lag und dessen Kopf unter einer Haube steckte.

„Wie schön, dass ihr euch alle hier versammelt habt", sagte einer der Männer feierlich. „Schon wieder stehen wir hier und jeder von euch hat die Chance, sein Glück zu versuchen. Leider können wir dabei ihr hübsches Gesicht nicht sehen, da sie es sich selbst zerschossen hat. Unsere kleine Nutte ist von uns gegangen, doch übrig bleibt ein kleiner Fick für den, der die beste Nachfolgerin vorgeschlagen hat. Das Buch liegt bereits allen Kandidatinnen vor und es haben sich schon mehrere der Damen gemeldet. Auf dem Weg hierher ist jedoch nur eine. Deshalb kann ich feierlich verkünden: Der letzte Fick geht an ..."

Die Männer schauten einander aufgeregt an. Der Sprecher zog einen Zettel aus einem Umschlag und las vor. „Der letzte Fick geht an Linus! Gratuliere! Du hast echt ein Händchen dafür, die richtigen Frauen auszusuchen." Er grinste breit und die Männer gratulierten dem Vorlesenden. Er schien Linus zu sein.

„Also dann ..." Er öffnete seine Hose, zog sie runter und verging sich an dem offensichtlich toten Mädchen.

Emma und Isabell rannten entsetzt in die Küche. Tränen liefen den beiden über die Wangen. „Was ist das für ein kranker Mist?", fragte Emma mit brüchiger Stimme. Sie umfasste ihre Kehle, als könnte sie damit die drohende Übelkeit aufhalten.

„Ich weiß es nicht. Aber es sieht verdammt echt aus." Isabell zitterte am ganzen Körper.

„Und was, wenn Martin jetzt mich vorschlägt?",
fragte sie einige Oktaven höher. Die Panik war
ihr an den Augen abzulesen.

„Meinst du, *er* hat Sabine da hingebracht?",
fragte Emma.

„Aber die haben doch von irgendeinem Buch
geredet."

„Sabine hat, soweit ich weiß, in den letzten
Monaten nur ein Buch gelesen, und das war
meins."

„Und wo hast du es her?"

„Ich weiß nicht. Es war einfach in meinem
Briefkasten. Ich kannte die Autorin nicht, aber
ich vergesse manchmal, was ich so bestellt hab,
und manchmal bekomme ich auch Geschenke
von Lesern. Ich hab eine Amazonliste", fuhr sie
aufgeregt fort, „mit Sachen, die ich gern hätte,
und manchmal schenken mir die Leute was davon." Sie redete immer schneller. „Die bekommen meine Adresse nicht, aber ich sehe daher
auch nicht, von wem es gekommen ist, wenn sie
das nicht selbst schreiben."

„Das heißt, *du* solltest da landen?" Isabell
blickte sie verunsichert an.

Emma verschüttete ihren Tee. Das heiße
Wasser lief ihr übers Handgelenk, sodass sie die
Tasse vor Schreck fallenließ. Der Schmerz tat
gut. *Ich sollte da landen? Aber wer würde mir
denn so was wünschen?*

Tim kam in die Küche geeilt. Sie registrierte,
wie er ihre Hand unter kaltes Wasser hielt und
dass Isabell die Scherben aufsammelte. Jemand
wischte den Tee auf – wer, das bekam Emma

gar nicht richtig mit. Emma hatte das Gefühl, ihr Atem würde aussetzen und sie müsste sterben. Eine starke Übelkeitswelle schwappte durch sie. Ihr wurde schwarz vor Augen, sie schwitze. Das Herz schien in der Brust zu explodieren. Lange hatte sie das nicht mehr gefühlt. Schon gar nicht in diesem Ausmaß.

Sie lag im Bett, wusste nicht einmal, wie sie da hingekommen war. Tanja saß bei ihr. „Atmen", befahl sie. „Ganz langsam ein und tief aus. Eeein. Aaaus."

Emma gehorchte und nach einer Weile wurde es besser. „Tanja ..." Mehr konnte sie nicht sagen.

„Ja, was denkst du denn?! Wenn deine Panikattacken ein Comeback feiern, bin ich doch wohl in der ersten Reihe", scherzte sie.

Tanja hatte seit der Fehlgeburt das Haus nicht mehr verlassen und sie sah noch immer schrecklich aus.

„Und jetzt mach dir gar nicht erst wieder Sorgen. Mir geht's gut, wie du siehst. Ich seh nur noch nicht so partytauglich aus, aber ich hab es immerhin wieder rausgeschafft. Und ich bin gern hier. Hier bekommt man wenigstens immer leckeres Essen. Aber dafür musst du jetzt mal ein bisschen atmen und wieder fit werden." Sie lächelte ihr fröhlich entgegen.

Doch Emma kannte sie gut genug, um zu sehen, wie es ihr wirklich ging. Auch wenn sie selbst gerade nicht ganz zurechnungsfähig war, würde sie Tanja immer durchschauen.

„Was ist mit Sabine?" Jedes Wort fiel ihr schwer.

„John und Tim haben eine offizielle Ermittlung eingeleitet. Dieser Link ist so krass verschlüsselt, dass man ihn wirklich nur auf diesem einen Gerät aufrufen kann. Gut, dass Isabell das Ladekabel mitgenommen hat."

„Also ist das keine Show?"

Tanja streichelte ihr übers Gesicht. „Ich weiß es nicht. Wirklich. Aber wir werden Sabine finden. Das verspreche ich dir."

„Aber wann?" Tanja hatte Emma schließlich auch erst gefunden, als es schon zu spät gewesen war, um die schlimmsten Albträume ihres Lebens zu verhindern. Niemand hatte die schrecklichste Nacht ihres bisherigen Lebens verhindern können.

„Du kannst uns helfen", sprach Tanja mit ruhiger Stimme. „Isabell hat gesagt, dass ihr von einem Buch gesprochen habt."

„Das Buch!" Emma schreckte hoch. „Im Wohnzimmer. Du musst es holen."

Tanja rannte sofort aus dem Schlafzimmer und kam mit fünf Büchern zurück. „Welches?"

„Das!" Emma deutete auf einen Roman, auf dem eine Frau mit dem Rücken zu ihnen saß. „Sie haben gesagt, dass die Bösen den Nachfolgerinnen ein Buch schicken."

„Eins oder mehrere ... oder ein ganz Bestimmtes?"

„Ich weiß nicht. Auf jeden Fall kommen manche daraufhin zu ihnen. Und Sabine hat das hier gelesen. Sie liest sonst gar nicht, aber das hier hat sie regelrecht inhaliert ... und plötzlich wollte sie wandern gehen. Total bescheuert bei den Temperaturen, dachte ich noch."

„Hast du es schon gelesen?"

„Ja, fast. Ich bin noch nicht ganz durch."

„Okay, dann lesen wir es jetzt sofort fertig. Ich geb das nur kurz durch." Tanja rief bei John an, um ihm alles durchzugeben, was sie bisher besprochen hatten.

„Und wie bist du zu dem Buch gekommen?"

Emma wiederholte alles, was sie bereits Isabell erzählt hatte. „Meinst du, Erik wollte mich dort sehen?"

„Dieser Mistkerl. Ganz ehrlich – ich trau dem alles zu und ich werde ihm eigenhändig den Schwanz wegschießen, sollte das rauskommen. Er hat dir doch wohl genug angetan." Sie sprang auf.

Emma sah ihr an, wie sie innerlich tobte. Da war ihre Tanja. Temperament, Wut und Energie. Kein Stück mehr war von ihrer Traurigkeit zu sehen. Sie hatte etwas, worauf sie sich stürzen konnte. Auch wenn Tanja Fehler gemacht hatte, für Emma war sie eine gute Polizistin, weil sie alles dransetzen würde, die Bösewichte dranzukriegen und die Opfer zu retten. Emma lauschte, wie Tanja mit John telefonierte.

Hat Erik echt was damit zu tun? Sollte ich schon wieder gefesselt auf einem Bett liegen? O Gott ... Und dann überwältigte die Übelkeitswelle sie.

Zukunft

Sabine

Sabine starrte aus dem Fenster. Draußen herrschte mittlerweile schwärzeste Nacht. Sie war mit Seilen auf dem Bett in ihrem alten Zimmer fixiert worden, war wieder in Dessous aufgewacht. Mühsam hielt sie die Augen offen, wollte jede Sekunde zum Nachdenken nutzen. Sie fror und ihre Füße taten weh, doch beides spürte sie seltsam entfernt. Sie wusste, dass sie Schmerz und Kälte fühlte, aber es war dennoch weit weg. Genauso wie ihre Fähigkeit, sich zu konzentrieren. Ihre Gedanken drehten sich im Kreis. Immer wieder sah sie Charly, die sich selbst erschoss. War es am Ende das Klügste, was sie hatte machen können? Vielleicht.

Martha betrat das Zimmer. „Blondi, Blondi, Blondi. Was machst du nur für Sachen ...?"

Sabine starrte sie an. Hinter der Kerze, die Martha auf Augenhöhe hielt, konnte sie die weiße Maske erkennen. Es sah so gruselig aus. Wie in einem Horrorfilm. *Was ist das für ein Horrorhaus?*

Martha setzte sich zu ihr aufs Bett. „Ich weiß gar nicht, ob ich sauer oder dankbar sein soll." Sie streichelte über Sabines Kopf, die ihn sofort wegzog, was dazu führte, dass ihr schwindelig wurde. „Du bringst immer wieder alles durcheinander. Aber irgendwie schaffst du es damit auch, den Actionfaktor zu erhöhen und die Kasse klingeln zu lassen. Mittlerweile hast du sehr viele Fans – die Leute lieben deinen Mut. Sie können es kaum erwarten, dir wehzutun. Du übertriffst alle bisher dagewesenen Hauptfiguren." Martha stellte die Kerze auf den Nachttisch und ging zum Fenster. „Ich hab dir ja noch gar nicht so viel erzählt. Ein paar Infos bin ich dir mittlerweile vielleicht doch schuldig. Also, pass auf: Du darfst hier Aufgaben erledigen, die unsere Zuschauer wählen – das weißt du ja schon. Vorschläge können sie auch einreichen; natürlich nur gegen Bares. Wer Vorschläge einreicht, die wir gut finden und mit reinnehmen, erhält einen Bonus. Er wird Teil des Teams und darf mitentscheiden und mitverdienen. Das ist für uns insofern gut, weil sich die Person dann auch strafbar macht und dichthält. Kannst du dir vorstellen, wer dich vorgeschlagen hat?"

Sabine starrte Martha aus weit aufgerissenen Augen an. Was redete diese Frau da? Dass es Zuschauer gab, die für so einen Scheiß krank genug waren, glaubte sie aufs Wort. Aber dass jemand sie vorgeschlagen hatte? Vielleicht einer ihrer verrückten Fans?

„Da denkt jemand ganz scharf nach ..." Martha lachte. „Du kennst ihn gut, würde ich sagen."

Ich kenne ihn gut?

„Ihr habt schon Intimitäten ausgetauscht."

Das könnte jeder ihrer beschissenen Ex-freunde sein. *Außer Martin,* überlegte sie. Der einzig vernünftige Ex. Zumindest bis ... Und plötzlich war sie sich doch nicht mehr sicher. Was hatte sie sich eingebildet und was war echt gewesen? Hatte er sie wirklich betrogen? Vielleicht war das nur seine Schwester oder eine Freundin gewesen. Aber das änderte immer noch nichts an seinem Benehmen. Vielleicht hatte seine Freundin Wind von der Affäre bekommen, heimlich sein Handy genommen und diese Dinge geschrieben? Solche verrückten Weiber gab es zu Genüge da draußen.

„Da rattert dein süßes Köpfchen, was?" Martha kam zurück zu ihr und stellte sich vor das Bett. „Ist ja auch egal. Jedenfalls hast du alles etwas beschleunigt, weil so viel kann man mit dir nun nicht mehr anfangen mit den Füßen. Du wirst einen Tag Ruhe bekommen. Zum Glück haben wir hier genug Ärzte im Team, die dich versorgen können. Aber lange wird das nicht gut gehen, und bevor du uns nachher noch schlappmachst, möchten wir dir besser bald deinen Endgegner vorstellen. Mal sehen, wer es wird. Das Höchstgebot, um dein letztes Stündchen mit dir zu verbringen, liegt bei einer Million Euro. Mal sehen was da noch kommt."

Sabine hörte zwar jedes Wort, konnte aber einfach nicht verstehen, was Martha da redete. *Ein Endgegner? Und es gibt Leute, die so viel Geld zahlen, um mir wehzutun? Was hab ich denn getan, verdammt?! Ich versteh das nicht.* Sie zwang sich, nicht zu weinen. Viele kranke

Menschen würden ihre Tränen sehen können und sich daran aufgeilen. Niemals würde sie denen das gönnen.

Martha berührte Sabine an den Hüftknochen, strich über ihre Rippen. „Etwas dürr siehst du nach den letzten Tagen aus. Du musst morgen gut essen. Denk dran, es wird das Letzte sein, das du isst, ... es sei denn, du besiegst deinen Endgegner. Aber dafür brauchst du Kraft." Sie nahm die Kerze und ging zur Tür. „Schlaf schön und träum süß, kleine Blondi."

20. OKTOBER 2020 – DIENSTAG

John

Ach du Scheiße!" John starrte auf Casys Handy mit den Bildern von der Durchsuchung von Charlys Zimmer. Auch dort lag das Buch.

„Ich glaube, wir haben die Verbindung gefunden." Casy nahm das Handy zurück und warf sich seufzend in ihren Schreibtischstuhl. Sie blätterte in den Akten, schien etwas zu suchen.

„Wir müssen auch die Zimmer der anderen Vermissten durchsuchen lassen, um auszuschließen, dass das hier nur ein Zufall ist, und um rauszufinden, wer von denen ebenfalls dort gelandet ist."

„Mir wäre lieber, wir finden raus, wo *dort* ist." Casy suchte immer noch wie wild in den Aktenmappen.

„Was suchst du denn?"

„Ich hatte mir eine Stelle im Tagebuch angemarkert." Sie blätterte durch die kopierten Tagebuchseiten. „Wie weit ist Tanja mit dem Buch?"

„Bald durch." John fischte einen Schokoriegel aus seiner Jackentasche, riss ihn auf, als würde sein Leben davon abhängen. „Die Nutte", hatten sie im Video gesagt. Konnte es sein, dass sie Charly gemeint hatten?

Zum Glück waren Isabell und Emma in Sicherheit. Tanja war bei ihnen und auch Freddy war inzwischen dort eingetroffen – Hauptsache weg von Martin. Sie war von ihrer Schicht aus direkt zu Emma gefahren, denn Martin würde sicher ausrasten, wenn er bemerkte, dass sein Laptop und Isabell spurlos verschwunden waren. John hätte zu gern gesehen, wie Tanja und Freddy einander kennenlernten. Tanja schien es gutzutun, wieder zu arbeiten und ein Ziel vor Augen zu haben. Das war ein Anfang. Er lächelte.

„Dein Ernst? Sabine liegt bei irgendwelchen Irren und du grinst?" Tim betrat kopfschüttelnd den Raum.

John war sich nicht sicher, ob er es ernst meinte oder ob er scherzte. Er schämte sich und legte den Schokoriegel beiseite, damit er nicht noch so aussah, als würde er genüsslich was naschen, während Sabine durch die Hölle ging.

„John, das war ein Scherz. Iss das Zeug. Wir brauchen alle so viele Nerven wie möglich."

„Gibts was Neues?"

„Sie liegt immer noch auf dem Bett. Aber viel Zeit haben wir nicht mehr. Sie wird sicher bald Abendbrot bekommen. Außerdem haben sie die Ankunft eines neuen Mädchens gezeigt – liegt mit Kopfverletzung im Bett … in einem Zimmer mit Möhrentapete … allein das ist schon krank.

Wer tapeziert sich sein Zimmer mit Möhrenmotiv?! Die Kleine ist jedenfalls sicher noch keine achtzehn. Und sonst gibt es noch mindestens fünf weitere junge Frauen. Eine hat keine Zähne mehr im Mund, die Nächste hat frische Brandwunden. Eine weitere liegt in einer Art Hundehütte und hat einen Napf, als wäre sie ein Haustier. Die halten dort sogar ein ganz kleines Mädchen gefangen – das trägt die ganze Zeit einen Ranzen auf dem Rücken und steht stramm wie ein Zinnsoldat vor dem Bett. Die sind total krank. Das scheint echt das Haus des Bösen zu sein."

„Und irgendeine Chance, rauszufinden, wo das ist?"

„Sieht aktuell schlecht aus. Aber wir gehen jedes Detail durch. Alle sitzen dran."

In der Tat war das Büro schon lange nicht mehr so voll gewesen. Es war so laut wie in einem Bienenstock. Die einen telefonierten, andere tippten oder besprachen sich mit anderen, und wieder andere rannten aufgeregt zwischen den Schreibtischen hin und her.

Johns Telefon klingelte.

„John, wir haben das Buch durch", sagte die ihm so vertraute Stimme. Tanja, voller Eifer, schenkte ihm einen kurzen Moment der Normalität.

„Und? Habt ihr was Aufschlussreiches gefunden?" Er kratzte an seinem Dreitagebart.

„Das Nachwort. In der Geschichte geht die Protagonistin in der sächsischen Schweiz wandern. Und falls die Leser das auch wollen, bekommen sie ein paar Tage gratis, weil die Autorin ein eigenes Hotel dort hat. Sie will ihren Lesern damit Mut machen, ihr Leben zu verschönern."

„Und hast du dich angemeldet?"

„Ja, aber es heißt, man müsse warten, ob man eine der Auserwählten sei, die den Platz bekommen. Dafür musste ich ein paar Fragen beantworten."

„Was für Fragen?"

„Ich hab sie euch gerade geschickt. Die wollten wissen, wie viele Follower ich habe, warum mein Leben scheiße ist, was ich stattdessen will, wovor ich Angst habe und so weiter. Ziemlich tiefgründige Fragen."

„Und die hast du beantwortet?"

„Ja, über meine private Mailadresse. Aber jetzt kommt nichts mehr."

„Okay. Und wie läuft's mit den anderen?", fragte er vorsichtig nach.

„Die haben auch alle das Buch gelesen. Wir wollten nichts übersehen."

„Schatz?" Er sah sie vor seinem inneren Auge und hätte sie so gern in den Arm genommen.

„Ja?!" Die Ungeduld in ihrer Stimme ... wie er sie vermisst hatte.

„Passt auf euch auf."

„Ich lieb dich auch." Er konnte ihr Grinsen hören, gefolgt vom Tuten, das ihm signalisierte, dass sie aufgelegt hatte.

Wenigstens waren sie diesmal in Sicherheit.

Zukunft

Sabine

S abine starrte an die Decke. Sie wusste nicht, ob sie sich freuen sollte, weil sie nicht wusste, wer ihr Endgegner war, oder ob es besser gewesen wäre, sich schon mal mit ihrem Schicksal anzufreunden. Immer wieder sah sie Charly, die sich das Hirn rauspustete. Immer wieder fragte sie sich, ob sie das nicht auch lieber hätte tun sollen. Martha hatte ihr mittlerweile ein paarmal etwas zu essen und Medikamente gebracht, und Sabine hatte alles brav zu sich genommen. Wären Drogen drin, wäre sie sogar dankbar gewesen. Charly hatte doch auch welche bekommen.

Erneut betrat Martha den Raum. „Hallo, Liebes. Wie schön, dass du so gut isst. Du darfst dir für heute Abend dein Lieblingsessen wünschen. Wir werden sehen, was sich machen lässt." Martha stellte ein Stück Kuchen und eine Tasse Kaffee auf den Nachttisch. Dann setzte sie sich wie immer zu Sabine aufs Bett und streichelte ihr liebevoll über den Kopf.

Sabine litt unter der Berührung, ließ sie aber über sich ergehen. Sie wollte keinen Kampf mehr führen müssen, sie würde ihre Kraft später brauchen.

Mein Lieblingsessen ... Irgendwas von Emma.
So gern hätte sie gewusst, ob das im Kofferraum wirklich Emma gewesen war, doch diese Frage hatte sie so oft gestellt, dass sie Martha inzwischen wütend machte, und sie wollte keine wütende Martha. Hatte das Mädchen nicht erzählt, dass man sich das Lieblingsessen mit Bonuspunkten erkaufen konnte?

„Martha, darf ich dich was fragen?" Sabine räusperte sich. Sie hatte so viel geschwiegen, dass ihre Stimme ganz rau war.

„Natürlich, Liebes." Doch Martha warf ihr einen warnenden Blick zu.

„Habe ich schon Bonuspunkte gesammelt?"

Die Frage schien die Alte zu überraschen. Sie lachte laut auf. „Seit wann interessierst du dich denn für Bonuspunkte?"

„Ich will Drogen haben. Charly hat auch welche bekommen. Was muss ich dafür tun?"

„Ach, Kindchen. Mit dir wird es aber auch nie langweilig. Charly hat sich die über mehrere Tage zusammengesammelt, und das mit Amanda weißt du ja." Martha erhob sich und ging Richtung Tür. „Ich werde mich besprechen und sage dir zum Abendessen Bescheid. Könnte noch lustig werden heute." Sie schloss die Tür.

20. OKTOBER 2020 – DIENSTAG

Emma

Tanja würde sie zwar später dafür töten, doch gerade telefonierte sie mit John und war abgelenkt. Wenn wirklich sie diejenige war, die dort hingelockt werden sollte, überlegte Emma, dann hatte sie vielleicht auch am ehesten die Chance auf eine Antwort. Also meldete sie sich selbst für den Newsletter der Autorin an und beantwortete schnell die Fragen.

Als Tanja das Schlafzimmer betrat, legte Emma gerade ihr Handy weg und stand auf. „Es wird Zeit fürs Essen. Ich muss was tun, sonst dreh ich durch."

Tanja schien erleichtert. „Wird ja auch Zeit. Ich sterbe vor Hunger." Sie grinste ihre Freundin an und umarmte sie, ehe sie beide aus dem Zimmer in Richtung Wohnzimmer gingen.

„Hey, ihr zwei", begrüßte Emma die zwei fremden Mädels auf ihrer Couch, die immer noch in dem Buch lasen. Es war komisch, sie dort sitzen zu sehen. So richtig wohl fühlte sich Emma mit dem Umstand, dass sie da saßen, nicht. *Was die wohl über mich denken, weil ich die ganze Zeit abgeschottet von ihnen im Bett gelegen habe?* Vor allem Isabell, die ihre Panikattacke miterlebt hat.

„Geht's dir wieder besser?", fragte Isabell mit zarter Stimme.

„Zumindest gut genug, um zu kochen. Gibt es etwas, das ihr nicht gern mögt?"

„Gemüse!", gab Freddy zurück.

„Oh ... Ähm ... ich glaub, Fleisch hab ich gar nicht da."

„Können wir nicht einfach Pizza bestellen?" Freddy kaute auf ihrem Kaugummi und Isabell stieß ihr den Ellenbogen in die Seite.

„Du kannst dir gern eine Pizza bestellen, aber wir zahlen die nicht!", fauchte Tanja sie an und folgte Emma in die Küche. „Was ist das denn für ein Gör?! Die regt mich schon die ganze Zeit auf mit ihrem dämlichen Kaugummigekaue. Außerdem hat sie mit Sabines Freund gepennt." Tanjas Wangen glühten rot.

Emma blieb ruhig. „Sie wusste doch gar nicht, dass Martin neben ihr eine andere hatte. Die hat das selbst vorhin erst erfahren." Sie holte alles, was sie zum Kochen brauchen konnte, aus dem Kühlschrank und schrieb dann ein paar Sachen in ihr Kochbuch.

Aus dem Wohnzimmer konnte man hören, dass die Schwestern stritten. Tanja stand mit dem Ohr an der Tür, um zu lauschen, was Emma belustigte. Sie hatte gerade keine Nerven für dieses ganze Drumherum. Alles, was sie jetzt brauchte, war Kochen. Eine Tür knallte.

„Scheiße!", fluchte Tanja lautstark und öffnete die Tür.

„Sie ist einfach abgehauen", erklärte Isabell mit Tränen in den Augen.

„Fuck! Diese jungen Gören machen nur Ärger!" Tanja schnappte sich ihre Tasche. „Bin zum Essen zurück." Sie rannte los, um Freddy einzuholen.

Das arme Mädel muss doch selbst erst mal verkraften, dass ihr Freund nicht nur ein Fremdgeher, sondern auch noch ein kranker Arsch ist, der anderen beim Sterben und Foltern zuguckt. Emma konnte Freddys Verhalten absolut nachvollziehen. In Erik war sie schließlich auch mal unglaublich verliebt gewesen, und dann war er eines Tages als kranker Psychopath zurückgekommen. Diese zwei verschiedenen Menschen, die doch ein einziger waren, konnte sie nicht vereinbaren ... es war für ihr Hirn schlicht unmöglich. Der, der sie abgöttisch geliebt, verehrt hatte, der sie anhimmelte und auffing, sie sogar beschützt hatte. Und der, der sie brutal gefoltert, vergewaltigt und dabei noch von Liebe gesprochen hatte. Emma schüttelte die Erinnerung ab. „Willst du mir helfen?", fragte sie Isabell, die am Fenster stand und weinte.

Sabine

Ich werde hier noch wahnsinnig! Sie hatten ihr einen digitalen Timer ins Zimmer gestellt. Die rot leuchtenden Zahlen erhellten den Raum, in dem sie gerade ihr voraussichtlich letztes Mahl einnahm. Spaghetti mit Tomatensoße und einen Tomatensalat. Mit dem Kommentar, sie solle sich schon mal an das ganze Rot gewöhnen. *Na danke.* Sabine kaute langsam. Was würde sie gleich erwarten?

Nach zehn Minuten erklang das vertraute Knistern und Sabine lauschte nervös Linus' Stimme.

„Mein geliebtes Blondilein. Ich weiß nicht, ob ich dich hassen oder lieben soll. Auf jeden Fall weiß ich, dass ich dir sehr wehtun möchte. Ich will dich schmecken, kosten, spüren. Doch heute soll es nicht um mich gehen. Du hast nach einer Aufgabe gefragt, und wir haben die Frage ans Publikum weitergegeben. Die Zuschauer durften entscheiden, ob du A, unserer Anni den letzten gesunden Zahn ziehst, dich, B, mit ein paar Utensilien, die wir dir zur Verfügung stellen, vor uns allen befriedigst, oder C, endlich unsere zauberhafte Carmen kennenlernen wirst. Bisher ist das Publikum für B. Sie durften dich schon so lange in deinem heißen Outfit bewundern, da haben sie Lust auf mehr. Und nun ist es bald so weit."

Sabine starrte auf den Timer, der die Zahl 17 anzeigte. Ihr blieben noch 17 verdammte Minuten. Sich vor diesen Wichsern selbst zu befriedigen, war vermutlich besser, als jemandem wehzutun. *Einen Zahn ziehen?! Wie krank sind die eigentlich? Aber welche Utensilien könnten das sein?* Ihre Gedanken sprangen hin und her, sie konnte ihren Kopf gar nicht beruhigen. Am liebsten hätte sie ihren Teller gegen die Wand geschmissen, doch das hätte ihr auch nicht weitergeholfen. *Wobei ...* Die Scherben könnte sie gut gebrauchen. Entweder zur Verteidigung oder um sich selbst zu töten. Am besten heimlich still und leise, unter der Bettdecke, sollte sie denn noch eine bekommen. Vielleicht konnte sie sich von ihren Bonuspunkten eine kaufen? Oder vielleicht würde es reichen, wenn sie einfach deutlicher fror? Sie wollten sie doch fit haben. Mit einem Mal fasste sie Mut. Da sie nicht mehr gefesselt war – wie hätte sie mit den Füßen auch so leicht abhauen können –, setzte sie sich in den Schneidersitz. Die Kameras waren direkt zwischen ihre Beine gerichtet. *Na dann wählt mal so, dass ich keinem wehtun muss. Denn wenn alles gut läuft, bringe ich mich einfach selbst um. Wie Charly.*

Sabine stellte die Salatschale in den nun leeren Spaghettiteller. Sie genoss jeden Bissen. Ihre vielleicht letzten. Noch ein einziges Mal würde sie etwas Schlimmes über sich ergehen lassen müssen und dann, wenn die anderen sie schlafend wähnten, würde sie heimlich verbluten. Der Timer zeigte noch fünf Minuten. Sie schob sich die letzte Gabel voll Salat in den Mund. *Granny, es tut mir so leid, dass ich aufhören werde zu kämpfen, aber ich finde, das beweist, wie stark ich bin, wenn ich selbst das schaffe. Denn einen anderen Ausweg sehe ich nicht. Kein Schwein weiß, wo ich bin. Ich wollte schließlich in der Sächsischen Schweiz wandern, stattdessen bin ich hier in einem ehemaligen Kinderkrankenhaus. Granny, es ist wirklich der letzte Ausweg und ich bitte dich, mir zu verzeihen. Auch dass ich jetzt für den Plan etwas sehr Unanständiges machen muss. Bitte verzeih mir ... wie all die anderen Male auch.*

Sie stellte das Geschirr so auf den Nachttisch, dass es aussah, als wäre es ein Versehen, dass alles auf den Boden fiel und zersprang. „O nein. Tut mir leid!", rief sie laut und fischte vom Bett aus nach den Scherben, tat so, als legte sie alle sorgsam auf den Nachttisch. Doch eine kehrte sie heimlich unter den Tisch und eine sehr kleine steckte sie sich in den Mund, als sie so tat, als hätte sie sich am Finger verletzt. Sie musste vorsichtig sein, durfte jetzt nicht schlucken. Weinend warf sie sich dann in ihr Kissen und spuckte die Scherbe unauffällig aus, um sie zu verstecken. Im nächsten Moment schlug auch schon die Tür auf. Hoffentlich hatten sie ihren Plan nicht bemerkt.

Emma

Und was wird das?", fragte Isabell, die gerade Möhren klein schnitt und in eine Schale warf.

„Einfach nur eine Gemüsepfanne", gab Emma zurück. Ihr ging es schon etwas besser, allein durch das Geschnippel. Auch wenn sie das sonst am liebsten allein tat, war es in der aktuellen Situation doch schön, dass sie nicht allein hier war.

„Ja, aber wie heißt sie?"

Emma drehte sich verwundert zu ihr. „Kennst du etwa meinen Blog?"

„Na klar, wer kennt ihn nicht? Ich habe schon so viele Rezepte von dir nachgekocht, aber am liebsten waren mir die ‚Ich-bin-in-Hundepipi-getreten-Pancakes'." Isabell grinste breit.

Es war schön, zu sehen, dass sie nicht nur traurig, ängstlich und ernst aussehen konnte. *Und wie krass ist es bitte, dass dieses Mädchen mich kennt?* Das war Emma bis dahin noch nie passiert. Nun gut, sie lernte sonst auch niemanden kennen. Isabell schaute verlegen weg.

„Wir nennen sie: ‚Mein-Leben-ist-schon-wieder-Chaos-Pfanne'".

Isabell lachte. „Das passt. Ist eigentlich jedes Gemüse Bestandteil des Chaos?"

„Hm ... darüber habe ich noch nie nachgedacht."

„Guck mal, ich könnte die Möhre sein und Freddy die rote Paprika, wegen ihrer Haare. Und John ist eine Kartoffel, weil er mit seiner ruhigen Art alle erden kann." Isabell hielt die Kartoffel nachdenklich in der Hand und betrachtete sie von allen Seiten.

Emma verkniff sich ein Lachen. Sie wollte nicht, dass Isabell dachte, sie lachte über sie, aber sich John als Kartoffel vorzustellen, war schon ziemlich witzig. „Und wer bin ich?"

„Hmmm." Sie schien ernsthaft zu überlegen. Spätestens jetzt wusste Emma, dass Isabell es ernst meinte. „Du bist die Sahne, die am Ende alles verbindet."

Wow ... Emma bekam eine Gänsehaut und war schwer beeindruckt. Sie zuckte zusammen, als ihr Smartphone eine Nachricht ankündigte. „Ich muss kurz mein Handy holen", entschuldigte sie sich und eilte ins Schlafzimmer. Auf dem Weg dorthin entdeckte sie Tanjas Handy auf der Flurkommode. *Mist! Na das fängt ja schon wieder toll an.* In dem Moment rief John an. Emma nahm das Gespräch an, um ihm zu sagen, was passiert war, doch sie kam gar nicht zu Wort.

„Schatz, es geht los. Sie haben Sabine einen Timer und etwas zu essen ins Zimmer gestellt. In einer halben Stunde bekommt sie ihre Aufgabe."

„Was für eine Aufgabe?" Emma zitterte am ganzen Körper.

„Emma?"

„Tanja hat ihr Handy vergessen. John, was für eine Aufgabe bekommt sie?"

Er seufzte. „Sabine wollte eine Aufgabe, um Bonuspunkte zu bekommen, damit sie sich unter Drogen setzen kann."

Einen Moment sagte niemand etwas. Sabine verlangte nach Drogen. Eine Aufgabe. Bonuspunkte. Sie hatte das Geschehene wirklich gut verdrängen können, doch jetzt holte es Emma wieder ein. Ihr Handy. Sie hatte doch eine Nachricht bekommen. Sie ging mit John am Ohr ins Schlafzimmer.

„Emma? Bist du ok?", fragte John.

„Wie sollte es mir unter den Umständen gut gehen?!", fauchte sie ihn an. Sie nahm ihr Handy und öffnete das E-Mail-Fach.

„Soll ich Tim vorbeischicken?"

„Ihr sollt verdammt noch mal Sabine finden!" Sie starrte auf ihr Handy und zitterte. „O Mann, nein, tut mir leid, John. Aber findet ihr sie in der nächsten halben Stunde?"

„Wir werden alles versuchen, aber wir wissen noch nicht, wo wir suchen sollen. Deshalb wollte ich Tanja fragen, ob sich jemand auf ihre Mail gemeldet hat."

„Bei mir schon."

„Bei dir?!", schrie er ins Telefon.

„Ja. Wenn wirklich Erik die auf mich angesetzt haben sollte, dann wollen sie ja wohl eine Mail von mir. Und die haben sie bekommen."

„Und?"

„Ich leite dir gerade die Antwort weiter. Sie haben mir ein Zugticket in die Sächsische Schweiz geschickt. Die einzige Bedingung: Ich muss sofort losfahren."

„Das machst du auf keinen Fall, hörst du?!"

„Aber wenn das unsere einzige Chance ist? Wie wollt ihr rausfinden, wo das ist, wenn nicht mit mir? Gebt mir doch so einen scheiß Peilsender oder so."

„Einen Teufel werden wir tun! Emma, du musst es schwören! Du verlässt deine Wohnung nicht und schon gar nicht ohne Tanja oder einen von uns. Versprich es mir!", flehte er.

„Ja, ja."

„Wir können jemand anderes hinschicken, der sich für dich ausgibt."

„Die sind doch nicht dumm. Die wissen sicher, wie ich aussehe. Und wenn wir Sabine deswegen nicht finden, dann werde ich euch das nie verzeihen. Es ist eine Chance. Denk wenigstens darüber nach. Sprich mit deiner Chefin oder so." Sie legte auf und warf das Telefon wütend aufs Bett. Das Zittern wurde immer schlimmer. Sie wollte auf keinen Fall in diesen dämlichen Zug steigen und am Ende wieder gefangen in einem Bett liegen. Aber sie wollte auch nicht, dass es Sabine so ging, und wenn sie sie so retten konnte ...

Wieder klingelte es. Tim rief an. Emma schaltete den Ton aus und ging in die Küche. Sie würde dieses Gericht kochen, sich beruhigen und dann weitersehen. Vielleicht hatten sie ja bis dahin schon brauchbare Informationen und wusste, wo sich Sabine befand. Dann würde sie sich auch keine weiteren Gedanken darüber machen müssen.

John

Frau Martens, was suchen Sie denn hier?" John umarmte die Frau spontan und scherte sich nicht darum, was die anderen dachten. Er hielt für einen kurzen Moment den Atem an, da sie immer noch roch wie frisch aus der Kneipe.

„Ich komme grade von meiner Schicht und wollte hören, wie Sie vorangekommen sind." Sie blickte ihm flehend in die Augen. „Ich fühle sie einfach nicht mehr", flüsterte sie.

„Kommen Sie. Gehen wir kurz in ein Besprechungszimmer. Dann können wir in Ruhe reden."

„Sie ist tot?!", schrie sie.

„Nein. Wir haben Ihre Tochter noch nicht gefunden. Aber wir glauben zu wissen, wo sie sein könnte. Sie wurde eventuell angelockt." Er zog sie sanft am Arm, wollte sie immer noch von dem ganzen Gewusel wegholen.

„Ich will in kein Besprechungszimmer! Ich will zu meiner Tochter!" Tränen strömten ihr über die Wangen. „Tut mir leid. Bitte sagen Sie mir, wie sie gelockt wurde und wohin. Was bitte hat meine Tochter dazu gebracht, sich in die Hölle zu stürzen?"

Er durfte es ihr nicht sagen. Wenn auch nur die kleinste Info nach draußen drang, wüssten die Strippenzieher, dass sie ihnen auf der Spur waren. „Frau Martens. Ich darf Ihnen nicht mehr sagen. Ich kann Ihnen nur versichern, dass wir eine Spur in die Sächsische Schweiz haben und dran sind."

Sie stampfte zu seinem Schreibtisch und griff nach dem Buch. „Und was ist hiermit? Meine Tochter liest keine Bücher und plötzlich kommt sie mit so was daher! Ist es das? Hören Sie, ich bin nicht dumm."

„Wir dürfen Ihnen keine Informationen geben. Wenn die Presse davon Wind bekommt, finden wir Ihre Tochter vielleicht nie."

„Oder die Presse macht Ihren Job. Wieso ..."

Sie hielt inne. John folgte ihrem Blick und erstarrte. *Mist.* Auf dem Tisch eines Kollegen sah sie den Bildschirm, auf dem sich gerade alles abspielte.

„Ach du Scheiße!" Sie starrte auf den Bildschirm. Ein Mädchen lag weinend in einem

Raum mit Astronautentapete. Der Mund war blutig, genauso wie die Bettwäsche, in die sie eingehüllt war.

„Ist das der Ort?! Wenn ja: Das ist nicht die Sächsische Schweiz!"

„Was?" John war total perplex. Er schrie seinen Kollegen an, dass er den Bildschirm drehen solle, und zog sie aus dem Großraumbüro.

„Hören Sie mir eigentlich zu?!", keifte sie. „Sie liegen falsch! Das ist hier in Berlin!"

„In Berlin?"

Frau Martens war so laut gewesen, dass sich inzwischen mehrere Kollegen zu ihnen umgedreht hatten.

„Und woher wissen Sie das?"

„Weil ich da mal gearbeitet habe. Das ist das ehemalige Kinderkrankenhaus in Weißensee."

„Das ... Frau Martens, woran erkennen Sie das genau?", fragte er, so ruhig er konnte, auch wenn er innerlich gerade explodierte.

„An den Tapeten. So hässliche Tapeten hatten sie nur da. Das Gelände steht seit Jahren leer – ein Lost Place. Aber jetzt wollten sie es neu sanieren und keiner kommt mehr rein. Die Gören von meinen Freundinnen haben sich neulich darüber beschwert, weil sie dort keine Partys mehr feiern können."

„Frau Martens, ich danke Ihnen sehr, aber jetzt muss ich Sie leider alleinlassen und dieser Information nachgehen. Könnten Sie bitte in der Nähe bleiben?"

„Ich nehme jetzt einen von Ihren ständig angepriesenen Tees und dann rauche ich eine. Ich geh hier keinen Meter weg, bis Sie meine Tochter da rausgeholt haben. Versprochen." Sie marschierte Richtung Küche und er ließ sie ziehen.

Sie hatten das Gebiet bereits auf Google Maps herangezoomt und stellten ein Sondereinsatzkommando zusammen. Auf dem Bildschirm sah John, dass Sabines Timer gerade ablief ...

Sabine

Martha betrat den Raum. „Mensch Kind, pass doch auf!" Mit Feger und Müllschippe bewaffnet, bückte sie sich ächzend und kehrte die Scherben auf.

„Soll ich helfen?"

„Nein, lass mal. Du hast jetzt anderes zu tun. Gerade wurde entschieden, wie es weitergeht, und Linus wird die Neuigkeit jeden Moment verkünden." Martha hielt inne. Ihre Augen starrten sie durch ihre weiße Maske an. „Du kannst ordentlich Punkte gewinnen."

„Darf ich in meiner letzten Nacht wenigstens bequem und warm schlafen? Also mit einer Decke?", wagte sie sich vorsichtig vor.

„Wenn du sie überlebst ..." Martha verschwand winkend.

Hä? Wieso sollte ich sie nicht überleben? Ich denke, morgen ist mein letzter Tag? Der Endgegner. Und außerdem wollten sie doch sehen, wie ich mich selbst befriedige. Heimlich griff sie nach der Scherbe, tat dann so, als würde sie an ihrem Verband etwas schauen, und versteckte sie darunter.

Das Knacken setzte wieder ein. „Blondilein. Wir haben eine große Überraschung für dich."

Sie zuckte zusammen. Ihr Körper kribbelte vor Panik. Ihr Atem setzte aus. *Was passiert jetzt?*

Martha betrat den Raum erneut, schob einen Rollstuhl herein.

„Setz dich!", befahl Linus durch die Lautsprecher. „Martha bringt dich zu deinem großen Abend."

Sie befolgte die Anweisung und ließ sich über den Flur fahren. Hinter einer Tür hörte sie Schreie, hinter anderen ein Wimmern. *Wie viele Frauen sind hier noch eingesperrt?* Was würde sie erwarten? Sabine schielte auf die Stelle, unter der die Scherbe steckte. Sie war bereit. Vielleicht würde sich aber auch noch die Möglichkeit bieten, an eine Waffe zu kommen, mit der sie sich kurz und schmerzlos umbringen konnte. Sie musste hoffen und beten. *Bitte, lieber Gott, wenn es dich gibt, schick mir eine Pistole oder so was, damit ich mich sofort umbringen kann. Ich ertrage das hier nicht mehr. Bitte hilf mir aus dieser Hölle.*

„Gleich siehst du deinen Special Guest." Martha klang amüsiert.

Sabine war froh, sie nicht sehen zu müssen. *Mein Special Guest ...* „Emma?" Sie schreckte hoch und drehte sich nun doch zu Martha.

Diese hielt nur einen Finger vor den Mund der Maske. „Du wirst es doch gleich sehen, Schätzchen. Es soll eine Überraschung werden."

Der Rollstuhl wurde über ein paar große Holzbretter gerollt. Am liebsten hätte sie Martha diese über den Kopf gezogen. Nur für sie hatten sie diese Bretter organisiert. Damit sie sie transportiert bekamen. *Hättet ihr vielleicht mal überlegen sollen, bevor ihr mir in den Fuß schießt.* Der Schmerz puckerte enorm. Nur das Adrenalin machte ihn einigermaßen erträglich – die Angst war noch größer als der Schmerz.

„So, wir sind da."

John

Er musste unbedingt Tanja erreichen, um Emma von einer großen Dummheit abzuhalten. Wieso rannte sie auch ohne Telefon los? Emma und Isabell gingen nicht an ihre Handys und Tim und er hatten keine Zeit mehr, wollten jeden Moment los zu diesem Kinderkrankenhaus. Daher versuchte er es als letzte Chance bei Freddy. Doch auch sie drückte ihn weg.

Blieb nur noch eine Notlüge, denn wenigstens hatte Freddy ihr Handy sicher bei sich. *„Isabell ist in Gefahr",* schrieb er und schämte sich für diesen miesen Trick ... zumindest kurz.

Freddy rief zurück.

„Was ist mit ihr?"

„Du musst mir sofort Tanja ans Telefon geben. Es ist dringend!"

„Äh, was? Wieso denn Tanja? Warum sollte die bei mir sein?"

„Dreh dich einfach um. Sie folgt dir und du wirst sie sicher gleich entdecken. Schau hinter Autos und Aufgänge."

„Alter, dein Ernst? Warum folgt die mir? Ich hab nichts verbrochen und sie wollte doch eh ihre Ruhe vor mir. Wieso dackelt sie mir dann nach?"

„Weil sie dafür sorgen will, dass ihr alle in Sicherheit seid." John gab sich Mühe, ruhig zu bleiben, auch wenn er es so eilig hatte, dass es ihm die Luft abschnürte.

„Und wieso geht sie dann nicht an ihr Telefon, wenn du sie brauchst?"

„Weil sie es liegen gelassen hat, als sie dir spontan folgen musste. Und nun ist niemand mehr bei Emma und Isabell!" Er wollte ihr ein schlechtes Gewissen einreden.

„Wieso sollte auch jemand dort sein? Die Verrückten haben es schließlich nicht auf sie abgesehen."

„Das wissen wir überhaupt nicht. Gibst du mir jetzt bitte Tanja?"

„Ich habe Besseres zu tun."

„Wo bist du?" John bekam es mit der Angst zu tun.

„Ich werde ihm den Arsch aufreißen."

„Halt! Warte! Nimm deine scheiß Finger von der Tür! Bist du irre?!" Tanja schrie so laut, dass John sie durchs Telefon hören konnte.

„Verpiss dich! Ich lass das doch nicht einfach auf mir sitzen!"

„Und gefährdest für dein Ego, dass wir Sabine retten können? Und all die anderen Mädchen?"

„Was für andere Mädchen?"

„Sabine wird nicht allein gefangen gehalten. Dort sind schon einige andere gelandet. Wenn du da jetzt reingehst, sabotierst du die Ermittlungen."

„Wieso habt ihr ihn denn dann noch nicht festgenommen?! Ihr seid doch selbst schuld, ey!" John hörte die Wut in Freddys Stimme.

„Weil wir hoffen, dass er sich bei den anderen meldet, um sie zu warnen, dass sein Laptop weg ist."

„Aber ich muss ihm eine verpassen!", hörte er Freddy rufen. „Hey, was soll das?! Hör auf, mich festzuhalten! Ich will das nicht. Lass mich los!"

„Freddy, bitte. Glaub mir, im Knast wird er es viel schlimmer haben – dafür sorge ich. Er ist Abschaum und hat es gar nicht verdient, dass du dir deine Finger an ihm schmutzig machst. Am Ende baust du Mist und wirst selbst verhaftet. Dann hast du gar nichts bei gewonnen. Glaub mir."

John lauschte nervös. Was würde jetzt passieren?

„Schau mal. Da in dem Auto sitzen Kollegen und in dem da auch. Die könnten alle bezeugen, dass du wie eine Irre zu ihm rein bist. Es bringt nichts. Wirklich. Lass uns lieber alles aufdecken und ihn im Knast seinesgleichen vorstellen."

„Ich hasse ihn, verflucht!" Freddy weinte nun.

„John, wir müssen los. Bist du bereit?" Tim war in Vollmontur und sah ihn zögernd an. John nickte. Er war ebenfalls fertig ausgerüstet und lief mit ihm mit. „Freddy, Tanja!", schrie er ins Telefon. Ihm war egal, was die Kollegen dachten.

„Mist ... John. Er wollte dich sprechen", hörte er Freddy sagen.

„John?" Es raschelte, als sie das Handy nahm. „Hey, was ist?"

„Du musst dringend zu Emma. Sie hat sich auch angemeldet und die Spur führt in die Sächsische Schweiz. Sie will allein dorthin. Ich erreiche sie nicht, um ihr zu sagen, dass wir jetzt nach Weißensee in das ehemalige Kinderkrankenhaus fahren. Die Mutter der Vermissten, Charly, hat es wiedererkannt. Wir sind auf dem Weg."

„Wartet! Ich will mit!"

„Nein, du bringst Freddy jetzt in die WG zurück und kümmerst dich sofort um Emma. Sonst ist sie die nächste Vermisste!" Solche Ansagen machte er ihr selten, aber er war nun vollkommen im Polizeimodus. Klare Befehle.

„Okay. Ich liebe dich."

„Ich dich auch."

Sabine

Darf ich vorstellen? Carmen." Martha schob Sabine in den Raum. Bananen zierten Tapete und Boden.

Carmen hatte keine Haare mehr. Sie war nackt und hatte überall Brandwunden. *O mein Gott, was haben die bloß mit ihr gemacht?!* Es roch stark nach versengtem Haar.

Carmen starrte sie ausdruckslos an, schien zu allem bereit zu sein, was man ihr auftrug. Sie musste unglaubliche Schmerzen haben. Einige Wunden schienen älter zu sein, andere ganz frisch. Sabine vermutete, dass sie genug Schmerzmittel und Drogen bekam.

„Nun schau doch mal richtig hin." Martha schob sie näher zu Carmen, die vor ihrem Bett stand. In dem Bett lag jemand, und erst jetzt konnte Sabine erkennen, wer das war. Sie verlor den Boden unter ihren Füßen, traute ihren Augen nicht. *Das haben sie nicht getan!*

Martha lachte laut und ließ die drei allein. Sabine stand auf und hievte sich auf das Bett. „Was macht sie hier?!", schrie sie verzweifelt. Sie nahm ihre Oma in den Arm und wiegte sie hin und her. „Granny ... was haben sie mit dir gemacht? Wieso bist du hier?"

Die alte Frau öffnete die Augen. „Kerstin?"

„Nein, Granny. Ich bin's, Sabine. Deine Enkelin." Obwohl die Situation, in der sie sich alle befanden, so viel schlimmer war, konnte Sabine die Verwechslung kaum aushalten. Sie wusste, dass sie Ähnlichkeiten mit ihrer beschissenen Mutter hatte, aber wenn ihre geliebte Omi sie für sie hielt, traf sie das jedes Mal tief in der Seele. Deshalb konnte sie sie auch seit Jahren nicht mehr besuchen ... und nun war sie hier an diesem furchtbaren Ort. *Das ist einfach zu viel ...* Sabine weinte Sturzbäche.

„Ist ja gut. Wir haben es begriffen. Die Wiedersehensfreude ist groß", sagte Linus genervt über die Lautsprecher. „Du solltest nicht so unvorsichtig sein, wenn du bei anderen zu Besuch bist. Carmen sieht zwar auf dem ersten Blick aus wie ein Opfer, aber das ist sie nicht. Nicht *nur* zumindest. Sie hat gelernt, mit Feuer umzugehen. Wunderst du dich nicht, warum deine Oma etwas angesengt riecht?"

Ihre Oma hatte tatsächlich ein paar Blessuren auf dem Kopf. „Nimm deine scheiß Griffel von meiner Oma! Ich sag's dir! Komm noch ein Mal in ihre Nähe und ich bring dich um!", schrie sie Carmen an.

Carmen lachte. „Du mich? Du hast es ja nicht mal geschafft, das Schulmädchen zu bestrafen."

Das Lachen dröhnte in Sabines Ohren. Sie war völlig überfordert mit der Situation.

„Okay. Was soll ich machen?", rief sie in Richtung Lautsprecher, hoffte, Linus würde ihr weitere Anweisungen geben.

„So ist es richtig, liebes Blondilein", lobte sie Linus. „Wir wollten dir eigentlich eine richtige Waffe geben, aber du hast ja bereits entschieden, dass dir eine kleine Glasscherbe reicht. Von daher hast du das zur Verteidigung, Carmen hat deinen geliebten Elektroschocker und es geht los. So ähnlich wie mit unserer Nutte. Nur, dass sich Carmen nicht auf deine Spielchen einlassen wird."

Carmen nickte bestätigend.

„Warum nicht?", fragte Sabine sie fassungslos.

„Weil ich nicht blöd bin."

„Und was ist mit meiner Oma?", wollte Sabine wissen.

„Die wird entweder sterben oder zusehen, wie du jemanden tötest. Liegt bei dir."

„Das ist doch nicht euer Ernst?! Sie versteht das doch eh nicht mehr! Sie *erkennt* mich ja nicht mal mehr!"

„Aber manchmal ist sie ganz klar und dann weiß sie genau, wer sie ist und wer du bist. Das weißt du. Und vielleicht haben wir ja Glück und ihre Erinnerung wird geweckt, wenn du auf eine halbwegs unschuldige Frau losgehst."

Er weiß es. Sabine erstarrte für ein paar Millisekunden. Er wusste alles von ihr. *Woher, verdammt?!*

„Und los. Der Timer läuft."

Der ihr vertraute Countdown wurde runtergezählt. „Fünf, vier, drei ..."

Sie zog die Scherbe unter dem Verband hervor.

„Zwei, eins."

Carmen machte einen großen Satz auf sie zu, während Sabine zur Seite sprang und wegknickte, da sie ihre Füße noch nicht normal belasten konnte. Carmen schien sich ebenfalls vor Schmerz zu winden, da sie auf ihre Schienbeine gefallen war, an denen sie eben noch große Brandblasen gehabt hatte. Sabine rollte sich zur Seite und warf den Rollstuhl auf Carmen, die vor Schmerz stöhnte, sich aber sofort wieder aufrichtete.

Fuck. Ich muss zur Tür. Sabine rannte in eine Ecke, so weit weg wie möglich von ihrer Granny, damit sie bei dem Gefecht nicht verletzt wurde.

Sie rollte zur Tür, hoffte, den Schauplatz nach draußen verlegen zu können. Dort wollte sie die Bretter zur Verteidigung nutzen und hätte auch Scherben zum Werfen zur Verfügung.

Carmen hatte sich in der Zwischenzeit wieder auf ihre Beine gestellt und ging langsam auf sie zu. „Das ging aber schnell, Blondi", sagte sie lachend.

Okay, denk an deine Selbstverteidigung. Du hast gelernt zu fallen und du hast gelernt, von unten zu treten und dich in einem Schwung aufzurichten ... Allerdings mit gesunden Füßen, verdammt. Nein, bleib jetzt klar im Kopf. Sie kommt näher, du liegst auf dem Boden. Sie beugt sich über dich, kommt noch näher ... und los. Sabine trat Carmen mit voller Wucht gegen die Knie. Ein lauter Schrei, der Elektroschocker fiel zu Boden. Sabine griff danach, riss die Tür auf und robbte aus dem Raum. Sie schnappte sich das erste Brett, das sie zu greifen bekam, hob es warnend hoch, als Carmen sich auf sie werfen wollte, schrie wie eine Irre. Vermutlich hatte ihre Gegnerin Unmengen von Drogen in sich. Hoffentlich, denn dann würde sie das Folgende nicht spüren.

Sabine holte aus und schleuderte die Brettkante gegen Carmens Kopf, die sofort zu Boden sackte. *Scheiße! Sie bewegt sich nicht mehr.* Sie robbte zu Carmen, umklammerte fest den Elektroschocker, falls sie wieder zu sich kam oder sie sogar nur täuschte.

„Sabine ...?"

Sabine drehte sich zum Krankenbett. „Granny." Sie kroch zu ihr und zog sich mit letzter Kraft hoch.

„Wo bin ich? Bin ich in der Hölle?"

So ähnlich, dachte Sabine. Doch sie wollte ihr keine Angst machen.

„Nein, Omi. Du träumst nur schlecht. Wenn du das nächste Mal die Augen aufmachst, ist alles wieder gut." Sie strich ihr über die Augen, damit sie sie wieder schloss.

„Du hast dich nur verteidigt. Ich bin dir nicht böse", sagte Granny, wie sie es Sabine schon Hunderte von Malen gepredigt hatte, um ihr das Gefühl der Schuld zu nehmen. „Es war der einzige Ausweg aus deiner Hölle. Sie war krank."

Aber ich hab sie dir weggenommen, führte Sabine stumm den so oft geführten Dialog fort.

„Sie konnte keiner mehr retten. Dich schon."

Sabine hatte sich so lange vor der Erinnerung gedrückt, doch als ihre Mutter sie einmal mehr hatte dazu zwingen wollen, mit einem ihrer Männer zu schlafen, hatte Sabine ihr die Beruhigungsspritze einfach selbst in den Arm gedrückt, um sich zu wehren. Sie konnte ja nicht ahnen, dass dies für den von Drogen verseuchten Körper ihrer Mutter viel zu viel sein würde. Sie starb an einer Überdosis. Noch in derselben Nacht. Nur ihrer Granny hatte sie das erzählt. Sabine hatte damals gewollt, dass diese sie zur Polizei brachte, doch Granny hatte es nicht getan. Es war ihr gemeinsames Geheimnis geworden und sie hatten endlich eine Familie sein können. Niemand hatte Sabine mehr wehtun können.

Im nächsten Moment verkrampften sich Sabines Muskeln. Sie war wie gelähmt. Es fühlte sich an, als hätte sie sich den Ellbogen an einer Kante gestoßen, nur tausendfach stärker. Sie fiel zu Boden und alles wurde schwarz.

John

Bereit?", fragte Tim, der den Einsatz leitete.

Sie saßen im Einsatzwagen, schauten ein letztes Mal auf den Bildschirm. Die Chefin blieb im Auto, gab per Funk durch, was sich im Gebäude abspielte – die anderen stiegen aus, als Tim das Zeichen dafür gab.

Fünfzig schwarz gekleidete Polizisten schwärmten auf das Gelände. Einige positionierten sich dort, andere suchten einen Zugang zum Krankenhaus. Johns Herz schlug mit jedem Schritt, den sie vorankamen, schneller. Es dauerte einen Moment, bis sie den Zugang über einen Baum auf das Gebäude gefunden hatten. Er machte mit Handbewegungen auf sich aufmerksam und zeigte anhand der Finger, wann sie losrennen sollten. Über Funk hörte er, dass jemand bei Sabine am Bett stand und sich um ihre Kopfwunde kümmerte.

Okay. Jetzt! Er holte Luft und rannte los. Gemeinsam huschten sie wie Fledermäuse leise um das Gebäude. In regelmäßigen Abständen blieben einige von ihnen zurück, damit ihnen später keiner entwischen konnte. John musste darauf hoffen, dass sich jeder an den Plan halten und er sofort zu Sabine durchkommen würde.

Schließlich fanden sie die Tür – verschlossen. Sie entschieden sich, den Baum hinaufzuklettern und durch eines der offenen Fenster im ersten

Stock einzusteigen, um im besten Fall unbemerkt in das Gebäude zu kommen. Tim blieb unten und bewachte den Eingang, während John als Erster zum Baum stürzte und hinaufkletterte.

Bisher gab es kein Anzeichen, dass sie bemerkt worden wären. Oben angekommen, schwang John sich zu einem Fenster. Er konnte im Inneren des Gebäudes nichts erkennen – es war zu dunkel. Er wartete, bis ein paar mehr Kollegen ebenfalls über den Baum nach oben geklettert waren und sich zur anderen Seite gehangelt hatten. Mit feuchten Händen kletterte er ein paar Fenster weiter und hielt kurz vor dem mit dem Licht inne, weil er dort Sabine mit dem Typen vermutete. Auf dieser Seite des Krankenhauses gab es zwanzig Fenster; vor fünf davon lauerten nun je zwei Polizisten. Er zählte erneut mit den Fingern von drei runter. *Drei, zwei, eins!* Sie hebelten die Fenster, vor denen sie standen, binnen Sekunden aus. Einer hielt es fest, damit der andere ins Zimmer gelangen konnte.

John befand sich nun in einem dunklen Raum, leuchtete in jede Ecke – das Zimmer war leer. Ein Kollege reichte ihm das ausgehebelte Fenster und er lehnte es an die Wand. *Hoffentlich klappt das bei den anderen auch so gut.* Als auch der andere Polizist im Raum stand, meldete John sich über Funk. „Wir sind jetzt drin und gehen in den Flur." Ein paar weitere Kollegen kamen hinter ihm durch das Fenster. Ab jetzt musste alles sehr schnell gehen, denn sie wussten, dass in vielen Zimmern Kameras hingen.

Sie rannten auf den Flur. Mehrere postierten sich vor Sabines Zimmer, die anderen strömten zu den anderen Räumen.

„Wir stürmen jetzt Sabines Zimmer. Ist er noch drin?", sagte John über Funk.

Seine Frage wurde bejaht und sie legten los. Der maskierte Mann ließ den Verband fallen, als sich die Einsatzkräfte auf ihn warfen. Sie nahmen ihn fest, hielten ihm den Mund zu, damit die anderen im Haus so spät wie möglich realisierten, was passierte. Dass die halbe verrückte Welt und die Polizeichefs zusahen, setzte John noch mehr unter Druck. Alles musste reibungslos funktionieren, sonst würde jeder sehen, wie er versagte.

Er nahm Sabine auf den Arm. „Hey. Du bist jetzt in Sicherheit. Wir haben dich gefunden", flüsterte er ihr sanft zu.

Dann übergab er sie einem Kollegen, der bereits am Fenster stand und dafür verantwortlich war, sie in Sicherheit zu bringen. John sah, dass die Kollegen andere Mädchen mit Seilen gesichert aus dem Gebäude evakuierten. Einer der Beamten kümmerte sich um den überwältigten Kerl.

Sabine blinzelte, stöhnte vor Schmerz. Der Polizist redete die ganze Zeit beruhigend auf sie ein. Unten würde Tim sie übernehmen, John konnte sich damit gerade nicht weiter befassen und rannte aus dem Raum. Er musste diesen Linus, den Strippenzieher, finden. Auf dem Weg zum nächsten Zimmer sah er, dass gerade ein Mädchen gerettet wurde, das er bereits von den Videos kannte – es war das Mädchen, das in der Hundehütte gelebt hatte. Erleichtert atmete er auf. John zuckte zusammen, als plötzlich ein Alarm losheulte. Er war ohrenbetäubend laut, er nahm ihm regelrecht die Luft, sein Trommelfell drohte zu platzen. John hatte kurz Schwierigkeiten mit dem Gleichgewicht.

Sie waren offenbar aufgeflogen – jetzt musste es noch schneller gehen. John rannte mit ein paar Kollegen nach unten, die Waffen im Anschlag. Es roch nach Urin und Staub und der gegensätzliche Zustand zwischen den Zimmern und dem Flur war beinahe schon absurd. Überall Schutt, während die Zimmer normal und vor allem sauber aussahen.

Als John im Erdgeschoss ankam, endete der Alarm und ein Knistern erklang. „Herzlich willkommen in unserem Haus. Wie schön, dass auch ihr spielen wollt. Nun gut, wir mussten etwas umswitchen, aber wir sind bereit. Ihr könnt entweder die restlichen Mädchen retten, oder ihr kümmert euch um die Verantwortlichen. Beides bekommt ihr nicht."

John ging auf den Quatsch gar nicht erst ein. Er hatte keinen Bock auf Spielchen, obwohl er sich vielleicht erst mit Tim hätte absprechen müssen, da der den Einsatz leitete. Doch von ihm hatte John schon seit ein paar Minuten nichts mehr gehört. Er rannte zur nächstbesten Tür und entdeckte in dem Raum ein kleines Mädchen. John schnappte sich die Kleine, obwohl sie lautstark schrie. Er wusste, er hätte sensibler sein müssen, aber dafür war einfach keine

Zeit. Er übergab sie einem Kollegen und dieser trug sie nach oben, um sie aus dem Gebäude zu bringen. Zwei andere befassten sich mit der Eingangstür, die sie jedoch nicht aufbekamen.

„Also gut, ihr habt es so gewollt." Die Stimme klang wütend. „Dann wird Carmen euch jetzt mal zeigen, was sie hier so gelernt hat."

Carmen ... war das nicht der Feuerteufel? Die im einen Moment ein Brett an den Kopf bekommen hatte und nach einer Minute wieder stand wie eine robuste Eiche? Verflucht, der Mistkerl hat recht. John musste sich überlegen, ob er die nächsten Minuten nutzen wollte, um die wehrlosen Kinder zu retten, oder ob er die Verantwortlichen suchen sollte. Er entschied, sich auf die Suche nach Linus zu machen. Die anderen konnten die Mädchen retten. Er musste sicherstellen, dass es keine neuen Opfer geben würde. „Holt die Feuerwehr! Wir brauchen alle Männer, die wir bekommen können!", gab er durch und wunderte sich, dass Tim das nicht längst angeordnet hatte. „Tim!? Alter, träumst du?"

Er winkte ein paar Kollegen zu sich und sie rannten Richtung Keller. Dort war bisher niemand von ihnen, der Flur lag verlassen vor ihnen. John trat die erste Tür auf. Scannte den Raum. Nichts. „Gesichert!", rief er, nachdem er sogar in den Kühlschrank geschaut hatte.

Im zweiten Raum roch es widerlich und John kannte diesen Geruch leider zu gut – der Geruch des Todes. Und tatsächlich standen zwei Baren in der Mitte des Zimmers, auf denen je etwas mit Tüchern Bedecktes lag. Er kam näher und zog vorsichtig eines der Tücher zurück; dann musste er würgen. Vor ihm lag ein Mädchen, dem anscheinend der Kopf weggeschossen worden war. „Hier unten liegt eine Leiche!", gab er per Funk durch. Nachdem sie auch den Rest des Raums überprüft hatten, flüchteten sie regelrecht zurück auf den Flur und atmeten tief durch. Aus einem Zimmer hüpfte ein lachendes Mädchen. Carmen.

John rannte zu ihr und roch Benzin. Noch bevor er sie zu fassen bekam, zündete sie sich mit einem Feuerzeug selbst an. Er sprang zurück. Binnen Sekunden stand sie schreiend in Flammen. John riss sich seine Jacke vom Leib, warf sie auf Carmen, versuchte zusammen mit seinen Kollegen das Feuer zu ersticken. Carmens Schmerzensschreie waren furchtbar. Es war kaum auszudenken, welche Schmerzen sie haben musste. *Warum hat sie das getan?!*

„John, komm jetzt! Es ist zu spät!" Einer seiner Kollegen versuchte ihn wegzuziehen, doch John schlug wie besessen immer wieder mit seiner Jacke auf die Flammen, um das Mädchen zu retten. Erst als er aufblickte, weil mehrere Kollegen an ihm zogen, realisierte er das ganze Ausmaß. Das Feuer hatte sich extrem schnell ausgebreitet.

„Die würden sich doch nicht selbst anzünden! Hat irgendwer schon einen von ihnen gefasst?", schrie er panisch in sein Funkgerät.

„Nur den Typen, der Sabine verarztet hat, und einen weiteren", hörte er per Funk.

Das konnte nicht sein. Da waren doch auf den Videos viel mehr zu sehen gewesen.

„John, komm jetzt!", riefen mehrere Kollegen nacheinander.

Und schließlich musste er einsehen, dass er nichts mehr tun konnte, nur noch sich selbst und andere gefährdete. Sie rannten die Treppe hoch. Husteten. Die Luft war siedend heiß. Er legte einen Arm vor Mund und Nase. Nur nicht die giftigen Dämpfe einatmen. Die waren viel gefährlicher als die Flammen. „Habt ihr alle Opfer?", fragte John über Funk. Ein Holzbalken fiel direkt hinter ihm zu Boden. *Fuck!*

„Bis auf den Keller ist alles gesichert!", kam zurück.

Die Eingangstür war mittlerweile aufgebrochen oder eher aufgefräst worden, sodass sie hinausrennen konnten.

John holte tief Luft, keuchte. „Und wo ist Tim?"

Emma

Wow, das riecht köstlich!", schwärmte Isabell.

Wenigstens etwas ... Emma hatte es nicht wirklich geschafft, sich abzulenken. Ihre Gedanken waren die ganze Zeit um die Frage gekreist, ob sie sich in den Zug setzen sollte oder nicht. Sie beschloss, nun, wo das Essen fertig war, erst mal auf ihr Handy zu sehen. Sie schaltete es wieder an. *Mehrere Anrufe in Abwesenheit.* Sie rief erst Tim zurück, dann John, doch niemand ging ans Telefon. *Na gut, dann nehme ich das jetzt selbst in die Hand. Hätte es gute Neuigkeiten gegeben, hätten sie mich wohl informiert und nicht nur angerufen, sondern mir eine Nachricht hinterhergeschickt.* Dann musste sie jetzt eben deren Job machen. Sie zog sich warm an, schickte Tanja, John und Tim ihren Livestandort über WhatsApp, damit die sahen, dass sie etwas unternahm und wo sie war. Es hatte ja niemand etwas davon, wenn sie nun losfuhr und dann nicht gefunden werden würde. Auch an eine Powerbank dachte sie, um ihr Handy so lange wie möglich mit Strom versorgen zu können.

„Was tust du?" Isabell war ins Schlafzimmer gekommen.

„Ich spiele jetzt Versuchskaninchen, damit die rausfinden, wo Sabine steckt."

„Was? Du kannst mich doch nicht allein lassen!"

„Dir wird schon nichts passieren. Sie sind schließlich hinter mir her."

„Aber ..."

Emma riss die Wohnungstür auf und drehte sich noch einmal um. „Pass auf Benny auf." Dann rannte sie die Treppe hinunter, spürte Isabells Blick nur noch im Rücken.

Emma stieg in die Bahn und fuhr zum Hauptbahnhof, von wo aus ihr Zug abfahren sollte. Sie schwitze Blut und Wasser. *Hoffentlich komme ich nicht zu spät.* Immer wieder sah sie auf die Uhr. Zu viele Menschen, die da unterwegs waren. Von denen könnte sie quasi jeder gerade beobachten. *Hat der Typ da länger zu mir ge-guckt als nötig?* Sie nahm ihre Mütze ab, war zu warm angezogen für panikbedingte Schweißaus-brüche. Der Gedanke daran, dass sie längst beo-bachtet werden könnte, war gruselig. Sie schüt-telte ihn ab, prüfte ihr Handy, ob der Standort wirklich gesendet wurde. *Wieso ruft mich nie-mand zurück? Wollt ihr mich nicht aufhalten, damit ich nicht in diesen scheiß Zug steigen muss?*

Die Bahn hielt am Hauptbahnhof. Emma stieg aus und suchte nach ihrem Gleis. Sie war es seit ihrer Selbstständigkeit nicht mehr gewohnt, mit den Öffentlichen zu fahren. Die Menschen-mengen am Hauptbahnhof und die Gerüche – allen voran Urin und Kaffee –, die in ihre Nase drängten, machten den Ausflug in die Hölle schon während der Anreise kaum erträglich.

Ich darf einfach nicht zu viel nachdenken. Sie konnte ein bisschen Selbstverteidigung, hatte wie immer ihr Pfefferspray dabei und sogar ein Mes-ser eingepackt. Im Zweifel würde sie es benutzen können, das wusste sie inzwischen. Ihr Zug stand schon bereit und sie stieg ein, warf sich auf einen der Sitze. *Das hätten wir schon mal.* Sie scannte jeden Fahrgast. *Starrt mich jemand an?* Sie be-schloss, sich umzusetzen und darauf zu achten, ob ihr jemand folgte.

„Meine Damen und Herren, dieser Zug ver-spätet sich um wenige Minuten. Wir bitten um Ihr Verständnis."

Ob Gott, oder wer auch immer da oben am Steuer sitzt, auch nicht will, dass ich fahre? Ist das

*meine letzte Chance, der Sache zu entkommen?
... Nein, niemals. Wenn die Polizei den Ort nicht
findet, dann* muss *ich ihn finden.* Sie verschränkte
die Arme und wartete, ging in Gedanken jeden
Schritt durch, den sie beim Krav Maga gelernt
hatte. *Und wenn Erik aus dem Gefängnis geflo-
hen ist und auf mich wartet?* Wieder suchte sie
das Abteil nach Erik oder auffälligen Menschen
ab, bis jemand sie aus ihren Gedanken riss.

„Emma!" Tanja fiel ihr um den Hals und
drückte sie fest. „Du bist so bescheuert. Ich hasse
dich dafür. Ich bin sauer bis in alle Ewigkeit!",
schimpfte sie wütend auf sie ein und weinte ein
paar Tränen. „Wie kann man nur so stur sein?!"

„Ich will Sabine finden."

Tanja löste sich von ihr. „Das wollen wir
auch. John und Tim sind gerade auf dem Weg
zu ihr. Sie ist in einem ehemaligen Kinderkrankenhaus in Weißensee."

„In Weißensee?" Emma blickte sie verwirrt
an. „Nicht in der Sächsischen Schweiz? Wieso
das denn?"

„Das wissen wir noch nicht. Vermutlich, um
die Spuren zu verwischen. Und nach Berlin
lockt man die Leute eben nicht so gut, um zu
wandern. Komm jetzt. Der Zug muss los."

Sie stiegen aus und Tanja winkte dem Zug-
führer zu, damit er wusste, dass er losfahren
konnte.

„Tu mir so etwas nie, nie wieder an, hörst
du?", bat sie Emma.

Emma war ziemlich froh, nun nicht mehr in
diesem Zug zur Hölle zu sitzen, sondern sicher

bei Tanja zu sein und zu wissen, dass Sabine gleich gefunden wurde. „Sie lebt noch?", fragte sie vorsichtig.

„Ja ... Sie lebt noch."

„Aber?" Emma hatte rausgehört, dass etwas nicht in Ordnung war.

„In der Videoübertragung sah man, wie sie mit einem Elektroschocker verletzt wurde und mit dem Kopf auf den Boden knallte."

O Scheiße ... Sabine. Emma wurde schlecht, wenn sie daran dachte, was Sabine alles durchmachen musste. Es tat ihr so leid. Sie wünschte, sie könnte etwas tun. „Was machen wir jetzt?"

„Wir fahren nach Hause. Isabell ist schließlich ganz allein. Und das sollte sie nach all dem Drama nicht sein. Sie ist noch so jung."

„Und wo ist Freddy?"

„Die holt sich Zigaretten. Wir treffen uns bei den Taxen."

Sie eilten aus dem Bahnhofsgebäude, wo Freddy bereits rauchend mit einem Fahrer sprach. Als sie sie erblickte, winkte sie ihnen zu und kurz darauf stiegen sie alle ins Taxi. Freddy sogar mit Zigarette. Emma wunderte sich, doch der Fahrer sagte keinen Ton, sondern steckte sich schließlich selbst eine an. *Na prima.*

„Gib mir mal auch eine."

„Tanja!", schimpfte Emma entsetzt.

„Was denn? Einen Vorteil muss es doch haben, dass ich dieses Baby verloren habe."

Das Totschlagargument. Sie hätte ihr jetzt aufzählen können, wie lange sie schon ausgehalten hatte, was John davon halten würde, wie kacke sie es selbst fand, aber gegen tote Babys kam sie mit all ihren Argumenten nicht an. Stattdessen beobachtete sie Tanja, wie die mit zittrigen Fingern nach der Zigarette griff. Sie sah sie zugleich sehnsuchtsvoll und mit Reue an, steckte sie in den Mund, fischte nach dem Feuerzeug, das Freddy ihr hinhielt, und schloss die Augen. Mit einem Klick erwachte die Flamme und sie zog an der Zigarette. Es qualmte. Stöhnend atmete Tanja aus. „Was hab ich das vermisst ..."

Als Emma sah, wie sehr Tanja diese Zigarette gebraucht hatte, konnte auch sie nichts mehr sagen. Sie verstand zwar nicht, was am Rauchen so toll sein sollte, aber sie sah, dass es Tanja wirklich beruhigte und sie das gerade brauchte.

„Und, ist dir schon schlecht?", fragte Freddy scherzend.

Tanja lehnte sich zurück und schloss die Augen. „Nur schwindelig, und das ist großartig."

Emma verstand kein Wort. Was sollte großartig daran sein, die Kontrolle zu verlieren und sich schwindelig zu fühlen?

„Krass. Du bist ja doch normaler, als ich dachte", erwiderte Freddy.

Tanja lächelte und schien die Fahrt zu genießen. Sie wirkte, als hätte sie sich gerade einen Schuss gegeben, was Emma dann wieder ärgerte, weil ganz ehrlich – Tanja sollte arbeiten und nicht high durch die Gegend gondeln. Wieder entflammte Wut in Emma, doch sie hielt sie zurück.

Als das Taxi schließlich vor der WG parkte, sprang sie direkt raus und rannte zur Tür. Sie wollte einfach nur nach Hause, um sich den Gestank

der Zigarette aus dem Haar waschen. *Widerlich!*
Sie roch wie ihr Vater früher. Sie eilte die Treppen
hoch und schloss auf. „Isabell!? Wir sind zurück."

Benny sprang ihr entgegen, bellte ganz aufgeregt.

„Na, mein Kleiner. Hast du mich vermisst?
Heut ist aber auch wirklich viel los, was? Wollen
wir gleich mal 'ne Runde raus?"

Benny wedelte aufgeregt mit dem Schwanz.

„Na los. Ich bin eh noch angezogen." Sie holte
die Leine und befestigte sie am Halsband. „Ich
geh noch schnell 'ne Runde", erklärte sie Freddy
und Tanja, die sich keuchend die Treppe hoch-
schleppten.

„Na, mein Kleiner? Wollen wir in den Park?
Du warst ja heute noch nicht viel draußen."

Benny zog aufgeregt an der Leine. Der Spa-
ziergang würde ihr guttun – so würde sie die
Wut im Bauch und auch gleich noch den
Rauchgeruch los. Doch statt in Richtung Park,
zog Benny zielstrebig zu den parkenden Autos.
„Was hast du denn?"

Emma blickte auf. Und traute ihren Augen
nicht. Isabell saß in einem der Wagen und klopfte an die Scheibe, ihre Augen weit aufgerissen.

Wieso ist sie nicht oben? Jetzt, wo sie drüber
nachdachte, hatte Isabell gar nicht geantwortet
und sie war ja gleich wieder losgegangen. Aber
warum war sie in diesem Auto? Emma ging näher ran, doch Isabell öffnete weder Fenster noch
Tür, und als Emma direkt vor ihr stand, drückte
ihr von hinten jemand etwas auf die Nase und es
wurde dunkel.

Sabine

Fuck. Mein Kopf. Aua ... tut das weh. Was ... warum wackelt das so? Warum ...? Sabine blinzelte. Ihr war speiübel, alles drehte sich. Ob sie im Himmel war? Sie schien durch die Luft zu schweben. Jemand redete auf sie mit ruhiger Stimme ein. *Tim?* Sie musste halluzinieren – im Himmel würde sie ja eher nicht auf Tim treffen. Langsam setzten sich die Puzzleteile in ihrem Kopf wieder zusammen. Das Schulmädchen, Carmen, Schmerzen. Sie konnte sich nicht bewegen, so sehr taten ihre Muskeln weh. Schlimmer als nach dem Training. Wieso hatte sie Muskelkater?

Sabine öffnete die Augen etwas weiter, sah in das Gesicht eines Polizisten. Er sah freundlich aus. Tim kam noch näher und nahm sie seinem Kollegen ab. „Jetzt wird alles gut, du bist in Sicherheit." Er lächelte sie an.

Granny. Was ist mit Granny?

„Sabine, ich muss dich jetzt einem Kollegen übergeben, damit du ins Warme kommst und wir die Bösewichte fangen können. Und bald schon essen wir wieder alle bei Emma und ich mache Witze über deine Figur. Versprochen." Er hob sie in die Arme seines Kollegen.

Sie sah den Mann an und wurde starr. Nein, das war weder der Himmel noch eine Halluzination. Das war die Hölle. *Nein!,* wollte sie Tim sagen, doch sie brachte keinen Ton heraus. Sie zappelte und versuchte, sich aus seinen Händen zu befreien.

„Sabine, alles ist gut. Er gehört zu uns."

„N...ein ...!", versuchte sie es wieder. Mehr bekam sie nicht heraus.

Sie kannte diesen Typen. Er hatte sie im Hotel willkommen geheißen!

Tim sprach wieder in sein Funkgerät, sie verstand aber nicht, was, war nur noch darauf fokussiert, von dem Monster wegzukommen.

„Ich komm gleich, ich bring das hier nur zu Ende", sagte Tim zu ihr und sprach wieder über Funk.

Sabine sah, wie sie sich immer weiter von Tim entfernte. *Das kann nicht sein ... Warte! Bleib bei mir!* Sie zwang sich, die Augen offen zu lassen, wollte genau sehen, wo sie war, sah dabei ständig auf sein widerliches Grinsen.

„Opfer Sabine, gerettet!", hörte sie ihn in sein Funkgerät sagen, während er mit ihr in den Armen zu einem Auto rannte.

Sie übergab sich. Das Rütteln war einfach zu heftig, die Schmerzen kaum auszuhalten. Sie wollte wach bleiben, doch sie hatte kaum noch Kraft dazu. Er legte sie auf den Rücksitz eines Autos, schloss die Tür. Ihre Augen waren nun endgültig zu schwach, um weiter offen zu bleiben. Sabine kämpfte immer noch mit Übelkeit.

„Was machst du denn hier mit ihr?"

Ist das Tim?

Es folgte ein dumpfer Schrei und dann Stille. Lediglich den Funk konnte sie noch ein paarmal hören, bis der Wagen losfuhr.

Sabine lag auf dem Rücksitz und versuchte weiterhin, sich nicht zu übergeben – vergeblich. Es rüttelte sie so sehr, dass sie schließlich doch in den Fußraum kotzte.

„Mann, du Schlampe! Mein Wagen!", rief der Typ von vorne.

Er hat eine Zahnlücke, erinnerte sie sich. Sie wusste genau, dass sie noch gedacht hatte, dass er eine sympathische Sahneschnitte wäre. *Ich hab doch echt den schlimmsten Männerge-schmack der Welt. Sollte mir je wieder ein Mann gefallen, renn ich weg, und zwar so schnell ich kann. Falls ich das hier überlebe. Ich muss doch irgendwie aus dem Wagen raus,* überlegte sie und versuchte sich aufzurichten, doch sie war kaum zu einer Bewegung fähig. Es war, als würde ein LKW auf ihr stehen und sie daran hindern. Schon jede Kopfbewegung machte ihr schwer zu schaffen und mit den kaputten Füßen hätte sie ohnehin nicht wegrennen können. *Aber irgend-was muss ich doch tun ...* Sie hätte schreien können, doch selbst dazu fehlte ihr die Kraft.

Er telefonierte. „Habt ihr sie?", fragte er. „Sehr gut. Wir sind gleich da."

Wo sind wir gleich? Und wen habt ihr? Konnte ihr Leben eigentlich noch schlimmer werden? Gedanklich schloss sie mit allem ab. *Tut mir leid, Granny. Ich hätte dir gern ein besseres Ende geschenkt, nachdem du mir damals das Leben gerettet hast. Danke, Emma, dass du mich aufgefangen hast und mir so eine tolle Freundin geworden bist. Danke, Tim, ich kann dich inzwischen echt gut leiden. Du bist wirklich ein toller Mann. Ich hoffe, der Wichser hat dir nicht zu sehr wehgetan und du bist bald wieder fit. Danke, Tanja, dass du für Emma da sein wirst. Du bist eine tolle, starke Frau und unglaublich sexy. Du wirst sicher wieder schwanger werden. Und danke auch an John, dass du immer auf alle aufpasst. Und dass du mich fast gerettet hast. Du bist ein toller Polizist. Seid ihr alle. Und auch danke, Gott, falls es dich gibt. Ich sehe ein, dass es Karma sein muss, dass ich so ende. Ich verstehe es und ich akzeptiere mein Schicksal. Ich wünsche mir nur eins, falls ich das darf: Bitte mach es so kurz und schmerzlos wie möglich.*

Ein Lächeln huschte über ihr Gesicht. Frieden. Sie hatte sich mit der Situation versöhnt. Es lohnte nicht, noch weiter dagegen anzukämpfen. Es war vorbei. Was auch immer kommen würde, es musste ihr Ende sein, und wenn sie ehrlich zu sich selbst war, würde das nicht viele Leute stören. Vielleicht ihre Follower, aber die würden eine neue Blondine finden. Sie hatte eh einen scheiß Job gemacht, das hätten die Fans früher oder später sowieso gemerkt. *Aber ich hätte neu anfangen können,* überlegte sie. Nur das müsste sie dann eben in einem anderen Leben.

Der Wagen hielt. Ein Fenster ging runter. „Ich bin's. Mach auf!", befahl er und fuhr langsam weiter. Das Auto hielt erneut. Er stieg aus, knallte die Tür zu, riss ihre auf. „Aussteigen! Und wehe, du kotzt wieder", ermahnte er sie. Dann zerrte er sie aus dem Wagen und trug sie in ein Haus. Ihm wurde die Tür geöffnet und

Sabine war nicht sonderlich überrascht, als sie sah, dass es Martha war, die sie hereinließ.

Die Alte sagte keinen Ton zu ihr, schien sauer zu sein. Sie beachteten sie kaum, während sie miteinander redeten. Sabine konnte kaum etwas verstehen. Sie sprachen in Rätseln. „Die anderen kommen gleich. Du kannst Blondi schon mal zu ihrem Gemach bringen." Martha setzte ihm eine der gruseligen weißen Masken auf. Sie würde also wieder gefilmt werden.

Er hielt sie immer noch so, als wäre sie eine Kiste Bier, und stieg mit ihr eine Treppe hinab. Vor einer Tür hielt er, öffnete sie und legte sie in dem Raum auf den Boden. Es war so hell, dass ihr die Augen schmerzten und sie sie zukneifen musste, damit der Kopfschmerz nicht noch schlimmer wurde. „Deine Freundin kommt gleich."

„Meine Freundin?", krächzte sie.

Er lachte nur gehässig und die Tür knallte zu. *Welche Freundin?!*

John

Tim liegt hier bei der Straße. Nicht beim Parkplatz, sondern abseits!", gab jemand über Funk durch, als John beobachtete, wie die Einsatzkräfte der Feuerwehr eintrafen. Das Gebäude war nicht mehr zu retten, das Dach bereits eingestürzt. Falls noch jemand drin war, hatte er das niemals überlebt. Hoffentlich hatten sie wirklich alle Gefangenen evakuiert.

„Wie, er liegt da?!", fragte er nach.

„Er scheint was abbekommen zu haben. Warte ... er macht gerade die Augen auf."

John rannte los und folgte der Beschreibung, die sein Kollege ihm durchgab. „John, du musst den Einsatz leiten, wenn Tim außer Gefecht ist", hörte er die Ansage seiner Chefin, die vom Auto aus alles beobachtete. „Ich kann nicht!", gab er zurück. „Ich muss sehen, was mit Tim ist!"

Er entdeckte die beiden, inzwischen war ein Arzt eingetroffen. „Nichts Lebensbedrohliches. Alles gut", beruhigte der ihn.

„Tim, kannst du reden? Was ist passiert?"

„Kay ..."

„Kay? *Er* war das?!"

„Kay hat Sabine." Tim verzog schmerzerfüllt das Gesicht.

„Der Kay von der anderen Dienststelle?"

Tim nickte schwach.

„Und was haben sie mit dir gemacht?"

„Elektro...schocker." Jedes Wort schien ihn Kraft zu kosten. „Da ... lang. Kennzeichen B ... AJ ... 213."

„Okay, ich muss dich allein lassen und werde sofort eine Fahndung einleiten. Halt durch, Großer!" Er klopfte ihm auf die Schulter.

„Die Jacke ...!", vernahm er Tims Worte. Tim hatte recht, er hatte seine Jacke beim Kampf um Carmens Leben geopfert und nun selbst keinen Schutz mehr.

„Danke ...", flüsterte er, nahm Tims Jacke und gab über Funk weitere Anweisungen durch. Er schnappte sich Casy, die gerade zu ihm gerannt kam, und stieg in seinen Wagen. Er würde selbst durch die Stadt fahren und nach Sabine suchen.

„John, wir bekommen wieder was übertragen." In ihm zog sich alles zusammen, als er seine Chefin hörte.

Er saß bereits am Steuer und fuhr in die Richtung, in die Tim gezeigt hatte. Doch wo konnten sie jetzt sein? Berlin war riesig.

„Sabine liegt wieder in einem Raum."

„Scheiße!", fluchte er. „Aber wie konnten sie so schnell woanders ankommen?"

„Das finden wir gerade raus. Wir haben den Architekten des Krankenhauses ausfindig gemacht und kontaktiert. Ich meld mich."

„Sie kann nicht weit weg sein", überlegte Casy laut. „Das ist gut."

„Vielleicht gibt es ja irgendwelche unterirdischen Gänge. Früher haben die doch oft zu Bunkern geführt. Dann wäre vielleicht irgendwo in der Nähe so ein Ausgang, wo sie alle geparkt haben könnten, um unbemerkt von hier verschwinden zu können."

„Aber selbst, wenn. Dann wissen wir immer noch nicht, wo sie jetzt sind."

Johns Handy klingelte, er nahm das Gespräch an. „Schatz, ich kann jetzt nicht. Wir suchen Sabine."

„Isabell und Emma sind weg!", schrie sie hysterisch.

„Was?! Wie konnte das passieren?"

„Wir sind nach Hause gekommen ... und ... Emma ist sofort los, um mit Benny Gassi zu gehen. Freddy und ich haben länger nach oben gebraucht und festgestellt, dass Isabell nicht da ist. Ich hab versucht, Emma anzurufen, sie ging aber nicht ran, also sind wir direkt noch mal raus, haben sie aber nicht gefunden. Nur Benny rannte verstört auf der Straße rum."

„Der Standort!?"

„Was?"

„Schau in deine Nachrichten. Emma hat uns heute allen ihren Standort geschickt, damit wir sie finden, wenn sie bei den Irren angekommen ist."

Einen Moment hörte er nur Tanjas Schniefen. „Du hast recht ... Taxi!", rief sie. „John, ich muss auflegen. Der Kerl braucht den Standort. Ich meld mich."

John stand an einer Ampel und versuchte zu verarbeiten, was gerade passiert war. Sein Hirn kam kaum noch hinterher. Er öffnete den WhatsApp-Chat mit Emma und rief den Standort ab.

„Meinst du, wo Emma ist, ist auch Sabine?", fragte Casy.

„Ich könnte es mir vorstellen. Schließlich hatten sie es anscheinend erst auf Emma abgesehen. Dahinter stecken sicher dieselben Leute."

John gab der Chefin durch, was er gerade erfahren hatte, und holte sich die Erlaubnis, der Spur zu folgen.

„Mist!", sagte sie. „Kay hat Sabine gesagt, dass ihre Freundin gleich kommt. Schick den Standort sofort rüber. Ich schicke dir unsere Leute hinterher."

Casy kam der Aufforderung nach, damit sich John auf die Straße konzentrieren konnte. Er schaltete das Martinshorn ein und gab Gas. Sie waren nur noch elf Minuten entfernt.

Emma

Ein ekliger Geruch saß ihr in der Nase. *Was ist das denn?! Widerlich ...* Emma blinzelte vorsichtig und sah Isabell neben sich liegen und weinen. *Isabell?* Und dann fiel ihr alles wieder ein. *Diese Schweine!* Der schmierige Fahrer stieg gerade aus, öffnete die Hintertür auf Isabells Seite, hob sie aus dem Auto und verriegelte es.

Isabell wehrte sich nicht, weinte nur weiter vor sich hin. So würde sie sich sicherlich nicht ergeben, schwor sich Emma. Sie rüttelte an ihrer Tür, doch sie war verschlossen. Der Typ übergab Isabell an einen anderen Mann, der ihm entgegenkam, und ging zurück zu Emma.

„Oh, ist das Prinzesschen auch schon wach?", fragte er zynisch, als er die Tür öffnete. Er grapschte nach ihr, um sie aus dem Auto zu ziehen, aber sie wich auf Isabells Seite aus. Er beugte sich weiter ins Auto. „Du Miststück, glaubst du echt, es bringt dir was, jetzt noch den Affen zu machen?! Du bist eh gleich dran!" Er griff nach einem Bein und sie trat mit dem anderen gegen seine Hand. Es krachte und er schrie. *Treffer.* Ehe er sich berappeln konnte, trat sie mit beiden Füßen gegen seinen Kehlkopf und noch einmal in sein Gesicht. Er fiel zu Boden.

Vollgepumpt mit Adrenalin sprang Emma aus dem Auto und rannte zum Tor. Es war verschlossen. Sie kletterte den Zaun hoch. Es musste einen Weg hier raus geben. Ein Schuss wurde abgefeuert. *Scheiße.*

„Komm da runter, Mädel!"

Doch sie dachte nicht im Traum daran. Lieber würde sie sich anschießen lassen. So schlimm war das nicht, das hatte sie bei Tanja und John oft genug gesehen. Und man konnte das überleben. Aber diese Irren würde sie wahrscheinlich nicht überleben und die würden ihr sicher auch mehr wehtun – vor allem, wenn Erik dahintersteckte. Allein der Gedanke an Erik gab ihr einen erneuten Energieschub und sie kletterte weiter. Woher sie die Kraft nahm, wusste sie nicht. Erneut löste sich ein Schuss. Erneut wurde sie nicht getroffen, aber dem Geräusch nach zu urteilen, hatte diesmal nicht viel gefehlt.

„Mädchen, Mädchen, Mädchen ... Du weißt doch, dass wir mit bösen Mädchen nicht sehr sanft umgehen."

Sie kletterte zu langsam. Diese komische alte Frau kam immer näher, und je näher sie kam, desto besser würde sie wahrscheinlich zielen. Mittlerweile waren auch ein paar Männer angerannt gekommen, die alle vor dem Zaun standen und lachten.

„Wie dumm du doch bist. Aber auch mutig. Das muss man dir lassen." Martha und die Männer setzten alle gleichzeitig weiße Masken auf.

Emma hatte es gerade über den Zaun geschafft und machte sich an den Abstieg, als sich das Tor bewegte. *Scheiße.*

„Und nun?", fragte die Alte belustigt.

Emma blickte nach unten und sah direkt in eine Kamera. *Das ist doch nicht euer Ernst?!* Sie spielte anscheinend schon mit bei dieser Freakshow. Am liebsten hätte sie direkt zu Erik gesprochen, doch sie erinnerte sich an Tims Worte: Genau das wollte er. Deshalb durfte sie diesen Namen niemals wieder erwähnen. Anstatt zu springen, kletterte sie nun am Zaun entlang. Unten folgten ihr auf beiden Seiten des Zauns die Männer. *Kann hier nicht einfach jemand mitten in der Nacht vorbeikommen?*

„Kindchen, wir können das hier ewig weiterspielen, oder du kommst ins Warme zu deinen Freundinnen. Mit deiner Power könntest du sie vielleicht sogar retten. Ohne dich sehen die beiden ziemlich sicher nie wieder das Tageslicht."

Das war ein Trick. Emma war nicht blöd. Nein, sie hätte viel eher eine Chance, Isabell zu retten, wenn sie Hilfe holte, statt mit reinzugehen und sich foltern zu lassen. „Okay, geben Sie mir einen Moment zum Überlegen!", rief Emma ihnen runter. „Und sagen Sie mir erst mal, wer Sie überhaupt sind!"

„Entschuldige meine Unhöflichkeit, Schätzchen. Ich wollte mich dir eigentlich in Ruhe bei einer Tasse Kakao vorstellen. Aber dann eben hier. Ich bin Martha."

Emma wollte Zeit schinden. Sie wusste, ihr Handy sendete noch immer ihren Livestandort. Je länger diese Leute sie nicht in die Finger bekamen, desto eher würde sie vielleicht gefunden werden. Dass Isabell und sie verschwunden waren, war Tanja schließlich sicher aufgefallen. Sie hatten eine sehr große Chance, das hier zu überstehen. Schließlich war die ganze Polizei diese Nacht im Einsatz.

„Und woher weißt du, wer ich bin?"

„Kindchen, du wurdest uns von einem Mitglied vorgeschlagen. Im Übrigen beantworte ich in der Regel nicht viele Fragen und schon gar nicht so. Wenn du mehr wissen willst, komm runter und setz dich mit mir an den Tisch, wie es vernünftige Erwachsene tun. Wenn nicht, werden Isabell und Sabine leiden müssen."

Sabine ist auch hier?

„Zeig's ihr!", befahl sie einem der Männer. Er drehte sein iPad und hielt es Emma hin. Martha sprach in ein Funkgerät. „Hol das Messer raus und halt es Isabell an den Bauch."

Emma beobachtete, wie ein Mann die Anweisungen befolgte. *Fuck.*

„Also, kommst du jetzt runter, oder sollen wir ihr erst wehtun?"

Nein, du musst durchhalten. Isabell ist nicht damit geholfen, wenn die mich fesseln und mir auch noch wehtun. Hier auszuharren, ist unsere beste Chance. Trotzdem kam sich Emma plötzlich sehr dumm vor, wie sie da oben auf dem Zaun saß.

„Na gut. Aber es sei dir gesagt, dass das hier deine Schuld ist, und zwar *nur* deine. Schlitz sie auf!"

Isabells Schrei ging ihr durch Mark und Bein. Emma weinte, aber sie wusste, sie musste da oben bleiben. Sie konnte so oder so nichts tun. Der Typ setzte ein zweites Mal an und Isabell schrie und schrie. Das Blut lief hinab, tränkte ihre Klamotten. Sie konnte kaum noch atmen vor Hysterie, als der Typ ein drittes Mal ansetzte, und dann konnte Emma es nicht mehr ertragen.

„Halt!", schrie sie und Martha stoppte ihn. „Und wenn ich runterkomme? Was passiert dann?"

„Die Frage ist doch eher, was noch alles passiert, wenn du *nicht* runterkommst."

Ihr Herz klopfte bis zum Hals. „Okay, ich komme runter. Aber wehe, ihr fasst mich an. Ich schaff es allein runter." Tränen liefen ihre Wangen hinab. Sie schaute in die Tiefe. „Na ja ... kann mich vielleicht doch kurz jemand auffangen und dann sofort wieder die Finger von mir nehmen?"

Martha lachte. „Du da – fang sie auf."

Emma setzte an und sprang im letzten Moment nicht zu dem Mann, der sie auffangen sollte, sondern auf der anderen Seite runter, direkt auf den Typen, der dort positioniert war. Er hatte damit nicht gerechnet, schrie laut auf und ließ die Waffe fallen. Sie drückte ihm die Daumen in die Augenhöhlen, stand dabei auf und rannte so schnell sie konnte in den Wald. *Na toll ... ein Déjà-vu.*

John

Da rennt jemand auf der Straße", stellte Casy fest. Das Martinshorn hatten sie in der Wohngegend ausgestellt.

„Fuck! Das ist Emma!", rief er. „Und sie wird verfolgt! ... Wo bleiben die anderen?", fragte er über Funk.

„Sind jeden Moment da. Haltet euch zurück."

„Die rennen bewaffnet hinter Emma her! Wir müssen was tun!"

„Wie viele?", fragte seine Chefin.

„Fünf. Jetzt sehen sie uns. Fuck!", schrie er, bremste und duckte sich. „Die schießen auf uns!"

„Fahrt sofort da weg, bis die anderen da sind! So lange steigt ihr nicht aus dem Wagen, verstanden?!"

John fuhr rückwärts, um wegzukommen. Anscheinend hatten es drei von denen direkt auf sie abgesehen. „Die verfolgen uns und schießen weiter."

„Ihr schießt nur zurück, wenn es *wirklich* nötig ist."

„Gib Gas und fahr vorwärts, da sind wir viel schneller!", schrie Casy.

„Ich kann nicht wenden, wenn ich geduckt fahre."

„Dann fahr an denen vorbei. Wir müssen doch nur schnell sein."

John befolgte ihre Anweisungen. Er bremste, gab Gas, fuhr direkt auf die Menschengruppe zu, wie er kurz erkennen konnte, bevor er sich wieder duckte. Er hoffte nur, Emma wäre in Sicherheit.

Sabine

Sabine weinte, hielt es kaum aus, mitzuerleben, wie Isabell litt. Sie hatte sie in den Arm genommen und wiegte sie minutenlang hin und her.

Der widerliche Kerl war zum Glück abgehauen. „Wir kommen hier raus", versuchte sie Isabell zu beruhigen, obwohl sie genau das Gegenteil dachte.

Isabell drückte sich das Shirt auf ihre Wunden, in der Hoffnung, die Blutung zu stoppen.

„Wieso passiert mir das nur?", schluchzte Isabell. „Was hab ich falsch gemacht, dass ich immer wieder so bestraft werde? Ich versteh es einfach nicht. Ich dachte, mein Leben würde jetzt endlich besser werden, jetzt, wo ich von meinem Dad weg bin. Und das Schlimmste ist, dass ich ihn so vermisse."

Sabine hatte Schwierigkeiten, ihre Worte zu verstehen, weil sie so hysterisch weinte.

„Wenigstens sind sie jetzt weg. Vielleicht haben wir eine Weile Ruhe und können uns einen Plan überlegen. Aber dafür musst du dich beruhigen. Wir brauchen einen kühlen Kopf." Sabine schaute ihr ins Gesicht. „Schau mich an. Verstehst du das? Wir müssen nachdenken." Auch wenn ihre Worte plausibel klangen, hatte sie keine Idee, wie sie hier rauskommen sollten. Doch Hoffnung war besser als das, was Isabell gerade tat. Oder? Oder sollte sie sich auch betrauern und ergeben? Eigentlich hatte sie das ja längst getan, aber sie gönnte es denen nicht, sie in der Opferrolle zu sehen. *Aber vielleicht wäre es doch klüger, denen zu zeigen, was sie sehen wollen ... Vielleicht hätte ich dann weniger Probleme bekommen.*

Die Tür sprang auf. „So, Mädels. Das hier habt ihr eurer Freundin Emma zu verdanken."

Wieder kam ein maskierter Mann herein, zog Isabell von Sabines Schoß und riss ihr die Klamotten vom Leib. „Die Leute wollen eine Show sehen, also kriegen sie eine Show. Dank eurer Freundin muss es nun nur ein wenig schneller gehen."

Isabell kreischte ohrenbetäubend. Die Tür stand weit offen, Sabine hätte rennen und Hilfe holen können, doch sie musste auch die kleine Isabell retten. „Nimm die Finger von ihr, du mieser Bastard!", schrie sie mindestens genauso laut wie Isabell.

Wenn Männer etwas nicht leiden konnten, dann das Gekeife von Frauen, das wusste sie, also kreischte sie, so laut sie konnte. Und tatsächlich – er ließ einen Moment von Isabell ab, um Sabine eine zu verpassen. Sie fiel nach hinten, was eine erneute Welle der Übelkeit in ihr anstieß. Doch so leicht würde sie sich nicht abschütteln lassen. Und wenn sie den ganzen Raum vollkotzen würde.

Ihr kam eine Idee. „Isabell, du musst jetzt auf mich hören. Du kannst dich wehren. Du musst das nicht hinnehmen. Du machst jetzt sofort, was ich sage!" Sabines Stimme war ruhig und klar. Dadurch unterbrach sie Isabells Geschrei und auch der Typ hielt einen Moment inne.

„Schau ihm in die Augen, konzentrier dich nur darauf."

Beide waren gespannt, was jetzt kommen würde.

„Ich zähle von drei runter und dann haust du auf die Stelle im Gesicht, die ich dir sage.

Drei", sagte sie ruhig und kroch näher an sie ran. „Zwei ..." Sie holte tief Luft und trat mit ihren kaputten Füßen so fest sie konnte gegen seine Knie. Das funktionierte immer. Er schrie, ließ seine Waffe fallen, und sie wies Isabell an: „Nimm die Waffe!"

Doch er war schnell im Begriff, sich wieder aufzurichten.

„Schieß!", schrie Sabine.

Isabel hob die Waffe und schlug sie gegen seine Schläfe. Doch er lachte bloß.

„Fester!", rief Sabine.

Isabel holte erneut aus.

„Mit all deiner Angst!", wies Sabine sie an und sah, wie die Pistole mit voller Wucht gegen seine Stirn schepperte.

Sabine schnappte sich die Waffe, zog mehrere Male durch, um ihn so lange wie möglich auf dem Boden zu halten. Dann drückte sie Isabell die Waffe wieder in die Hand. „Und jetzt renn!"

„Du musst mitkommen." Isabell stand wie ein weinerliches Schulkind vor ihr, zog sich gerade die Hose wieder hoch.

„Ich kann nicht." Erschöpft sank Sabine auf den Boden. „Hol einfach Hilfe." Sie sah, wie Isabell zögerte. Das Blut floss weiter aus ihrem Bauch auf ihre Klamotten. „Los, Mann! Jetzt rette uns gefälligst!"

Isabell rannte los und ließ Sabine zurück. Deren Ohren dröhnten noch immer von dem Geschrei. Sie übergab sich ein weiteres Mal und schloss die Augen. *Hoffentlich ist das alles bald vorbei.*

John

Als endlich die Verstärkung eintraf, rannte Casy mit ein paar Kollegen in den Wald, um Emma zu suchen, John hingegen stürmte mit den anderen das Haus. Sie wurden mit einem Kugelhagel begrüßt. Einer der Kollegen wurde getroffen, ein anderer traf einen von ihnen. Es kamen immer mehr Einsatzkräfte hinzu, die von allen Seiten ins Haus strömten. John schaffte es an ihnen vorbei, suchte Sabine und Isabell. Er schlich sich nach unten, falls sich dort weitere Irre versteckten, ein Kollege wich nicht von seiner Seite und gab ihm Feuerschutz. Und dort sah er sie. Sabine, die blutüberströmt auf dem Boden lag. Allein. *O Gott, sind wir zu spät? Ist Sabine tot? Und wo ist Isabell?*

Er rannte zu ihr. „Sabine, wach auf." Er streichelte über ihre Wange. „Hey ... Wir sind da. Diesmal bist du *wirklich* in Sicherheit. Ich schwöre es dir." Es tat ihm so leid. Was musste sie durchgemacht haben? Obwohl sich ihr Brustkorb kaum merklich hob und senkte, sah sie aus, als wäre sie nicht mehr am Leben. Dann wurde es plötzlich still. Keine Schüsse mehr.

„Warum hören wir nichts mehr?", fragte er durch das Funkgerät.

„Hier ist keiner mehr. Wir gehen jetzt noch mal jeden Raum durch, aber wir sollten alle erwischt haben."

John hob Sabine vorsichtig hoch und trug sie aus dem Haus, wollte diesmal persönlich dafür sorgen, dass sie in Sicherheit war. Im Wagen saß Emma, die Sabine weinend in die Arme nahm. Erleichtert atmete John auf, als er auch Isabell sah. „Ich bin so froh, dass es euch gut geht." Er umarmte Isabell.

Epilog

Sabine

„Bist du fertig?" Emma stand im Türrahmen und schaute in Sabines frisch geschminktes Gesicht.

„Jahaaa. Ich schick das Video nur schnell Freddy, dann kann sie es heute noch hochladen."

„Einfach so cool, dass sie jetzt unsere Assistentin ist. Ich liebe das. Sie hat vorhin auch einen Blogbeitrag von mir hochgeladen. Weißt du, wie viel Zeit das spart?! Mega!"

„Und ich bin froh, dass sie nicht mehr in der Bar arbeitet." Isabell kam zu ihnen ins Badezimmer und grinste. „Nun aber los. Ich will euch endlich unsere neue Wohnung zeigen."

Und das wurde auch Zeit. Es war in den letzten Wochen ziemlich eng geworden, da Freddy und Isabell erst mal zu Emma, Sabine und Benny gezogen waren. So sehr ihr die beiden inzwischen auch ans Herz gewachsen waren, war das keine Dauerlösung gewesen.

„Uuund verschickt. Video ist raus." Sabine zog sich ein letztes Mal die Lippen nach und kam dann zu den Mädels in den Flur.

„Freddy wartet schon. Los jetzt!", drängelte Isabell.

Sabine war sich sicher, dass Isabell und Freddy sehr froh darüber waren, in Zukunft wieder ein Badezimmer zu haben, in dem nicht stundenlang Videos aufgenommen wurden. Sie grinste. Sie war so froh, dass sie ihren Job wieder liebte und ihr die ganze Sache zumindest sehr viel Publicity gebracht hatte. Sie nahm zwar immer noch Videos auf, die von Schminke und Klamotten handelten, aber sie nutzte ihren Kanal inzwischen auch für Sinnvolles. Sie spendete Geld und viele ihrer Produkte, und dadurch wurde sie noch berühmter. Auf *Bei Blondi läuft's* wurde jetzt dafür gesorgt, dass es auch bei anderen lief. Sie würde nun jeden Monat eine andere Organisation vorstellen, die auf Spenden angewiesen war, und Emma half ihr dabei.

Sabine zog sich einen Mantel über und eilte den Mädels hinterher, die bereits im Treppenhaus waren. Unten stiegen sie alle zu Tanja ins Auto, die eine Weihnachtsmütze trug. Im Auto lief *Jingle Bells.*

„Übrigens, Sabine, wir haben noch eine Überraschung für dich. Es gibt nämlich noch mehr zu feiern." Isabell grinste sie breit an.

„Für mich? Was denn?"

„Ich habe einen Ausbildungsplatz bekommen! Ich wollte dir nur nichts sagen, bevor ich mir nicht sicher sein konnte."

„Ach toll." Sie umarmte sie. „Glückwunsch. Aber was hat das mit mir zu tun?"

„Ich werde Pflegehelferin. Und rate mal, wo ..." Freudig strahlten ihr zwei blaue Augen entgegen.

„Du ... Nein! Echt?"

„Ja, ich bin jetzt bei deiner Omi und pass auf sie auf."

Eine Träne rann über Sabines Wange. „Das ist wundervoll. Wirklich. Danke."

„Jetzt wird sie keiner mehr so einfach entführen und ihr ihre Geheimnisse entlocken."

„Und du kannst endlich dein Helfersyndrom ausleben", neckte Emma sie.

„Das sagt die Richtige." Isabell lachte.

Ein paar Minuten später hielt Tanja auch schon wieder und alle stiegen aus. Vor der Haustür trafen sie die Jungs – auch Tim und John trugen Nikolausmützen. Weihnachten stand unmittelbar vor der Tür und sie hatten dieses Jahr wirklich viel zu feiern. Ihre Wahlfamilie wurde immer größer, was wunderschön war. Sie umarmten einander und gingen dann gemeinsam lachend die Treppen hoch.

„So. Seid ihr bereit? Hier kommt unsere Traumwohnung." Isabell schloss die Tür auf und stürmte rein. „Wir sind daaa, Schwesterherz!"

„Na endlich. Ich dachte schon, ich muss allein feiern."

Heavy Metall drang an Sabines Ohren. „Bin ich froh, dass sich zu Hause der Musikgeschmack wieder verbessert, oder Emma?"

Alle lachten. Isabell führte sie durch die Wohnung, während Freddy in der Küche allen Schnaps eingoss. Nur Tanja winkte ab.

„Du bist doch nicht wieder ...?"

„Ich fahre", antwortete sie nur.

John und Tim klopften gleichzeitig mit ihren Messern gegen die Gläser.

„Wir haben auch was zu verkünden", sagte Tim.

Sabine schaute sie wie die anderen erwartungsvoll an.

„Wir haben hier ein Video. Es tut mir leid, denn ihr werdet jemanden sehen, den ihr wirklich nicht mehr sehen wolltet, aaaber ich denke, es wird euch trotzdem gefallen."

Tim startete das Video auf seinem Handy und Sabine erstarrte. Es war Martin. Noch immer hatte sie ihren Liebeskummer nicht hinter sich gelassen. Noch immer hatte sie tausend Fragen, warum alles gekommen war, wie es gekommen war. Zu schade, dass man ihm nichts hatte nachweisen können und ihn so auch nicht hatte verhaften können. Sie wollte diesen Kerl nie wieder sehen.

„Boah, Alter ...", stöhnte Freddy.

„Vertraut uns und schaut hin."

„Was macht der da?", fragte Isabell.

Sie sahen Martin zu, wie er ein Paket entgegennahm. Er ging in die Küche und öffnete es.

„Und wieso können wir eigentlich in seine Wohnung sehen?"

„Polizeiliche Ermittlungen. Wir hoffen immer noch, ihn dingfest machen zu können. Oder wenigstens etwas über den Club des Bösen rauszufinden. Jetzt schaut genau hin."

Martin öffnete das Paket. Er rümpfte seine Nase und sah verwundert hinein. Als er erkannte, womit er es zu tun hatte, hielt er sich die Hände vor die Nase und rannte fluchend durch die Küche. Tim schaltete das Handy aus.

„War das ...?“, fragte Sabine entsetzt.

„Das war Elefantenscheiße. Haben wir im Internet bestellt und ihm geschickt. Für euch, Mädels.“

Eine nach der anderen begann zu lachen. Zwei Polizisten schickten ihrem Exfreund ein Paket mit Scheiße. Sie hatte lange nicht mehr so herzhaft gelacht, denn eigentlich hatte sie noch immer panische Angst.

Angst, dass Martha sie eines Tages finden würde. Sabine war zwar versichert worden, dass die Alte über alle Berge sein musste, aber die Panik begleitete sie tagtäglich, wich ihr nicht von der Seite.

Und obwohl sie nicht darüber redeten, wusste Sabine, dass auch Emma Panik hatte, dass Erik sie eines Tages erneut in die Finger bekommen würde. Sie hatte gestern erst wieder einen Brief von ihm vor Emma versteckt. Sie wollte sie nicht noch mehr belasten und hielt es geheim. Tim und Tanja hatten bereits alle Hebel in Bewegung gesetzt, dass er nichts mehr schicken konnte, doch er schaffte es wohl immer wieder, einen der Beamten zu schmieren und die Briefe abzuschicken.

Sabine versuchte, nur im Augenblick zu sein und sich glücklich zu schätzen. Sie war gerettet worden, wenn auch ihre Füße nur sehr langsam verheilten. Ihr Job lief wieder gut, sodass sie viele Rechnungen hatte bezahlen können, und da sie nicht mehr ausging, sparte sie nun auch noch Unmengen. Das war ein Vorteil, wenn man zu viel Angst hatte. Sie wurde anscheinend immer mehr wie Emma, und das war nicht das Schlechteste.

Und auch Isabell schien einigermaßen stabil zu sein. Den Kontakt zu ihrem Dad hatte sie erst mal abgebrochen. Er hatte sie beschuldigt, dumm zu sein, als er gehört hatte, dass sie sich, um Emma zu retten, ebenfalls für den Newsletter angemeldet hatte. Da hatte sie es endlich verstanden ... zumindest vorübergehend. Dass sie ihn vermisste, sah man ihr dennoch an. Aber sie schaute nach vorne, wie sie alle.

Eigentlich haben wir es ganz gut überstanden.

Aber die bleierne Angst, dass Martha oder Erik eines Tages zurückkommen könnten, würden sie wohl nie ganz ausschalten können.

Letzte Zeilen

Wie schön, dass du diese Reise wieder zusammen mit mir gegangen bist. Ich danke dir von ganzem Herzen, dass du an meiner Seite bist. Wie immer habe ich mir **ein Dankeschön für dich** einfallen lassen. Mehr dazu gleich.

Seit ich damals in Georgien in einem leerstehenden Sanatorium war, mitten in einer Geisterstadt, wusste ich, einer meiner Thriller wird eines Tages an einem Lost Place stattfinden. Seitdem haben es mir solche Orte angetan und ich bereiste einige von ihnen.

Die spannendsten Fotos werde ich mit dir teilen. Die besten Lost Places Bilder von Georgien, Teneriffa und Deutschland. Möge deine Fantasie angeregt werden :-)

Klicke für die Fotos auf folgenden Link:

https://sandymercier.de/landingpages/der-club-des-bosen

Ich freue mich außerdem sehr, wenn du eine kurze Bewertung bei Amazon, Thalia, Hugendubel oder einem anderen Buchportal für mich da lassen würdest. Dies ist für mich sowas wie ein Arbeitszeugnis und hilft mir sehr, weitere Bücher zu schreiben.

Bis zum nächsten Buch
    Deine Sandy

Und hier findest du mich:

Website:
www.schreibenumzuleben.de

E-Mail:
Sandy.Mercier@schreibenumzuleben.de

Instagram:
https://www.instagram.com/sandy_mercier_autorin/

Facebook:
https://www.facebook.com/schreibenumzuleben.de/

Newsletter:
https://sandymercier.de/landingpages/motivation-im-postfach

YouTube:
https://www.youtube.com/channel/UCbZQtXXurd9iF6apc27NmwQ

Pinterest:
https://www.pinterest.de/merciersandy7/

Sandy Mercier veröffentlichte Ende November 2018 ihren ersten KrimiThriller **„Die Todesküsserin"**. Ihr Debüt landete in den Top 100 der Amazon Charts, sie erhielt den Titel „Krimi der Woche" und wurde für den „Skoutz Award" nominiert und schaffte es dank des Covers auf die Midlist.

„Wie du mir, so ich dir ..."
Ein Mann wird tot aufgefunden. Er wurde brutal gefoltert, und auf seiner Stirn prangt der rote Lippenstiftabdruck eines Kusses. Kommissarin Tanja Müller soll sich dem Fall der „Todesküsserin" annehmen, der sie schnell an die Grenzen ihrer Belastbarkeit bringt. Denn ins Visier der Medien gerät ausgerechnet ihre beste Freundin, und weitere Morde folgen.
Hat die psychisch kranke Emma tatsächlich etwas mit den grausamen Taten zu tun?
Plötzlich steht Tanja vor einer tödlichen Entscheidung.

Überall erhältlich, direkter Link:
http://amzn.to/2zwvBlk

„Ob sie fühlt, dass ich da bin? Ob sie darauf wartet, dass ich gleich unter ihrem Bett hervorkrieche?"
Nach den schrecklichen Erlebnissen mit der „Todesküsserin" will Emma ein neues Leben beginnen. Doch so turbulent hat sie sich das nicht vorgestellt.
Gleich am ersten Arbeitstag erhält sie die Kündigung. Dann zieht auch noch die Kollegin bei ihr ein, die sie nicht ausstehen kann. Emmas Alltag gerät langsam außer Kontrolle und sie droht zurück in alte Muster zu fallen. Dabei wäre sie so gern die neue Emma. Die, die sich wehrt, das Leben genießt und sich mit Männern verabredet.
Bei all dem **weiß sie nichts von der lebensbedrohlichen Gefahr, die im Dunkeln unter ihrem Bett lauert** und zuschlagen wird, sobald sie endlich wieder allein ist.
Denn Emma hat inzwischen nicht nur einen Verehrer ...

Diesen Thriller kann man unabhängig von dem KrimiThriller „Die Todesküsserin" lesen, aber es wird das Ende von „Die Todesküsserin" gespoilert.

Außerdem enthält dieses Buch eine Triggerwarnung, die man im Vorwort nachlesen kann.

Überall erhältlich, direkter Link: https://amzn.to/3CX29UR

Ich blinzle mehrmals, als könnte ich dadurch mehr sehen, doch es bleibt tiefschwarz. Meine vors Gesicht gehobene Hand ist nicht zu sehen, als hätte die Dunkelheit mich aufgefressen.

Katharinas Leben besteht aus One-Night-Stands und durchfeierten Nächten. Zur Frankfurter Buchmesse erhält sie eine Einladung von ihrer Verlegerin und kommt dabei ihrer Vergangenheit, die sie so verzweifelt vergessen will, gefährlich nahe.

Ihre beste Freundin Eva hat in Berlin eigene Probleme. Hochschwanger und betrogen verlässt sie Hals über Kopf ihre Familie, um Katharina in Frankfurt zu überraschen.

Doch Katharina ist unauffindbar.

Jede Spur führt zu weiteren Geheimnissen. Jedes Geheimnis tiefer in Katharinas Abgründe.

Leserstimmen:

„Nix für schwache Nerven" – Vanbels Blog

„Wieder mega gut und unglaublich spannend" – Lektorin Anke Müller

„Deine Art, wie du schreibst, fesselt mich. Das hatte ich noch nie bei einem Buch." – Buchbloggerin Ela Matzke

Überall erhältlich, direkter Link: <u>https://amzn.to/2X6bze5</u>

Weiteres von Jule Pieper

Sandy Mercier veröffentlichte im Sommer 2019 unter ihrem Pseudonym Jule Pieper „Das Buch deines Lebens". Damit eroberte sie monatelang die BILD-Bestseller Liste. Ihr Ratgeber in Romanform verpackt motivierte schon hunderte von Lesern, ihr Leben zu verschönern, weshalb sie die Amazon Kindle Charts stürmte und in mehreren Kategorien auf Platz 1 stand.

„Dieses Buch ist für jeden, der sich fragt, ob das Leben nicht mehr zu bieten hat ... Die Autorin schafft es mit viel Humor und Tiefgang zu zeigen, wie einfach Selbstmitleid und wie schwer Veränderungen sind. Eine klare Kaufempfehlung von mir." Anke Müller – Lektorin & Autorin

Jule Pieper möchte alles sein – nur nicht sie selbst.

Jeder Tag ist für sie eine Herausforderung. Langweiliger Job, ätzende Kollegen, nervtötende Mitbewohnerin und ein liebloser Freund mit dem sie nur Sex verbindet. Und der ist noch nichtmal gut.

Am Ende eines weiteren enttäuschenden Tages entdeckt sie

„Das Buch deines Lebens – Umbruch"

Jule beginnt darin zu lesen und das stellt ihr Leben total auf den Kopf. Sie spürt, dass sie etwas verändern kann, wenn sie nur will.

Doch ist sie überhaupt bereit für eine Veränderung?

Hier findest du den direkten Link:

https://amzn.to/2Rop71d

Und passend zum

„Das Buch deines Lebens – Umbruch"

findest du unter folgendem Link:

https://amzn.to/3yZxdB6

das **Lektions-Tagebuch.**

Hier kannst du die Lektionen Schritt für Schritt durchgehen und damit dein eigenes Leben in die Hand nehmen. Denn du hast es verdient, glücklich zu sein!

... und so geht es weiter ...

Dieses Buch ist für all jene, die glauben, dass sie nicht gut genug sind.

„Mir ist einfach alles zu viel. Ich wollte ein guter Mensch sein und versuche echt, an mir und meinem Leben zu arbeiten, doch ich bekomm es einfach nicht hin. Ich bin nicht gut genug für den ganzen Scheiß."

Jule hat endlich ihr Leben in die Hand genommen. Durch „Das Buch deines Lebens" haben sich schon einige Dinge verändert. Alles könnte super sein, wenn da nur nicht ihr viel zu hoher Anspruch an sich selbst wäre, alles sofort perfekt umzusetzen. Das Buch stellt sie vor jede Menge neue Heraus-forderungen.

Wieso sind Veränderungen nur so schwer?

Hier findest du den direkten Link:

https://amzn.to/3agOXNv

Kann man ein Leben noch einmal von vorne beginnen?
Falsche Entscheidungen rückgängig machen und mutiger sein, als man es jemals für möglich gehalten hätte?

Alex Schulze hat jahrelang eine Lüge gelebt. Die perfekte Beziehung entpuppt sich als unperfekte Freundschaft. Nachdem sie die Reißleine zieht, befindet sie sich nun im freien Fall.

Durch die Trennung verändert sich vieles in ihrem Leben, aber kaum etwas zum Positiven. Sie stürzt sich in ihre Arbeit und es dauert nicht lange, bis sich ihr Körper über dieses Pensum beschwert.

Schließlich erkennt sie, dass sie raus muss, um sich selbst zu retten.

Sie begibt sich auf eine Wanderung, die sie bis ans Ende der Welt führt, und findet dabei Schritt für Schritt zu sich selbst.

Überall erhältlich, direkter Link:

https://amzn.to/2VgRAYR